Amrûn
PHANTASTIK

Janika Hoffmann

Drachenkralle

Band 1
Die Klaue des Morero

Jürgen Eglseer, Traunstein

Lektorat & Korrektorat: Martina Sprenger
Covergestaltung und Illustrationen: Clara Vath
vath-art.de

ISBN – 978-3-95869-556-6

Besuchen Sie unsere Webseite:
amrun-verlag.de

Bibliografische Information der Deutschen Nationalbibliothek:
Die Deutsche Nationalbibliothek verzeichnet diese Publikation in der Deutschen Nationalbibliografie; detaillierte bibliografische Daten sind im Internet unter http://dnb.d-nb.de abrufbar.

2 17

Für Opa, der das
hier nie mehr lesen wird.

SCHWARZE BERGE
KRISTALLHÖHLE
IGORS FESTUNG
GREN
BURG DER ANTIKE
STEINWÜSTE
DUNKELWALD
TAUSENDFLÜGEL
N
TARAN
DRACHENKRALLE

Kapitelübersicht

PROLOG

Schritt für Schritt tastete Alexis sich durch die Dunkelheit, darauf bedacht, nicht den kleinsten Laut zu verursachen. Er wusste, dass es diese Chance so schnell nicht wieder geben würde und er nicht zu versagen hatte.

Vor sich meinte er leises Atmen zu hören, doch trotz der Schwärze war ansonsten nichts von seinem Vater zu vernehmen. Alexis verstand nicht, wie er sich in der Dunkelheit so schnell vorwärts bewegen konnte, während er selbst nur langsam vorankam.

Wieder ein Atemzug, dieses Mal näher. Eine kräftige Hand legte sich auf seine Schulter und ließ ihn zusammenzucken. Er hatte nicht bemerkt, dass sein Vater stehengeblieben war. Nun jedoch konnte Alexis seinen Umriss vor sich erkennen. Eine Spur von Licht ersetzte die Dunkelheit durch leichtes Grau. Es konnte nicht mehr weit sein bis zum Ende des Gangs – und dem Plateau, auf dem sein Leben sich verändern würde.

Und dann begannen die Männer seines Vaters ihren Angriff. Wo zuvor noch nahezu vollkommene Stille geherrscht hatte, erhob sich nun Geschrei, dass Alexis in den Ohren klang. Gerade so gelang es ihm, nicht zusammenzuschrecken, sondern stattdessen nur den Hals zu recken, um über die Schulter seines Vaters in Richtung Ausgang spähen zu können. Draußen musste es noch lauter sein, immerhin fand der Kampf dort statt.

Die Männer seines Vaters waren nur kurz zu hören. Schon im nächsten Moment übertönte ein gewaltiges Brüllen ihre Stimmen. Alexis meinte den Felsboden unter seinen Füßen vibrieren zu spüren. Sein Herzschlag beschleunigte sich, bis das Trommeln ihm schier den Brustkorb zu sprengen schien. Wie von selbst setzten seine Füße sich in Bewegung und er rannte los. Im schwachen Dämmerlicht konnte er sich gut genug zurechtfinden, um nicht zu stürzen, und das reichte ihm. Das wütende Brüllen spornte ihn an, ließ ihn noch schneller werden. Dann hatte er den Ausgang erreicht, bremste ab und lugte um die Ecke. Sein Herz, das vorher so schnell und hart gepocht hatte, verweigerte ihm einen Moment lang den Dienst, als er ihn sah.

Der Drache war atemberaubend. Er war noch jung und nicht voll ausgewachsen, doch bereits jetzt war sein Aussehen beeindruckend. Seine hellgrauen Schuppen schimmerten im Tageslicht, als seien sie in Silber getränkt worden, die Stacheln an Hals und Schwanz wirkten wie unzählige scharfe Dolche. Mit einem Schwanzpeitschen zertrümmerte das Tier einen kleineren Felsblock, dann breitete es die Schwingen aus und richtete sich auf die Hinterbeine auf. Das Seil, das um seinen Hals lag, spannte sich, doch die zwei Männer am anderen Ende schrien nur herausfordernd.

Wieder öffnete der Drache das Maul, doch dieses Mal brüllte er nicht. Seine Lefzen zogen sich ein Stück zurück und entblößten die langen, spitzen Zähne. Er wölbte den Hals und der Junge erkannte die Anzeichen. In wenigen Augenblicken würde eine Flammenzunge auf die Männer zuschießen.

Drei weitere Männer näherten sich von hinten und nutzten die Gelegenheit, um blitzschnell ihre Seile und Drahtschlingen mit solchem Geschick über die gespreizten Flügel des Drachen zu werfen, dass sie sich um die Fluggelenke wickelten. Schnell packten sie die losen Enden und zurrten sie fest. In den Augen des Drachen funkelte noch mehr Zorn auf, seine Muskeln spannten sich.

Und dann fuhr eine mächtige, rote Gestalt auf ihn nieder und stieß ihn zur Seite. Alexis erkannte den Drachen seines Vaters sofort, dennoch zuckte er zusammen. Meteor warf sich mit tiefem

Grollen auf den jüngeren Artgenossen, presste eine seiner Vorderklauen auf dessen linken Flügelansatz und die andere auf den Hals seines Gegners. Dieser versuchte zu schnappen und zu treten, doch der mächtige Rote hielt ihn auf dem Boden und bleckte nur die Zähne.

Alexis konnte den Blick selbst dann nicht abwenden, als sein Vater an ihm vorbei ins Freie trat. »Fesselt ihn und kettet ihn an den Boden!«, befahl er grimmig.

Die Männer folgten seinem Befehl. Sie schafften Eisenketten und dicke Drahtschlingen herbei, dann zwangen sie den Schwanz des silbernen Drachen an dessen Flanke und fixierten ihn dort, bevor sie ihm auch die Klauen aneinanderbanden. Nachdem der rote Drache ihn mit einem mächtigen Stoß auf den Bauch gedreht und etwas weiter auf das kleine Plateau hinausgeschoben hatte, warfen die Männer dem Besiegten die schweren Ketten über die Schultern und den ganzen Körper und zurrten deren Enden an Felsvorsprüngen und in schmale Spalten geschlagenen Haken fest. Den Hals des Tieres ketteten die Männer ebenfalls eng an den Boden und wanden ihm mit grimmiger Routine eine etwas schmalere Kette mehrfach um die Schnauze. Der Drache versuchte, nach ihnen zu schnappen, doch da er sich kaum noch rühren konnte, gelang es ihm nicht. Nachdem sie sein Maul fest verschnürt hatten, traten die Männer zurück.

»Geht jetzt«, befahl ihr Herr. »Ihr alle! Das Ritual muss alleine ausgeführt werden.«

Er riss einem Untergebenen, der ihm stumm gefolgt war, eine kleine Kiste aus den Händen, dann scheuchte er auch ihn mit einer herrischen Handbewegung fort. Hinter den Jägern verschwand er in der Felsspalte, die zurück ins Tal führte. Alexis' Herz begann wieder zu pochen, als sein Vater sich ihm zuwandte.

»Ich erwarte keine Enttäuschungen«, knurrte dieser, stellte die Kiste ab und kletterte am Geschirr seines roten Drachen hinauf. Er packte die metallenen Zügel, warf seinem Spross einen letzten Blick aus zusammengekniffenen Augen zu und zwang Meteor dann in die Luft. Der Rote knurrte grimmig, folgte dem Kommando jedoch und trug seinen Herrn mit schnellen Flügelschlägen davon. Alexis blieb allein mit dem in Ketten gelegten Drachen auf dem Plateau zurück, wie es das Ritual erforderte.

Langsam kniete er sich neben die Kiste und holte deren Inhalt Stück für Stück heraus. Das schwarze, samtene Tuch breitete er auf dem Steinboden aus, kaum einen Meter vom Kopf des Silbernen entfernt. Er konnte gar nicht anders, als dem Drachen den Blick zuzuwenden. Dessen graue Augen funkelten wie Eis und er stemmte sich zornig gegen die Ketten, ohne sie jedoch lösen zu können. Tief in seiner Kehle erklang ein wütendes Grollen, seine knöcherne Schwanzspitze zuckte.

Alexis musste schlucken, doch dann zwang er sich zur Konzentration und holte als Nächstes die marmorne Schale hervor, um sie mittig auf dem Tuch zu platzieren. Anschließend legte er braune Fasern hinein, die als Zunder dienen sollten.

Um das Ritual durchführen zu können, brauchte er auch Blut. Sein eigenes – und das des Drachen. Langsam zog er die beiden kleinen Gefäße und das Messer aus der Kiste. Die elfenbeinfarbene Klinge schien ihn voller Vorfreude zu rufen. Er setzte sie sich langsam an den Arm, musste tief durchatmen, doch dann tat er es. Die Schneide fuhr in sein Fleisch, als sei es Butter, und schon lief hellrotes Blut aus der Wunde. Er hielt eines der Gefäße an den Schnitt und ließ die Flüssigkeit hineinlaufen. Anschließend schlang er sich wie in Trance einen Stoffstreifen um den Arm und bedeckte die Wunde, um die Blutung zu stoppen. Mit den Gedanken war er bereits beim nächsten Schritt.

Als er sich dem Drachen näherte, wurde dessen Grollen lauter, die Augen waren fest auf ihn geheftet. Alexis war einen Moment lang wie gelähmt, dann hockte er sich neben das kräftige Vorderbein. Der Drache war besiegt und gefesselt, er konnte ihm nichts antun. Er setzte das Messer an, genau zwischen zwei Schuppen. Ein kurzer Schwindel überfiel ihn und er musste ihn niederkämpfen. Seine Hand krampfte sich um den Griff der Waffe und das Knurren des Drachen schwoll kurz noch mehr an, bevor es wieder zu dem dumpfen Grollen wurde. Alexis sah auf die Klinge. Der

Druck hatte ausgereicht, um Blut fließen zu lassen. Sein Herz schlug ihm schmerzlich gegen den Brustkorb, als er die dunkelroten, dicken Rinnsale mit dem zweiten Gefäß auffing.

Als er genügend Flüssigkeit gesammelt hatte, zögerte er. Die Wunde blutete unvermindert, auch wenn sie nicht groß war. Seine Finger zuckten zu seinem eigenen Verband, doch dann stockte er. Das war ein Drache, ein wildes Tier. So ein kleiner Schnitt würde ihm nicht schaden. Außerdem würde sein Vater sicherlich nur verächtliche Blicke für ihn übrighaben, wenn er die Wunde ebenfalls verband.

Mit schweren Schritten kehrte er zu der Schale zurück, entzündete routiniert das Feuer und sah zu, wie der Zunder erst zu qualmen begann und sich dann die ersten kleinen Flammenzungen hindurch fraßen. Schnell legte er noch einige kleine Rindenstücke hinein, dann war es soweit. Er konnte es nicht länger hinausschieben.

Mit beiden Händen holte er den letzten Gegenstand aus der Kiste hervor. Der schwarze Stein hatte die Größe seines Kopfes und war nur grob in Form gehauen. Unter seiner glänzenden Oberfläche schienen Rauchschlieren zu wirbeln. Seine Hände kribbelten, als die Spannung der dunklen Energie ihnen dutzende kleine Peitschenschläge zu verpassen schien.

Mittlerweile war ihm übel, dennoch nahm er seine Position vor dem Tuch und der Zeremonienschale ein. Der Drache lag auf der anderen Seite des Aufbaus. Sein Vater hatte einen Silberdrachen für ihn ausfindig gemacht, einen Angehörigen der stärksten Drachenart, die es gab. Da das Ritual nur die Unterwerfung eines einzelnen Drachen erlaubte, hatte er das Tier für seinen Sohn auserkoren, nicht für sich selbst. Nach seiner Ausbildung würde der Silberne eine noch bessere Waffe als der rote Meteor sein, seine Flammen würden noch mehr Zerstörung anrichten …

Energisch drängte Alexis die Gedanken fort. Er konnte sie nicht ertragen, außerdem musste er sich konzentrieren. Zittrig holte er noch einmal tief Luft und rief sich dabei den Wortlaut der Formel in Erinnerung, den sein Vater ihn wochenlang hatte lernen lassen. Ihm durfte nicht der kleinste Fehler unterlaufen.

Als er bereit war, griff er in den kleinen Beutel an seinem Gürtel, holte eine Handvoll des schwarzen Pulvers heraus und warf es in die Zeremonienschale. Die Flammen loderten in einem gespenstisch intensiven Rot auf. Sein Blick heftete sich auf den Drachen, der ihn noch immer voller Zorn anstarrte. Es kostete ihn Überwindung und er musste dreimal ansetzen, ehe die ersten Worte der Formel aus seinem Mund drangen.

»Die dunkle Flamme wurde entzündet. Erhöre meine Worte und leih mir deine Macht, und nimm im Gegenzug die Menschenleben als Opfer, die ich mit deiner Hilfe nehmen und dir entsenden werde.« Sein Herz trommelte immer unangenehmer gegen seine Brust, als wolle es sich daraus befreien. Die Energie, die nun stärker in dem schwarzen Stein in seinen Händen zu pulsieren begann, lähmte ihn beinahe. Nur unter größter Mühe schaffte er es, nach einem der beiden Gefäße zu greifen und es über der Schale auszugießen. Die Flammen zischten, als sie die hellrote Flüssigkeit fraßen. »Mein Blut sei mein Zeuge, dass ich meinen Schwur halten werde.«

Die Flammen loderten höher, der Stein pulsierte immer heftiger. Eine einzelne Schockwelle durchfuhr Alexis, fraß sich durch jeden Zentimeter seines Körpers. Er atmete heftig, doch der erste Teil des Rituals war damit vollbracht. Er hatte Zugang zu der dunklen Magie erhalten, die Flammen hatten seinen Anruf akzeptiert.

Sein Herz pochte nun zum Zerbersten stark, dennoch griff er nach dem zweiten Gefäß. Fast hätte er es umgestoßen, als seine Sicht kurz verschwamm und ihn eine Welle des Schwindels erfasste, doch dann schlossen seine Finger sich um den Becher und der kurze Moment der Schwäche verstrich. Schnell ließ er auch die zweite Flüssigkeit in die Zeremonienschale tropfen. Das Zischen war diesmal lauter und er meinte zu sehen, wie sich dunkelrote Blasen inmitten des Brennstoffs bildeten und dann wieder zerplatzten. Der Drache knurrte drohend. Alexis zwang sich, weiterzureden.

»Blut trifft mein Blut in deinem Angesicht, oh dunkle Flamme. Es soll sich vereinen und seinen Besitzer an mich binden.« Er blickte wieder den Drachen an, dieses Mal jedoch, weil er ihn in das Ritual einbeziehen musste. »Dein Blut traf das dunkle Feuer, um sich vor mir zu verneigen. Nenne im Angesicht der Flamme deinen Namen.«

Der Drache grollte nur noch lauter, übertönte damit selbst das Rauschen in den Ohren des Jungen, das ihn sich selbst kaum hören ließ. Dass nichts geschah, sprach für den Willen und die Stärke des Gefesselten, doch er hatte keine Wahl. »Nenne im Angesicht der Flamme deinen Namen«, wiederholte Alexis und legte mehr Nachdruck in seine Stimme, wie sein Vater es ihn gelehrt hatte.

Das Grollen des Drachen brach ab und wich einem tiefen Stöhnen, seine Kiefer verkrampften sich, während er gegen die Macht des Rituals anzukämpfen versuchte. Gerade wollte Alexis den Befehl ein drittes Mal aussprechen, da brach die Abwehr des Drachen. »Aron«, zischte er durch die Ketten, die sein Maul umschlangen.

Einen Moment lang wusste Alexis nicht, wie er fortzufahren hatte. Den Drachen derart überwältigt zu sehen, schnürte ihm die Kehle zu. Er stand einen Moment wie erstarrt da, ehe er sich auf den weiteren Ablauf besann und den dritten Teil des Rituals einleitete, den längsten und wichtigsten.

»Dunkle Flamme, vereine das Blut des Drachen Aron mit dem meinen und hilf mir, es zu unterwerfen. Diener des Himmels, fortan seist du nicht länger an deine eigenen Wünsche gebunden, sondern an die meinen. Mein Wille sei dein Begehren, mein Befehl deine Tat.«

Dem Silberdrachen entrang sich ein weiteres Stöhnen, doch dieses Mal klang es nicht besiegt, sondern gequält. Seine Augen wurden zu Schlitzen und verdrehten sich, während er versuchte, den Kopf hin und her zu werfen. Sein Körper zuckte unter dem Ritual.

Tiefschwarze Rauchwolken stiegen von der Opferschale auf, mehr, als normale Flammen hätten hervorbringen können. Sie umwaberten den gefesselten Drachen, hüllten ihn ein und schienen in sein Innerstes zu dringen. Das Stöhnen des Silbernen klang noch gequälter und Alexis spürte, wie der Rauch den Willen des Drachen niederrang. Der Silberne kämpfte gegen die Macht der dunklen Flamme an, während Alexis wie in Trance die Formel aufsagte. Je länger er sprach, desto enger zog sich die Macht des Feuers um den Widerstand des Drachen, lähmte seinen Geist und zwang ihn Stück für Stück weiter in die Unterwerfung.

Das Ritual neigte sich dem Ende zu. Mittlerweile war die Beschwörung so stark, dass jedes einzelne Wort aus Alexis' Mund den Drachen enger in unsichtbare Ketten legte, jede Silbe den Gefesselten zucken ließ. Als er gerade zum letzten Satz anheben wollte, stieß der Drache ein gepeinigtes Jaulen aus. Seine Augen schlossen sich, er kämpfte nicht länger gegen die Eisenketten an, sondern blieb zitternd und ermattet liegen. Er war am Ende seiner Kräfte und gab sich geschlagen.

Wieder überfiel Alexis das Schwindelgefühl, dieses Mal jedoch viel stärker. Einzig die dunkle Macht, die noch immer durch seinen Körper floss, hielt ihn aufrecht. Ein Satz fehlte noch, um das Ritual zu vervollständigen. Ein einziger Satz.

»Drache Aron …«, krächzte er und fürchtete, dass seine Stimme jeden Moment versagen würde, »von heute an seist du für immer …« Er brach ab. *Mein* war das Wort. Das allerletzte Wort. Er richtete seinen Blick wieder auf den Drachen, der besiegt am Boden lag. Seine Sicht verschwamm an den Rändern, nur der Drache blieb gestochen scharf.

Mein.

Obwohl der Silberne die Gegenwehr aufgegeben hatte und seine Muskeln erschlafft waren, waren seine Augenlider vor Qual fest zusammengepresst.

Mein. Mein.

»Nein«, flüsterte Alexis erstickt. »Ich kann nicht.«

Der Stein entglitt seinen Händen. Er zersprang zwar nicht, als er auf dem steinernen Untergrund aufschlug, doch das Geräusch glich einem Donnerschlag. Die Flamme in der Zeremonienschale explodierte, dann verpuffte sie einfach. Die fremdartige Energie, die durch Alexis' Körper geglitten war, schien ihn innerlich zu verbrennen, während sie ihn verließ. Dann war auch sie fort und mit ihr alle Kraft, die er selbst gehabt hatte. Er sackte zusammen und fiel vornüber. Nur knapp konnte er sich noch mit den Armen abfangen, sodass er auf allen Vieren hockte, statt mit dem Kopf auf die Zeremonienschale zu schlagen. In ihm rumorte es und er musste sich zwingen, tief und keuchend durchzuatmen, um sich nicht zu übergeben. Anschließend rappelte er sich unter größter Anstrengung wieder auf und trat wankend an der Zeremonienschale und der schwarzen Samtdecke vorbei.

Der Drache hatte die Augen wieder geöffnet und auf ihn gerichtet, doch Alexis konnte den Ausdruck darin nicht deuten. Für Zorn schien dem Gefesselten jedenfalls keine Kraft geblieben zu sein.

»Ich kann das nicht«, wiederholte Alexis leise. Wie seine Strafe ausfallen würde, wollte er sich nicht vorstellen, doch er konnte diesem Drachen nicht seine Freiheit nehmen. Er würde die Ketten lösen und hier verschwinden. Als er jedoch eine Hand hob, stöhnte der Silberne wieder. Es war ein viel leiseres Geräusch als zuvor, doch es reichte, um Alexis erstarren zu lassen. Das Tier vor ihm schien sich mit letzter Kraft gegen die Ketten zu stemmen – es wollte zurückweichen.

Das Zurückweichen bei Annäherung, das anschließende Verneigen nach dem Lösen der Ketten, das Anlegen des Geschirrs und der erste Flug … es war der Ablauf der Unterwerfung.

Das Ritual war doch abgeschlossen worden.

Er konnte nicht anders, als den Kopf abzuwenden. Tränen brannten in seinen Augen. »Was habe ich getan?«, flüsterte er voller Entsetzen. Seine Beine knickten ein, und dieses Mal konnte er sich nicht abfangen, sondern schlug dumpf auf dem Boden auf. »Wie konnte ich nur …«, wisperte er, dann versank die Welt in Grau.

Er wusste nicht, wie lange er auf dem Boden gelegen hatte, doch das ferne Brüllen eines Drachen holte ihn zurück auf das Plateau. Meteor. Sein Vater musste bereits ungeduldig auf ihn warten, auch wenn er sich nicht nähern durfte.

Als er sich auf die Füße kämpfte, fühlte er sich, als sei er von jetzt auf gleich um Jahre gealtert. Wortlos begann er, die Schale, den Stein und all die anderen Dinge des Rituals wieder in der Kiste zu verstauen. Erst, als das geschehen war, wandte er den Blick langsam dem Drachen zu, der ihn mit diesem seltsamen Blick ansah. Das musste an der Unterwerfung liegen. Beinahe musste Alexis wieder würgen.

»Es tut mir leid«, war alles, was er hervorbringen konnte. Seine Stimme zitterte. »So unglaublich leid.« Er musste den Kopf wieder wegdrehen. Er sah zum Felsspalt hinüber und atmete tief durch, als er einen Zipfel des Geschirrs entdeckte. Natürlich, bevor er alleingelassen worden war, hatten zwei Untergebene seines Vaters das Geschirr heraufgebracht, damit es ihm nach dem Ritual zur Verfügung stand.

Ein weiteres Brüllen in der Ferne ließ ihn zusammenzucken. »Es muss sein«, flüsterte er und wäre am liebsten einfach fortgerannt. »Vater will sehen, dass ich es vollendet habe …« Er konnte nicht weitersprechen, nicht einmal zu sich selbst. Stattdessen trat er zu dem Felsspalt, griff nach dem Geschirr, das aus dickem Leder und starkem Metall bestand, und zog es auf das Plateau hinaus. Dann machte er sich daran, die Ketten des Drachen zu lösen. Der blieb reglos liegen und ließ es geschehen. ›*Aron*‹, dachte Alexis, während er Fessel um Fessel löste und beiseite legte. ›*Aron ist sein Name. Und ich habe ihm seine Freiheit genommen.*‹

Als er alle Ketten entfernt hatte, griff er nach dem Geschirr. Alle Schnallen waren geöffnet, es war bereit für den Gebrauch. Er brachte es fast nicht über sich, seinen ersten Befehl auszusprechen. Als er es dennoch tat, war seine Stimme so leise und dünn, dass er sie selbst kaum verstehen konnte, und es lag keinerlei Macht darin. »Steh auf.«

Aron gehorchte und rappelte sich mit zitternden Gliedern auf. Fast hätte der Schwindel Alexis wieder ergriffen, doch er zwang ihn zurück. Routiniert riss er das Geschirr in die Höhe und warf es über den Rücken des Drachen. Wie oft hatte er das bei Meteor getan, wenn sein Vater es angeordnet hatte …

Es dauerte ein wenig länger, die Schnallen alle erst richtig einzustellen, anstatt sie einfach im gewohnten Loch zu schließen, doch obwohl es ihm wie eine Ewigkeit vorkam, hatte er das Geschirr viel zu schnell vollständig angelegt. Es fehlte nur noch das separate Kopfstück. Als er danach griff und wieder zu Aron trat, schienen dessen Augen trübe und leer. Alexis zerriss es fast das Herz, und es wurde noch schlimmer, als der Drache auf einen kurzen Befehl hin folgsam das Maul öffnete. Kurz strich er über einen der dolchartigen Zähne. ›*Damit solltest du dich gegen mich wehren, statt mir zu dienen*‹, dachte er bekümmert, bevor er dem Silbernen das scharfe, metallene Gebiss ins Maul schob und die Schnallen des Kopfteils schloss. Die langen Zügel verliefen nun über Arons Hals und durch zwei kleine Schlaufen am Hauptgeschirr, die verhindern würden, dass der Drache seinem Reiter die Zügel aus der Hand riss. ›*Als ob er das überhaupt noch könnte.*‹

Schweren Herzens zog Alexis sich am Geschirr hinauf auf den Rücken des Drachen.

Die Kiste und die gelösten Ketten würden die Jäger abholen, sobald er fort war und sie sich dem Plateau wieder nähern durften. Es kostete ihn große Überwindung, nach den Zügeln zu greifen. Er hätte sie testweise fest anziehen sollen, um sich zu vergewissern, dass der Drache seinen Richtungsangaben folgte, doch er brachte kaum mehr als ein Zupfen zustande. Dennoch wandte Aron sich dem Ende des Plateaus zu. »Flieg«, sagte der Junge und fühlte sich, als sei er selbst der Besiegte, dem nun keine andere Wahl mehr blieb. Zugleich drückte er seine Beine fest gegen die Flanken des Drachen.

Aron breitete in wortloser Gehorsamkeit die Schwingen aus und stieß sich vom Boden ab. Er musste am Ende seiner Kräfte sein, dennoch trug er seinen Herren in die Luft und in Richtung des Talausgangs.

Alexis atmete tief durch, um sich zur Ruhe zu zwingen. Schon konnte er in der Ferne einen winzigen Schatten in der Luft erahnen, wo sein Vater auf Meteor seine Kreise ziehen musste, während er wartete. Er durfte nicht merken, wie schrecklich sein Sohn sich fühlte, sonst würden die Konsequenzen schlimm sein. Also zwang Alexis sich zu einem neutralen Gesichtsausdruck, als er seinen Vater einige Zeit später erreichte.

»Was hat so lange gedauert?«, rief dieser verärgert herüber. »Ich hoffe für dich, dass nichts schiefgegangen ist!«

»Nein, Vater«, gab Alexis zurück und bemühte sich, das Zittern in seiner Stimme zu unterdrücken. »Das Ritual war nur kräftezehrend und ich bin etwas erschöpft.«

»Aber es war erfolgreich?«, hakte sein Vater grimmig nach und ließ den Blick über den silbernen Drachen schweifen. »Du hast das Ritual fehlerlos durchgeführt?«

»Ja«, erwiderte Alexis knapp. Dass er das letzte Wort nicht laut ausgesprochen hatte, verschwieg er lieber, außerdem änderte es ja nichts. Das Ritual war dennoch beendet worden.

»Na also«, knurrte sein Vater und riss seinen eigenen Drachen grob herum. »Dieser Silberdrache wird uns gute Dienste leisten, Sohn. Schon morgen werden wir beginnen, ihn auszubilden, damit er möglichst rasch im Kampf einsetzbar ist. Ich erwarte, dass du mit ihm schnell Fortschritte erzielst.«

»Ja, Vater«, erwiderte Alexis und war froh, als sein Vater Meteor antrieb, um zurück nach Hause zu fliegen. Nun würde er eine Weile nicht reden müssen, und sobald sie zu Hause waren, würde er sich endlich zurückziehen und den Schock ungesehen verarbeiten können. Und auch, wenn er sich schon am Folgetag wieder dem würde stellen müssen, was er Aron angetan hatte, war er froh über die kurze Pause, die ihm bis dahin blieb.

TEIL 1

BEGEGNUNG

Aber Simon!«

Seufzend verdrehte der Angesprochene die Augen. »Nein, Jana«, antwortete er mehr oder minder geduldig. »Heute kommt Lisa mit, und damit Schluss.«

»Aber ich bin älter als sie!«

»Eben.« Simon zog bedeutungsvoll die Augenbrauen hoch. »Schwesterchen, du bist zwölf Jahre alt und weißt noch immer nicht, wo man wirklich gute Wolle bekommen kann und wie man ordentlich handelt. Lisa ist drei Jahre jünger als du und in beidem schon sehr geschickt. Sollte das nicht Grund genug für dich sein, schleunigst aufholen zu wollen?«

»Wer will schon langweiligen Handel betreiben?« Jana zog eine abfällige Grimasse. »Es ist viel spannender, mit dir zum Fluss zu gehen! Außerdem hat Lisa dafür überhaupt nicht genug Kraft. Sie hat es noch nie geschafft, ihren Eimer alleine den ganzen Weg zurück zu tragen.«

»Ja«, entgegnete Simon trocken, »und du schaffst das nur, weil du jedes Mal den Großteil des Wassers verschüttest.« Seine Schwester warf ihm einen empörten Blick zu, wusste jedoch erst einmal nichts mehr zu erwidern.

»Na, seid ihr fertig?« Die Mutter der beiden nahm die kurze Stille zum Anlass, den Kopf in das kleine Zimmer zu strecken. Jana jedoch schien gerade dadurch jedoch ihre Worte wiederzufinden.

»Überhaupt nicht! Simon meint, ich müsse lernen, Wolle zu kaufen, weil ich doch schon zwölf sei. Aber er ist doch schon vierzehn und kann es selber nicht!«

»Ich handle ja auch mit anderen Dingen«, konterte er seufzend.

Seine Mutter legte Jana eine Hand auf die Schulter. »Außerdem ist er ein Junge«, ergänzte sie. »Er hat nicht viel damit zu tun, Kleidung und Derartiges herzustellen. Er jagt für uns, versorgt uns und handelt wenn, dann mit Teilen der erjagten Beute. Und trotzdem ist selbst er im Handeln mit Wolle und Garn geschickter als du.« Mit der freien Hand tippte sie ihrer Tochter vielsagend vor die Brust, dann zog sie sie trotz aller Gegenwehr mit nach draußen, um zum Markt im Nachbardorf aufzubrechen. Simon verharrte noch einen kurzen Moment, dann trat er ebenfalls vor die kleine Hütte.

»Es ist doch wichtig, dass ich alles über den Handel lerne«, erklang eine leise Stimme links von ihm. »Wie soll ich denn sonst helfen, dass wir über die Runden kommen?«

Simon betrachtete seine zweite Schwester. Er wunderte sich immer wieder, wie reif Lisa trotz ihrer neun Jahre bereits war und dass sie so viel davon verstand, was für das alltägliche Leben der kleinen Familie wichtig war. Sie war eher still und versteckte ihre dunklen Augen gerne hinter ihren ebenfalls dunkelbraunen Haaren, doch sie war eine äußerst aufmerksame Zuhörerin.

Simon riss sich aus seinen Gedanken und griff nach drei leeren Eimern. Einen davon reichte er seiner Schwester. »Natürlich ist das wichtig«, bestätigte er. »Mach dir keine Gedanken. Jana steckt ihre Energie viel lieber in Spiele und alles, was in ihren Augen ein Abenteuer darstellt. Irgendwann wird sie es noch lernen, aber so lange bist du ihr voraus. Und nun komm, denk nicht mehr daran. Lass uns losgehen.« Aufmunternd nickte er in Richtung des Waldes, der nur wenige Dutzend Meter entfernt begann, da ihre Hütte direkt am Rande Tarans lag.

Lisa folgte ihm bereitwillig. Gemeinsam folgten sie dem sandigen Pfad, der unter dem grünen Blätterdach hindurch zum nahegelegenen Fluss führte. Am Ufer angekommen, machte Simon sich sofort daran, die Eimer zu befüllen, während seine Schwester neben ihm stand und stumm wartete.

In diesem Moment zerriss ein lautes Geräusch die Luft. Vögel stoben schimpfend auf und ergriffen die Flucht, auch wenn der Ursprung des Lärms eindeutig etwas weiter entfernt lag. Simon hielt in der Bewegung inne und verharrte wachsam. Lisa bedachte ihn mit einem erschrockenen Blick, doch er schüttelte fast unmerklich den Kopf und lauschte.

Wenige Sekunden verstrichen, dann erklang es wieder. Nun war er sich sicher: Es handelte sich um ein Brüllen. »Das muss aus der Schlucht kommen«, murmelte er mehr zu sich selbst als zu dem Mädchen neben sich, dennoch machte dieses einen Schritt auf ihn zu, die Augen groß vor Schreck.

»Aber was ist das für ein Tier? Eine Raubkatze?«

»Nein«, entgegnete Simon nachdenklich, »es klingt anders als ein Puma oder so etwas. Ich weiß es auch nicht genau – aber ich muss es herausfinden!« Er wuchtete den letzten Eimer ans Ufer und blickte seine Schwester eindringlich an. »Lisa, lauf zurück ins Dorf, und beeil dich. Keine Umwege, kein Zögern. Sag Bescheid, dass in der Schlucht irgendein großes Tier ist, aber bleib danach im Dorf, bis ich herausgefunden habe, was es für eines ist!«

Die Angesprochene riss entsetzt die Augen auf. »Aber …«, hob sie hilflos an, verstummte aber sofort wieder.

»Kein Aber«, wies er sie nachdrücklich an. »Die Leute im Dorf müssen Bescheid wissen. Also lauf!« Diesmal zeigten seine Worte Wirkung. Lisa drehte sich um und eilte den Weg zurück, auf dem sie gerade erst gekommen waren. Simon blickte ihr noch einen Augenblick lang nach, dann bewegte ihn ein neuerliches Brüllen dazu, sich auf die Herkunft desselbigen zu konzentrieren. Noch nie hatte er einen derartigen Laut gehört, doch er klang mächtig – und wütend, sehr wütend sogar. Er war sich ganz sicher, dass der Lärm aus der nahegelegenen Schlucht kam. Sie war nicht sonderlich groß und lag etwas abgelegen, doch Simon kannte sich dort gut aus. Als kleiner Junge hatte er zwischen den Felsblöcken gespielt und klettern gelernt, als er älter wurde, hatte er dort seine ersten

Jagdtechniken geübt. Zwar war er nun schon eine ganze Weile nicht mehr dort gewesen, dennoch erinnerte er sich noch an den halb versteckten Pfad, der ohne größere Hindernisse zum Boden der Spalte führte.

Nach kurzem Überlegen ließ er die Eimer einfach am Ufer stehen und setzte sich in Bewegung, um zu genau diesem Pfad zu gelangen. Das sich ständig wiederholende Brüllen bestätigte ihn in seiner Vermutung, noch bevor er einige Minuten später sein Ziel erreichte und sich so leise wie möglich zum unteren Ende der Schlucht bewegte. Da diese eine leichte Kurve beschrieb, konnte er noch keinen Blick auf den Urheber des Lärms erhaschen, doch nun konnte er auch noch andere Geräusche wahrnehmen. Waren das Stimmen? Ja, ganz sicher, mehrere Männer schrien sich etwas zu, doch er konnte ihre Worte nicht verstehen. Wieder erklang das zornige Brüllen, ohrenbetäubend laut mittlerweile. Simon pirschte sich so weit vorwärts, dass das Geschehen sich nun direkt vor ihm abspielte. Einen Moment lang verharrte er noch, dann wagte er es, einen Blick über die Gesteinsformation hinweg zu werfen, hinter die er sich duckte.

Was er sah, verschlug ihm den Atem: Sechs Männer kämpften mit einem riesigen, geflügelten Ungetüm, einem Reptil gleich. Dieses tobte und biss um sich, aber die Männer waren auf der Hut: Drei Schlingen legten sich um den Hals des Tieres, dann zwangen die Männer es mithilfe weiterer Seile zu Boden und fixierten es. Sie gingen, wie sie sich zuriefen, um eine Eisenkette zu holen. Das Ungetüm ließen sie gefesselt zurück. Simon erschrak: Das riesige Tier war ein Drache!

Er hatte schon oft Geschichten gehört, nach denen Drachen wirklich existierten. Bislang hatte er diese immer als Märchen oder Aberglauben abgetan, doch nun lag vor ihm der Beweis. Die geschuppte Haut, die gewaltigen, fledermausartigen Schwingen, die Zacken an Hals und Schwanz. Kein Zweifel, bei dem Wesen handelte es sich tatsächlich um einen Drachen.

Die Legenden besagten, dass Menschen zur bevorzugten Beute der blutrünstigen Bestien gehörten und bei einer Begegnung kaum

Chancen hatten, mit dem Leben davonzukommen. Simon erinnerte sich dunkel an eine Geschichte, nach der es einem seiner Urahnen angeblich gelungen sein sollte, einen Drachen zu bändigen und zu reiten, dass er dies jedoch mit einer seiner Hände bezahlt hätte.

Er schauderte. Schon durch die bloße Nähe zu der Bestie, und mochte sie auch gefesselt sein, befand er sich in größter Gefahr. Ihm war klar, dass es das Beste wäre, sich umzudrehen und schleunigst zu verschwinden, bevor das gefesselte Tier sich womöglich noch befreite. Doch etwas ließ ihn in seinem Versteck verharren und einen weiteren Blick auf den Drachen werfen. Unter den blaugrauen Schuppen waren die Muskeln angespannt, während er die dicken Seile zu sprengen versuchte, die Schwanzspitze zuckte erregt hin und her. Ein an- und abschwellendes Knurren hallte durch die Schlucht.

Simon atmete noch einmal tief durch, dann wollte er aufspringen und sich eilig davonmachen. Besser, die Männer würden gar nicht erst bemerken, dass er sie beobachtet hatte. Das waren keine normalen Jäger oder Fallensteller, wer konnte schon sagen, wie sie reagieren würden.

Als er sich jedoch ein Stück aufrichtete, spürte er ein merkwürdiges Ziepen in seinem Inneren. Irritiert hielt er inne. Was war das? Das Gefühl wandelte sich zu einem Druck, nicht stark, aber doch wirksam. Simon wusste nicht, wie ihm geschah, als seine Füße sich wie von selbst bewegten und genau die falsche Richtung einschlugen.

Der Drache hatte sich weiter gegen seine Ketten gestemmt, doch nun hielt er schlagartig in der Bewegung inne und seine kalten, grünen Augen richteten sich auf Simon, der unter dem Blick erschauderte. Er zwang sich, erneut stehenzubleiben, wollte sich umdrehen und weglaufen, doch das Gefühl in seinem Inneren schien ihn festzuhalten. Langsam glitt sein Blick über den geschuppten Körper des Ungetüms. Es starrte ihn weiterhin feindselig an, doch seine Flanken hoben und senkten sich in schneller Abfolge. Die langen Klauen, die den Boden zerfurcht hatten, berührten nun reglos den staubigen Untergrund und schienen nur noch halbherzig angespannt zu sein. So stark und gefährlich der Drache auch sein mochte, der Kampf gegen die Fesseln hatte ihn erschöpft.

Simon zog es das Herz zusammen, und er machte er einen Schritt vorwärts. Die ohnehin schon zu Schlitzen verengten Pupillen des Wesens zogen sich noch mehr zusammen, dafür wurde das Grollen aus seiner Kehle lauter.

»Als ob du in der Position wärst, mir zu drohen«, entfuhr es Simon, wenn auch eher als gemurmelter Kommentar. Dennoch verstummte das Geräusch einen Moment lang, der Drache fixierte ihn noch intensiver.

Simon griff an seinen Gürtel und zog sein Jagdmesser, welches nicht wertvoll, aber scharf war. Schritt für Schritt näherte er sich dem Drachen, wobei er einen Bogen um dessen Kopf machte. Dabei fragte er sich, was er da eigentlich tat. Er sollte abhauen, nicht noch näher an das Untier herangehen! Doch der Drang in seinem Inneren war zu stark, ließ ihn an die Flanke des gefesselten Drachen treten. Dieser konnte den Kopf nicht so weit drehen und zerfurchte wieder den Boden mit den Klauen. Ein erneutes Grollen löste sich aus seiner Kehle, ganz leise zunächst.

Simon packte den Griff des Messers fester, dann setzte er die Schneide an einem der Stricke an. Seine Hand zitterte, als er die eingedrehten Fasern zu zerschneiden begann. Was geschah hier? Was tat er nur? ›*Das ist doch verrückt!*‹, schrie er sich innerlich selbst an, dennoch hörte er nicht auf, an dem Tau zu arbeiten und es Stück für Stück durchzutrennen. Es war gut gearbeitet und aus mehreren Elementen gedreht, die wiederum aus vielen verflochtenen Fasern bestanden. Das Grollen des Drachen wurde stetig lauter und ließ Simons Herz schneller und schneller schlagen.

Es dauerte eine gefühlte Ewigkeit, bis das Seil plötzlich nachgab und das letzte Stück zerriss. Das Geräusch, ein Ratschen, hallte unnatürlich laut durch die Schlucht, als wolle es die Jäger alarmieren und zur Eile antreiben, schneller zu ihrer Beute zurückzukehren.

Als habe das Reißen außerdem den Drachen aufgeschreckt, begann dieser wieder zu brüllen und zu toben. Nun, wo ihn eine

Fessel weniger hielt, hatte er ein wenig Bewegungsfreiheit zurückgewonnen und wand sich hin und her, während er sich gegen die restlichen Taue stemmte. Simon zuckte keuchend zurück und hätte beinahe das Messer fallen lassen. Er atmete einige Male hektisch ein und aus, erst dann konnte das Ziepen in seinem Innern ihn dazu bewegen, sich dem nächsten Strick zuzuwenden.

Es wurde noch schwieriger, diesen zu durchtrennen. Der Drache tobte unvermindert und versuchte immer wieder, sich aufzubäumen. Die Seile wurden dadurch hin und her gezerrt, auch wenn sie nicht nachgaben. Es war fast unmöglich, mit der Messerschneide immer wieder durch dieselbe Einkerbung zu fahren. Einmal rutschte die Klinge ab und Simon hätte sich beinahe selbst in die linke Hand geschnitten, mit der er das Tau festzuhalten versuchte. Sein Atem ging schnell und er begann zu schwitzen, während er seine Bemühungen fortsetzte. Endlich hatte er mehr als die Hälfte des Seils durchtrennt, die starke Belastung tat ihr Übriges und es zerriss ebenfalls.

Beinahe zeitgleich gelang es dem Drachen, einen der dünneren Stricke zu lösen, der seinen Kopf fixiert hatte. Die kleine Felszacke, an der das Ende befestigt gewesen war, hatte dem kraftvollen Zerren nachgegeben und war abgebrochen. Das Ungetüm drehte den Kopf, soweit es ihm möglich war, und richtete den Blick wieder auf Simon. Die Kiefer mit den messerscharfen Zähnen schnappten zusammen.

»Ein schöner Dank«, zischte Simon zwischen zusammengebissenen Zähnen, während er den verklebten Griff seines Messers an seiner Hose abwischte und dann erneut fest umfasste.

Gerade setzte er die Klinge an den nächsten Strick an, da straffte sich dieser und riss, als der Drache regelrecht explodierte und mit einem Aufbäumen seine übrigen Fesseln sprengte. Er riss den Kopf in die Höhe, schlug hart mit den Flügeln und erhob sich in die Luft, um mit einem letzten Brüllen aus der Schlucht zu schießen.

Ein Flügel hatte Simon getroffen und ihn zu Boden geschleudert, wo er mit der Schulter auf dem steinigen Boden aufgeschlagen und benommen liegengeblieben war. Es summte in seinen Ohren, mit halb geöffneten Augen meinte er viele Farben zu sehen, die ineinander verschwammen und Muster erzeugten, die seinen Augen schmerzten. Stöhnend drehte er sich auf die Seite und rollte sich zusammen, um sein Gesicht vor dem hellen Licht zu schützen.

Simon wusste nicht, wie viel Zeit verstrichen war, aber schließlich konnte er wieder halbwegs klar denken und die Welt verhielt sich wieder so, wie sie sollte. Ächzend rappelte er sich auf - und zuckte erschrocken zusammen. Die Männer waren zurück - und sie waren wütend! Unter zornigem Fluchen ließen sie die dicke, schwere Eisenkette fallen, die sie gemeinsam getragen hatten, und rannten auf ihn zu. Das Krachen, mit dem das schwere Metall auf den Boden traf, ließ Simons Kopf wieder klar werden. Er fuhr herum und rannte um sein Leben, doch seine Verfolger holten ihn ein. Im Nu hatten sie ihn umringt, ihm jeden Fluchtweg abgeschnitten, und näherten sich mit zornig funkelnden Augen.

»Das wirst du bereuen, Bürschchen!«, grollte einer von ihnen.

»Das Leben des Drachen gegen deines. Ein erbärmlicher Tausch, aber deine gerechte Strafe!« Die Worte eines zweiten Mannes jagten Simon Stiche der Furcht durch den Körper.

Schmerz explodierte in seinem Kopf, als einer der Männer ihm schwungvoll auf den Schädel schlug. Im nächsten Moment schrie er gequält auf, als ein Tritt seinen Rücken traf. Durch zusammengepresste Lider sah er, wie die Angreifer ihre Messer zückten.

Doch urplötzlich erfüllte ein Brüllen die Luft, das in Simons schmerzendem Kopf noch einmal hundertfach verstärkt klang. Ächzend presste er sich die Hände auf die Ohren. Er spürte, wie der Grund der Schlucht erbebte, als etwas mit voller Wucht auf die Männer niederschoss. Der Drache war zurück! Wie erstarrt beobachtete Simon, wie das Ungetüm zwei der Männer mit einem einzigen Klauenschlag niederstreckte und ein unheilverkündender Kampfruf durch die Schlucht hallte.

Einer der restlichen Angreifer zog ein langes Messer. Er schlich von hinten auf den Drachen zu, doch der riss ihm mit einem Peitschen des Schwanzes die Beine unter dem Körper weg. Wie eine Furie fuhr er herum, und was weiter geschah, wurde von dem großen, geschuppten Körper verborgen. In jedem Fall erstarben die Schreie des Mannes, und als Simon wieder etwas sehen konnte, lag er regungslos im Staub.

Simon selbst war wie erstarrt liegengeblieben und hatte nur noch den Drachen anstarren können. Seiner restlichen Umgebung wurde er sich erst wieder bewusst, als er grob gepackt und hochgezerrt wurde. Einer der beiden verbliebenen Männer drückte ihm ein Messer an die Kehle. Simon erkannte den Griff sofort: Es war sein eigenes Jagdmesser, das er bei der der Verfolgungsjagd fallengelassen hatte. Sein verstorbener Vater hatte es ihm geschenkt, und nun benutzte dieser grobschlächtige Hüne es gegen ihn. Zornig biss er die Zähne zusammen.

Der zweite überlebende Jäger kam dazu. Er hielt einen langen Speer und deutete mit einer Hand erst auf Simon, dann auf den tobenden Drachen. Kein Zweifel: Die Männer wollten ihn dem Drachen vorwerfen, um sich selbst einen Vorsprung zu verschaffen! Entsetzt winkelte er den linken Arm an und rammte den Jäger, der ihn festhielt, mit dem Ellenbogen. Die Klinge rutschte von seinem Hals, hinterließ jedoch einen dünnen Schnitt. Er kümmerte sich nicht weiter darum, sondern packte den Griff seines Messers, riss es los und befreite sich dann mit einer schnellen Drehung aus dem Klammergriff des Mannes. Der taumelte ächzend einige Schritte zurück. Als er sich wieder aufrichtete, lag Zorn in seinem Blick, doch schon im nächsten Moment weiteten sich seine Augen. Simon warf einen schnellen Blick über die Schulter: Der Drache hatte seine Schwingen ausgebreitet und schoss dicht über den Boden hinweg auf sie zu. Im selben Moment traf den Jungen ein Tritt, der ihn keuchen ließ. Er sah, wie die Männer davonrannten.

Entsetzt sprintete auch Simon los. Seine Hüfte schmerzte von dem Tritt, dennoch trieb er sich zur Eile an. Er musste hier weg! Das Blut pulsierte in seinen Adern und sein Kopf pochte heftig.

Im Grunde wusste er, dass er keine Chance hatte, doch er konnte nicht einfach aufgeben. Drei Schritte schaffte er noch, dann legte sich ein Schatten über ihn und er wurde am Oberkörper gepackt und in die Luft gerissen. »Nein!«, schrie er panisch auf.

Der Drache schoss über die beiden verbliebenen Jäger hinweg. Simon hörte ein kurzes, zweistimmiges Geschrei, das abrupt abbrach, dann war da nur noch das Rauschen der Flügel.

Verzweifelt umklammerte er sein Messer. Seine Oberarme wurden gegen seinen Körper gepresst, doch immerhin die Unterarme konnte er bewegen. Angestrengt versuchte er, die Krallen des Drachen zu erreichen, doch als die Klinge endlich traf, waren diese hart wie Stein und die Schneide rutschte daran ab. Simon versuchte noch, den Griff wieder fest zu umfassen, doch schon entglitt das Messer seinen Fingern und trudelte in die Tiefe. Er zappelte im Griff des Ungetüms, doch er kam nicht frei.

Als er schließlich innehielt, um nach Luft zu ringen, wurde ihm bewusst, dass der Drache an Höhe gewonnen hatte. Die Schlucht lag längst hinter ihnen und die Baumkronen, die weit unten vorbeischossen, waren viele Dutzend Meter entfernt. Ein Sturz aus dieser Höhe würde einen Menschen sicher das Leben kosten.

Resigniert gab er seine Anstrengungen auf. Er würde warten müssen, bis der Drache landete. Erst dann würde er einen neuen Versuch starten können, zu entkommen – und wahrscheinlich würde es die letzte Chance für ihn sein.

Irgendwann bemerkte Simon, dass sie niedriger flogen, und sein Puls beschleunigte sich erneut. Kopfschmerzen quälten ihn, seine angeschlagene Schulter pochte, doch er zwang sich, auf alles zu achten, was ihm nützen könnte.

Der Drache glitt an einigen Baumkronen vorbei auf eine Lichtung, wo er Simon absetzte und dann neben ihm landete. Jede Muskelfaser in Simons Körper war angespannt, als er den kurzen Moment der Freiheit nutzte und lossprintete. Fest heftete er die Augen auf das Gesträuch vor sich. Wenn er dort durchbrach, würde der Drache ihn vielleicht nicht so leicht verfolgen können!

So weit, wie Simon vorausgedacht hatte, kam er nicht einmal. Ein Schwanz peitschte ihm in den Weg, er rannte dagegen und verlor das Gleichgewicht. Ächzend spürte er, wie er hochgehoben und zu dem Wesen zurückgezogen wurde. Deutlich spürte er die

Stelle, an der einer der Jäger ihn getreten hatte, doch er wagte es nicht, die Hand zu bewegen, um die Verletzung zu betasten. Als er wieder festen Boden unter sich spürte, hob er schluckend den Kopf.

Der Drache legte sich auf den Bauch, die Hinterbeine unter dem Körper, die Vorderbeine angewinkelt. Aus dieser Position konnte er mit Sicherheit jederzeit blitzschnell aufspringen. Mit einer vorsichtigen Drehung seines Kopfes stellte Simon fest, dass er sich nun in einer Art Halbkreis zwischen dem Körper des Drachen und dessen Schwanz befand. Der einzige Ausweg führte an seinem Kopf mit dem Maul voll dolchartiger Zähne vorbei.

Simon war klar, dass er keinerlei Chance hatte, zu entwischen, und die Furcht drohte ihm das Bewusstsein zu rauben. Weshalb hatte der Drache ihn nicht sofort getötet wie die Männer auch? Wollte er Rache üben, obwohl Simon ihm ja eigentlich geholfen hatte? Verstanden diese Ungetüme etwas von Folter?

Der Drache schaute ihn an. Einen Moment lang dachte Simon, dass die grünen Augen ihn gar nicht mehr so kalt und zornig anblitzen würden wie zuvor, dann verwarf er den Gedanken wieder. Er hatte gesehen, was dieses Ungetüm mit den Männern angerichtet hatte.

Obwohl die Angst an seinen Eingeweiden nagte, konnte er eine gewisse Neugier nicht unterdrücken. Vorsichtig besah er sich das Wesen genauer. Wenn es stand, mochte er ihm gerade so über den Rücken gucken können. Hals und Schwanz waren lang und beweglich. Eine Reihe kleiner bis handgroßer Zacken zog sich vom Genick bis zur Schwanzspitze, lediglich auf dem Rücken wuchs entlang des Rückgrats nur schuppige Haut. Das Schwanzende war verknöchert. Die riesigen Flügel, die jetzt an den Körper angelegt waren, bestanden zum Teil nur aus einer dünnen, aber sehr stabilen Hautschicht. An jeder der vier Klauen saßen vier Zehen mit langen, gebogenen Krallen, fast so lang wie Simons Unterarm. Gegen dieses Tier hatte er keine Chance.

Der Drache hatte ihn offensichtlich lang genug gemustert. Er hob den Kopf, öffnete das Maul und – sprach! Entgeistert starrte Simon ihn an.

»Hallo, ich bin Maya. Guck nicht so. Hast du noch nie einen Drachen gesehen?«

Dass es sich bei dem gewaltigen Tier um ein Weibchen handelte, registrierte Simon nur am Rande. Er starrte die Drachin weiterhin an. Als er merkte, dass diese offenbar eine Antwort von ihm erwartete, schien sein Herzschlag einen Moment lang auszusetzen. Er musste sich zwingen, ein verständliches Wort herauszubringen. »Nein«, gestand er schließlich bebend.

»Ach herrje.« Maya legte den Kopf schief. »Also wusstest du auch nicht, dass wir sprechen können, und hast mich vermutlich für eine wilde, kopflose Bestie gehalten? Entschuldige, daran hätte ich denken können. Ich wollte dich nicht erschrecken. Wie heißt du eigentlich?«

»S... Simon«, antwortete er stotternd, während sich unter seine Angst zunehmend Verwirrung mischte.

»Nun, Simon«, fuhr die Drachin fort, »ich muss mich bei dir bedanken. Die Jäger haben mich in eine Falle gelockt und die Stricke waren zu dick, als dass ich sie alle hätte zerreißen können.« Sie zischte kurz, dann normalisierte ihre Stimme sich wieder. »Ohne dich hätte ich mich nicht befreien können. Es tut mir leid, wenn ich dir wehgetan habe, ich wollte nur noch weg von diesem Ort. Allerdings ...« Sie stutzte. »Ich dachte zuerst, du würdest zu den Männern gehören und nur eine einzelne Fessel lösen, damit du an meine Flügel herankommst. Deshalb habe ich auch so getobt. Wenn du aber noch nie einen Drachen gesehen hast ... wieso hast du mir dann geholfen? Und wieso bist du geblieben, obwohl du offensichtlich Angst hattest?«

Simon konnte noch immer nicht fassen, in was für einer Situation er sich gerade befand, daher dauerte es auch einen Moment, ehe er antworten konnte. »Ich weiß es nicht«, sagte er dann stockend, aber ehrlich. »Eigentlich wollte ich wegrennen, aber irgendetwas hat mich zurückgehalten.« Einen Augenblick lang fragte er sich, ob Drachen vielleicht auf irgendeine Weise Menschen beeinflussen konnten, doch Mayas nachdenkliches Kopfwiegen wischte diesen Gedanken fort.

»Ich habe schon von so etwas gehört«, meinte sie langsam. »Als Menschen und Drachen vor vielen Jahrhunderten zum ersten Mal aufeinandertrafen, fürchteten sich die Menschen und flohen, und die Drachen waren verwirrt und hielten sich fortan fern. Ein junges Drachenmännchen traf jedoch auf einen Menschenjungen. Es heißt, dass die beiden sich zueinander hingezogen fühlten. So erkannten sie, dass es keinen Grund für Angst oder Zurückhaltung gab.

Zu dieser Zeit war das Land noch von mehr Magie durchdrungen, als es heute der Fall ist, und als die beiden sich in einem Ritual ewige Freundschaft schworen, erschufen sie damit ein Seelenband. Dieses können Mensch und Drache bis heute durch die sogenannte Verpflichtungszeremonie eingehen.

Diese Geschichte ist schon sehr alt, aber Fakt ist, dass es die Verpflichtung wirklich gibt und das Ritual besonders von Menschen und Drachen durchgeführt wird, die sich auf seltsame Art voneinander angezogen fühlen. Sie gehören danach zusammen und helfen einander.« Die Drachin verstummte und betrachtete Simon prüfend, als ob sie über etwas nachdachte.

Er brauchte einen Moment, um die Bedeutung der Geschichte zu begreifen, dann beschleunigte sich sein Herzschlag. Er schob sich ein Stück rückwärts, stieß dann aber gegen den Schwanz des Drachenweibchens und zuckte erschrocken zurück.

Maya blinzelte und schien erst jetzt zu merken, dass sie ihn quasi gefangen hielt. »Entschuldige«, sagte sie und zog ihren Schwanz beiseite. »Ich wollte dich nicht hier festhalten. Es war nur so ein Gedankengang.«

Simon starrte sie nur an, er traute sich nicht, in irgendeiner Form zu reagieren. Die Drachin seufzte leise. »So bringt das nichts. Also, du kommst sicher aus der Gegend um die Schlucht herum, nicht wahr? Ich bringe dich dorthin zurück.« Als sie sich erhob und einen Schritt auf ihn zu machte, huschte Simons Blick zu ihren scharfen Klauen. Maja bemerkte es und seufzte noch einmal, klang dieses Mal aber fast ein wenig amüsiert. »Hey, habe ich dich gerade eben vielleicht verletzt, als ich dich aus der Schlucht getragen habe?

Na bitte. Aber wenn es dir lieber ist, kannst du auch einfach auf meinem Rücken sitzen, das ist vielleicht bequemer.« Sie drehte ihm die Schulter zu und machte eine vielsagende Kopfbewegung.

Simon schluckte. Er konnte sich nicht vorstellen, sich der Drachin noch einmal zu nähern, geschweige denn, sich auf ihren blanken Rücken zu setzen. »Danke, aber ich kann auch laufen …«, erwiderte er leise, doch als Maya ihm den Kopf entgegenreckte, verstummte er wieder.

»Ich habe dich eine ziemliche Strecke fort von der Schlucht getragen. Zu Fuß wärst du frühestens heute Abend zurück, selbst wenn du auf Anhieb den richtigen Weg finden würdest.«

Simon riss die Augen auf. Daran hatte er überhaupt nicht gedacht! Doch nun erschien es ihm nur logisch, als er daran dachte, wie schnell die Bäume unter ihm hinweggerauscht waren und wie lange er hilflos in den Klauen der Drachin gehangen hatte.

»Na komm schon«, ermutigte Maya ihn noch einmal. »Wo soll ich dich hinbringen?«

Simon zögerte noch kurz, dann gab er notgedrungen nach. »Ich habe meine Eimer am Fluss stehenlassen.«

»Gut, dann komm.« Die Drachin blickte ihn abwartend an, doch noch immer konnte er sich nicht überwinden, auf ihren Rücken zu klettern. Sie wartete einige Sekunden ab, dann schüttelte sie seufzend den Kopf. »Na gut, wie du willst.« Mit drei großen Schritten umrundete sie ihn, und ehe er sich umwenden konnte, spürte er schon, wie ihre Vorderklauen sich erneut um seinen Oberkörper schlossen. »Du solltest deine Arme anheben«, erklang Mayas Stimme über ihm. Er hatte kaum noch Zeit, ihrer Aufforderung zu folgen, dann festigte ihr Griff sich, während sie im gleichen Moment die Schwingen öffnete und sich mit den Hinterbeinen vom Boden abstieß.

Simon vergaß zu atmen, als die Lichtung in schwindelerregendem Tempo unter ihm schrumpfte. Die Baumkronen schmolzen zu einem Meer aus Grün zusammen. Als die Drachin sich einmal um sich selbst drehte, konnte er sehen, dass die grünen Wogen sich nach allen Seiten bis zum Horizont ausdehnten. Von der kleinen

Grasebene, an deren Rand sein Dorf lag, oder auch dem Fluss war nichts zu sehen. Er hatte keine Ahnung, in welcher Richtung sein Zuhause lag, doch Maya flog sehr zielstrebig. »Genießt du die Aussicht?«, fragte sie und klang erneut amüsiert.

Er konnte nicht antworten, dieses Mal jedoch, weil er so gebannt von dem war, was er sah. Bei seinem ersten, unfreiwilligen Flug war er viel zu sehr in Panik gewesen, um den Ausblick überhaupt wahrzunehmen, doch nun kam er aus dem Staunen nicht mehr heraus.

In einiger Entfernung drehte ein Vogelschwarm unter alarmiertem Kreischen ab und entfernte sich von der großen Drachin, doch unter sich konnte er eine Lichtung sehen, auf der einige Rehe ästen und nichts von dem Raubtier am Himmel bemerkten. Er verdrehte den Kopf, um die Tiere noch möglichst lange im Blick behalten zu können, doch da er am Oberkörper gehalten wurde, konnte er sich nur eingeschränkt drehen. So wandte er sich wieder nach vorn und zuckte zusammen, als er dabei Mayas Blick begegnete. Sie hatte den Kopf im Flug leicht gedreht, um ihn ansehen zu können. Nun zwinkerte sie ihm zu.

»Ich habe dir ja gesagt, dass du dich auf meinen Rücken setzen solltest.« Ihr Blick bohrte sich in seinen, dann blitzte irgendetwas darin auf. Im nächsten Moment spürte Simon, wie ihre Klauen sich öffneten. Wie ein Stein fiel er abwärts, dem fernen Dach des Waldes entgegen. Er konnte nicht anders, als entsetzt aufzuschreien, doch der Laut brach schlagartig ab, als unter ihm ein blaugrauer Schemen erschien und sein Fall mit einem Ruck ein Ende fand. Keuchend blickte er sich um, das Herz schlug ihm bis zum Hals.

Die Drachin spähte erneut nach hinten. »Alles klar bei dir?« Ihre Stimme klang fast schelmisch. »Halt dich einfach fest und genieß den Ausblick.«

Nur langsam begriff Simon, dass sie genau diesen Plan verfolgt hatte, als sie ihn losgelassen und wieder aufgefangen hatte: Er saß nun auf ihrem Rücken. Als er sich der Höhe wieder bewusst wurde, griff er hastig nach einem der Halszacken und klammerte sich daran fest. Anstatt zur Ruhe zu kommen, beschleunigte sein Puls sich nachträglich noch einmal. In seinen Ohren rauschte es und er brauchte einen Moment, bis er bemerkte, dass Maya erneut mit ihm sprach.

»So stark festklammern musst du dich nun auch wieder nicht. Keine Sorge, dir passiert nichts. Und da vorne sehe ich schon den Fluss, schau mal!«

Er folgte ihrem Blick und konnte tatsächlich zumindest erahnen, dass zwischen dem dichten Grün der Bäume eine Schneise lag. Das musste das Flussbett sein. Wenige Minuten später lag das sprudelnde Wasser unter ihnen. Simon lehnte sich nun doch vorsichtig nach vorn, ein kleines Stück nur, um an der Drachenschulter vorbei in die Tiefe blicken zu können. Der Fluss war hier ein wenig schmaler als dort, wo er immer die Eimer füllte, außerdem ragten einige kleine Felsen aus den Fluten. Das Wasser schäumte und floss schneller als weiter flussaufwärts. Vermutlich war die Strömung hier auch deutlich stärker.

Maya flog in entgegengesetzter Richtung zum Strom. »Ist das dein Dorf?«, fragte sie plötzlich verwundert und flog tiefer. Als er ihrem Blick folgte, entdeckte er zwischen den Bäumen nahe am Wasser verkohlte Mauerreste und einige geschwärzte Balken.

»Nein«, antwortete Simon, »das ist ein früheres Nachbardorf, aber es ist abgebrannt, als ich noch ganz klein war.« Im nächsten Moment erstarrte er und hätte sich am liebsten auf die Zunge gebissen. Nun wusste die Drachin, dass er ganz in der Nähe lebte! Was, wenn sie sein wirkliches Heimatdorf, Taran, heimsuchen würde?

Maya jedoch schien nichts zu merken. Sie flog weiter über dem Fluss und suchte mit ihren Blicken das Ufer ab. Schließlich schwenkte sie zu den Bäumen, die rechts von ihr wuchsen, und sank noch tiefer. Simon entdeckte die sandige Uferstelle, an der noch immer seine drei Eimer standen. Sie bremste kurz davor ab und setzte dann auf dem sandigen Boden auf. Anschließend legte sie sich flach auf den Boden und zog die Flügel an den Körper. Offenbar wollte sie Simon das Absteigen erleichtern.

Zögerlich folgte er der stummen Aufforderung. Als er wieder festen Boden unter den Füßen hatte, drehte er sich sofort um, doch die Drachin erhob sich nur und machte keine Anstalten, ihn zu packen oder anzugreifen.

»Oh, nun ist etwas Sand in die Eimer geweht, entschuldige. Aber wieso sind es überhaupt drei Stück? Die kannst du doch gar nicht auf einmal tragen.«

»Ich war nicht alleine unterwegs«, antwortete er vorsichtig. Er wusste nicht, wie viel er preisgeben und was er lieber für sich behalten sollte, auch wenn sich in seinem Bauch wieder das seltsame Gefühl ausbreitete und ihm zuflüsterte, seiner geschuppten Gesprächspartnerin zu vertrauen.

»Ach so«, meinte Maya und blickte sich suchend um. »Aber jetzt bist du hier allein mit den Eimern. Soll ich dir helfen? Ich könnte zwei der Eimer tragen, das ist überhaupt kein Problem.«

Fieberhaft überlegte Simon, was er antworten sollte. Wie konnte er das Angebot ausschlagen, ohne seine Ängste offenzulegen?

Doch sein Blick schien genug zu sagen. Maya blinzelte und nickte. »Ich verstehe schon, keine Sorge. Nun gut, dann lasse ich dich jetzt allein. Danke noch einmal.«

Sie zögerte noch kurz, doch dann breitete sie die Schwingen wieder aus und erhob sich in die Lüfte. Mit jedem Flügelschlag zurück den Fluss hinab entfernte sie sich weiter und war schnell um eine Kurve verschwunden.

Simon starrte ihr sprachlos nach. Noch immer konnte er nicht ganz begreifen, was ihm in der letzten Stunde alles passiert war. Am Ufer bei den Wassereimern zu stehen, ließ das ganze fast wie einen seltsamen Tagtraum erscheinen, doch im Sand neben sich konnte er die großen, leicht verwischten Klauenspuren sehen. Außerdem bestätigten ihm die Schmerzen an Kopf und Hüfte, dass der Kampf mit den Männern wirklich stattgefunden hatte.

Zögerlich blickte Simon zu den Wassereimern. Erst war er versucht, sie alle drei im Unterholz zu verstecken und sich schleunigst auf den Heimweg zu machen, doch dann sagte er sich, dass die Drachin seine Geruchsspur so oder so verfolgen konnte, wenn sie wollte, egal, wie schnell er rannte. So füllte er zumindest einen der Eimer mit frischem, klarem Wasser und nahm ihn mit sich, die anderen beiden verbarg er hinter einigen Sträuchern. Dann lief er den Pfad durch den Wald zurück nach Taran.

Schon von weitem sah er drei Gestalten im Schutz der kleinen Hütte stehen, in der er wohnte. Als sie ihn entdeckten, riefen sie seinen Namen und rannten auf ihn zu. Auch andere Dorfbewohner wandten sich um und blickten ihm entgegen.

MAYA

Jana erreichte ihn zuerst. Er konnte gerade noch den Eimer abstellen, da fiel sie ihm auch schon stürmisch in die Arme. »Du bist wieder da!«, rief sie aufgeregt. »Dir ist nichts passiert!«

Lisa kam wenige Sekunden später bei ihm an. Sie so aufgelöst zu sehen war selten, doch auch sie drückte sich an ihn und ihre Stimme zitterte. »Was war das für ein Tier und wieso warst du so lange weg?«

Zu allerletzt kam seine Mutter heran. Da er schon seine beiden Schwestern in den Armen hielt, blieb sie einfach nur vor ihm stehen, doch in ihren Augen schimmerte es verdächtig. »Wir haben uns solche Sorgen gemacht«, sagte sie leise. »Was war da draußen nur los? Du hättest mit Lisa zurück ins Dorf kommen sollen.«

»Es kam aus der Schlucht«, erklärte Simon, während er sich ins Dorf führen ließ. »Ich musste einfach wissen, woher dieses Brüllen kam.« Einige der anderen Dörfler kamen neugierig näher, doch seine Mutter schob ihn in die Hütte und schloss energisch die Tür. Sie drehte sich zu ihm um, drückte ihn sanft auf einen Hocker und schenkte ihm einen Becher Milch ein. Am liebsten hätte er abgelehnt, Milch war teuer und sie hatten immer gerade genug, um ein wenig davon in den Brotteig zu geben, doch sie ließ sich nicht abwimmeln. Erst, als er das Gefäß entgegengenommen und einige Schlucke daraus getrunken hatte, brach sie ihr Schweigen.

»Und, was hast du gesehen?«

Simon sah die Blicke seiner Familie auf sich gerichtet. Er überlegte noch, ob er das Geschehen irgendwie verharmlosen konnte, da flog die Tür auf und eine Gestalt schlüpfte in die Hütte. Das Mädchen war in seinem Alter, die blonden Haare, die das schmale Gesicht mit den blauen Augen umrahmten, waren zerzaust. Simon vermutete, dass seine beste Freundin zu seiner Hütte gerannt war, sobald die Kunde von seiner Rückkehr sich im Dorf verbreitet hatte.

»Was ist passiert?«, japste sie. Sie musste irgendwo außerhalb gewesen sein, vielleicht auf den Feldern am anderen Ende Tarans. »Du hast nichts verpasst, Katharina«, beruhigte seine Mutter sie und wies sie mit einer knappen Handbewegung an, sich neben Jana und Lisa zu setzen. »Simon wollte es uns auch gerade erst erzählen.«

Nun waren es schon vier Augenpaare, die sich auf Simon richteten. Da ihm nicht einfallen wollte, wie er das Geschehen vorsichtig hätte umschreiben können, sagte er es einfach, wie es war: »Das Brüllen kam von einem Drachen.«

Lisa riss die Augen auf, seine Mutter sog scharf Luft ein. Katharina wusste überhaupt nichts zu sagen und sah ähnlich entgeistert aus wie seine jüngste Schwester. Nur Jana erholte sich schnell von ihrem Schrecken und rief aus: »Ein Drache? Simon, ist das wirklich wahr? Hast du gegen ihn gekämpft?«

Er schüttelte den Kopf, bevor er seine Mutter anblickte. »Diese Geschichten über meinen angeblichen Urahnen, sind die wahr?«

»Ein Drache …«, murmelte seine Mutter, als habe sie seine Frage überhaupt nicht gehört. Erst dann blinzelte sie und schien wieder zu sich zu kommen. »Ich habe keine Ahnung. Aber du machst keinen üblen Scherz mit uns? Die Legenden über die Existenz von Drachen sind wirklich wahr?«

Er nickte. »Genaugenommen war es eine Drachin. Da waren Jäger in der Schlucht, die sie eingefangen hatten. Als sie fortgingen, um stärkere Ketten zu holen …« Er zögerte kurz, doch es gab keinen Weg, das Geschehene anders darzustellen, als es war. »Eigentlich wollte ich verschwinden, aber irgendetwas hat mich bleiben lassen. Ich habe die Seile durchtrennt.«

Diesmal waren es alle vier Zuhörerinnen, die entgeistert Luft ausstießen. »Du hast *was* getan?!«, hakte Katharina fassungslos nach. »Wolltest du dich umbringen?«

»Ich weiß auch nicht genau, was mit mir los war«, gestand Simon. »Es war einfach so ein Gefühl, ich konnte mich nicht wehren. Das Drachenweibchen hat mir aber nichts getan, es ist einfach fortgeflogen.«

»Weshalb warst du dann so lange weg?«, fragte seine Mutter. Fast wäre er bei der Frage zusammengezuckt. Er hatte gehofft, Katharina und ihr später davon berichten zu können, wenn seine beiden jüngeren Schwestern nicht zuhörten. Doch nun ließ es sich nicht vermeiden, eine Ausrede erfinden konnte er nicht.

»Naja«, räumte er ein, »die letzten Stricke hat die Drachin selbst zerrissen. Als sie aufsprang und wegflog, hat sie mich mit einem ihrer Flügel getroffen und ich bin gestürzt. Bis ich dann wieder hochkam …« Er atmete ein letztes Mal durch und wappnete sich innerlich. »… waren die Jäger zurück.«

Er hatte erneute Laute des Entsetzens erwartet, doch die blieben aus.

Vier aufgerissene Augenpaare waren auf ihn gerichtet, in denen sich Furcht spiegelte, obwohl er doch längst zurück war. Lediglich Katharina schien weniger panisch als mehr gebannt zu sein und nickte ihm zu, als wolle sie ihn dazu bringen, endlich fortzufahren.

Nun gab es sowieso kein Zurück mehr. Er erzählte die ganze Geschichte. Die Augen seiner Zuhörerinnen weiteten sich immer mehr, von Zeit zu Zeit gaben sie ungläubige Laute von sich. Als er geendet hatte und schnell einen Schluck Milch seine Kehle hinabrinnen ließ, legte sich Schweigen über die Hütte. Seine Mutter, seine Schwestern und auch Katharina schienen zunächst verarbeiten zu müssen, was sie gehört hatten.

»Das ist unglaublich«, befand seine beste Freundin schließlich. »Simon, dir hätte wer-weiß-was passieren können!«

»Ich weiß«, gab er zu, »aber ich konnte nicht anders. Ich habe doch auch keine Ahnung, was mich da getrieben hat.«

»Hauptsache, du bist wieder wohlbehalten zurück.« Seine Mutter trat zu ihm und schlang die Arme um ihn. Während sie ihn fest an sich drückte, meldete Jana sich zu Wort.

»Und der Drache – ähm, ich meine, diese Maya? Was ist, wenn sie ins Dorf kommt?«

»Wir sollten Vorbereitungen treffen, nur zur Sicherheit«, bestätigte Katharina und stand auf. »Ich werde den Anderen im Dorf Bescheid geben.«

»Eine gute Idee«, meinte Simons Mutter und löste sich von ihrem Sohn. »Ich muss zum Dorfältesten, ich habe noch etwas … mit ihm zu besprechen. Lisa, bitte zeig du doch Jana, wie man die Wolle wäscht und draußen aufhängt, bevor man sie verarbeitet, ja?« Sie gab ihren Töchtern einen eindeutigen Wink zur Tür. »Simon muss sich jetzt erst einmal ausruhen und von dem Schrecken erholen.«

Jana schien widersprechen zu wollen, doch Lisa stand bereits auf und verließ folgsam die Hütte, woraufhin ihre Schwester ihr mit einem Seufzen folgte. Auch seine Mutter und Katharina gingen hinaus, sodass Simon allein zurückblieb. Nachdenklich drehte er den Becher in den Händen, dann trank er die letzten Schlucke der kostbaren Milch, die sich noch darin befanden, und brachte das Gefäß anschließend in die Küche.

Sie hatten wirklich Glück, ihre Hütte war eine der größten im Dorf, auch wenn er von den Besuchen in umliegenden Dörfern wusste, dass sie dennoch klein war. Seine Vorfahren mussten in jedem Fall mehr Vermögen gehabt haben als die anderen Bewohner Tarans. Ihr Heim hatten sie so geräumig eingerichtet, wie es ging. So besaßen sie eine Küche, die vom Hauptraum zumindest zur Hälfte durch eine dünne Wand aus Holz abgetrennt war. Im hinteren Bereich der Hütte befanden sich eine etwas kleinere Kammer, in der seine Mutter schlief, und eine größere, die Lisa und Jana sich teilten. Und da zwischen der Decke und dem sich schräg zur Rückseite neigenden Dach noch genügend Platz war, hatten die Erbauer dort sogar noch ein kleines, zweites Stockwerk errichtet, das viele Jahre lang als Stauraum gedient hatte. Sein eigener Vater jedoch hatte es freigeräumt und als weitere Schlafkammer hergerichtet, als Jana geboren worden war.

Das Obergeschoss war Simons Reich geworden, und auch heute noch erinnerte es ihn an seinen Vater, auch wenn der schon vor einigen Jahren an einem schlimmen Sommerfieber gestorben war. Außerdem hatte es ihm gutgetan, sich nach dem schlimmen Verlust auch mal zurückziehen zu können. Er hatte damals lange gebraucht, sich von dem Schock zu erholen, dass er seinen Vater nie mehr wiedersehen und keine aufregenden Ausflüge in den Wald mehr mit ihm unternehmen würde. Stattdessen hatte Simon die Verantwortung für seine Familie übernehmen müssen, die seine Mutter allein nicht hätte tragen können. Noch immer hatte er manchmal das Gefühl, dieser Aufgabe nicht gewachsen zu sein.

Genauso ging es ihm auch jetzt. Er brauchte Zeit, um über die Geschehnisse der vergangenen Stunden nachzudenken. Über eine kleine Leiter kletterte er von der Küche aus ins Obergeschoss, deckte ein breites Brett über den Einstieg und schloss damit die Außenwelt aus. Dann kroch er zu dem Lager aus einem Fell und mehreren dünnen Decken, das ihm als Bett diente. An diesem Ende des Raums konnte er immerhin sitzen, ohne sich den Kopf an der Decke anzustoßen, außerdem gab es einige kleine Lücken in der Seitenwand, durch die etwas Licht hereinfiel.

Langsam legte er sich hin und starrte in der Dämmerung an die Decke. Seine Gedanken schossen chaotisch hin und her, blieben immer wieder an der großen, blaugrau geschuppten Drachin hängen.

Als ein Klopfen an sein Ohr drang, zuckte er erschrocken zusammen. Die Luke wurde zur Seite geschoben, dann erschien seine Mutter mit einer kleinen Kerze in der Öffnung. »Ich habe hier etwas für dich«, meinte sie, schob ihm das Tellerchen mit dem wächsernen Lichtspender zu und verschwand dann kurz wieder, nur um einen Moment später eine kleine Kiste aus dünnem Holz hinauf und durch den Aufgang zu schieben. »Ich habe beim Dorfältesten danach gefragt, ich wusste, dass sie noch irgendwo liegen. Das sind Tagebücher meines Urgroßvaters. Ich bin der Meinung, er habe etwas mit dieser Drachengeschichte von früher zu tun, also dachte ich, du magst dir die Bücher vielleicht einmal ansehen.«

Simon richtete sich auf, soweit es die niedrige Decke zuließ, und zog Kerze und Kiste zu sich heran. »Danke!«, flüsterte er ehrfürchtig, als er darüber nachdachte, wie alt diese Aufzeichnungen sein mussten. Seine Mutter nickte ihm nur zu, dann kletterte sie ein Stück die Leiter hinunter, schob das Brett wieder über den Durchgang und ließ ihn allein. Er konnte sie unten gedämpft mit seinen Schwestern reden hören, doch im Augenblick interessierte ihn nur die Kiste.

Sorgsam stellte er das lichtspendende Lämpchen neben sein Schlaflager, gerade weit genug entfernt, dass nichts versehentlich anbrennen konnte. Dann zog er den kleinen Riegel zur Seite, der den Deckel des Holzkastens verschloss, und wagte einen ersten Blick hinein. Einen Augenblick lang konnte er nur auf den Inhalt starren. Bücher waren ein teures Gut, er selbst besaß überhaupt kein eigenes und in ihrer ganzen Hütte gab es nur drei oder vier davon. Er wusste, dass auch Katharina Tagebuch führte, sich die entsprechenden Notizbücher dafür aber selbst binden musste.

Diese Bücher jedoch waren ganz sicher keine Eigenfabrikate. Sie waren absolut gleichmäßig und in dunkles Leder eingeschlagen, welches mit kunstvollen, hauchzart bemalten Stanzmustern verziert war. Acht Exemplare zählte Simon, als er sie vorsichtig aus der Kiste herausnahm, und jedes sah ein klein wenig anders aus. Er hatte das Gefühl, als wäre jedes der Bücher noch ein wenig schöner als sein Vorgänger geworden. Die dünnen Stoffbändchen, die als Lesezeichen dienten, waren bei jedem Band ein wenig dunkler, und er erkannte, dass tatsächlich das schlichteste Exemplar mit einem zartrosa Lesebändchen eine goldene Eins auf den Buchrücken gestanzt hatte. Dies war also das erste der Tagebücher. Behutsam schlug er es auf.

Gleich auf der allerersten Seite fand er eine kunstvolle Zeichnung, angefertigt mit schwarzer Tinte. Ihm verschlug es fast den Atem. Die Tinte musste noch mehr wert gewesen sein als das gesamte Buch! Die Abbildung zeigte eine Karte. Wälder, Hügel,

Flüsse, Gebirge. Ein Name zog sich in zarten, geschwungenen Lettern quer darüber: *Sarmela.* Simon staunte. Das war eine Karte des Landes! Er hatte zwar schon Zeichnungen gesehen, wie es in der näheren Umgebung aussah, aber noch nie das komplette Land.

Voller Neugier betrachtete er die Karte weiter. Über dem im Norden liegenden Gebirgszug entdeckte er eine dicke, durchgezogene Linie. Bei genauerem Hinsehen erkannte er, dass sie den Hauptteil der Karte komplett umgab, sich einige Male teilte und zu den Rändern der Seite abzweigte. Am oberen Rand entdeckte er die Andeutung eines großen Gewässers, daneben stand ein weiteres geschwungenes Wort: *Alreon.* Weiter unten, unter einer weiteren Linie, las Simon *Risiad.* Weitere Namen standen an den Randstücken der Karte. *Molia, Beremia, Larup.* Keiner davon kam ihm bekannt vor, doch es verwirrte ihn, dass all diese Wörter in derselben Schriftart geschrieben waren wie *Sarmela,* obwohl er nirgends sonst solch verschlungene Buchstaben entdecken konnte.

Erst nach einigem Grübeln erkannte er den Grund. ›*Das sind ebenfalls Länder*‹, dachte er ehrfürchtig. ›*Deshalb die durchgezogene Linie. Es ist eine Grenze!*‹ Er hätte am liebsten gejubelt. So viele Geschichten, die er als kleines Kind erzählt bekommen hatte, hatten in fernen Ländern gespielt. Als er älter wurde, hatte er nie wirklich glauben können, dass es wirklich etwas Anderes gab als Sarmela, doch nun standen die Buchstaben klar vor seinen Augen. Eifrig suchte er nach dem Gebiet, das er bereits von anderen Karten kannte: seiner Heimat. Es dauerte einen Augenblick, doch dann hatte er den Flusslauf erspäht. Die weiten Wälder rund um Taran schienen winzig im Vergleich zu der Größe des ganzen Landes.

Wieso hatten sie nie Menschen aus den beiden nächsten Nachbarländern, Molia und Beremia, getroffen? Durfte man die Grenzen nicht überqueren? War es hier nicht interessant genug? Ob es jenseits der Grenzen wohl viele Drachen gab?

Die letzte Frage erinnerte Simon schlagartig daran, was er eigentlich in den Notizbüchern gesucht hatte. Er löste den Blick von der Karte und blätterte um. *Torlin Arturs Aufzeichnungen* stand dort in großen, sauberen Lettern, doch die Schrift erinnerte nicht ansatzweise an die auf der Karte, außerdem war diese Tinte blau – immer noch teuer, aber nicht so unermesslich wertvoll wie schwarze. Womöglich war die Karte schon vorab in das Buch gezeichnet worden.

Auf der nächsten Seite fand sich endlich der erste Eintrag. Die kleinen, sorgsam geschriebenen Wörter reihten sich eng aneinander. Simon begann zu lesen.

Dritte Woche nach der Sommersonnenwende meines sechsundzwanzigsten Lebensjahrs

Ich kann es noch immer nicht fassen, dieses Tagebuch in meinen Händen zu halten. Onkel Markus hat es mir von seiner ersten Handelsreise mitgebracht und außerdem versprochen, mir jedes Mal ein neues und schöneres mitzubringen. Wie gerne würde ich das alles einmal sehen, doch ich kann und will meine Familie nicht alleinlassen, und auf den gefährlichen Weg durch die Wüste mitnehmen würde ich sie niemals. Nein, mein Platz ist hier, bei den Feldern und der kleinen Viehherde …

Simon hob enttäuscht den Blick. Irgendwie hatte er gehofft, sofort etwas über Drachen zu lesen, doch so erschien ihm selbst die Geschichte von der Handelsreise uninteressant. Er blätterte weiter, überflog den Text nur und ging dann zur nächsten Seite über. Eine feine Kohlezeichnung zierte fast ein halbes Blatt. Sie zeigte eine Kornähre mit dem restlichen Kornfeld im Hintergrund. Simon staunte über die gelungene Zeichnung, doch dann blätterte er erneut weiter. Ackerbestellung, ein neues Rind für die kleine Dorfherde, ab und zu Zeichnungen verschiedener Vögel oder Pflanzen und dann wieder viel Text. Familiengeschichten, Dorfstreitigkeiten, Dürreperioden, ganz normales Alltagsgeschehen. So ging es immer weiter, Seite um Seite. Mehr als das halbe Buch hatte er schon durchgeblättert.

Doch plötzlich stockte er und blickte auf das Bild, das ganz oben auf einer Seite prangte, direkt unter der Überschrift. Schnell begann er zu lesen.

Zwölfte Woche nach der Sommersonnenwende meines sechsundzwanzigsten Lebensjahrs

Heute habe ich eine sonderbare Fährte ein Stück entfernt vom Dorf gefunden. Sie ähnelt dem Krallenabdruck eines Vogels, ist aber so lang wie mein Unterarm und irgendwie doch anders. Ich habe einen der Abdrücke gezeichnet, bevor der nahende Regen ihn wegspült.

Die Spur verlief einige Dutzend Schritte weit, dann endete sie, als sei ihr Verursacher tatsächlich davongeflogen. Ich konnte nicht das Geringste finden, dass auf einen weiteren Pfad hingedeutet hätte. Es ist wirklich seltsam.

Morgen möchte ich weitersuchen, auch wenn der Regen, der gerade draußen zu fallen beginnt, es mir sicher nicht leichter machen wird, doch noch etwas zu finden.

Hier endete der Eintrag. Simon starrte wie gebannt erneut auf die Zeichnung, dann drängte sich das Bild von Mayas Klauen wieder vor sein inneres Auge. Die Spur, die sein Ururgroßvater aufgezeichnet hatte, konnte tatsächlich der Klauenabdruck eines Drachen sein.

Schnell las er die Einträge der folgenden Tage, doch sie waren allesamt sehr kurz und verdeutlichten den immer stärker werdenden Frust ihres Verfassers. Er hatte nichts gefunden. Simon fühlte sich beinahe so enttäuscht, wie sein Vorfahre es damals gewesen sein musste.

Wieder war es eine Zeichnung, die ihn zum nächsten interessanten Part führte. Es war nur eine unvollendete Skizze, dennoch zeigte sie unverkennbar einen Drachen. Der Text bestätigte das.

Sechzehnte Woche nach der Sommersonnenwende meines sechsundzwanzigsten Lebensjahrs

Ich habe den Urheber der seltsamen Fährten tatsächlich gefunden, und oh, welch eine Entdeckung! Ein wirklicher und wahrhaftiger Drache!

Nur durch Zufall habe ich ihn entdeckt, als ich von einem kleinen Felsvorsprung aus einen Rundumblick genießen wollte. Er war nur wenige Dutzend Meter von mir entfernt! Offenbar war er abgelenkt genug, mich nicht zu bemerken. Er fraß in aller Ruhe die Überreste eines Rehbocks. Bei jedem Kohlestrich hatte ich Angst, er würde das leise Kratzen auf dem Papier hören.

Nachdem er davongeflogen war, habe ich mir die Stelle angesehen, von der aus er gestartet ist – die Spuren sehen genau aus wie jene, die ich vor einigen Wochen entdeckte! Der Drache streift also schon seit einer Weile durch dieses Gebiet. Umso bemerkenswerter, dass bislang nichts geschehen ist.

Simon las die Zeilen mehrfach, ehe er merkte, dass er die Luft anhielt. Schnell füllte er seine Lungen mit frischem Sauerstoff. Genau das hatte er gesucht. Sein Ururgroßvater war tatsächlich auf einen Drachen getroffen! Doch noch hatte er nicht die Stelle gefunden, an der das Ungetüm gebändigt wurde und sein Urahn seine Hand verlor. Ob dieser Teil der Geschichte ebenfalls stimmte?

Die Antwort auf seine Frage fand er schneller als erwartet. Schon wenige Seiten später wurde er fündig. Der Eintrag war nur dadurch zu erkennen, dass er auf einer neuen Seite begann, eine Überschrift fehlte. Die sonst so feine, ebenmäßige Schrift war hier ungelenk und größer, als sei sie mit hektischer, zittriger Hand geschrieben worden. Sie erstreckte sich über mehrere Seiten, an einigen Stellen war die Tinte verwischt.

Die Ereignisse haben sich überschlagen!

Es hat einige Tage gedauert, ehe ich wieder in der Lage war, einen Eintrag zu verfassen. Das hatte zweierlei Gründe, die ich nachträglich unbedingt festhalten muss, während dort, wo einst meine linke Hand saß, nur noch ein verbundener Stumpen thront.

Es passierte im Wald, als ich auf der Jagd war. Und es ging so schnell, dass ich erst gar nicht wusste, wie mir geschah. Eigentlich stolperte ich nur über eine Wurzel. Aber offensichtlich verbarg sich im Boden eine alte, vergessene Falle, auf die ich stürzte. Meine linke Hand wurde am Gelenk zwischen ihren Bügeln eingeklemmt und die eisernen, verrosteten Zacken schlugen sich wie Zähne in mein Fleisch.

Ich kann mich nicht erinnern, jemals solche Qualen erlitten oder so laut geschrien zu haben. So tief im Wald konnte mich jedoch niemand hören, und allein kam ich nicht frei. Ich vermag gar nicht zu beschreiben, was für ein schreckliches Gefühl dieses Wissen in einem auslöst.

Ich weiß nicht, wie lange ich vor Schmerzen nichts um mich herum wahrgenommen habe, aber plötzlich war er da.

Als ich sah, wie der Drache aus dem Unterholz trat, war ich wie gelähmt. Ich wusste, dass ich nicht fliehen konnte, auch wenn ich nichts lieber getan hätte. Und da war Intelligenz in seinem Blick, als er erst mich und dann die Falle betrachtete. Trotzdem erschrak ich zu Tode, als er plötzlich sprach. Ja wirklich, er sprach! »Du bist der, der meinen Spuren folgt, nicht wahr?«, fragte er. Am liebsten hätte ich an der Kette gezerrt, die die Falle im Boden verankerte, auch wenn mir die Unsinnigkeit dieser Tat bewusst war. Doch er sprach einfach weiter und fragte, wie ich in diese Lage gekommen sei.

Erst konnte ich vor Schreck nicht antworten, dann bekam ich vor Schmerzen kaum mehr als ein Stöhnen heraus. Ihn schien das nicht zu kümmern. Er kam mir so nahe, dass ich ihn ganz leicht hätte berühren können. Dann roch er an der Falle und stellte sich genau über mich. Anschließend forderte er mich auf, in die Hocke zu gehen und die Falle aufzurichten. Ich war zu geschockt, um etwas Anderes zu tun als zu reagieren.

Aufzustehen und dabei unweigerlich auch das Handgelenk zu bewegen war eine Qual, doch es war nichts im Vergleich zu dem Moment, in dem ich die Falle in die Höhe ziehen musste. Ich dachte, ich würde jeden Moment das Bewusstsein verlieren. Und die ganze Zeit stand der Drache über mir.

Als er eine seiner mächtigen Pranken hob, dachte ich, er würde mich töten. Stattdessen schob er seine Krallen neben meiner Hand zwischen die Bügel. Er wies mich an, die Hand herauszuziehen, sobald ich könne. Und dann bog er die Metallzähne der Falle einfach auseinander! Meine Wunde brannte ungeheuerlich, doch ich kam tatsächlich frei.

An dieser Stelle muss ich bewusstlos geworden sein. Ich erinnere mich noch, dass der Drache mich am Oberkörper und an den Beinen packte und mich in die Luft zog. Als nächstes war da Geschrei. »Ihr sollt nicht weglaufen, sondern eurem Verwundeten helfen«, hörte ich ihn noch grollen. Danach war das Nächste, dessen ich mich entsinnen kann, der erneute Schmerz, als die Dorfälteste mir die Hand abtrennen und den Stumpf mit Flammen veröden ließ, um die Blutung zu stoppen.

Laut meiner Frau lag ich danach für drei Tage im Fieberwahn. Erwacht bin ich erst gestern. Und meine geliebte Kerin hat mir bestätigt, dass der Drache mich ins Dorf gebracht hat. Offenbar hat er sich anschließend zurückgezogen, ist aber erst wieder fortgeflogen, als sich jemand um mich kümmerte.

Ich weiß nicht, woher ich seinen Namen kenne, doch ich meine mich zu erinnern, dass der Drache Harugo heißt. Seit ich wieder erwacht bin, kann ich an nichts anderes mehr denken. Nicht nur, dass der Drache mich nicht angegriffen hat – er hat mich auch aus der Falle befreit, heimgebracht und dafür gesorgt, dass ich versorgt wurde. Es will mir nicht aus dem Kopf gehen, dass es sich bei meinem Retter um die Bestie handelt, die ohne Probleme einen Rehbock gerissen hat und über die Kraft verfügt, die starken Bügel der Falle einfach aufzubiegen.

Kerin und die Dorfälteste haben mir strenge Bettruhe verordnet. Und doch würde ich nichts lieber tun, als in den Wald zu gehen und mich dort umzusehen. Natürlich weiß ich, dass ich dazu noch zu schwach bin, doch ich hoffe, in einigen Tagen wieder kräftiger zu sein. Und dann muss ich den Drachen suchen gehen.

Einen Moment lang konnte Simon die letzte Seite des Berichts nur anstarren. Es war nicht der Drache gewesen, der seinem Urahn Torlin die Hand abgetrennt hatte. Im Gegenteil, er hatte sogar alles getan, um zu helfen!

Doch was war weiter geschehen? Simon blätterte zum nächsten Eintrag um. Wieder gab es kein Datum, doch die Schrift wirkte nicht mehr ganz so gehetzt, auch wenn sie immer noch ungleichmäßig war.

Heute habe ich einen unbeobachteten Moment genutzt, um mich hinaus in den Wald zu schleichen. Fünf Tage der Warterei haben mir wirklich genügt. Zuerst wusste ich nicht genau, wohin ich mich wenden sollte, dann bin ich zu dem Ort gegangen, an dem ich den Drachen das erste Mal gesehen habe. Und tatsächlich lag Harugo genau dort, als habe er die ganze Zeit über auf mein Auftauchen gewartet.

Ich wusste nicht recht, was ich sagen sollte, also habe ich mich einfach für die Rettung bedankt. Er fragte nach meiner Verletzung und wie ich ohne die Hand zurechtkäme. Wieder zeigte er keinen Anflug von Aggressivität oder Drohung, also überwand ich mich und setzte mich zu ihm. Es dauerte ein wenig, ehe ich mich traute, ihm Fragen zu stellen, doch dann kamen wir ins Gespräch.

Ich kann die Inhalte der zwei Stunden, die ich im Wald verbracht habe, jetzt nicht wiedergeben. Kerin war furchtbar wütend, als ich nach Hause kam, und behält mich nun fast ununterbrochen im Blick.

Doch zumindest habe ich nun etwas, womit ich mich beschäftigen kann. Harugo hat mir von einer Zeremonie erzählt, die sich Verpflichtung nennt. Sie schafft eine seelische Verbindung zwischen einem Drachen und einem Menschen. Ich werde in den nächsten Tagen unbedingt noch einmal hinausgehen müssen, um …

Die Kerze begann heftig zu flackern. Simon hatte kaum Zeit, aufzublicken und zu erkennen, dass sie komplett heruntergebrannt war, als das Licht auch schon vollends erlosch. Er hatte überhaupt nicht bemerkt, wie viel Zeit vergangen war, doch die Nacht war längst hereingebrochen. Von draußen ertönte nur noch das einsame Rufen eines Käuzchens.

Notgedrungen tastete Simon nach den Büchern, verstaute sie vorsichtig wieder in der Kiste und kroch dann auf sein Schlaflager. Er würde sich mit dem Weiterlesen gedulden müssen, bis er am folgenden Tag seine Aufgaben erledigt hatte. Und doch … seine Gedanken kreisten darum, was die nächsten Tagebucheinträge wohl erzählen mochten. Es passte alles so gut zu dem, was er erlebt hatte. Zwar hatte Maya die Jäger angegriffen, sich damit jedoch nur verteidigt. Ihn selbst hatte sie gerettet, ihm ebenfalls von Verpflichtungen erzählt, ihn aber bereitwillig zurückgebracht, als sie merkte, dass er vor Angst nahezu gelähmt war. Simon musste wieder an die scharfen Zähne und spitzen Klauen der Drachin denken – doch da waren auch ihre Augen gewesen, ihr Blick, nachdem sie die Schlucht verlassen hatten …

Ohne es bewusst zu merken, glitt er über seine Gedanken in den Schlaf.

NEUE FREUNDSCHAFT

Mit klopfendem Herzen kauerte Simon am Rand des Pfads, der ihn in die Schlucht führen würde. Zwei Tage waren seit seinem unfreiwilligen Abenteuer vergangen. Er hatte die fehlenden Eimer vom Flussufer geholt, immer wieder Blicke in den Himmel geworfen und gelauscht, doch von einem Drachen hatte es nicht die kleinste Spur gegeben. Nachdem die Dorfbewohner zunächst äußerst beunruhigt gewesen waren, kehrte nun allmählich wieder Normalität ein.

Simon jedoch hatte schnell gemerkt, dass ihm etwas fehlte: Sein Jagdmesser war in der Schlucht verloren gegangen. Der Gedanke daran verfolgte ihn ununterbrochen. Ihm war klar, dass kaum eine Chance bestand, es wiederzufinden, dennoch hatte er nicht anders gekonnt, als sich heute nach dem Verrichten aller angefallenen Arbeiten in den Wald zu schleichen, um danach zu suchen. Das Werkzeug stammte von seinem Vater, er wollte es nicht einfach aufgeben.

Nun, wo er am Rand der Schlucht hockte, war ihm doch mulmig zumute. Was würde er dort unten vorfinden? Wollte er wirklich wissen, wie die Körper der toten Jäger nach zwei Tagen Wärme aussahen?

Wieder waren es der Gedanke an sein Messer und das Aufblitzen einer Erinnerung an seinen Vater, die ihn dazu bewegten, sich an den Abstieg zu machen. Er nutzte jede Deckung und wagte es nicht, in die Tiefe zu spähen, sondern konzentrierte sich ganz auf den vor ihm liegenden Weg. Erst als er den Pfad und damit auch seine Deckung am Grund der Schlucht verließ, achtete er auf die offene, steinige Fläche. Nichts regte sich. Simon war klar, dass der Schauplatz einige Dutzend Meter weiter lag, doch er hatte erwartet, schon hier etwas bemerken zu können, eine spezielle Atmosphäre, einen seltsamen Geruch oder irgendwelche Geräusche. Doch er nahm rein gar nichts wahr.

Nun zog es ihn doch zu der Stelle, an der der kurze, ungleiche Kampf stattgefunden hatte. Wie konnte es sein, dass nichts darauf hindeutete, was hier wenige Tage zuvor geschehen war? Er lief los, erst langsam, dann etwas schneller, und bog um die Kurve. Dort blieb er abrupt stehen: Die Jäger waren verschwunden. Es gab keine Schleifspuren, keine Fetzen von Kleidung, nichts. Auch ihre Waffen und die schweren Taue sowie die Eisenkette waren verschwunden. Wie war das möglich?

Ein dunkler Fleck erregte seine Aufmerksamkeit. Als er nähertrat, erkannte er mit Schaudern, dass es geronnenes Blut war, das nicht im steinigen Untergrund hatte versickern können. Eine dünne Schicht von Sand und Staub hatte sich darübergelegt, doch auch so überfielen ihn wieder Erinnerungen an den Kampf.

Im nächsten Moment fuhr ihm die Luft aus den Lungen, als er von etwas Schwerem umgeworfen und auf den felsigen Untergrund gepresst wurde. Er hörte ein raues Knurren und spürte, wie sich spitze Krallen in seine Schultern bohrten. Das Gewicht auf seiner Brust drückte ihn zu Boden und verhinderte, dass er wieder frei Luft holen konnte.

Er riss die Augen auf und gab einen unartikulierten Laut von sich, als lange Fangzähne über seinem Gesicht aufblitzten. Ein Puma! Mit einem weiteren Knurren beugte die Raubkatze sich tiefer über ihn.

Irgendwie gelang es ihm, die Arme zu bewegen und gegen die Brust des Angreifers zu stemmen. Die letzte Luft zischte mit lautem Ächzen aus seinen Lungen, während er all seine Kraft in den Versuch legte, den Gegner von sich zu stoßen. Er spürte genau, dass er es nicht schaffte. Dass er machtlos war. Dennoch gab er nicht auf.

Mit einem Mal legte sich ein Schatten über die Kämpfenden und ein Brüllen erklang. Im selben Moment verschwand das Gewicht von seiner Brust. Simon erkannte Flügel über sich, dann kam die Drachin auch schon auf dem Boden auf und stellte sich vor ihn. Ihr Kopf war drohend gesenkt, ihr Schwanz peitschte hin und her. Aus ihrer Kehle drang ein tiefes Grollen.

Der Puma, den der Schlag ihrer Pranken mehrere Meter weit fortgeschleudert hatte, rappelte sich auf und sträubte das Fell. Mit weiten Sätzen floh er tiefer in die Schlucht hinein, dann sprang er auf einen Vorsprung und arbeitete sich von dort aus die Felswand hinauf.

Maya blickte ihm noch einen Moment lang nach, dann gab sie ihre lauernde Haltung auf und wandte sich um. »Gerätst du eigentlich jeden Tag in Schwierigkeiten?«, fragte sie mit leicht amüsiertem Unterton.

Simon konnte zuerst nur wortlos den Kopf schütteln, während er sich aufrappelte. »Danke«, keuchte er schließlich, während er seine Lungen wieder mit wunderbar frischer Luft füllte. Die Drachin kam näher und senkte den Kopf, um an seinen Schultern zu schnüffeln. Er verharrte regungslos, bis sie ihre Untersuchung beendet hatte.

»Die Wunden sind nicht tief. Tut dir sonst etwas weh?«

»Ich glaube nicht«, antwortete er nach kurzem Überlegen »Was … was machst du hier?«

»Das könnte ich dich auch fragen«, entgegnete die Drachin und legte den Kopf schief. »Der Blutgeruch musste früher oder später Raubtiere anlocken, er war weithin zu wittern.«

Kurz dachte Simon, dass sie doch ebenfalls ein Raubtier war, doch dann musste er wieder an die Tagebucheinträge seines Ururgroßvaters denken. Die Geschichten, in denen Drachen sich blutrünstig auf Menschen stürzten … konnten die überhaut stimmen, wo ihm Maya doch nun bereits zum dritten Mal zur Hilfe gekommen war?

»Ich habe mein Messer gesucht«, gestand er nach kurzem Überlegen. »Es ist mir sehr wichtig und ich habe es verloren.«

»Das mit dem lederumwickelten Griff?« Maya sah aus, als würde ihr Maul sich zu einem Lächeln verziehen. »Nun, da musst du nicht lange suchen. Ich war noch einmal hier, nachdem ich dich am Fluss abgesetzt hatte. Und da habe ich es gefunden.«

»Wo ist es?« Simon konnte sich den Ausruf nicht verkneifen, doch Maya machte nur eine vielsagende Kopfbewegung.

»Komm, ich bringe dich hin.« Sie wartete, bis er ihr einige Schritte weit gefolgt war, dann ergänzte sie: »Die Stelle ist am oberen Ende der Schlucht. Ich wollte mich hier unten nicht unnötig lange aufhalten.« Sie kauerte sich zu Boden und blickte ihn abwartend an. Simon verstand und zögerte kurz, aber sie lud ihn eindeutig ein.

Vorsichtig lief er zu ihr und schwang ein Bein über ihren Rücken. Wie beim letzten Mal umfasste er eine der Halszacken. Als die Drachin sich wieder auf alle viere erhob, drückte er außerdem unwillkürlich die Beine gegen ihre Flanken, um besseren Halt zu finden.

»Bereit?«, fragte sie und entfaltete ihre Schwingen. Kaum hatte er einen halbwegs zustimmenden Laut von sich gegeben, sprang sie auch schon ab und erhob sich steil in die Luft. Stumm beobachtete Simon, wie der Boden unter ihm schwand, und krallte seine Hände noch fester um die Zacken.

Nach wenigen Sekunden war es vorbei. Maya überflog die Kante und landete in einiger Entfernung. Sie lief noch ein paar Schritte, dann blieb sie stehen und senkte prüfend den Kopf. »Hier ist es.«

Schnell ließ Simon sich von ihrem Rücken gleiten. Dann trat er vorsichtig neben ihren Kopf und blickte in die Spalte, die sich vor ihm durch den Boden zog. Sie war nicht sehr breit, schien jedoch mehrere Meter tief zu sein. Ganz unten erkannte er das Eisen der Kette, mit der die Jäger Maya hatten fesseln wollen, darüber die zerrissenen Taue und eine Lanze. Also hatte *sie* die Spuren in der Schlucht bereinigt! Er schluckte, als er wieder an die verschwundenen Jäger dachte.

Die Drachin schien seine Frage erahnt zu haben. »Unter der Erde locken sie keine Aasfresser an«, erklärte sie leise. »Das Blut wird beim nächsten Regen fortgewaschen.« Simon konnte nur stumm nicken. Irgendwie erleichterte es ihn, eine so offene Antwort von ihr erhalten zu haben.

Im nächsten Moment entdeckte er sein Messer. Es war nicht ganz in die Spalte hineingefallen, sondern auf halber Höhe an einigen aus der Erde ragenden Wurzeln hängengeblieben. Obwohl es dort halbwegs sicher zu liegen schien, ließ er sich sofort auf die Knie sinken und beugte sich vor, um danach zu greifen.

»Bist du sicher, dass du da rankommst?«, fragte Maya zweifelnd.

»Mein Vater hat mir das Messer vor Jahren geschenkt«, gab der Gefragte zurück, während er die Hand nach dem vertrauten Griff reckte.

Schnell musste er einsehen, dass die Drachin Recht gehabt hatte. Sein Arm war nicht lang genug. Er überlegte kurz, dann stützte er sich mit einer Hand an der Wand der Spalte ab und zwängte sich ein Stück hinein.

Etwas drückte auf seine Beine und bewahrte ihn davor, abzurutschen. »Du wirst noch steckenbleiben«, kommentierte seine geschuppte Begleiterin, bevor sie mit ihren Klauen ein wenig nachgab und ihn so ein Stück tiefer rutschen ließ, dann noch eines. Kurz fühlte er sich hilflos, wie er so über Kopf in der schmalen Spalte hing, dann streckte er die Finger wieder nach seinem Messer aus. Endlich berührte er das vertraute Leder und konnte seine Hand um den Griff schließen.

»Ich habe es!«, japste er und spürte sofort, wie Maya ihn zurückzog. Wenige Sekunden später lag er wieder auf festem Boden und betrachtete erleichtert sein Messer, bevor er sich aufrappelte und es wieder an seinen gewohnten Platz im Gürtel steckte. Anschließend drehte er sich zu der Drachin um. »Danke!«

»Keine Ursache«, erwiderte diese, dann legte sie den Kopf schief. »Und nun?« Als er sie verständnislos anblickte, hoben sich ihre Lefzen und ein eindeutig amüsiertes Schnauben erklang. Ihre Zähne blitzten auf, doch es gab keinen Zweifel – sie grinste! Im Vergleich zu einem Menschen sah sie damit ein wenig furchteinflößend aus, doch Simon war sich mittlerweile ziemlich sicher, dass sie ihm nichts tun würde.

»Na, was hast du jetzt vor?« Der Blick der Drachin war neugierig auf ihn gerichtet.

»Naja, eigentlich noch gar nichts. Ich weiß es noch nicht so genau.«

Sie gluckste erneut, dann drehte sie den Kopf zur anderen Seite. »Nun, was hältst du dann von einem kleinen Flug?«

Simon blinzelte unsicher, doch Maya drehte ihm erneut die Schulter zu. »Na komm schon. Eben hat es doch auch gut geklappt. Du fällst schon nicht!«

Er nickte zögernd und machte einen Schritt auf sie zu. Dieses Mal jedoch kauerte sie sich nicht nieder, sondern blickte ihn nur abwartend an. Einige Sekunden lang fühlte er sich hilflos und wäre am liebsten einfach davongelaufen, doch dann legte er vorsichtig die Hände auf ihren Halsansatz, sprang ab und zog sich ungelenk auf den schuppigen Drachenrücken. Dabei streiften seine Füße die Flügelmembran, doch Maya schien das nichts auszumachen. Sie beobachtete ihn einfach, bis er gerade saß und nach ihren Halszacken griff. »Na also, geht doch!«, kommentierte sie und breitete die Schwingen aus.

Diesmal stieg sie nicht senkrecht in die Höhe. Ein Sprung brachte sie an den oberen Rand der Schlucht, ein weiterer in die Luft. Simon konnte bis zum Grund der Schlucht blicken, dann schlug die Drachin kräftig mit den Flügeln und gewann mit jedem Schlag an Höhe. »Wow!«, war das Einzige, was er sagen konnte, während sie ihn hoch über den Wald trug.

»Wohin jetzt?«, rief sie ihm zu. Er überlegte kurz, da fiel sein Blick auf das Dorf und er erschrak. Wenn er Taran von hier aus sehen konnte, konnten die Dorfbewohner Maya andersherum sicher auch sehen!

»Nach links«, schlug er schnell vor. Die Drachin stutzte und folgte seinem Blick zum Dorf. Kurz fürchtete Simon, sie könne sich nun extra dorthin wenden, doch schon im nächsten Moment drehte sie ab.

»Wohnst du dort?«, fragte sie, ohne sich umzublicken. »Die anderen hätten Angst, nicht wahr?« Simon wusste darauf nichts zu antworten, doch das war auch gar nicht nötig. »Ist schon gut, ich habe so etwas schon erlebt. Aber ich habe schon von Gegenden gehört, in denen das Zusammenleben von Menschen und Drachen ganz alltäglich ist. Es wäre wirklich schön, nicht jede Siedlung umfliegen zu müssen, damit die Bewohner nicht panisch fliehen oder zu Heugabeln und Fackeln greifen.« Ihre Stimme klang ruhig, doch Simon erahnte leichtes Bedauern darin.

»Erzähl mir noch einmal von diesem Ritual«, bat er, um das Thema zu wechseln. »Wie läuft diese Zeremonie denn überhaupt ab und wie funktioniert sie?«

»Wie das Seelenband genau entsteht, kann ich dir nicht sagen«, gab Maya zurück. »Das weiß keiner so genau, glaube ich. Aber es hat irgendetwas mit Magie zu tun.«

»Es gibt keine Magie«, wandte er irritiert ein.

»Nun, anscheinend doch. Naja, die Zeremonie selbst läuft jedenfalls so ab, dass Drache und Mensch einander Treue und Hilfsbereitschaft schwören und sich gegenseitig mit einem Zeichen markieren, durch das die Verpflichtung wirkt. Das kann alles Mögliche sein. Die eingeritzte Form eines Drachen, der Blutaustausch unter bestimmten Bedingungen, das Tragen von Armreifen …«

»Einritzen? Blutaustausch? Klingt schmerzhaft«, meinte Simon und schluckte.

»Nun ja, die meisten Varianten sind wirklich etwas unangenehm. Aber das Einbrennen der Armreife bildet da eine Ausnahme.«

»Einbrennen?«, hakte Simon entgeistert nach. Das klang doch ebenfalls nach Schmerz!

»Naja, eigentlich werden sie nur festgeschweißt, frag mich nicht, weshalb es so heißt. Es tut jedenfalls nicht weh, dafür braucht man ein bisschen mehr Zubehör zur Vorbereitung.«

»Na dann … und Drache und Mensch merken es wirklich, wenn sie, naja … das halt machen sollten?«

»Sie müssen es nicht immer spüren«, korrigierte Maya und wandte nun doch wieder den Kopf ein Stück nach hinten. »Wenn sie es aber tun, gehören sie meist auch wirklich zusammen. Wieso fragst du?«

»Ähm, also …« Simon kam ins Stottern. Die Frage hatte ihn zunehmend beschäftigt, doch seine Gedanken preiszugeben, bereitete ihm Unwohlsein. »Ich meine, es war nur so ein Gedanke … also, dass … dass wir uns vielleicht nicht zufällig noch einmal begegnet sein könnten.«

»Du meinst heute?« Die Drachin sank tiefer und peilte eine kleine Wiese am Rand des Flusslaufs an. »Ich habe mich irgendwie von der Schlucht angezogen gefühlt, obwohl ich eigentlich nicht dorthin zurückkehren wollte. Dann habe ich das Knurren gehört und das Gefühl gehabt, dass ich mich beeilen sollte. Als ich an der Kante angekommen bin, habe ich dann den Puma und dich gesehen.«

Sie setzte weich auf dem Gras auf und wartete, bis Simon abgestiegen war. Dann wandte sie sich ihm zu und blickte ihn einige Sekunden lang einfach nur an. »Woran denkst du?«, fragte sie schließlich sanft.

Simon wusste nicht recht, wie er fortfahren sollte. »Naja, das, was du erzählt hast … mit der Verpflichtung … ich meine, vielleicht sollten wir ja doch …«

Ein lautes Schnauben ließ ihn verstummen. Im nächsten Moment strich Mayas warmer Atem über sein Gesicht. »Und deshalb stammelst du so herum?«, fragte sie leise und drückte ihren Kopf leicht gegen seine Brust. Unwillkürlich hob er die Hände, doch anstatt sie fortzuschieben, begann er ihr sanft über die Schuppen zu streichen. Auf sonderbare Weise fühlte sich das wie das Normalste der Welt an.

»Scheint so.« Er musste grinsen. Die Drachin löste sich von ihm, in ihren Augen funkelte es.

»In Ordnung. Also, wann möchtest du die Zeremonie durchführen?«

Simon überlegte kurz. »Das, was du von diesen Ringen erzählt hast, klang gut. Wie lange würde es denn dauern, alles Nötige zu besorgen?«

»Oh, nicht lange. Ich weiß schon, wohin ich dafür fliegen muss. Ich könnte noch heute Nacht zurück sein.« Als er die Stirn runzelte, fügte sie lachend hinzu: »Guck nicht so, niemand wird überfallen oder bestohlen!«

»Also heute Nacht?«, vergewisserte er sich und spürte, wie ein aufgeregter Schauer über seine Arme lief.

»Gegen Mitternacht«, bestätigte Maya. »Wir können uns in der Schlucht treffen. Solange ich dabei bin, wird der Puma sicher nicht wieder auftauchen.« Sie zwinkerte vielsagend. »Bis auf etwas, mit dem du ein Feuer entzünden kannst, kann ich alles mitbringen. Allerdings muss ich bald aufbrechen, um rechtzeitig zurück zu sein. Den Herkunftsort der Materialien kennen nur Drachen, daher werde ich dich vorher zu deinem Dorf zurückbringen, in Ordnung?«

»Direkt ins Dorf?«, hakte er unsicher nach, doch sie schüttelte beschwichtigend den Kopf.

»Ich setze dich in der Nähe ab, keine Sorge. Vielleicht kann ich ja einmal mitkommen, wenn wir erst verpflichtet sind. Na komm!«

Das ließ Simon sich nicht zweimal sagen. Er blickte an Maya empor und stützte sich diesmal an ihrem Vorderbein ab, um auf ihren Rücken zu gelangen. »Du lernst schnell!«, lobte sie ihn. Im nächsten Augenblick katapultierte sie sich mit einem Satz in die Luft und flog zurück in Richtung Taran. Ihr Körper schoss als dunkler Schatten über die Bäume unter ihnen hinweg. Der Wind fuhr Simon durch die Haare. Er presste seine Beine enger an die Flanken der Drachin und hielt eine der Halszacken fest umschlossen. So schnell war Maya mit ihm zuvor nicht geflogen. Eine Welle von Euphorie ergriff ihn. Vorsichtig löste er eine Hand von der Halszacke. Als er merkte, dass er nicht den Halt verlor, streckte er sie von sich und stieß einen Jubelschrei aus. Maya wandte ihm den Kopf zu, dann beschleunigte sie noch einmal. Lachend hielt er sich wieder fest und ließ den Blick schweifen.

Als die Flussbiegung in Sicht kam und Simon gerade den Kopf recken wollte, um nach Taran Ausschau zu halten, ließ die Drachin sich tiefer sinken, bis sie mit gespreizten Flügeln dicht über dem Wald dahinglitt. Sie mussten bereits ganz nah am Dorf sein, doch Maya hielt sich an ihr Versprechen und landete auf einer kleinen Lichtung, von der Simon wusste, dass sie kaum zweihundert Meter von seiner Hütte entfernt lag. Er stieg ab, wandte sich seiner neuen

Drachenfreundin zu und legte eine Hand auf ihre Schnauze. »Danke«, sagte er lächelnd, »und bis heute Nacht!«

»Bis dann«, meinte auch Maya, dann drehte sie sich um und schwang sich wieder in die Luft. Dicht über den Wipfeln der Bäume glitt sie davon. Einen Augenblick lang lauschte er noch, wie ihre Flügelschläge leiser wurden, dann wandte er sich dem Dorf zu und lief los.

Er war noch nicht weit gekommen, als er eine Gestalt am Dorfrand auftauchen und in seine Richtung gehen sah. Er erkannte Katharina und winkte ihr zu.

»Wo kommst du denn her?«, fragte sie verwundert, als sie vor ihm stehenblieb. »Hast du so lange nach deinem Messer gesucht?«

»Nein«, antwortete er und berührte die Klinge, »das habe ich schnell gefunden. Ich war noch unterwegs … mit Maya.«

»Mit dem Drachen?«, rief Katharina entgeistert aus.

»Sie ist weiblich«, korrigierte er sie automatisch, doch das änderte nichts an dem geschockten Ausdruck in ihren Augen.

»Bist du verrückt geworden?«

»Nein!«, wehrte er sofort ab. »Hör doch mal, sie hat mir nichts getan, im Gegenteil: Heute hat sie mir schon wieder geholfen! Ich habe auch die Tagebücher meines Ururgroßvaters gelesen. Er hat diesen Drachen damals gar nicht gezähmt, sie haben sich einfach angefreundet. Und Maya ist absolut harmlos.«

»Genau«, meinte Katharina trocken. »Bis auf die Zähne, die scharfen Klauen, den kräftigen Schwanz …«

»Aber die setzt sie doch nicht gegen Menschen ein!« Simon legte seiner Freundin die Hände auf die Schultern. »Sie ist freundlich, wirklich. Und außerdem werden wir ab heute Nacht zusammengehören. Sie ist gerade unterwegs, um das Zubehör für die Verpflichtungszeremonie zu besorgen.«

Sie starrte ihn fassungslos an und schien einige Sekunden lang um Worte zu ringen. »Du bist verrückt«, stellte sie dann fest.

»Nein. Katharina, bitte.« Er seufzte und blickte sie fest an. »Ich weiß, was ich tue, vertrau mir. Lass mich dir Maya morgen vorstellen, ja?«

Sie erwiderte seinen Blick mehrere Sekunden lang schweigend, dann atmete sie tief durch. »Ich überlege es mir. In Ordnung?«

»Danke.« Er drückte sie kurz an sich, dann rannte er los. »Ich werde jetzt weiter in den Tagebüchern lesen. Bis später!«

Abends konnte Simon es kaum erwarten, endlich wieder aufzubrechen, auch wenn die Einträge seines Vorfahren sehr interessant waren. Er wusste mittlerweile, dass Torlin und Harugo sich tatsächlich ebenfalls verpflichtet hatten, allerdings hatten sie das eingeritzte Drachensymbol gewählt. Auch hatte er aus einem der Einträge herausgelesen, dass die beiden am Ende sogar zusammen im Dorf gelebt hatten, als die Menschen sich erst einmal an den Drachen gewöhnt hatten. Allerdings war dieses Dorf nicht Taran gewesen, sondern Narja, das etwa einen Tagesmarsch entfernt lag.

Zu lesen, dass Torlins Frau Kerin bei der Geburt ihres dritten Kindes gestorben war, hatte ihn sonderbar berührt. Er hatte sich gefragt, ob dieses Kind eventuell sein Urgroßvater oder seine Urgroßmutter gewesen war, die Antwort darauf jedoch nicht in Erfahrung bringen können.

Letztendlich hatte er sich jedoch lieber wieder den Geschichten um Harugo zugewandt, der seinem Seelengefährten geholfen hatte, sich an das Leben mit nur einer Hand zu gewöhnen. Aber auch allgemein hatte der Drache sich im alltäglichen Leben des Dorfes eingebracht und dessen Bewohner so von sich überzeugen können. Simon nahm sich vor, Maya das Gleiche vorzuschlagen. Für sie würde es ein Leichtes sein, Baumstämme oder Steine zu bewegen, die die Taraner ansonsten zu viert tragen mussten.

Irgendwann jedoch hatte er sich nicht mehr auf die Zeilen vor seinen Augen konzentrieren können, also hatte er sich an die Wand gelehnt und wartete seitdem ungeduldig, dass die Zeit verstrich. Immer wieder spähte er durch die kleinen Ausgucke im Holz und betrachtete die trüben Schatten, die die Häuser im Licht des vollen Mondes warfen. Ungeduldig rutschte er hin und her, dann pustete er seine Kerze aus und kroch zur Bodenluke. Leise zog er das Brett beiseite und kletterte in die Küche hinab, doch dort brannte ohnehin noch Licht. Seine Mutter saß auf ihrem üblichen Platz am kleinen Tisch und verarbeitete frisch gesponnene Wolle. Als er sich zu ihr setzte, hielt sie inne und blickte ihn besorgt an.

»Bist du dir ganz sicher, dass du das tun willst?«, fragte sie leise.

Simon verstand ihre Sorge, dennoch nickte er. »Maya ist in Ordnung«, erklärte er ein weiteres Mal. »Morgen will ich sie Katharina vorstellen. Und du solltest sie auch kennenlernen!«

»Wenn du meinst.« Sie klang wenig überzeugt, nickte aber. »Ich werde schauen, ob ich Zeit finde.« Sie blickte ihn von oben bis unten an. »Trotzdem bist du nervös, nicht wahr?«

»Ein bisschen aufgeregt«, gestand er und spielte mit dem Wollknäuel, das auf dem Tisch lag. Seine Mutter nahm ihm die Kugel mit einer entschiedenen Geste weg, stand auf und nahm eine Kanne vom Herdfeuer.

»Hier, ich habe mir vorhin noch einen Tee gekocht. Trink etwas, während du wartest.« Dankbar nahm er einen Becher mit dem warmen Gebräu entgegen. Der Duft verschiedener Kräuter erfüllte die Küche und er atmete ihn tief ein.

»Ist da Zitrone drin?«

»Eine kleine«, nickte seine Mutter und lächelte ein wenig. »Und sogar ein Löffel Zucker.« Simon nahm einen Schluck und dann direkt einen zweiten. Der Tee rann ihm lauwarm die Kehle hinab und beruhigte das leichte Flattern in seiner Magengegend. »Weißt du«, sagte er, während seine Mutter die Strickarbeit wieder aufnahm, »in den Tagebüchern steht so viel darüber, dass Torlins Drache den Dörflern von Narja geholfen hat. Ich bin sicher, dass Maja das auch könnte, wenn die anderen sie erst etwas kennenlernen und erkennen, dass sie uns nichts Böses will.«

Das leise Klackern der Nadeln verstummte. Anstatt dass sie ihn ansah, schien der Blick seiner Mutter ins Nichts gerichtet. Er wollte schon zurückrudern und das Ganze als reines Gedankenspiel abtun, als sie leise das Wort ergriff.

»Wenn du wirklich glaubst, dass das funktionieren kann, solltest du es versuchen.« Endlich richteten ihre Augen sich auf ihn und als sie seine Verwirrung sah, lächelte sie milde. »Guck nicht so, das ist mein Ernst. Ich hoffe nur, dass du weißt, was du tust, aber wenn du es für das Richtige hältst, vertraue ich dir. Bring sie morgen hierher, statt Katharina und mich mit in den Wald zu nehmen. Aber lass es langsam angehen.«

Einen Moment lang konnte Simon sie nur anstarren, dann stellte er den mittlerweile leeren Becher ab, stand auf und umarmte sie. »Danke«, flüsterte er, nur das eine Wort.

Seine Mutter legte das Strickwerk beiseite, dann erhob sie sich ebenfalls und drückte ihn an sich. »Es ist Zeit«, sagte sie leise, bevor sie ihn von sich schob, um ihm noch einmal ins Gesicht blicken zu können. »Bitte sei vorsichtig, ja?«

»Natürlich.« Er drückte noch einmal ihre Hand, dann wandte er sich um und huschte zur Tür. Die Nacht wurde noch immer vom Mond erhellt und war angenehm kühl, als er zum Wald lief und dort den Weg in Richtung der Schlucht einschlug. Er war sich sicher, dass er seine Mutter zwischen den Stämmen hindurch vor der Hütte sehen würde, wenn er sich nur umdrehte. Doch schon kreisten seine Gedanken nur noch um Maya und die bevorstehende Zeremonie, und er beschleunigte seine Schritte.

Es dauerte nur wenige Minuten, bis er an der oberen Kante angelangt war. Statt direkt den Pfad hinabzuklettern, lief er vorsichtig bis direkt an den Abhang und spähte hinunter. Im silbrigen Licht konnte er die Gestalt der Drachin am Grund ausmachen. Sie blickte genau in seine Richtung, hatte offenbar schon gewartet. Als sie ihn sah, erhob sie sich und flog mit wenigen Flügelschlägen zu ihm herauf. Er wich ein Stück zurück, damit sie vor ihm landen konnte, und legte dann zur Begrüßung die Hände an beide Seiten ihres großen Kopfs.

»Da bist du ja«, sagte sie leise. »Es ist alles bereit. Sobald das Feuer entzündet ist, können wir anfangen.« Sie richtete sich auf den Hinterbeinen auf, ergriff ihn mit den Vorderklauen und schwang sich mit leichtem Schlag ihrer Schwingen wieder in die Luft. In einem Bogen glitt sie zurück in die Schlucht, wo sie ihn sanft absetzte.

Wie Maya und er am Vortag besprochen hatten, hatte er einen Feuerstein mitgebracht. Das Gerücht, dass alle Drachen Feuer speien konnten, hatte sie schnell ausgeräumt. Mit geschickten

Schlägen ließ er mehrere Funken auf die Rindenstücke und verdorrten Grasbüschel regnen, die sie bereits zusammengesammelt hatte. Als die ersten zaghaften Flämmchen emporzüngelten, nährte er sie mit weiterem Zunder und hatte im Nu ein kleines Lagerfeuer entzündet, dem er nun dickere Holzstücke beifügte, um es wachsen zu lassen.

»Sehr gut«, meinte die Drachin. »Jetzt lass uns nach den passenden Formen suchen.« Sie deutete auf einen kleinen Kessel, den sie mitgebracht hatte. »Ich habe mehrere mitgenommen, damit wir auf jeden Fall eine in deiner Größe finden.«

Simon beugte sich über das bauchige Gefäß und konnte einen Moment lang nur auf das unförmige Gebilde starren, das obenauf lag. »Ist das etwa …?«

»Es ist nicht die Form von Gold, die du vielleicht kennst«, erklärte Maya. »Dieses hier ist so bearbeitet, dass es sich schnell erhitzen und verflüssigen lässt, allerdings nur dreimal: beim Erschaffen dieser speziellen Mischung, beim Schmelzen für die Ringe und später beim Einbrennen. Danach ist es ebenso hart und hitzebeständig wie normales Gold.«

»Wie geht das?«, fragte Simon atemlos nach. »Und woher hast du so einen riesigen Goldklumpen?«

»Ich sagte doch schon: Drachengeheimnis.« Sie zwinkerte ihm zu. »Sagen wir einfach, einige von uns Drachen treffen überall im Land gewisse Vorkehrungen für Verpflichtungszeremonien. Aber mehr darf ich dir nicht verraten.«

»Wie gemein.« Simon knuffte ihr scherzhaft gegen die kräftige Schulter, dann hob er das glänzende Material vorsichtig heraus und griff nach den steinernen Ringen darunter. Das mussten die Gussformen für die Armreife sein. Simon holte eine große Form heraus, die eindeutig für Maya bestimmt war, und legte sie zu dem Goldklumpen. Dann griff er nach einem der kleineren Ringe und schob ihn sich testweise über den Arm. Der Reif sollte später am Oberarm ein Stück unter dem Schultergelenk sitzen, doch dieser ließ sich ohne Probleme noch so drehen, dass er über der Schulter hing. Kopfschüttelnd versuchte Simon es mit der nächsten Form.

Diese bekam er kaum über den Ellenbogen geschoben, doch Maya nickte zustimmend.

»Das ist die richtige Größe. Denk daran, dass der Ring ja in dem Leerraum zwischen dem Stein entsteht. Er wird also etwas weiter als die Vorlage.«

Simon platzierte den steinernen Ring neben dem von Maya. Die überflüssigen Formen legte er beiseite, dann griff er nach einem kleinen Säckchen, das am Boden des Kessels lag. »Ich hoffe, dir gefällt die Farbe«, meinte die Drachin und beobachtete ihn gespannt.

Simon ertastete etwas Längliches und zog dann einen der flachen Steine hervor. Staunend betrachtete er das tiefe Blau und die gleichmäßig geschliffenen Kanten des leicht ovalen Edelsteins. »Was ist das?«, fragte er fassungslos.

Maya grinste. »Solche Steine wirst du nur bei Drachen finden, denn nur sie können sie in dieser Form herstellen.« Sie stupste mit der Schnauze gegen das Säckchen, damit er auch die restlichen Teile herausholte. Sechs Steine waren es insgesamt, drei für seinen Armreif und drei etwas größere für den von Maya.

»Sie sind wunderschön«, hauchte er, als er sie vorsichtig neben den anderen Materialien bettete. Dann legte er zwei weitere Holzscheite nach und steckte die drei Metallstangen zusammen, die neben dem Kessel lagen und an denen dieser über den Flammen befestigt werden sollte.

»Es ist soweit«, bemerkte die Drachin. »Leg das Gold in den Kessel und hänge ihn dann über das Feuer. Aber verbrenn dich nicht!« Simon tat wie ihm geheißen und beobachtete dann staunend, wie das Gold schon nach wenigen Minuten erst zu flirren und dann zu schmelzen begann.

»Hilf mir mal«, lenkte Maya ihn ab und schob die steinernen Formen näher ans Feuer. »Sie müssen so liegen, dass ich das Gold gleich hineingießen kann.« Tatsächlich hatte der Kessel eine kleine Vertiefung zum Ausgießen an der einen Seite, gegenüber befand sich eine seltsame Öse wie ein Griff, der aber ziemlich weit unten angebracht war. Erst, als alles bereit war und die Drachin mit einer

Kralle vorsichtig an der Halterung zog, begriff Simon, dass das Gefäß offenbar genau zu diesem Zweck gebaut worden war.

Zunächst füllte sie die erste Form nur zu einem kleinen Teil. »Jetzt müssen wir aufpassen. Wir müssen die drei Steine in die Formen drücken und dann vorsichtig das restliche Gold einfüllen. Normalerweise halten sie zumindest so lange von selbst, bis das Gold sie an Ort und Stelle hält, aber du musst das bitte im Blick behalten.«

Simon nickte konzentriert und drückte dann einen Stein nach dem anderen in seine jeweilige Einbuchtung in der steinernen Form. Ein leises Klacken sagte ihm, dass winzige Steinnasen die blauen Ovale vorerst festhielten. Schließlich waren alle drei Steine in Position und Maya kippte den Kessel ein zweites Mal, um die Form bis zum oberen Rand mit Gold zu füllen, wo der Stein sich leicht zur Innenseite neigte. Aufmerksam spähte sie auf die goldene Oberfläche. »Gut, sie halten«, kommentierte sie nach einer Weile. »Nun die zweite Form.«

Obwohl nun Simons eigener Ring an der Reihe war, der kleiner war und entsprechend noch mehr Präzision erforderte, klappte alles problemlos. Schon einige Minuten später nickte Maya erfreut und verkündete, dass beide Ringe nun nur noch aushärten mussten. Die beiden nutzten die Zeit, um alle nicht mehr benötigten Materialien zusammenzupacken. Dann zog Maya ein riesiges Stück Holz heran, das Teil eines ganzen Stamms gewesen sein musste und von der Sonne bereits lange ausgeblichen war. Als sie es mitten über die Feuerstelle schob, stürzte diese in sich zusammen, doch schon einen Augenblick später fraßen sich die ersten glutroten Zungen gierig an der neuen Nahrung hinauf. Es dauerte nicht lange, da wurden die Flammen so heiß, dass Simon einige Schritte zurückwich.

Nach einer ganzen Weile, in der die beiden einfach nur einträchtig beieinander gestanden und ins Feuer geblickt hatten, beschnupperte Maya die Ringe, stupste die Formen sanft an und betastete die Oberfläche schließlich sogar mit der gegabelten Zungenspitze. »Sie sind ausgehärtet«, befand sie.

»Und jetzt?« Erst im Nachhinein fiel Simon auf, dass die nach innen geneigten Oberkanten der Formen beim Auffüllen zwar praktisch gewesen waren, nun jedoch verhinderten, dass die Armreife sich einfach aus der Form klopfen ließen. »Wie bekommen wir sie da heraus?«

Die Drachin antwortete nicht, sondern ließ den Schwanz mit der knöchernen Schwanzspitze schwungvoll auf die erste der Formen niedersausen. Simon zuckte zusammen, als der Stein zerbarst und kleine Stückchen in alle Richtungen flogen. Noch ehe er die schützend vor die Augen gehobene Hand beiseite nehmen konnte, ertönte ein zweiter Knall und wieder flogen Gesteinsbröckchen umher.

Als er schließlich einen Blick riskierte, sog er scharf Luft ein. Vor ihm lagen die zwei unversehrten Ringe. Das Gold schimmerte und die blauen Steine schienen im Mondlicht von innen heraus zu leuchten. »Die sind wunderschön!« Mehr bekam er nicht heraus, doch Maya nickte verstehend.

»Es ist soweit«, sagte sie dann feierlich und bedeutete ihm, näherzutreten. »Keine Angst, ich passe schon auf, dass du dich nicht verbrennst.« Sie nahm seinen Ring und legte ihn vor sich, dann richtete sie sich auf und sprach ihre Formel:

»Ich, Maya, eine Drachin, verpflichte mich Simon, einem Menschen, für alle Zeit. Ich werde ihm treu bleiben und ihm helfen, wenn er Hilfe braucht.«

Dann stützte sie sich mit einem Vorderbein ab und steckte ihm mit der Klaue des anderen Vorderbeins den Ring ein Stück unter das Schultergelenk seines linken Arms. Danach verdeckte sie seine freie Haut mit ihren Flügeln, nahm vorsichtig einen an einem Ende brennenden Ast ins Maul und hielt die Flamme an die Lücke des Rings. Das Gold schmolz und verschloss die Lücke. Das Stück Haut, das darunter lag, hatte während dieser Prozedur entgegen Mayas Versprechen höllisch wehgetan, aber Simon hatte die Zähne zusammengebissen, um den Schwur nicht zu unterbrechen. Allerdings fragte er sich, wie sich die anderen Verpflichtungsformen wohl anfühlten, wo diese doch nicht schmerzhaft sein sollte.

Als der Ring fest an seinem Arm saß, war es an der Zeit, dass er seinerseits Maya den Schwur leistete. Er wusste genau, was er zu tun hatte. Er trat vor sie, legte den zweiten Ring vor sich und wartete, bis sie aufgestanden war. Dann sprach er:

»Ich, Simon, ein Mensch, verpflichte mich Maya, einer Drachin, für alle Zeit. Ich werde ihr treu bleiben und ihr helfen, wo ich kann.«

Er schob den Ring über die ihm entgegengestreckte Klaue und an Mayas linkem Vorderbein hinauf, ergriff den Ast, den auch sie benutzt hatte, und hielt ihn an die Lücke. Die Drachin zuckte nicht vor der Hitze zurück, womöglich machte sie ihren Schuppen auch überhaupt nichts aus. Fasziniert beobachtete Simon, wie das Gold sich stellenweise noch einmal verflüssigte und die Lücke verschloss. Allerdings sah der Ring danach noch immer so perfekt aus wie zuvor, als sei er bereits komplett aus der Form geschlagen worden.

Gespannt wartete Simon ab. Nach dem, was Maya ihm erzählt hatte, musste das Gold nun vollständig aushärten und das Ritual somit vervollständigen. Während der nächsten Minuten stocherte er mit einem Ast im Feuer, um die Glut zu verteilen. Er hoffte, dass sie so schneller herunterbrennen würde.

»Keine Sorge«, meinte Maya beruhigend, »hier ist doch nichts, was anbrennen könnte, und es müsste schon recht starken Wind geben, um Funken bis an die obere Kante zu treiben.«

Simon wollte antworten, dass er lieber auf Nummer sicher ging, doch im selben Moment lief ein Kribbeln durch seinen gesamten Körper. Die blauen Steine in den beiden Verpflichtungsringen leuchteten einen Moment lang auf und schienen Funken zu sprühen, dann war es wieder vorbei. Er spürte Maya nun. Nicht körperlich, aber geistig. Da war eine Verbindung, er konnte zumindest grob erahnen, welche Gefühle ihr durch den Kopf gingen. Und bei der Zuneigung, die sie in seine Richtung sandte, hatte er das Bedürfnis, zu lachen und herumzuhüpfen.

»Das ist … der Wahnsinn!«, versuchte er in Worte zu fassen, was er gerade erlebte. »Nun bin ich also mit einem Drachen verpflichtet«, murmelte er immer noch ein wenig ungläubig.

»Schon, aber du solltest trotzdem aufpassen, wie du dich diesem Drachen gegenüber verhältst!«, gab Maya zurück und zeigte die Zähne. Simon grinste bloß und boxte ihr in die Seite. Er wusste genau, dass sie nur scherzte.

»Ich hätte jetzt Lust, einfach nur endlos weit zu fliegen und zu reden«, seufzte er sehnsüchtig.

Seine frischgebackene Seelengefährtin stupste ihn sanft an. »Ich auch, aber es ist schon spät. Du solltest besser schlafen. Wir können uns ja gleich morgen früh wieder treffen.«

»Stimmt, ich sollte nach Hause gehen. Womöglich ist Mutter noch wach, weil sie auf mich wartet.« Er musste wieder seufzen. »Morgen früh muss ich erst einmal Wasser holen. Aber ich hatte die Idee, mit dir ins Dorf zu gehen und dich allen vorzustellen, damit sie sehen, dass du harmlos bist. Was hältst du davon?«

»Das können wir versuchen«, stimmte Maya zu. »Wie wäre es, wenn wir uns am Fluss treffen und ich dich anschließend begleite? Vielleicht ist es besser, wenn ich beim ersten Mal nicht direkt angeflogen komme und mitten zwischen den Dorfbewohnern lande.«

»Gute Idee.« Simon nickte, dann kam ihm ein Gedanke. »Sag mal, wäre es in Ordnung, wenn ich meine beste Freundin Katharina mit zum Fluss bringe? Es wäre schön, zuerst sie davon zu überzeugen, dass ihr nichts passiert, bevor wir das mit dem ganzen Dorf wiederholen müssen.«

»Natürlich. Bring sie ruhig mit. Ich warte am Ufer auf euch. Aber jetzt steig erst einmal auf, ich bringe dich bis zur Lichtung.«

Das ließ Simon sich nicht zweimal sagen. Blitzschnell kletterte er auf den Rücken der Drachin, die sich vom Boden abstieß und sich mit ihm in die Höhe schraubte. Während sie über die Bäume hinweg glitt, legte er ihr glücklich die Arme um den Hals.

SEELENGEFÄHRTEN

Am nächsten Morgen trat Simon voller Vorfreude aus der Hütte. Er hatte zwar nur wenig Schlaf bekommen, doch der Gedanke, was Maya und er heute tun würden, ließ ihn alle Müdigkeit vergessen. Stattdessen trat er aufgeregt von einem Fuß auf den anderen, während er darauf wartete, dass Katharina auftauchte. Er wusste, dass auch sie sich an diesem Morgen zum Fluss aufmachen musste, also würde sie unweigerlich an der Hütte vorbeigehen.

Jana zupfte ihn am Ärmel. »Simon, kann ich heute mitkommen?«

»Nein, Jana, ich gehe mit Katharina zum Fluss. Morgen vielleicht.«

»Ach was, Katharina. Wahrscheinlich triffst du Maya dort!«, grummelte seine jüngere Schwester.

»Das auch«, stimmte Simon zu, »aber Katharina kommt trotzdem mit. Ich möchte, dass die beiden sich kennenlernen.«

»Aber ich will sie auch sehen«, quengelte Jana weiter. »Sie ist bestimmt riesengroß!«

»Du wirst sie kennenlernen«, beschwichtigte er sie. »Nachher kommen wir alle gemeinsam ins Dorf, damit die Taraner sehen können, dass sie ihnen nichts tut.«

Die Augen des Mädchens wurden kugelrund. »Du … du bringst sie hierher? Wirklich? Oh wow, das muss ich Sabrina erzählen!« Ehe Simon sie aufhalten konnte, war sie bereits davongeflitzt. Er seufzte leise. Sabrina war Katharinas kleine Schwester und in Janas Alter.

Die beiden waren unzertrennlich und heckten ständig irgendwelche Streiche aus. Außerdem waren sie beide Plappermäuler – da er Jana verraten hatte, was er vorhatte, konnte er sicher sein, dass es in Kürze bereits das ganze Dorf wissen würde. Er war sich nicht sicher, ob das klug gewesen war, aber nun ließ es sich leider nicht mehr rückgängig machen.

Zum Glück entdeckte er in diesem Moment Katharina. »Hey, warum hatte Jana es denn so eilig?«, rief sie amüsiert. Sie schien die Neuigkeit noch nicht auf die Nase gebunden bekommen zu haben.

»Ach, die wollte zu deiner Schwester«, meinte Simon ausweichend und zog sie mit sich. »Und wir wollen jetzt gemeinsam zum Fluss. Also komm!«

»Du hast es ja genauso eilig«, feixte sie. »Hast du eine Verabredung, von der ich wissen sollte?«

»Vielleicht?«, gab er grinsend zurück, hoffte aber insgeheim, dass Katharina noch eine Weile brauchen würde, um den Sinn hinter seinen Worten zu erahnen. Zwar hatte sie halbwegs zugestimmt, sich Maya vorstellen zu lassen, doch er war sich nicht sicher, ob sie nicht doch im Dorf geblieben wäre, hätte sie gewusst, wer am Flussufer auf sie wartete. Zu seiner Erleichterung lief sie einfach nur schweigend neben ihm her und schien den frischen, sonnigen Morgen zu genießen.

Tatsächlich erfüllten sich seine Hoffnungen länger als gedacht. Erst, als die beiden zwischen den letzten Bäumen hindurch das sandige Ufer betraten und der Fluss keine zwei Dutzend Meter mehr entfernt war, entdeckte auch er selbst Maya, die ganz dicht am plätschernden Nass lag und die Morgensonne ebenfalls zu begrüßen schien. Ihre Augen waren geschlossen, ihre Flanken hoben sich gleichmäßig und sie ließ sich nicht anmerken, ob sie die beiden bemerkt hatte.

Katharina blieb ruckartig stehen, den Blick auf die Drachin gerichtet. »Nein«, rutschte es ihr leise über die Lippen. Einen Moment lang verharrte sie wie erstarrt, dann wollte sie sich umdrehen und zurück in den Wald eilen. Simon ließ einen der leeren Eimer fallen und hielt sie am Arm zurück.

»Hey!«, redete er beschwichtigend auf sie ein. »Katharina, warte. Es ist doch alles in Ordnung.«

»Ich muss nicht warten, bis sie aufwacht.« Sie machte eine abgehackte Geste in Richtung der Drachin.

»Sie schläft doch gar nicht.« Simon musste unweigerlich grinsen. »Stimmt's, Maya?«

Die Angesprochene öffnete sofort die Augen und richtete den Blick auf die beiden, rührte sich ansonsten jedoch nicht. Dennoch entfuhr Katharina ein leises Keuchen.

»Vergiss es, Simon. Das ist doch verrückt!«

»Ist es nicht.« Er warf ihr einen beruhigenden Blick zu. Ihren Arm hielt er weiterhin fest, versuchte jedoch nicht, sie in Richtung Ufer zu ziehen. »Ich stehe doch gesund und munter vor dir, oder? Und sieh dir das hier an.« Er deutete auf seinen Verpflichtungsring, dann sah er ihr fest in die Augen. »Du weißt doch, dass du mir vertrauen kannst, oder nicht?«

Sie zögerte, forschte in seinem Blick, hörte aber zumindest auf, in Richtung Wald zu drängen. Es dauerte eine gefühlte Ewigkeit, bis sie langsam nickte. »Na gut.«

Simon hätte am liebsten gejubelt, stattdessen warf er ihr nur einen aufmunternden Blick zu und machte einen Schritt in Richtung Ufer. Es schien, als wolle seine beste Freundin sich nun doch gegen den sanften Druck seiner Arme wehren, doch dann gab sie nach. Zögerlich näherte sie sich Schritt für Schritt, verkrampfte jedoch immer mehr.

»Warte«, sagte Simon schließlich. »Bleib einfach stehen und schau erst einmal zu, in Ordnung?« Langsam trat er ein Stück von ihr zurück.

Als sie keine Anstalten machte, doch noch umzukehren, wandte er sich um und lief zu Maya. Die rührte sich nun zum ersten Mal und hob den Kopf. Als er ihr über den Hals strich, stupste sie ihn schelmisch an.

»Schön, dass du mir auch nochmal Hallo sagst.«

Er gab ihr einen leichten Klaps, dann witzelte er: »Oh, genau: Hallo!«

»Spinner.« Sie schüttelte leicht den Kopf, dann blickte sie sanft zu Katharina hinüber. »Willst du uns denn nicht einmal vorstellen?«, fragte sie vielsagend, wandte sich dann jedoch selbst an da Mädchen. »Ich bin Maya, und du kannst unbesorgt sein: Ich will dir nichts antun, warum auch? Ich bin neugierig darauf, Simons Freunde kennenzulernen.«

Katharina zuckte zusammen, als die Drachin das Wort an sie richtete. Nun huschte ihr Blick zwischen dem Verpflichtungsring an Mayas Vorderbein und dem an Simons Arm hin und her.

»Na komm schon«, meinte Simon beruhigend, entfernte sich wieder ein Stück von seiner Seelengefährtin und streckte dafür seiner besten Freundin die Hand entgegen. »Wir haben doch schon alle möglichen Abenteuer gemeistert, oder nicht? Also trau dich.«

Katharina zögerte einen Moment, ehe sie sich einen Ruck gab und seine Hand ergriff. Mit einem Lächeln zog er sie näher, und bevor sie überhaupt begriff, was er tat, hob er ihre Hand in die Höhe und legte sie an Mayas Schnauze. Ein Zittern durchlief ihren Körper, doch sie wich nicht zurück.

»Na also.« Simon lächelte zufrieden und vervollständigte dann die Vorstellung. »Maya, das ist meine beste Freundin Katharina.«

»Hallo«, hauchte das Mädchen atemlos.

Ein Glucksen drang aus der Kehle der Drachin. »Selber hallo«, antwortete sie und drückte die Schnauze ein wenig fester gegen Katharinas Hand.

Die Jugendliche blinzelte unsicher, bevor sie langsam über die schuppige Haut strich. Als sie sah, wie Maya entspannt die Augen schloss, wiederholte sie die Geste. Ein kleines Lächeln umspielte ihre Lippen. »Unglaublich«, flüsterte sie.

»Geht doch«, rutschte es Simon über die Lippen. Sofort öffneten sich die Augen seiner Seelengefährtin wieder und sie blickte tadelnd zu ihm herüber.

»Hey, du hast zuerst auch Angst gehabt. Und wie!«, schalt sie ihn scherzhaft.

»Zu Recht«, entgegnete Simon. »Da wusste ich ja auch noch nicht, dass du mich nicht fressen wolltest!«

»Hör gar nicht auf ihn«, wandte sie sich an Katharina. »Ich habe es ihm bestimmt fünfmal erklären müssen, ehe er mir geglaubt hat.«

Die Angesprochene musste unwillkürlich grinsen. Als sie es merkte, stockte sie kurz, dann bedachte sie Maya mit einem neugierigen Blick und hob langsam auch die zweite Hand, um sie an den Hals der Drachin zu legen.

»Ja ja, verbündet euch ruhig gegen mich«, seufzte Simon theatralisch. »Wie wäre es stattdessen mit einem kleinen Rundflug, bevor wir die gefüllten Eimer zurückschleppen müssen?« Katharina riss erschrocken die Augen auf, doch Mayas Augen blitzten auf.

»Eine tolle Idee! Katharina, hast du Lust?«

»Kannst du uns denn beide tragen?«, fragte die Jugendliche unsicher. Als die Drachin nur amüsiert nickte, sah sie etwas gequält aus, nickte dann aber. »Na gut, wenn ihr meint …«

»Und wie wir das meinen!« Simon stupste sie vorwärts, bis sie neben Mayas Schulter stand, dann half er ihr, ein Bein über den Rücken der Drachin zu schwingen. Erst danach saß er vor ihr auf und ergriff einen der Halszacken. »Halt dich einfach an mir fest«, beruhigte er seine Begleiterin.

Maya erhob sich langsam und wandte den Kopf, um nachzusehen, ob die beiden bereit waren. Dann spannte sie die Flügel auf, machte einen kleinen Satz und schwang sich in die Luft. Sie stieg nur langsam in die Höhe und schraubte sich einfach in einem sanften Bogen immer weiter hinauf.

»Hey, mach die Augen auf!«, rief Simon lachend, als er merkte, wie Katharina den Kopf gegen seinen Rücken presste. »Ich verspreche dir, dass du so etwas noch nie gesehen hast.« Er spürte, wie sie sich hinter ihm langsam aufrichtete, dann erklang ein Ausruf des Erstaunens. Gleich darauf krallten sich ihre Hände fester an seine Schultern.

»Das ist aber hoch!«

»Das ist noch gar nichts«, gab Maya zurück, »aber für das erste Mal reicht es. Schau dich einfach um und gewöhn dich an die Aussicht und die Höhe.«

Simon ließ den Blick schweifen, und daran, wie Katharina ihre verkrampften Finger mehr und mehr lockerte, erkannte er, dass sie dasselbe tat. Die noch tief stehende Sonne ließ das Meer der Baumkronen in saftigem Grün schimmern, auf der sich kräuselnden Flussoberfläche schienen goldene Punkte zu tanzen. In einiger Entfernung drehte ein kleiner Vogelschwarm seine Runden, als sei die Abfolge von Wendungen eingeübt.

Simon warf seiner Seelengefährtin, die den Kopf leicht gedreht hatte, einen freudestrahlenden Blick zu und nickte. Sie hatte es geschafft, Katharina aus der Reserve zu locken.

Die Drachin hatte offenbar einen ähnlichen Gedanken gehabt. »Haltet euch fest!«, rief sie, dann schlug sie kräftiger mit den Flügeln und zog in die Höhe. Sekündlich wurde der Erdboden unter ihnen kleiner, der Flusslauf schrumpfte zu einem schmalen, glitzernden Band zusammen. Schließlich spannte sie die Schwingen auf und segelte geräuschlos dahin.

Simon ließ den Blick über die Landschaft tief unter ihnen schweifen. »Wie gerne wüsste ich, wie es sich anfühlt, sich da jetzt einfach runterfallen zu lassen …«, murmelte er zu sich selbst.

»Das wirst du bei Katharinas erstem Flug nicht ausprobieren!«, ermahnte Maya ihn vielsagend. Einige Minuten später setzte sie bereits wieder am Flussufer auf und kauerte sich zu Boden, um gerade Katharina das Absteigen zu erleichtern. Die Jugendliche senkte danach zunächst den Blick, schien sich jedoch schnell zu besinnen und sah Maya mit einem vorsichtigen Lächeln an, dann legte sie eine Hand auf das Schuppenmuster am Hals.

Die Drachin selbst blickte Simon fragend an. »Wenn du denkst, dass es zum jetzigen Zeitpunkt doch keine gute Idee ist, können wir es auch irgendwann anders versuchen«, meinte sie langsam.

Er schüttelte entschieden den Kopf und strich ihr über die Schnauze. »Nein. Wir versuchen es gleich heute. Bleib einfach bei mir und verhalte dich freundlich. Wenn sie keine Bedrohung mehr in dir sehen, werden sie sich hoffentlich bald an dich gewöhnen.«

»Ich bin immer freundlich«, behauptete sie neckend, dann wurde sie wieder ernst. »Ich gebe mein Bestes. Aber auch wenn es klappt, werden sie ihre Furcht nicht von jetzt auf gleich vergessen, also mach dir keine zu großen Hoffnungen.«

»Das weiß ich auch. Aber lass es uns einfach versuchen.« Er atmete ein letztes Mal durch, dann ergriff er seine beiden Wassereimer und setzte sich in Bewegung. Maya blieb dicht neben ihm. Auf ihrer anderen Seite war Katharina ein kleines Stück zurückgefallen und lief auf Höhe der Flanke. So folgten die drei dem restlichen Stück des Waldpfads und traten schließlich nicht weit vom Dorfrand entfernt zwischen den Bäumen hervor.

Zu dieser Tageszeit war in Taran viel los. Dörfler liefen hin und her, diskutierten miteinander oder saßen strickend oder Essen bereitend vor ihren Hütten. Nichts deutete darauf hin, dass irgendjemand Janas Worten Glauben geschenkt hatte.

Die kleine Prozession blieb stehen. Simon hielt es für sinnvoller, zunächst in gebührendem Abstand zu verharren und nicht einfach mitten ins Dorf zu marschieren.

Einen Moment lang setzte sich das Treiben einfach fort, dann ertönte ein Kreischen. Simon konnte den Ursprung nicht ausmachen, doch schlagartig schien jeder einzelne Dorfbewohner zu erstarren. Erste Köpfe drehten sich ihnen zu. Einige Leute blieben stocksteif stehen, andere wichen langsam zurück.

»Beruhigt euch!«, rief Simon, bevor sich großes Gemurmel erheben oder gar eine Panik ausbreiten konnte. »Ihr habt die Geschichte von Maya doch mittlerweile alle gehört. Nun, ich habe sie wiedergetroffen, sogar mehrmals. Wir sind nun durch ein Ritual verbunden …« Er hielt den linken Arm hoch und deutete auf seinen Verpflichtungsring. »… was für euch eine weitere Sicherheit bedeutet, dass sie euch nichts tun wird. Lernt sie einfach kennen!«

Nichts geschah. Weitere Taraner wichen zurück, einige tuschelten entsetzt miteinander. Maya blickte einen Moment lang über die Menschenansammlung, dann erhob sie die Stimme. »Ich würde mich gerne selbst vorstellen«, sagte sie langsam. »Und ich möchte, dass ihr keine Angst habt, das braucht ihr wirklich nicht.«

In diesem Moment entdeckte Simon seine Familie, die aus der Hütte getreten war. Jana, die mit einem großen Satz ins Licht gesprungen war, um zu sehen, was die allgemeine Aufregung verursachte, war schlagartig stehengeblieben. Seine Mutter verharrte ebenso reglos und hatte den Blick wie gebannt auf ihn gerichtet. Lisa versteckte sich hinter ihr.

Er bedeutete Maya, stehenzubleiben, ging auf die drei zu und streckte eine Hand aus, wie er es zuvor auch bei Katharina getan hatte. »Du wolltest sie doch unbedingt kennenlernen«, sagte er leise zu Jana. »Hier ist deine Chance. Und Lisa – du brauchst dich nicht zu fürchten. Maya ist freundlich. Denk daran, dass sie mich vor den Jägern gerettet hat. Komm mit zu ihr.« Er blickte beiden in die Augen, dann sah er seine Mutter an. »Du hast es versprochen«, sagte er noch leiser, doch an dem Aufblitzen in ihren Augen erkannte er, dass sie ihn verstanden hatte.

»In Ordnung.« Sie klang gefasst, als sie einen Schritt auf ihn zu machte, doch ihre Hände zitterten. Das merkte Simon, als sie ihre Finger mit seinen verschränkte. Dass sie ihm dennoch vertraute und folgte, machte ihn unglaublich dankbar.

Auch Jana kam jetzt vorsichtig näher. Lisa folgte ihr, da es sie noch mehr zu ängstigen schien, ganz allein zurückzubleiben. Simon führte sie alle drei zu seiner Seelengefährtin, die reglos stehengeblieben war, Katharina noch immer an ihrer Seite.

Nun senkte die Drachin langsam den Kopf und blinzelte den Näherkommenden entgegen. »Ihr seid also Simons Familie«, brummte sie. »Ich freue mich sehr, euch kennenzulernen.«

Seine Mutter nickte kurz und ruckartig. »Das stimmt. Ich bin Sona«, sagte sie tonlos.

»Und das sind Jana und Lisa«, ergänzte Simon und deutete nacheinander auf seine Schwestern. Maya schnaubte leise und ihre Augen funkelten. »Der Wildfang und die Meisterweberin. Ich habe schon viel von euch gehört.« Janas Blick schoss zu ihrem Bruder, als sie dies hörte, dann traute sie sich vorsichtig näher heran und hob die Hand.

Maya verhielt sich ganz still, bis die Finger des Mädchens ihre Nüstern berührten, dann legte sie den Kopf schief. Simon erkannte diese Geste mittlerweile als gezügelte Neugier. Er grinste, dann legte er ihr eine Hand auf den Hals. »Ist schon in Ordnung«, meinte er und nickte ihr aufmunternd zu. Die Drachin blickte ihn einen Moment lang fragend an, dann beugte sie sich ein Stück vor und beschnupperte seine Schwester sanft. Das Dorf schien den Atem anzuhalten.

Jana zog zuerst den Kopf ein und kniff die Lider zusammen, doch dann öffnete sie sie wieder und blinzelte. »Du bist so groß!«, rief sie aus und streckte sich auf die Zehenspitzen, als wolle sie versuchen, die Drachin doch noch zu überragen.

Maya schien einen Augenblick lang verdutzt, dann blies sie der Kleinen ihren warmen Atem entgegen. Diese kicherte und legte erneut eine Hand an die weiche Drachenschnauze.

Diese Geste brach das Eis, zumindest die erste Schicht davon. Simons Mutter traute sich nun ebenfalls, die schuppige Haut der Drachin zu berühren. Und als Lisa sich weiterhin versteckte, hob Simon sie kurzerhand hoch und setzte sie auf Mayas Rücken. Seine Schwester schien geschockt, doch dann strich sie seiner Seelengefährtin zögerlich über den Halsansatz.

Simon lächelte glücklich. »Seht ihr?«, wandte er sich an die restlichen Dorfbewohner. »Es passiert überhaupt nichts. Maya ist eine Freundin, sie wird euch nicht angreifen. Im Gegenteil, sie kann sogar helfen!«

Verhaltenes Gemurmel war die Reaktion auf seine Worte. Einige Taraner blickten nachdenklich, doch die meisten wirkten nach wie vor verängstigt.

»Das ist schon in Ordnung«, meinte seine Seelengefährtin leise. »Ich denke, es reicht für das erste Treffen. Und immerhin sind sie nicht weggerannt.« Sie stupste ihn sanft an, bevor sie die Stimme erhob. »Denkt einfach darüber nach. Ich werde jetzt jagen fliegen – und keine Sorge, ich werde euer Vieh natürlich in Ruhe lassen.« Sie blickte Simons Mutter an. »Vor einigen Tagen habe ich eine Herde Rotwild entdeckt. Ich denke, die werde ich suchen. Soll ich ein Tier mitbringen?«

Sona blinzelte überrascht. »Ähm … ja, gerne«, gab sie nach kurzem Überlegen verdattert zurück.

»Gut, dann versuche ich mein Glück.« Die Drachin kauerte sich zu Boden, um Lisa absteigen zu lassen. Dann drückte sie den Kopf zum Abschied sanft gegen Simons Brust, bevor sie einige Schritte beiseite machte und sich mit kraftvollen Flügelschlägen in die Luft erhob.

Simon sah ihr einen Augenblick lang nach, dann machte er sich mit seiner Familie auf den Weg zur Hütte. »Und, was denkst du?«, fragte er seine Mutter leise, während er durch die Tür trat. Sie schob seine beiden Schwestern in den Wohnraum, dann nickte sie langsam.

»Du hattest Recht, sie ist wirklich freundlich. Und sie scheint dich zu mögen.« Simon grinste nur und deutete auf seinen Armreif.

»Sehen wir sie bald wieder?«, fragte Jana mit wiedererwachter Begeisterung. »Kann ich auch mal mitfliegen?«

»Ihre Haut war ganz warm«, sagte Lisa leise, ihre Augen glänzten. Sie war eindeutig beeindruckt.

»Stopp, stopp!«, wehrte Simon ab. »Nicht so viele Fragen auf einmal! Ja, ihr seht sie sicher wieder, und nein, Jana, ich werde dich nicht einfach auf einen Flug mitnehmen. Wer weiß, was du in der Luft für Unfug anstellst!« Er musste sich beherrschen, um bei ihrer gleichermaßen enttäuschten und empörten Miene nicht loszulachen. Stattdessen blickte er sich suchend im Raum um. »War Katharina nicht eben noch bei uns?«

»Sie ist mit ihrer Mutter und Schwester gegangen«, erklärte Sona leise. »Tarja schien sehr … besorgt.« Tarja war Katharinas und Sabrinas Mutter. Sie machte sich schnell Sorgen um ihre Töchter, aber etwas an der Betonung des Wortes *besorgt* ließ ihn aufhorchen.

»Ach so«, meinte er und wandte sich zur Küche. »Na, dann werde ich mal nach oben gehen und mich ein wenig ausruhen, bevor es nachher wieder an die Arbeit geht.« Er schnappte sich eine Scheibe Brot und kletterte geschwind die Leiter zu seinem Raum hinauf. Er brauchte einfach für einen Moment seine Ruhe.

Am frühen Abend schlüpfte Simon wieder in die Hütte und ließ sich seufzend auf einen Stuhl fallen. »Nanu?«, fragte seine Mutter ihn, als sie einen Blick aus der Küche warf. »Was ist denn mit dir passiert? Und hilfst du mir beim Brotbacken?«

»Alle haben mich nach Maya gefragt«, ächzte er und rollte den Kopf, bis ein erlösendes Knacken in seinem Nacken erklang. Dann stand er auf und schlurfte zu ihr. Während er sich die Hände mit etwas Mehl einrieb und dann nach einem Teigball griff, um ihn zu kneten, fuhr er fort: »Ich finde es toll, dass alle Fragen stellen und Interesse zeigen. Ich hoffe, dass sie dann auch bereit sind, Maya eine Chance zu geben. Aber es waren einige total verrückte Fragen darunter – und die wurden immer und immer wieder gestellt! Der alte Medrian hat sogar gefragt, ob man ihr Opfer zahlen müsste, damit sie dem Dorf nichts zuleide tut!«

»Was hast du erwartet?«, fragte seine Mutter. »Niemand von uns hat jemals zuvor einen echten Drachen gesehen, das weißt du genauso gut wie ich. Du hast dich schnell mit Maya angefreundet, weil sie dir das Leben gerettet hat und ihr auf irgendeine Weise zusammengehört. Solche Erfahrungen haben die anderen nicht gemacht. Sie sehen nur ein großes Raubtier, das problemlos in der Lage wäre, unser Dorf auszulöschen, und das nur von einem schimmernden Schmuckstück in Schach gehalten zu werden scheint.«

»So wirkt sie doch überhaupt nicht«, widersprach Simon sofort. »Sie war friedlich und hat alles getan, um den Dorfbewohnern keine Angst zu machen.«

»Ich weiß, ich habe es ja auch gesehen. Aber überleg doch mal, wie sie trotzdem auf andere wirkt, ohne dass sie es verhindern kann. An ihrem Aussehen und den Geschichten über Drachen kann sie nichts ändern.«

»Na gut, das ist wahr. Es wird wohl seine Zeit brauchen, bis sich alle an sie gewöhnt haben.« Simon seufzte, dann hielt er mitten in der Knetbewegung inne, als draußen erschrockene Rufe erklangen. Er glaubte, seinen Namen zu hören, und bemühte sich angestrengt, etwas zu verstehen.

»Geh.« Seine Mutter nahm ihm lächelnd den Teig aus den Händen und begann ihn selbst zu formen. »Es scheint, als würdest du gebraucht. Ich komme in einer Minute nach.« Er blickte sie dankend an, dann rannte er zur Tür und vor die Hütte.

Mehrere Dorfbewohner starrten panisch in den Himmel. Als Simon bemerkt wurde, kam einer seiner unmittelbaren Nachbarn zu ihm und deutete nach oben. »Was tut dein Drache da?«

Erstaunt folgte er ihren Blicken und entdeckte Maya, die über dem Dorf kreiste. Als sie ihn ebenfalls sah, ging sie in den Sinkflug über und steuerte auf ihn zu. Mit ihren Vorderklauen hielt sie etwas Großes gepackt. Er brauchte einen Moment, um zu erkennen, dass es ein Rothirsch war. »Macht Platz«, wies er die Dörfler an. »Geht ein Stück zur Seite, damit sie landen kann. Mutter! Komm doch mal, du kriegst eine Lieferung.«

»Lieferung?«, fragte die Gerufene verwirrt nach, als sie einen Augenblick später aus der Hütte trat. Im selben Moment erreichte die Drachin die Hütte, legte die Beute ab und landete. Sona riss überrascht und erschrocken die Augen auf, dann blickte sie fassungslos auf den prächtigen Rothirsch. Sein Geweih war riesig und mehrfach verzweigt. In seinem Genick waren Bissspuren zu erkennen, doch ansonsten war er unberührt.

»Hallo«, meinte Maya und blickte sich um, als verwunderte sie der Aufruhr. »Ich habe ein wenig weiter fliegen müssen, um die Herde wiederzufinden, daher komme ich erst jetzt. Ich habe versucht, das Fell so wenig wie möglich zu beschädigen.«

»Danke«, sagte Simons Mutter und schien noch immer nicht ganz fassen zu können, was hier geschah. Nach ein paar Sekunden jedoch hob sie den Blick und sah der Drachin zum ersten Mal direkt in die Augen. »Maya, das ist wunderbar«, entfuhr es ihr mit unverhohlener Freude. »Ich danke dir! Simon, hilf mir mal, den Hirsch hinter die Hütte zu tragen. Wir müssen ihn sofort ausnehmen!«

Simon folgte der Aufforderung und packte mit an, doch seine Augen waren auf seine Seelengefährtin gerichtet. »Wartest du auf mich? Ich hätte noch Zeit, ein bisschen zu reden oder herumzufliegen …«

Maya schnaubte. »Natürlich warte ich! Außerdem können deine Nachbarn mich dann in aller Ruhe angucken und sich an mich gewöhnen.« Sie zwinkerte und ließ sich an Ort und Stelle zu Boden sinken. »Ruf mich, falls ihr Hilfe braucht.«

Ächzend hievte Simon den toten Körper in die Höhe, seine Mutter half ihm. Gemeinsam beförderten sie den Rothirsch zu der kleinen, mit Stein ausgelegten Fläche hinter dem Haus. Geschwind zog Sona einige kleine Wannen aus einer Nische hervor, in denen die Fleischstücke gestapelt werden konnten, außerdem eilte sie noch kurz ins Haus und kehrte mit zwei scharfen Messern zurück. »In Ordnung, lass uns zuerst das Fell abtrennen«, bestimmte sie und strich andächtig darüber. »Oh, was für ein wundervolles Muster. Das wird auf dem Markt sicher etwas Geld einbringen.«

Simon nickte, während er den ersten Schnitt setzte. Er hatte oft genug Wild für die Familie geschossen, um zu wissen, wie man ein Tier häutete und zerteilte. »Und denk nur mal an das schöne Fleisch«, ergänzte er. »Aus dem Geweih kann ich etwas schnitzen, das können wir dann auch verkaufen.« Seine Mutter lächelte nur selig, dann ging sie ihm zur Hand.

Unter seiner routinierten Hand hing das Fell bald über einem hölzernen Ständer und ein Fleischstück nach dem anderen wanderte in die Behälter. Lisa war schweigend zu ihnen gekommen und hatte begonnen, das Fleisch nach und nach ins Haus zu tragen. Nachdem sie jedoch sah, dass sie oft genug gelaufen war, sodass die Behälter für die restlichen Stücke ausreichen würden, verschwand sie wieder. Simon blickte ihr verwundert nach. Normalerweise half sie immer bis zum Schluss. Weil er jedoch möglichst schnell fertig werden wollte, machte er weiter. Die nicht verwertbaren Innereien sammelte er in einer gesonderten Wanne, die besonders kostbaren Organe in einer Schale aus dunklem Ton.

»Das reicht«, sagte seine Mutter schließlich. »Den Rest schaffe ich auch allein. Du wirst erwartet.« Sie griff nach dem Herzen des Hirsches und wog es nachdenklich in der Hand. »Maya sollte es bekommen, als Dankeschön«, sagte sie dann und kehrte mit Simon zurück zur Frontseite der Hütte.

Was der Jugendliche dort sah, ließ ihn unwillkürlich innehalten, um die Szene nicht zu stören. Jana und Lisa saßen vor den Vorderbeinen der Drachin und hatten die Köpfe in den Nacken gelegt, um zu ihr aufschauen zu können. Lisa wirkte noch etwas verkrampft, aber Jana plapperte bereits munter vor sich hin. Und an Mayas Flanke lehnte ein Junge aus dem Dorf, der kaum vier Jahre alt war. Mit konzentrierten Bewegungen strich er ihr über die geschuppte Haut. Seine Mutter stand in einiger Entfernung und wirkte weit weniger glücklich. Sichtlich besorgt beäugte sie das Ganze und hob immer wieder fahrig eine Hand, nur um sie gleich darauf wieder sinken zu lassen.

Simons Mutter gab ihm einen sanften Schubs, doch sie lächelte verständnisvoll. Gemeinsam traten sie zu der bunten Gruppe. Sona streckte die Hand vor, in der sie das Hirschherz hielt. »Wir müssen dir danken«, wiederholte sie. »Du hast uns mit diesem Rothirsch ein kostbares Geschenk gemacht. Das beste Organ sollte dir gehören.«

Maya hatte aufmerksam zugehört, doch nun blinzelte sie und schüttelte den Kopf. »Nein, behaltet es. Ich habe bereits gefressen und diesen Hirsch extra für euch gefangen. Ich bin mit Simon verpflichtet, es ist also selbstverständlich, dass ich helfe.«

Sona überlegte kurz, dann nickte sie. »In Ordnung, aber dann nimm einen anderen Gegenwert an. Zwei oder drei Tage werden die Mädchen und ich auch allein zurechtkommen. Du kannst also mit Simon auch etwas weiter fliegen, wenn ihr die Zeit miteinander verbringen wollt.«

Mayas Augen begannen zu leuchten. »Das ist ein Vorschlag, den ich gerne annehme«, summte sie erfreut. »Ich danke dir.«

»Ist das wirklich wahr?«, jubelte Simon und umarmte seine Mutter. »Danke!«

Urplötzlich stand Katharina neben ihm und boxte ihn scherzhaft in die Seite. »Du bedankst dich dafür, jeden Abend einen Unterschlupf bauen zu müssen?«, witzelte sie. Bevor er antworten konnte, neigte Maya den Kopf zu ihnen herunter.

»Wozu braucht er einen Unterschlupf, wenn er mich hat?« Demonstrativ legte sie ihm einen Flügel über die Schulter.

Katharina schmunzelte. »Okay, daran habe ich echt nicht gedacht. Na gut, nun bin ich neidisch.« Sie klopfte Simon auf die Schulter. »Ich wünsche euch viel Spaß!«

Er blickte ihr nach, als sie sich zum Gehen wandte, dann sah er seine Seelengefährtin an. In ihren Augen meinte er denselben Gedanken zu erkennen, also rief er: »Warum kommst du nicht mit?«

Katharina blieb stehen und wandte sich mit fragender Miene um, als müsste sie sich erst davon überzeugen, dass er tatsächlich sie gemeint hatte. »Ist das dein Ernst?«, fragte sie langsam.

»Natürlich ist es das«, antwortete die Drachin an Simons Stelle.

Katharina begann zu lächeln, doch dann trübten sich ihre Gesichtszüge wieder. »Ich glaube nicht, dass das eine gute Idee ist. Meine Mutter …«

»Das lass mal meine Sorge sein«, schaltete Sona sich ein. »Tarja und ich sind alte Freundinnen. Ich werde sie schon überzeugen.«

»Wirklich?« Nun begann Katharina doch zu strahlen. »Oh, danke!«

Simon freute sich ebenfalls. Mit einem Satz saß er auf Mayas Rücken und strich ihr liebevoll über den Hals. »Das wird toll!«, jubelte er. Maya schnaubte amüsiert.

»Ganz sicher sogar. Aber jetzt sollten wir losfliegen, wenn wir noch eine kleine Runde drehen wollen. Immerhin müsst ihr beide heute Nacht ordentlich schlafen, damit ihr morgen früh fit seid!« Sie wandte sich dem Wald zu, dann drehte sie den Kopf noch einmal zu Sona. »Ich bringe ihn bald zurück«, versprach sie, dann schwang sie sich in die Luft. Simon schmiegte sich eng an sie, als sie sich in die Höhe schraubte.

MARO

Habt ihr alles?«, fragte Simons Mutter am nächsten Morgen lächelnd.

»Natürlich, Mutter«, entgegnete er. Sie hatte schon das zweite Mal gefragt. »Wir brauchen doch nicht viel. Etwas Verpflegung, einen Trinkbeutel mit Wasser und mein Messer.«

»Schon gut, ich bin still.« Seine Mutter schmunzelte und zog sich in die Hütte zurück. »Viel Spaß euch beiden. Und grüßt Maya von mir!«

Simon nickte, dann grinste er Katharina an. »Also, wollen wir los?«

»Klar!« Sie nickte aufgeregt. Gemeinsam liefen die beiden auf den Wald zu. Um die Dorfbewohner nicht andauernd mit Mayas Anwesenheit zu konfrontieren, hatten sie beschlossen, von der nahen Lichtung aus zu starten.

Die Drachin erwartete sie bereits. »Guten Morgen«, rief sie ihnen entgegen. »Habt ihr alles?«

»Fang du nicht auch noch an!«, ächzte Simon gespielt genervt, dann schlang er die Arme um den Hals seiner Seelengefährtin. »Selber guten Morgen, und ja, wir sind soweit.«

»Na, dann steigt auf!« Maya wartete, bis die beiden auf ihren Rücken geklettert waren und sicher saßen, dann breitete sie die Schwingen aus und hob ab. Sie wandte sich in Richtung Fluss, und schon wenige Minuten später flog sie darüber hinweg.

»Das ist so aufregend«, meinte Katharina und blickte sich um, als ob sie ja nichts verpassen wollte. »Es ist lange her, dass ich das letzte Mal weiter von Taran weg war als nur bis ins nächste Dorf, und auf der anderen Seite des Flusses war ich noch nie!«

»Ich auch erst einige Male«, stimmte Simon zu. »Ich habe dort schon einmal Wild geschossen, aber es ist viel zu schwer, es über den Fluss zu bringen. «

»Dann wird das für euch ja ein richtiges Abenteuer!«, rief Maya lachend. »Ich war auch noch nicht im Norden, aber ich bin ja auch noch nicht lange in der Gegend.«

Simon stutzte. »Sag mal«, fragte er verdattert, »woher kommst du überhaupt? Und … wie alt bist du eigentlich?« Katharina stieß ihm bei der letzten Frage energisch gegen die Schulter, doch seine Seelengefährtin lachte nur.

»Wir hatten irgendwie noch keine Zeit für solche Fragen. Also, ich bin vor zweieinhalb Jahreswechseln aus meinem Ei geschlüpft und komme aus einem Tal weit im Osten. Und ihr?« Sie wandte leicht den Kopf und zwinkerte schelmisch.

»Ich bin aus gar keinem Ei geschlüpft«, gab Simon mit gespielter Bestürzung zurück, »und Katharina auch nicht. Und wir sind beide vierzehn.«

»Bei den Menschen ist das die Schwelle zum Erwachsenwerden, oder?«

»Naja, in zwei Jahren werde ich zum Mann erklärt, das dauert also noch etwas.« Simon faszinierte die Neugier der Drachin, zugleich war er selbst aber ebenso begierig, Details zu erfahren. So entspann sich zwischen den dreien schnell ein angeregtes Gespräch, bei dem die Drachin und die beiden Jugendlichen abwechselnd Fragen stellten. Als Maya später jedoch noch höher in die Luft stieg und auch etwas beschleunigte, wurde der Gegenwind zu stark und Simon und Katharina konnten nichts mehr verstehen. Stattdessen drängten sie sich eng aneinander, weil es so weit oben doch merklich kühler wurde, und widmeten sich wieder der atemberaubenden Aussicht.

Es begann bereits zu dämmern, als Maya landete. Die drei hatten eine steinerne Anhöhe in der Nähe eines schmalen Flusslaufs erreicht und dort eine flache Mulde entdeckt, die sich als Lagerplatz anbot. Da Simon und Katharina im Laufe des Tages ihre kompletten Vorräte aufgegessen und auch den Wasserbeutel geleert hatten, war das nahe Gewässer ein idealer Anlaufpunkt. Nun galt es, den Trinkvorrat aufzufüllen, Moos zum Polstern der Schlafstätte zu sammeln und etwas zum Abendessen zu fangen. Also machten sie sich auf den Weg zum Ufer.

Den Fluss und das Lager trennte ein schmaler Streifen junger Bäume. Während die drei sich einen Weg zwischen den Stämmen hindurch suchten und dabei witzelten und herumalberten, konnten sie das Wasser einige Minuten lang nicht sehen. Als es schließlich wieder durch die Bäume hindurch glitzerte, hob Maya plötzlich den Kopf und schnupperte in der Luft. Simon wollte sie schon fragen, was los war, doch Katharinas abruptes Stehenbleiben und ihr leiser Ausruf kamen ihm zuvor.

»Das glaube ich nicht!«

Verdutzt folgte er ihrem Blick und riss dann ebenfalls die Augen auf. Der Fluss war nur noch wenige Dutzend Meter entfernt – und am Ufer hockte ein Drache und trank!

»Wird er uns angreifen?«, wandte sich Simon leise an Maya. »Sind wir vielleicht in sein Territorium eingedrungen?«

»Ich weiß nicht, wie er reagieren wird«, gab seine Seelengefährtin zurück, während sie den Blick auf den Artgenossen geheftet hielt. »Aber ich glaube nicht, dass dies hier sein Gebiet ist. Ich habe keine Anzeichen dafür bemerkt.« Sie zerfurchte mit ihren Klauen die Erde. »Ich denke, es ist besser, wenn ihr auf meinen Rücken steigt, nur zur Sicherheit.«

Die beiden folgten ihrer Aufforderung bereitwillig. Simon spürte, wie ihm der Puls gegen den Hals pochte.

Er hatte gelernt, wie freundlich und sanft Maya war, aber wie würde dieser Drache sich verhalten? Maya selbst schien nicht davon überzeugt zu sein, dass sie gefahrlos weitergehen konnten, allerdings drängte sie auch nicht direkt zur Umkehr. War das nun ein gutes oder ein schlechtes Zeichen? Nachdenklich griff er nach ihren Halszacken.

Seine Seelengefährtin setzte sich wieder in Bewegung und lief weiter zum Ufer. Als sie den Schutz des Hains verließ, hob sie sie Stimme. »Ich grüße dich!«, rief sie dem fremden Drachen zu. »Mein Name ist Maya, und wer bist du?«

Der Andere hob den Kopf und blickte ihr entgegen. Obwohl er ein wenig kleiner als Maya war, war er deutlich kräftiger gebaut und offenbar ein Männchen. Seine Schuppen hatten die Farbe von schlammgetränktem Moos. »Ich bin Maro«, entgegnete er nach einem Moment. Im selben Augenblick entdeckte er die beiden Jugendlichen. Sein Blick huschte auch zu dem Ring an Mayas Vorderbein. »Wie ich sehe, bist du nicht allein unterwegs. Und wie heißt ihr?« Zumindest klang er nicht unfreundlich oder abweisend.

»Ich bin Simon«, rief der Jugendliche zögerlich, »und das ist Katharina. Ich bin mit Maya verpflichtet.« Wie zum Beweis hielt er seinen linken Arm in die Höhe, an dem der Verpflichtungsring saß.

»Ich habe euch hier noch nie gesehen«, meinte Maro und ließ den Blick über die drei gleiten. »Was macht ihr hier?«

»Wir sind auf einem Ausflug«, antwortete Simon. »Ist das hier dein Revier?« Zwar hielt Maya das für unwahrscheinlich, aber trotzdem wollte er nachfragen.

»Oh nein«, entgegnete das Drachenmännchen. »Es ist zwar ein gutes Gebiet, aber ich bin momentan noch auf Reisen.«

»Das habe ich bis vor kurzem auch gemacht, doch dann habe ich Simon kennengelernt.« Maya schnaubte, dann wandte sie ihren Reitern den Kopf zu. »Wollt ihr schon einmal anfangen, Moos für das Lager zu sammeln? Ich helfe euch dafür danach mit dem Fischfang.«

Maro legte neugierig den Kopf schief. »Wollt ihr hier in der Nähe lagern?«

»Ja, hinter dem Hain«, bestätigte Simon. Da Maya keine Bedenken zu haben schien, die beiden von ihrem Rücken steigen zu lassen, konnte Maro diese Antwort wohl erhalten. Das ungute Gefühl in seinem Bauch schwand ebenfalls mit jeder Minute. Auf ihn wirkte der fremde Drache nicht feindselig.

Simon und Katharina hatten erst wenige Schritte gemacht, als Maro sich in Bewegung setzte. Zielstrebig näherte er sich ihnen, den Kopf weit vorgestreckt und die Nüstern gebläht. Er atmete schnaufend, während er Witterung aufzunehmen schien. Dann öffnete er das Maul ein Stück.

Im selben Moment war Maya bereits zur Stelle. Entschieden drängte sie sich zwischen den Artgenossen und die Jugendlichen und stieß ein Grollen aus, ganz leise nur. Simon befürchtete einige bange Sekunden lang, sich getäuscht zu haben, doch da wich Maro bereits zurück und senkte den Kopf ein wenig.

»Ich wollte sie mir nur näher ansehen«, brummte er. »Ich weiß kaum etwas über Menschen, da meist alle fliehen, wenn sie mich sehen.«

»Kein Wunder, wenn du so auf sie zugehst«, rutschte es Katharina heraus. Zuerst schien sie ein wenig erschrocken, doch dann atmete sie tief durch und setzte erklärend hinzu: »Die meisten Menschen halten Drachen für Figuren aus Legenden. Wir wussten bis vor kurzem auch nicht, dass es euch wirklich gibt.«

Maros Blick hatte sich auf sie gerichtet. Nun betrachtete er die Verpflichtungsringe, die Maya und Simon trugen. Seine Frage musste er nicht laut aussprechen.

»Geht jetzt das Moos sammeln«, wies Maya die beiden Jugendlichen an, ohne sich umzudrehen. »Ich werde Maro erzählen, was er wissen will.« Simon vermutete, dass sie das Drachenmännchen auf diese Weise auch ein wenig von ihnen fernhalten wollte. Wortlos griff er Katharina am Arm und zog sie mit sich, um der Aufforderung nachzukommen.

Während die beiden einen Haufen Moos aufschichteten, unterhielten die beiden Drachen sich mit tiefen Stimmen. Oft konnte Simon nur Gesprächsfetzen aufschnappen, aber offensichtlich berichtete Maya tatsächlich von dem Hinterhalt der Jäger und davon, wie sie einander kennengelernt hatten. Auch wenn Simon die Geschichte natürlich nicht hören musste, konnte er dennoch eine gewisse Neugier nicht unterdrücken. Katharina schien es ähnlich zu gehen, denn ohne sich abgesprochen zu haben, näherten die beiden sich beim Sammeln wieder den beiden Drachen. Doch offensichtlich war Maya bereits am Ende ihrer Erzählung angekommen, denn sie beendete gerade einen Satz über die Verpflichtungszeremonie in der Schlucht.

»Beeindruckend«, meinte Maro. »Ihr scheint wirklich füreinander bestimmt zu sein. Und wieso seid ihr nun zu dritt?«

»Ganz einfach«, schaltete Katharina sich ein, während sie sich den leeren Wasserbeutel schnappte und ihn am nahen Flussufer in die Strömung hielt, um ihn neu zu füllen. »Ich bin Simons beste Freundin, deshalb darf ich die beiden auf ihrem kleinen Ausflug begleiten. Und woher kommst du?«

»Ich bin aus dem Osten hergereist«, gab der Drache zurück und löste damit ein Prusten Simons aus.

»Der Osten – das Reich der Drachen!«, meinte er scherzhaft.

»Ach Unsinn«, widersprach Maya amüsiert. »Drachen gibt es überall. Nur in dieser Gegend scheinen offenbar so lange keine unserer Artgenossen gelebt zu haben, dass die Menschen uns für Legenden halten.« Sie stupste ihren Seelengefährten an, sodass er rückwärts ins seichte Wasser stolperte.

»Hey, wirf mich nicht gleich um!«, schalt er sie lachend. »Ich mache mich ja schon ans Fischen. Aber halt – meintest du nicht eben noch, du würdest das übernehmen?«

»Ich kann euch auch helfen«, meinte Maro, blickte dabei aber eher Maya an. Als sie keine Anstalten machte, sich ihm wieder in den Weg zu stellen, watete er an den beiden Jugendlichen vorbei in den Fluss. Dort verharrte er einen Moment lang und ließ den Blick über die kleinen Wellen wandern.

Urplötzlich pflügte er mit seinem Schwanz durch das glitzernde Nass. Simon staunte nicht schlecht, als mehrere Fische aus dem Wasser geschleudert wurden und zappelnd auf dem Ufer aufprallten.

Schnell lief er zu ihnen und zückte sein Messer. Katharina kam ihm zur Hilfe und stapelte die toten Fische. Sie stieß ein beeindrucktes Pfeifen aus.

»Respekt, das war wirklich klasse!«

»Dankeschön«, erwiderte Maro mit einem Drachengrinsen, dann kam er wieder aus dem Wasser heraus. »Für euch beide sollte das reichen, oder etwa nicht?«

»Natürlich«, bestätigte Simon. »Danke. Und den Rest wird Maya sicherlich gerne verspeisen.« Seine Seelengefährtin nickte leicht, auch wenn sie ihre Wachsamkeit noch immer nicht gänzlich aufgegeben hatte.

Simon überlegte kurz. Das Drachenmännchen schien wirklich eher neugierig zu sein. Von Maya hatte es sich sofort in die Schranken weisen lassen. War das hier also nicht eine Möglichkeit, noch mehr über Drachen zu erfahren und neben Maya auch einen ihrer Artgenossen kennenzulernen? Er beschloss, das Wagnis einzugehen. Mit der Drachin an seiner Seite fühlte er sich sicher. »Sag mal, Maro, wenn du unbedingt etwas über Menschen erfahren willst, wieso kommst du dann nicht noch eine Weile mit zum Lager? Wir wollen ja auch mehr über euch Drachen erfahren, also können wir einander gegenseitig etwas erzählen.« Er blickte fragend zu Maya hinüber, doch die schien nichts einwenden zu wollen.

Maro wirkte überrascht, doch dann nickte er. »Warum eigentlich nicht? Ich komme mit.«

Nachdem Simon und Katharina genug Moos zusammengesammelt hatten, griffen die beiden Drachen mit ihren Vorderklauen in den Haufen und flogen dann über die Baumwipfel zu der Felsmulde. Die beiden Jugendlichen sammelten die Fische und das restliche Moos ein und folgten zu Fuß.

Als sie ankamen, bemühte Maya sich gerade, das Polstermaterial auszubreiten und jeweils mit der Unterseite auf die Steine zu drehen. Wirklich erfolgreich war sie dabei nicht, ihre Klauen waren zu groß und ungelenk. Maro, der in einigen Metern Entfernung etwas trockenes Holz zusammenschob, hatte da schon mehr Erfolg.

Simon stellte die Tasche mit den Fischen ab und überließ es Katharina, Maya beim Polstern zu helfen. Er selbst näherte sich Maro. Er war sich ziemlich sicher, dass das Drachenmännchen ihn ebenso unauffällig im Blick behielt, wie es umgekehrt der Fall war, doch er versuchte sich nichts anmerken zu lassen. Stattdessen kniete er sich hin und schichtete einige der Holzscheite auf. Mehrere schlanke Stecken legte er beiseite, bevor er eine Flamme entzündete.

Während das Lagerfeuer sich langsam entwickelte, nahm er die Fische aus und steckte sie anschließend auf die hölzernen Spieße. Die Abfälle sammelte er in einer kleinen Mulde, um sie später mit Erde bedecken zu können.

»Kann ich etwas helfen?«, fragte Maro und sah mit schiefgelegtem Kopf zu.

Simon hielt ihm scherzhaft einen der fertigen Stecken hin. »Was denn, willst du die Fische vielleicht über das Feuer halten, damit sie garen?« Er wollte gerade weitermachen, da schnappte das Drachenmännchen sich tatsächlich den Ast, nahm ihn vorsichtig zwischen die Zähne und senkte den Kopf dann gerade so weit, dass das helle Fischfleisch ein Stück über den Flammen hing.

Simon konnte nicht anders, als überrumpelt zu blinzeln. Hinter ihm erklang Gelächter, als Katharina sich zu ihnen gesellte.

»Na, nun möchte ich aber sehen, wie du das aushältst, bis der Fisch gar ist!«, forderte sie grinsend, dann schnappte sie sich selbst zwei Stecken und hielt sie ebenfalls über das Feuer. Maya kam als letzte hinzu, legte sich direkt hinter Simon und hauchte ihn von hinten an.

Maros Blick war anzusehen, dass er den Kopf schon nach wenigen Minuten tatsächlich kaum noch halten konnte, doch er harrte tapfer aus. Katharina griff irgendwann nach dem Stecken, doch das Drachenmännchen öffnete die Kiefer gerade weit genug, dass sie den Fisch etwas drehen konnte. Kopfschüttelnd wandte sie sich wieder ihren eigenen Spießen zu.

»Ich glaube, er ist gar«, meinte Simon schließlich. Nun endlich ließ Maro sich den Fisch abnehmen, und tatsächlich war das Fleisch zartrosa geworden und an den Kanten knusprig braun.

»Du hast es durchgehalten«, meinte Katharina bewundernd. »Nicht schlecht! Dafür solltest du den Fisch auch fressen dürfen.« Sie zupfte das noch heiße Schuppentier vom Spieß und warf es dem Drachen in das geöffnete Maul. Der brummte zufrieden und neigte dann den Kopf zu Boden.

»Sag mal«, setzte Katharina an und wechselte damit das Thema, »wie unterscheiden Drachen sich eigentlich? Du siehst total anders aus als Maya. Und könnt ihr eigentlich Feuer speien?«

Maya schnaubte amüsiert, ließ aber Maro antworten. Der schien ebenfalls zu schmunzeln.

»Nein, wir können kein Feuer speien. Einige andere Drachen können das aber. Es gibt fünf verschiedene Drachenarten: Wolkendrachen, Erddrachen, Feuerdrachen und Wasserdrachen, wobei es dort Fluss- und Meeresdrachen gibt. Diese Arten können sich untereinander mischen. Ich bin ein Erddrache, daher kommt auch meine Schuppenfarbe. Und wenn ich mir Maya so ansehe, dürfte sie zum Großteil Wolkendrache sein.«

»Mein Vater war eine Mischung aus Erd- und Wasserdrache, aber meine Mutter stammte tatsächlich aus einer Linie von Wolkendrachen«, bestätigte die Drachin.

Maro schien kurz nachzudenken, dann fuhr er mit seiner Erklärung fort. »Feuer speien können natürlich vor allem Feuerdrachen und deren Nachkommen. Außerdem gibt es noch eine weitere, sehr seltene Rasse. Wenn alle vier Blutlinien zusammentreffen, kann aus den Eiern solcher Elterntiere ein Silberdrache schlüpfen. Seinen Namen verdankt er der Farbe seiner Schuppen und seiner Flammen. Letztere brennen heißer als jedes andere Feuer. Edelflamme wird es auch genannt.

Insgesamt ist ein Silberdrache wie eine perfektionierte Form der restlichen Drachenarten, seine Sinne sind noch etwas schärfer. Aber er ist wie gesagt sehr selten. Auch wenn alle vier Drachenarten sich in einem Ei vereinen, werden die Jungtiere meist nur einige der Eigenschaften ihrer Eltern vererbt bekommen.«

»Also wie bei uns auch«, stellte Katharina fest, dann grinste sie. »Wobei ich da eine echte Ausnahme bin. Ich bin das absolute Gegenteil meiner Mutter, da muss irgendetwas schiefgegangen sein!«

»Bei Menschen kann das tatsächlich passieren, bei Drachen allerdings nicht. Wo keine Fähigkeit vorhanden ist, kann sie auch nicht geerbt werden.«

Simon hatte es Katharina überlassen, die Fragen zu stellen. Er selbst hatte sich an Mayas Flanke lehnend einen Fisch schmecken lassen. Das letzte Stück davon zog er jetzt vom Stecken und schob es Maya ins Maul, die ihn dankbar anstupste und sich dann halb um ihn herum einrollte, den Kopf dicht ans Feuer gelegt. Er strich ihr langsam über die Schuppen, bis sie behaglich zu summen begann und ihr ganzer Körper sanft zu vibrieren schien. Simon kam es so vor, als würde sein Verpflichtungsring ebenfalls leicht kribbeln, als gäbe er eine Antwort.

Irgendwann bemerkte er, dass Maro ihn nachdenklich ansah. »Es ist wirklich ein totaler Unterschied zu dem, was ich kenne, wenn ich euch hier so zusammenliegen sehe«, meinte der Drache. »Ich bin noch nie Verpflichtungsgefährten begegnet, und Menschen sind wie gesagt immer vor mir geflohen. Warum genau haben sie eigentlich solche Angst?«

Simon deutete zögernd auf den Fragenden. »Na ja, ich würde mal sagen, große Klauen, scharfe Zähne …«, meinte er vage.

»Schon.« Maro hinterließ mit seinen Krallen eine Spur in der Erde und betrachtete sie nachdenklich. »Aber das kann doch nicht alles sein. Reagieren sie auch so, wenn sie einen Wolf oder ein anderes Raubtier sehen? Mal ganz abgesehen davon, dass wir Drachen intelligent sind und keine kopflosen Bestien.«

»Gibt es denn wirklich keine Drachen, die Menschen angreifen?«, fragte Katharina nach.

Maya schnaubte kurz und hob wieder den Kopf. »Natürlich gibt es die, aber sie sind in der Unterzahl. Es hat sogar schon Fälle gegeben, in denen andere Drachen Dörfer vor ihresgleichen geschützt haben, ohne zu einem der Menschen eine Bindung gehabt zu haben. Und doch überwiegt selbst dort, wo die Nähe zwischen unseren Arten enger ist, der Argwohn.« Sie seufzte.

»Naja, es gibt viele Geschichten und Legenden«, meinte Simon zögerlich. »Auch wir haben sie als Kinder oft gehört. Wenn einem immer nur erzählt wird, dass Drachen ganze Landstriche verwüstet oder den Helden einer Sage ohne Gnade umgebracht haben sollen, und dann plötzlich ein echter Drache am Himmel auftaucht …«

»Man sollte die gegenteiligen Geschichten verbreiten«, meinte Katharina gedankenverloren. Maro blickte sie aufmerksam an.

»Du meinst, überall herumzuerzählen, wenn ein Drache etwas besonders Gutes getan hat?«

»Das auch, aber natürlich auch einfach, das ihr nicht blutrünstig seid, sondern viel Hilfreiches bewirken könnt und man mit euch auch auf andere Weise als mit einer Waffe kommunizieren kann.«

»Bitte *nur* auf andere Weise«, hüstelte Maya, dann seufzte sie erneut und schnappte sich den Fisch, den Simon ihr hinhielt. »Aber das ist kein Gespräch für heute Abend. Wir sind doch hier, um ein bisschen Spaß zu haben, nicht, um so düstere Probleme zu lösen.« Sie blickte die Jugendlichen neugierig an. »Erzählt lieber etwas Schöneres. Wie finden denn zum Beispiel zwei Menschen zusammen? Umwerben sie einander auch, wie wir Drachen es tun?«

Tatsächlich wurde es noch ein lustiger Abend. Simon und Katharina hatten ihre liebe Not, die Fragen der Drachen zu beantworten, und verstrickten sich teilweise selbst in widersinnige Erklärungen. Als ihr Lachen jedoch immer mehr in Gähnen überging, schob Maya sie zu der gepolsterten Kuhle. Sie selbst machte es sich ebenfalls darin bequem und legte sich dicht neben die beiden.

Maro rollte sich in einiger Entfernung zusammen. Niemand hatte Einwände dagegen, ihn noch bleiben zu lassen.

Simon lag noch eine Weile wach und blickte in den Himmel, während das Feuer knackend herunterbrannte. Obwohl es Frühsommer war, wurde es empfindlich frisch, und er merkte, dass Katharina neben ihm leicht zu zittern begann. Auch er selbst rieb sich mehrfach über die Arme.

Schließlich regte Maya sich neben ihm. »Sagt doch was«, brummte sie im Halbschlaf. Im nächsten Moment deckte sie einen ihrer Flügel über die beiden und zog sie ein Stück näher heran. Trotz der dünnen Flugmembran schien die Schwinge dennoch Wärme abzustrahlen. Simon seufzte wohlig, als ihm wärmer wurde, dann legte er dankend eine Hand an die Flanke seiner Seelengefährtin und schlief ebenfalls ein.

Simon erwachte davon, dass Katharina kicherte, untermalt von Maros tieferem Lachen.
Als er die Augen aufschlug, stellte er irritiert fest, dass die Sonne bereits hoch am Himmel stand. Noch immer lag er unter Mayas Flügel, während diese katzengleich neben ihm hockte und dem Gespräch der anderen beiden lauschte, die ein Stück entfernt saßen.

Seine Seelengefährtin drehte ihm den Kopf zu, als er sich aufrichtete, und zog die Schwinge wieder an ihren Körper. »Ah, du bist wach.«

»Guten Morgen, du Langschläfer!«, rief Katharina neckend herüber, dann stand sie auf und brachte ihm den Trinkbeutel und etwas zu essen.

Simon staunte nicht schlecht, dass es neben einem Fisch vom Vorabend auch eine Handvoll praller, roter Johannisbeeren gab. »Wo hast du die denn her?«, fragte er verdattert.

Katharina grinste. »Nachdem du partout nicht aufwachen wolltest, habe ich mit Maro ein wenig die Gegend erkundet und dabei einen großen Strauch voll damit entdeckt. Ich habe dir extra ein paar übriggelassen.« Sie betonte ihre Worte, als wäre diese Handlung eine große Gnade, dann streckte sie ihm die Zunge heraus. »Nun iss schon, die Beeren passen hervorragend zum Fisch. Außerdem können wir erst aufbrechen, wenn du fertig bist!«

»Schon gut, schon gut«, gab Simon lachend nach und begann zu essen. »Wollen wir denn noch weiter nach Norden fliegen?« Insgeheim interessierte ihn auch, was Maro tun würde.

Momentan lag das Drachenmännchen neben Katharina und scherzte munter mit ihr. Die beiden schienen sich wirklich gut zu verstehen.

›*Ob er uns ein Stück begleiten wird?*‹, überlegte er. ›*Wie würde Maya dann reagieren? Halten fremde Drachen es überhaupt so lange so nah beieinander aus?*‹ Dass seine Seelengefährtin die beiden überhaupt allein hatte losziehen lassen, überraschte ihn. Am Vortag hatte sie stets ein Auge darauf gehabt, dass das Drachenmännchen Katharina und ihm nicht zu nahe kam.

Nachdenklich schaute er zu Maya auf und kehrte gerade rechtzeitig in die Realität zurück, um die Antwort auf seine laut gestellte Frage mitzubekommen.

»Vermutlich nicht«, meinte die Drachin. »Katharina sagte vorhin, dass sie sich nicht sicher ist, wie lang eure Familien ohne euch auskommen. Es war ja keine genaue Zeitspanne ausgemacht, aber vielleicht wäre es trotzdem besser, wenn wir das Dorf heute Abend wieder erreichen.«

»Außerdem ist meiner Mutter das Ganze sowieso nicht geheuer«, ergänzte die Jugendliche von der Seite und blickte Maya entschuldigend an. »Sie hat eine Heidenangst vor dir und hat fast eine nachträgliche Panikattacke bekommen, als ich ihr von dem ersten Flug erzählt habe.«

»Aber warum hat sie denn dann eingewilligt, dass du mitkommst?«, fragte die Drachin verwundert. Zum Glück schien sie nicht weiter gekränkt zu sein.

Simon hatte eine Vermutung. »Ich denke, meine Mutter wird sie irgendwie beruhigt haben, sodass sie zumindest nicht mehr widersprochen hat. Immerhin sind die beiden gut befreundet.«

»Stimmt, die Freundschaft hat irgendwie Familientradition.« Katharina grinste. »Naja, wie auch immer. Ich hoffe, dass sie sich früher oder später noch an dich gewöhnen wird, Maya. Aber sie wird dazu sicher noch länger brauchen als die restlichen Dorfbewohner.«

»Das hoffe ich auch«, stimmte Simon ihr zu. »Sonst kannst du uns ja gar nicht mehr begleiten, wenn wir vielleicht noch einmal so einen Ausflug machen.« Seine Seelengefährtin nickte zustimmend, dann stand sie auf und reckte sich.

»So, Schluss mit den Bedenken. Ich hätte jetzt Lust auf ein Bad, bevor es zurückgeht. Kommt ihr mit?«

»Um die Zeit?«, hakte Simon skeptisch nach. »Meinst du wirklich, dass das Wasser schon warm genug und nicht noch eiskalt ist?«

»Das glaube ich tatsächlich«, bestätigte die Drachin zuversichtlich. »Der Flusslauf ist hier recht seicht und es gibt nur eine schwache Strömung. Außerdem will ich mich ja nur ein wenig erfrischen und nicht stundenlang im Wasser bleiben.« Ohne noch weiter auf

Reaktionen zu warten, setzte sie sich in Bewegung und hielt erst am Rand des Wäldchens inne, um sich umzusehen. »Nun kommt schon!«

Simon und Katharina rafften schnell ihre wenigen Sachen zusammen, dann rannten sie der Drachin lachend nach, begleitet von Maro.

BEDROHUNG

»Seht mal, da hinten ist schon der Fluss!«

Simon merkte, wie Katharina sich zur Seite lehnte, um ebenfalls nach vorn blicken zu können. Tatsächlich lag vor ihnen das heimische Gewässer, nicht der fremde Wasserlauf, an dem sie gelagert hatten.

Die beiden saßen wieder auf Mayas Rücken, die Sonne neigte sich bereits dem Horizont entgegen. Nachdem Maro sie den ganzen Tag über begleitet hatte, hatte auch Simon irgendwann nicht mehr überlegt, ob es sinnvoll war, den Drachen mit ihnen fliegen und das Dorf sehen zu lassen. Maya schien kein Problem damit zu haben, also vertraute er ihrem Urteil. Allerdings würde er versuchen, die beiden zur Schlucht zu lotsen. Die Dorfbewohner waren noch nicht einmal an seine Seelengefährtin gewöhnt, da war ein zweiter, fremder Drache mitten im Dorf alles andere als eine gute Idee. Doch noch hatte er nicht die richtigen Worte gefunden, dem Drachenmännchen dies verständlich zu machen. Maro schien so neugierig darauf zu sein, endlich ein Dorf zu betreten, in dem nicht alle kreischend vor ihm flohen. Dass genau das auch in Taran noch immer passieren konnte, war ihm offensichtlich nicht bewusst.

Eine leichte Brise war aufgekommen und blies ihnen entgegen. Simon wehten zum wiederholten Male seine eigenen Haare in die Augen. Energisch strich er sie zurück. Es war wieder dringend an der Zeit, die leicht gelockten Strähnen zu kürzen.

Dieser Windzug jedoch schien anders zu sein. Maya, die vorher ruhig und stetig vorangeflogen war, hob plötzlich den Kopf und reckte die Schnauze in die Luftströme. Ihr Flügelschlag verlangsamte sich, während sie einen Duft zu verarbeiten und gleichzeitig in der Ferne nach etwas Ausschau zu halten schien.

»Was ist los?«, fragte Simon verwundert nach. Die Drachin zögerte einen Moment, ehe sie antwortete.

»Ich weiß es nicht genau. Vielleicht ist es auch nichts, aber … ich rieche Rauch.«

»Vielleicht macht jemand ein größeres Feuer?«, schlug er vor und verstand nicht ganz, worauf sie hinauswollte. Seine Seelengefährtin jedoch schüttelte den Kopf.

»Nein, das glaube ich nicht … es riecht nicht, als würde Holz verbrennen, da ist noch mehr.«

Auch Maro prüfte nun die Luft. »Du hast Recht, da brennt etwas anderes als ein Lagerfeuer oder auch ein Waldstück.« Er ließ den Blick schweifen, dann fixierte er etwas. »Dort vorn!«

Simon folgte seinem Blick, doch er musste die Augen zusammenkneifen. Obwohl die Sonne noch nicht untergegangen war, war das Licht schon etwas diffus, außerdem blendete ihn der abendliche Schein von der Seite. So dauerte es einen Moment, bis er den dunklen Schemen ausmachen konnte, der in der Ferne zwischen den Bäumen emporstieg. Dünne Rauchfäden zogen sich in den Himmel. Zuerst wunderte Simon sich nur weiterhin, was da brennen mochte – doch dann erstarrte er. »Das ist …« Seine Worte verebbten vor Schreck. Die dunkle Wolke stieg hinter der Biegung des Flusses auf, an der er immer Wasser holte.

»… Taran«, beendete Katharina seinen Satz mit einem atemlosen Wispern.

Als hätten diese Worte einen Bann gebrochen, wurde Mayas Flügelschlag wieder kräftiger. Mit jeder Abwärtsbewegung ihrer Schwingen gab die verdrängte Luft ein hohles Zischen von sich. Sie strebte immer schneller vorwärts, bis die Bäume zu grünen Schemen verschwammen und Simon und Katharina sich richtiggehend festklammern mussten.

»Was ist los?«, rief Maro verständnislos, während er ihr nachjagte. Seine Worte waren bei dieser Geschwindigkeit kaum zu verstehen.

Es war Katharina, die mit gepresster Stimme antwortete. »Dort liegt unser Heimatdorf!«

Das Drachenmännchen blickte sie fassungslos an, dann richtete sein Blick sich wieder auf die feinen Rauchschwaden. Nun streckten sich beide Drachen und schossen Seite an Seite voran.

Das Glitzern der Flussbiegung wurde immer breiter, und nach nur wenigen Minuten überflogen sie den Strom. Simon warf nicht einmal einen flüchtigen Blick nach unten, doch Maya beschrieb urplötzlich eine scharfe Kurve und neigte sich abwärts. Ein Mädchen rannte über die sandige Fläche auf das Ufer zu, dicht gefolgt von einem Mann in dunkelgrauer Kleidung.

Simon erschrak, als er in der Flüchtenden seine Schwester Jana erkannte.

Seine Seelengefährtin ließ sich regelrecht vom Himmel fallen. Kein halber Meter trennte sie vom Boden, als sie den Verfolger einfach rammte und umwarf. Sie kam einige Meter weiter auf dem Boden auf, machte noch zwei weite Sprünge und fuhr dann herum, wobei sie sich zwischen Jäger und Gejagte stellte. Ihre Lefzen zog sie zurück und entblößte die scharfen Zähne, während sie drohend knurrte.

Simon war von ihrem Rücken gesprungen, kaum dass sie stehengeblieben war. »Jana!«, rief er.

Seine Schwester, die das Ufer schon beinahe erreicht hatte, zuckte zusammen, dann wurde sie langsamer und drehte sich um. Ihre Augen waren schreckgeweitet, doch als sie ihn erkannte, glomm auch Erleichterung darin auf. »Simon!« Mit einem Aufschrei stürzte sie zu ihm und warf sich in seine Arme. Sie zitterte am ganzen Körper und barg schluchzend das Gesicht in seinem Hemd.

Der Mann hatte sich unterdessen wieder aufgerappelt. Statt zu fliehen, zog er ein langes, gebogenes Messer und hielt es, als wolle er jeden Moment auf Maya losgehen.

Als Maro jedoch neben seiner Artgenossin landete und in ihr Grollen einstimmte, zögerte er.

»Warum hast du sie gejagt?«, verlangte die Drachin zu wissen. Ihre Frage klang eher wie ein Fauchen, doch der Mann lachte nur höhnisch.

»Warum fragt ihr sie das nicht selber?«

»Weil ich es von dir hören will.« Ihr Knurren wurde tiefer, als sie sich sprungbereit duckte.

»Das Dorf«, wimmerte Jana in diesem Moment. »Sie tauchten plötzlich auf und begannen einfach … einfach …« Sie schluchzte erneut auf. Simon drückte sie beruhigend an sich. Als er sich die Klinge des Mannes genauer ansah, entdeckte er, dass Blut daran klebte. Kalte Angst packte ihn.

Plötzlich ertönte ein Sirren, dann bohrte sich etwas neben den beiden in den Boden. Der Schaft eines schlanken Pfeils ragte in die Höhe. Die Drachen fuhren zeitgleich herum. Maya war mit einem Satz bei Simon und seiner Schwester und schirmte sie ab. »Katharina, runter!«, rief sie scharf und zog auch die Jugendliche in ihren Schutz.

Einen Augenblick später brüllte Maro auf und sprang auf den Mann zu, der seine Chance nutzte und sich in die Büsche rettete. Das sich entfernende Rascheln wurde lauter, als der Schütze sich ihm offenbar anschloss.

»Maro!«, hielt Maya ihn zurück, bevor das Drachenmännchen sich an die Verfolgung machen konnte. Sie wandte den Kopf und besah die drei Menschen eindringlich. »Ist mit euch alles in Ordnung?«

»Es war nur der eine Pfeil«, entgegnete Katharina mit einem abgehackten Nicken. Sie zitterte leicht.

»Gut.« Die Drachin senkte den Kopf ein wenig und betrachtete Simons Schwester. »Wie viele kamen ins Dorf, Jana?« Das Mädchen starrte nur mit tränenverschmiertem Gesicht zu ihr auf und schüttelte den Kopf.

»Wir müssen sofort nach Taran und etwas unternehmen!«, rief Simon heiser aus. Seine Mutter und Lisa waren noch dort, und mit ihnen all die anderen Dorfbewohner.

»Ja, und wir müssen uns beeilen«, stimmte seine Seelengefährtin mit einem tiefen Grollen zu. Ihre Augen waren zu schmalen Schlitzen verengt, ihr Schwanz peitschte hin und her. »Steigt auf!«

»Ich trage Katharina«, schaltete Maro sich ein und drehte der Genannten auffordernd die Schulter zu. Sie warf ihm nur einen kurzen Blick zu, ehe sie nickte und sich hinaufzog. Simon löste unterdessen Janas Finger von seinem Hemd und hob sie hoch. Es kostete ihn einige Mühe, sie auf Mayas Rücken zu bugsieren, und dort angekommen, blickte sie sich panisch um. Schnell setzte er sich hinter sie und griff um sie herum nach den Halszacken seiner Seelengefährtin.

»Ganz ruhig«, murmelte er seiner Schwester dabei ins Ohr, »sicherer als hier kannst du im Moment nicht sein!«

»Haltet euch fest!«, wies Maya sie noch an, dann schwang sie sich wieder in die Luft. Mit wenigen, harten Flügelschlägen ließ sie die Bäume unter sich zurück und nahm dann, Seite an Seite mit Maro, Kurs auf das Dorf.

Der Rauch war nun deutlicher zu erkennen. Dunkel hob er sich gegen den Himmel ab. Nun drangen auch Schreie an Simons Ohren. Einen Augenblick später gaben die Bäume den Blick auf Taran frei.

Mehrere Hütten standen in Flammen. In Grau gehüllte Männer rannten durch die Gassen und trieben die Dorfbewohner gewaltsam vor sich her. Einige Körper lagen reglos im Staub. Die restlichen Dorfbewohner wurden von den grau Verhüllten gezwungen, sich auf dem kleinen Platz im Dorfzentrum zu sammeln. Selbst inmitten der rußigen Schwaden schienen die Klingen der Angreifer bedrohlich aufzublitzen.

Einige Sekunden lang segelte Maya mit gestreckten Flügeln durch die Luft und starrte auf das Geschehen am Boden. Simon spürte, wie sie sich unter ihm spannte und ihre Lungen sich mit Luft vollsogen. Instinktiv verstärkte er seinen Griff und drückte Jana leicht vornüber. Neben ihm tat Katharina dasselbe.

Im nächsten Moment stießen beide Drachen ein gewaltiges Brüllen aus. Zugleich stürzten sie in Richtung Boden, die Flügel eng an den Körper gepresst. Erst kurz vor dem Aufschlag spreizten beide auf ein unsichtbares Zeichen hin ihre Schwingen wieder und stürzten sich auf die Angreifer. Gemeinsam fegten sie die Männer beiseite und durchbrachen den Kreis um die Dorfbewohner. Staub wirbelte auf, als sie landeten und zu den Angreifern herumfuhren.

Die ersten Graugewandeten erwachten aus ihrer Schockstarre und richteten ihre Waffen auf die neuen Gegner.

Maya sprang einen der Männer an. Sie furchte mit ihren Klauen über seine Brust, tötete ihn jedoch nicht. Als sie sich abwandte, blieb er verwundet liegen. Mit ihrem langen, beweglichen Schwanz schlug sie einem anderen Kämpfer die Beine unter dem Körper weg. Ihr Brüllen klang zugleich drohend und herausfordernd.

Maro jagte unterdessen mit weiten Sprüngen um die Dorfbewohner herum und wehrte jeden Mann ab, der sich ihnen nähern wollte. Als er einen Moment innehielt, um sich umzusehen, rutschte Katharina von seinem Rücken. »Ist jemand verletzt?«, rief sie über das Getümmel hinweg und rannte zu den Taranern. »Braucht jemand Hilfe?«

»Katharinchen!« Ein heller Schrei erklang irgendwo in der Mitte der Menge, dann drängte sich eine Frau zu ihr durch. »Katharinchen, du lebst!« Simon musste nur den Spitznamen hören, um zu wissen, dass es sich um Katharinas Mutter handelte. Ein flüchtiger Blick bestätigte ihm, dass auch Sabrina wohlauf war.

Doch was war mit seiner eigenen Familie? Bei Mayas schnellen Bewegungen gelang es ihm nicht, die Menge nach ihnen abzusuchen.

»Maya, lass mich runter!«, rief er. Seine Seelengefährtin warf ihm einen entgeisterten Blick zu, doch er legte eine Hand auf ihre schuppige Haut und beugte sich vor. »Ich muss meine Mutter und Lisa finden!« Sie zögerte, dann hielt sie inne und kauerte sich zu Boden. Simon sprang ab, dann legte er Janas Hände an die Halszacken der Drachin. »Halt dich fest.«

»Simon, was -« Die Augen seiner Schwester weiteten sich, doch Simon unterbrach sie.

»Halt dich einfach fest! Wer weiß, wie viele Männer hier noch herumlaufen.« Er warf Maya einen vielsagenden Blick zu. Sie nickte knapp, dann sprang sie auf und setzte sich wieder in Bewegung.

Simon jedoch eilte auf die noch immer dicht gedrängt stehenden Dorfbewohner zu. »Mutter!«, rief er. »Lisa! Hat jemand meine Familie gesehen?« Die Taraner wichen zur Seite, um ihm Platz zu machen, doch er erhielt allenfalls ein Kopfschütteln als Antwort. Verzweifelt drehte er sich bei seiner Suche um sich selbst. »Mutter! Lisa!«

»Simon!«

Der leise Ruf ließ ihn aufhorchen. Er wirbelte herum und folgte ihm. Endlich erblickte er die beiden. Sie wankten zwischen zwei Hütten hervor auf ihn zu, kaum in der Lage, selbstständig zu laufen. Ihre Gesichter waren tränenverschmiert.

Eine Klinge blitzte hinter den beiden auf. Simon erstarrte, als er den Mann sah, der direkt hinter seiner Schwester wie aus dem Nichts aufgetaucht war. Er war bereits viel zu nah.

Ein blauer Schemen schoss aus einer Seitengasse und rammte den Angreifer. Der gab ein gurgelndes Keuchen von sich, als er zu Boden geschleudert wurde. Maya stand über ihm und fauchte drohend.

Simons Mutter und seine Schwester waren bei dem Zusammenprall schreiend herumgefahren, doch nun liefen sie wieder los und stürzten auf Simon zu. Als sie ihm endlich in die Arme fielen, drückte er beide fest an sich, bis Janas Stimme ihn ablenkte. »Simon!«, rief sie kläglich.

Die Drachin hatte nach der Kutte des Mannes geschnappt und zog ihn nun hinaus ins Freie. Jana, die immer noch auf ihrem Rücken saß, klammerte sich wie erstarrt fest, zitterte jedoch am ganzen Körper. Schnell rannte Simon zu ihr und zog sie von Majas Rücken. »Es ist doch alles in Ordnung«, beruhigte er sie und fuhr ihr durch die braunen Haare. Dann schob er sie zu seiner Mutter, drehte sich um und lief wieder zu der Drachin.

Maya kümmerte sich nicht im Geringsten um die Gegenwehr des Angreifers. Mitten auf dem Platz ließ sie ihn einfach los, dann beugte sie sich über ihn und setzte ihm eine ihrer krallenbewehrten Vorderklauen auf die Brust. »Was sollte das?«, knurrte sie ihn an. »Warum habt ihr das Dorf angegriffen?«

Der Mann hustete und wand sich hin und her. »Ihr wehrt euch vergebens«, keuchte er. Die Drachin grollte tief in der Kehle und verstärkte den Druck auf seinen Brustkorb. Die Spitzen ihrer Krallen bohrten sich in seine Haut.

»Wer hat euch geschickt?«

Der Kämpfer röchelte und stemmte die Hände gegen ihr Vorderbein. »Igor«, presste er hervor. »Doch den Namen unseren Herren zu kennen nützt euch nichts. Er ist bereits auf der Suche, und schon bald werdet ihr euch beugen müssen!« Er spuckte, doch statt der Drachin traf er nur sich selbst.

Maya senkte den Kopf, bis ihre Zähne nur noch wenige Zentimeter von seinem Gesicht entfernt waren. Der Mann erwiderte ihren starren Blick und zog die Hände von ihrem Bein zurück. Einen Moment später keuchte er laut auf, doch in seinen Augen lag Triumph.

Der Blick der Drachin schnellte zu dem Messer, das er aus seinem Gürtel gezogen und sich selbst in die Seite gerammt hatte. Sie zischte gereizt, dann schob sie den Mann ein Stück weit über den Boden und knurrte erneut, als er schmerzerfüllt stöhnte. »Was sucht er? Rede!«

Der feindliche Angreifer hielt ihrem Blick stand, doch ein weiterer Stoß Mayas reichte, um seine Selbstbeherrschung zu brechen. »Wenn er sie erst hat, wird er das Land regieren«, krächzte er und hustete. Kleine Blutspritzer verteilten sich auf seinem Hemd. »Sie liegt irgendwo in den Schwarzen Bergen. Man nennt sie die *Klaue des Morero*.«

Die Drachin fuhr zurück, als hätte sie sich am Brustkorb des Mannes verbrannt. Diesmal klang ihr Zischen erschrocken, und auch Maro riss in einiger Entfernung den Kopf hoch und knurrte. Der Mann jedoch warf Maya einen Blick zu, als habe er gerade einen großen Sieg errungen, bevor seine Augen trübe wurden und seinen Lippen ein letztes Stöhnen entwich.

Unter den Dorfbewohnern breitete sich Getuschel aus. Viele der Stimmen klangen besorgt, die Blicke der Menschen waren auf die Drachen gerichtet. Maya schien erst jetzt wieder wahrzunehmen, was um sie herum geschah. Sie schüttelte energisch den Kopf, als wolle sie einen Gedanken loswerden und ihre Konzentration wiedererlangen. »Maro«, rief sie, »wir sollten die übrigen Angreifer ein Stück von hier fortbringen, damit sie nicht auf die Idee kommen, noch einmal ins Dorf einzufallen.«

»Ich mache das«, erwiderte er sofort. »Bleib du solange hier, nur zur Sicherheit. Ich werde sie auf die andere Seite des Flusses bringen, weiter flussabwärts, wo die Strömung zu stark zum Überqueren ist.« Er packte die ersten vier Männer, die kaum bei Bewusstsein waren, stapelte sie wie Getreidesäcke übereinander und schwang sich dann mit angestrengten Flügelschlägen in die Luft.

Maya ließ den Blick unterdessen über das Dorf schweifen. »Die Gefahr ist vorüber«, wandte sie sich an die verängstigten Menschen. »Wie viele von euch wurden verletzt? Versorgt eure Wunden, und wer unbeschadet geblieben ist, löscht die Feuer. Maro und ich werden euch später helfen, die Materialien für die Reparatur eurer Hütten herzuschaffen.« Sie trat einige Schritte zurück und legte sich nieder, während die Dörfler zögerlich begannen, ihren Anweisungen Folge zu leisten. Simon wusste, dass sie versuchte, weniger bedrohlich auszusehen, doch nach dem gerade Geschehenen würde das nicht viel bringen. Außerdem zuckte ihre Schwanzspitze noch immer hin und her und es schien, als hätte sie ihre Halsstacheln gesträubt. Ihre Krallen furchten unruhig durch den sandigen Boden. Er trat zu ihr und legte beide Hände an ihren Kopf, woraufhin sie diesen wortlos an seine Brust schmiegte.

»Danke«, sagte er leise. »Ohne euch wäre Taran verloren gewesen.«

»Was geschehen ist, ist so schon schlimm genug«, gab die Drachin leise zurück. »Ich hoffe, es ist niemand ernstlich verletzt.«

Simon bemühte sich krampfhaft, sich nicht nach den reglosen Körpern umzusehen, die er aus der Luft gesehen hatte und die nicht zu Angreifern gehörten. »Wovon hat der Mann gesprochen?«, fragte er stattdessen nach einem Moment des Schweigens. Er spürte, wie

Maya unter seinen Fingern zusammenzuckte. Es dauerte einige Sekunden, ehe sie antwortete.

»Das ist nichts, was wir hier besprechen sollten. Ich erkläre es dir später.«

Er wusste nicht recht, ob er diese Antwort akzeptieren sollte, doch im selben Moment wurde er unterbrochen. Ein Mann kam auf die beiden zu gerannt. Als die Drachin ihm den Kopf zuwandte, hielt er schlagartig inne, hob jedoch flehentlich die Hände.

»Bitte«, sagte er mit bebender Stimme. »Unser kleiner Taru, er ist …«

Simon erinnerte sich daran, den Jungen zwei Tage zuvor erst gesehen zu haben, wie er sich vertrauensvoll an die Flanke des Drachenweibchens gelehnt hatte. »Was ist mit ihm?«, fragte er besorgt.

»Die Mauer neben unserer Hütte ist eingestürzt und hat ihn eingeklemmt. Erst war er bewusstlos, aber nun hat er eine Panikattacke. Bitte, wir können ihn nicht befreien!« Tränen der Verzweiflung und Angst schimmerten in den Augen des Mannes.

Maya kam mit einem Satz auf die Beine. »Wo ist er?«, fragte sie knapp.

Simon zog sich schnell auf ihren Rücken. »Da lang!«, rief er und deutete zum anderen Ende des Dorfes. Seine Seelengefährtin rannte los. Mit weiten Sprüngen überquerte sie den Platz, folgte Simons Richtungsweisung und stob um eine Ecke. Schon von weitem waren die Überreste der Mauer zu sehen. Eine Frau kniete davor. Der Junge selbst schrie und weinte, seine Arme schlugen gegen die scharfkantigen Trümmer, die seine Beine und Teile seines Oberkörpers begraben hatten.

Als Maya abbremste, blickte die Frau auf und zuckte erschrocken zurück, doch ihr ebenfalls heraneilender Mann nahm sie in die Arme und zog sie ein Stück beiseite. Er mochte selbst Angst vor der Drachin haben, doch es war offensichtlich, dass er in ihr die letzte Chance auf Rettung sah.

Maya kümmerte sich nicht weiter um die beiden, sondern neigte den Kopf zu dem Jungen herab. An dem kurzen, geschockten Aufblitzen in ihren Augen erkannte Simon, dass sie den Verletzten wiedererkannte, doch schon im nächsten Moment wurde ihr Blick weicher. »Taru«, sagte sie sanft, »Taru, beruhige dich. Alles wird gut.«

Beim Klang ihrer Stimme zögerte der Junge und öffnete die zuvor fest zusammengekniffenen Augen. Er hörte auf, sich die Hände und Arme aufzuschürfen, und aus seinen panischen Schreien wurde ein lautes Schluchzen. Maya senkte die Schnauze und schnaubte ihn an.

»Keine Sorge, du wirst gleich wieder frei sein. Aber du musst stillhalten, damit du dir nicht noch mehr wehtust, ja?« Sie wartete das zittrige Nicken des Kleinen ab, dann inspizierte sie die Trümmer. Es war ein einziges, großes Stück, das seine Beine einklemmte und auch seinen Oberkörper teilweise bedeckte. Die Drachin hob ein Bein über den steinernen Haufen, sodass sie fast über Taru stand. »Hör zu«, summte sie, »ich werde den Stein gleich anheben, aber du musst liegenbleiben, ja? Ich werde ihn neben dir wieder fallen lassen. Versprichst du mir, dass du tapfer sein und stillhalten wirst?«

Taru gab einen kläglichen, aber zustimmenden Laut von sich und die Drachin machte sich bereit. Seine Eltern schob sie einfach mit dem Schwanz beiseite.

Entschlossenheit funkelte in ihren Augen, als sie in den Hinterbeinen einknickte und mit einer Vorderklaue die rechte Bruchkante des Trümmerstücks umfasste. Dann hob sie auch den zweiten Vorderlauf und packte die andere Seite. Simon spürte, wie ihre Muskeln sich ruckartig anspannten und sie alle Kräfte mobilisierte. Sie breitete ihre Schwingen aus und schlug hektisch damit, ihrem Maul entwich ein angestrengtes Zischen. Doch ihre Bemühungen hatten Erfolg.

Sie zitterte am ganzen Körper, als sie den Steinblock in die Höhe zerrte. Ihr Flügelschlag gewann an Kraft, dann drückte sie die Hinterbeine wieder durch und warf sich dabei nach links. Es knallte dumpf, als sie den Stein wieder zu Boden fallen ließ, kaum zwei Meter neben seiner vorherigen Position. Einen Moment lang stand Maya keuchend über dem Trümmerstück. Ihre Flügel waren nur halb angelegt und zitterten, und als sie schließlich einen

Schritt machte, schwankte sie. Dann fing sie sich wieder und beschnupperte den Jungen eingehend. Seine Beine lagen nun frei, waren jedoch aufgeschürft und schwer verletzt. An dem seltsamen Winkel, in dem der linke Fuß abstand, erkannte Simon einen sicheren Bruch.

»Das hast du gut gemacht«, lobte Maya den Verletzten leise. Er blickte nur mit großen Augen zu ihr auf, dann legte er ihr stumm eine Hand an die Schnauze.

»Taru!« In diesem Moment kümmerte es die Mutter des Kleinen nicht mehr, was das Drachenweibchen tat, sie stürzte zu ihrem Sohn und strich ihm unter Tränen über das verdreckte Gesicht. »Oh mein Kleiner, alles wird wieder gut!«

Ihr Mann trat ebenfalls heran. Er hob die Hand, als wolle er Maya ebenfalls berühren, hielt dann jedoch inne. »Danke!«, flüsterte er heiser, bevor er sich neben seinen Sohn kniete. Maya neigte nur stumm den Kopf, dann blickte sie wieder auf den verletzten Jungen, als wollte sie sich am liebsten selbst an seine Seite schmiegen.

»Ich schicke euch Katharina, die wird seine Verletzungen behandeln«, versprach Simon, dann drückte er seiner Seelengefährtin sanft die Füße gegen die Flanken. »Komm«, sagte er leise. Maya setzte sich stumm in Bewegung, zurück zum Dorfplatz. Dort entdeckte Simon beinahe sofort Katharina, die zwischen den Dorfbewohnern hin und her eilte und Wunden verband. Er rief ihren Namen, winkte sie zu sich und erklärte ihr kurz, was passiert war. Er konnte seine Erzählung kaum beenden, da rannte sie schon davon, schnappte sich verschiedenste Utensilien, rief sich eine weitere heilkundige Frau zur Unterstützung herbei und machte sich auf den Weg zu dem kleinen Taru.

Maya sank am Rand des Platzes zu Boden und ließ die Flügel kraftlos hängen. Es war eindeutig, dass diese Aktion sogar ihr viel Kraft abverlangt hatte. »Du hast ihn gerettet«, flüsterte Simon und strich ihr über den geschuppten Hals. »Und Jana auch. Und überhaupt das ganze Dorf!« Sie schnaubte kurz, dann legte sie den Kopf auf den Boden und schloss die Augen. Simon rutschte von ihrem Rücken und gönnte ihr etwas Ruhe.

Die Leiche des feindlichen Angreifers war verschwunden, also war Maro in der Zwischenzeit offenbar zurückgekehrt. Nur noch drei Männer lagen im Schatten einer Hauswand. Sie waren zwar nicht länger ohne Bewusstsein, aber ihre Hände und Füße waren mit schmalen Stricken gefesselt worden. Von ihnen ging keine Gefahr mehr aus.

Die Stunden vergingen, während die Dorfbewohner damit begannen, das Dorf wiederherzurichten. Maro und Maya halfen im Wald dabei, Bäume zu fällen und anschließend ins Dorf zu bringen. Zwischendurch trugen sie außerdem unzählige Eimer mit Lehm vom Flussufer herbei.

Die Nachricht, dass Maya Taru befreit hatte, machte schnell die Runde. Und auch wenn die Drachen furchterregend gewirkt haben mussten, als sie sich auf die Angreifer gestürzt hatten, hatte ihre Hilfe die Dorfbewohner doch nachdenklich gestimmt. Simon bemerkte die Veränderung ganz deutlich. Die Leute waren zwar noch immer zögerlich oder unsicher, aber sie verhielten sich Maya und Maro gegenüber offener und trauten sich vermehrt in ihre Nähe. Zum Schluss stemmten einige Männer sich sogar Seite an Seite mit dem Drachenmännchen gegen die Lehmwand eines Lagerhauses, die einzustürzen drohte, während andere Dorfbewohner Stützpfeiler aufstellten.

Es waren schließlich Kinder, die die beiden Drachen schüchtern fragten, ob sie über Nacht bleiben und auf das Dorf aufpassen würden. Maya schien erst in diesem Moment zu erkennen, wie deutlich das Verhalten der Taraner sich gewandelt hatte. Sie blickte sich aufmerksam um, dann stimmte sie beruhigend zu, dass Maro und sie sich nur noch kurz mit Simon und Katharina auf die nahe Lichtung zurückziehen, danach jedoch auf dem Dorfplatz bleiben würden.

Nun hockten die vier im Gras und blickten einander im Schein zweier Laternen an.

»Also?«, brach Simon schließlich die Stille. »Was ist das für ein Teil, von dem dieser Kerl sprach? Die Klaue von …«

»Klaue des Morero«, korrigierte Maro, dann schwieg er wieder und wandte den Blick ab.

Es war Maya, die sich zu einer Erklärung durchrang. »Einst gab es einen Drachen, der Magie in sich trug«, erzählte sie. »Er wurde vielerorts gemieden oder gar gefürchtet, weil er so anders war, und das verletzte ihn so sehr, dass er als erster Drache überhaupt auf die Seite des Bösen wechselte und sein Herz vollkommen mit Kampflust und Hass füllte. Er erwählte sich einen gnadenlosen Eroberer namens Gregor zum Partner, und gemeinsam säten sie Angst und Terror. Dennoch gelang es einem guten Drachen und seinem menschlichen Gefährten, die beiden unter Aufopferung ihrer eigenen Leben zu stoppen. Morero wurde dabei getötet, doch Gregor kam schwer verletzt davon. Mit Hilfe einer dunklen Formel sammelte er alle Macht des Drachen in einer seiner Krallen und nahm diese mit sich. Angeblich schlug er sie in Samt, so schwarz wie seine Seele, und bedeckte sie mit Rubinen, so rot wie das Blut des getöteten Drachen.«

Sie zögerte kurz und schnaufte, bevor sie weitersprach. »Die Klaue des Morero entwickelte aus der in ihr gespeicherten Macht die Fähigkeit, den Willen von Menschen zu brechen und ihnen Befehle des Klauenträgers aufzuzwingen. Gregor wusste diese Fähigkeit zu nutzen. Zunächst konnte er nur wenige Menschen unter seine Kontrolle bringen, doch mit der Zeit lernte er, immer mehr Menschen unter seine Befehle zu zwingen.

Einige der Menschen, die er unter seine Herrschaft brachte, waren mit Drachen verpflichtet. Diese versuchten natürlich alles, um Gregor aufzuhalten, doch er sorgte dafür, dass ihre eigenen Seelengefährten ihn im letzten Moment mit ihren Leibern verteidigten. Die Drachen konnten es nicht ertragen, ihre Gefährten getötet zu haben, und sie waren nicht mehr in der Lage, ihn weiter zu bekämpfen.« An dieser Stelle verstummte sie und ruckte mit dem Kopf, als stürze allein die Vorstellung dieser Geschehnisse sie in Verzweiflung und Trauer.

»Natürlich ging auch Gregors Zeit irgendwann zu Ende«, fuhr Maro leise fort. »Seine Lebensspanne war nicht länger als die anderer Menschen. Als er seinen Tod nahen spürte, begab er sich auf die Reise in die schwarzen Berge, einer Bergkette im Zentrum des Himmelsgebirges. Dort versteckte er der Legende nach die Klaue des Morero in einer Höhle aus roten Kristallen, die ihre Kraft mehren sollte. Er verbarg den Zugang und hinterließ lediglich ein Rätsel, mit dessen Hilfe die Höhle gefunden werden kann.

Das Ganze ist bereits mehrere hundert Jahre her, in denen die Klaue angeblich mehr und mehr Energie durch die Kristalle absorbiert hat. Niemand hat sie seitdem gefunden, sodass ihre Macht mittlerweile unermesslich sein muss.«

»Was bedeutet das?«, fragte Katharina heiser nach. Das Drachenmännchen wich ihrem Blick aus und zögerte, bevor es tonlos antwortete.

»Mittlerweile wäre sie vermutlich in der Lage, die Bevölkerung des ganzen Landes zu bannen.«

Simon hatte das Gefühl, als hätte jemand den Boden unter ihm fortgezogen. Er wollte protestieren, dass die Geschichte doch sicherlich übertreibe, doch an Mayas gequältem Blick sah er, dass sie nicht an ihrer Richtigkeit zweifelte. Der Schock saß tief und er brauchte einen Moment, um Worte zu finden. »Das ist ja schrecklich«, krächzte er schließlich und hatte doch das Gefühl, seine Gedanken bei weitem nicht treffend ausgedrückt zu haben.

»Und dieser Igor versucht nun, das Versteck zu finden.« Katharinas Feststellung klang fast wie eine Frage, obwohl auch sie die Worte des Angreifers wenige Stunden zuvor vernommen hatte. »Also will er die Menschen ebenfalls unterwerfen? Uns alle unter seine Kontrolle bringen?« Sie fröstelte. »Aber wieso schickt er dann diese Männer? Was hat er davon?«

»Vielleicht will er alles vorbereiten«, antwortete Maro niedergeschlagen. »Schon einmal Männer in alle Ecken des Landes entsenden. Die Leute seine Macht spüren lassen, die er selbst ohne ein magisches Artefakt besitzt. Wer weiß das schon. Aber eines ist sicher: Sollte die Klaue des Morero wirklich in seine Hände fallen, wäre das eine Katastrophe.«

»Er wird sie doch nicht finden, oder?« Simon blickte Maya an und flehte innerlich, dass sie ihm zustimmen möge. »Wenn bislang niemand in der Lage war, das Versteck zu finden, dann wird es ihm doch nun auch nicht gelingen, nicht wahr?« Die Drachin schüttelte nur den Kopf.

»Das kann niemand sagen«, meinte sie leise. »Wer weiß schon, ob er das Rätsel nicht doch lösen kann, ob durch Gerissenheit oder sogar nur durch Zufall? Wir wissen doch nichts über diesen Igor. Aber wenn er schon seine Männer durch das Land schickt, um Terror zu verbreiten, muss er sich seiner Sache äußerst sicher sein.«

»Aber das können wir doch nicht einfach zulassen!« Plötzlich fühlte Simon sich nicht mehr geschockt, sondern wütend. Er sprang auf und ballte die Fäuste. »Wir können hier doch nicht herumsitzen und darauf warten, dass wir womöglich bald versklavt werden, ohne uns wehren zu können! Und das ganze Dorf gleich mit – unsere Freunde, unsere Familien!«

Maro lachte trocken auf. »Und was willst du tun?«

Simon zögerte, an dem Einwand war etwas dran. Selbst wenn er sich noch so sehr gegen den Gedanken sträuben mochte, würde er den Erzählungen der Drachen zufolge machtlos sein, sollte Igor das Artefakt tatsächlich finden. Er würde seinen Willen ebenso verlieren wie seine Familie und alle Leute, die er kannte. Sie alle würden zu Sklaven werden, würden sich gegen die magische Macht nicht wehren können und ihre Freiheit verlieren. Wer konnte schon wissen, was dieser Mann, von dem nichts als der Name bekannt war, mit all den unterworfenen Menschen zu tun gedachte?

Noch immer brodelte die Wut in Simon. Als sein Vater gestorben war, hatte er sich geschworen, auf seine Familie aufzupassen und sie zu beschützen, egal was passierte. Und nun konnte er genau das nicht tun. Solange er hier im Dorf war, ohne jegliche Informationen, war er machtlos.

Er stutzte und überdachte diesen Gedanken noch einmal, und plötzlich kam ihm die Erkenntnis, was er tun konnte. Es war ein verrückter Gedanke, aber offenbar die einzige Möglichkeit, sich zu wehren. Nie gekannte Entschlossenheit durchflutete ihn, als er seinen drei Freunden nacheinander in die Augen blickte.

»Wir suchen selbst nach der Klaue des Morero.«

AUFBRUCH

Drei Augenpaare richteten sich entgeistert auf ihn und mehrere Sekunden lang sagte niemand ein Wort. »Das ist doch verrückt!«, stieß Katharina dann aus.

»Warum?«, fragte Simon. Er spürte in sich ein nie gekanntes Gefühl. Da waren nicht länger nur Verzweiflung und Wut. Die Entschlossenheit pumpte mit jeder Sekunde stärker durch seine Adern. Der Gedanke, vielleicht doch nicht völlig machtlos zu sein, ließ ihn nicht mehr los. »Wenn es wirklich so schwer ist, dieses Versteck zu finden, stehen die Chancen gut, dass dieser Igor noch eine Weile vergeblich danach suchen wird. Und solange er die Klaue des Morero noch nicht besitzt, ist auch noch nichts verloren – also warum sollten wir nicht versuchen, sie zuerst zu finden, damit er unseren Familien nichts antun kann?«

»Du willst quer durch Sarmela reisen, um etwas zu finden, das irgendein Irrer ebenfalls sucht? Wer weiß, was er mit uns machen würde, um an dieses Artefakt zu kommen!«

»Genau deshalb müssen wir es ja rechtzeitig vor ihm finden«, wiederholte Simon eindringlich. »Damit wir ihm nicht begegnen.«

»Du redest, als wäre das beschlossene Sache«, meinte Maya trocken und schüttelte entschieden den Kopf. »Simon, du kannst doch nicht einfach -«

»Nicht einfach hier sitzen bleiben, genau!«, schnitt er ihr das Wort ab. »Was bringt es, hier abzuwarten, ob wir plötzlich einem fremden Willen gehorchen? Wenn es nur die leiseste Chance gibt, das zu verhindern, warum soll ich sie dann nicht ergreifen?«

Wieder hob die Drachin an, etwas zu erwidern, schluckte ihre Worte dann aber hinunter und blickte Simon nachdenklich in die Augen. Nach einer gefühlten Ewigkeit senkte sie schließlich den Kopf und seufzte. »Du bist ja doch nicht mehr davon abzuhalten, nicht wahr?« Sie wartete kaum sein bestätigendes Nicken ab, ehe sie fortfuhr. »Also gut, wenn du fest entschlossen bist, werde ich dich begleiten. Ich bin deine Seelengefährtin, außerdem würdest du auf dieser Reise allein keine fünf Tagesmärsche lang überleben.«

»Ich würde auch nicht ohne dich reisen wollen«, meinte er grinsend und lehnte sich an sie.

»Dann komme ich auch mit!« Katharina stemmte die Hände in die Hüften und blickte Simon mit hochgezogenen Augenbrauen an. »Das fehlt ja gerade noch, dass du allein in den Norden fliegst!«

Simon konnte einen Augenblick lang nicht fassen, was seine beste Freundin gesagt hatte, doch diese wandte sich schon wieder von ihm ab. Plötzlich wirkte sie geradezu verschüchtert, während sie Maro ansah. »Danke für deine Hilfe heute. Alleine hätte Maya diese Männer niemals abwehren können.«

»Das war doch selbstverständlich!«, schnaubte das Drachenmännchen. »Hätte ich mich einfach abwenden und davonfliegen sollen?«

»Natürlich nicht.« Sie legte ihm zögerlich eine Hand an die Schnauze. »Sag mal«, fragte sie leise, »läuft es eigentlich immer so ab wie bei Mayas und Simons Verpflichtung? Stellt der Drache die Frage?«

Maro blickte sie aus unergründlichen, braunen Augen an. »In den meisten Fällen schon, ja. Es gibt auch Ausnahmen, allerdings kam das in der Vergangenheit eher selten vor. Der Mensch musste immer damit rechnen, dass die Antwort des Drachen negativ ausfallen könnte. Und nachdem in früheren Zeiten einige wilde Drachen statt einer Antwort den Fragesteller töteten, kam es von da an nur noch selten vor, dass dem Drachen die Frage gestellt wurde.«

Katharina zog den Kopf ein wenig zwischen die Schultern, doch dann atmete sie tief durch und sammelte offenbar allen Mut, denn sie in sich finden konnte. »Ich frage dich trotzdem«, stieß sie hervor. »Ich will nicht, dass du einfach wieder verschwindest, als hätten wir uns nie getroffen. Also, willst du bleiben und das Ritual mit mir durchführen?« Sie presste die Lippen fest zusammen und sah ihm in die Augen.

Einen Moment lang erwiderte der Drache den Blick nur, während eine Hand der Jugendlichen noch immer an seiner Schnauze lag. Dann ging alles ganz schnell. Mit einer Vorderklaue zog er ihr die Beine unter dem Körper weg, sodass sie auf dem Rücken landete. Anschließend beugte er sich über sie, und noch ehe Maya reagieren konnte, hatte er ihr bereits die Vorderklaue auf die Brust gesetzt. Eine seiner Krallen lag direkt an ihrem Hals, darunter trat die Pulsader leicht hervor.

Katharina konnte den Drachen nur anstarren. Ihre Augen waren aufgerissen, doch sie wehrte sich nicht und sagte auch nichts. Maro senkte den Kopf zu ihr hinab, dann zog er sich ein Stück zurück und ein warmer Ausdruck erschien in seinen Augen. »Ich fühle mich geehrt, mich mit einem so mutigen Mädchen verpflichten zu dürfen!«

Simon konnte nicht anders, als erleichtert die angehaltene Luft auszustoßen, während Katharina sich aufrappelte. Das Drachenmännchen legte den Kopf auf ihre Schulter und genoss es sichtlich, als sie ihm über den geschuppten Hals strich.

Es dauerte eine Weile, ehe die beiden sich wieder voneinander lösten. Maros Augen funkelten, dennoch besann er sich wieder auf das ernstere Thema. »Dann werden wir uns wohl zu viert auf den Weg machen«, stellte er leise fest. »Wenn wir eine Chance haben wollen, sollten wir bald aufbrechen.«

»Schon, aber was ist mit den Dorfbewohnern?«, wandte Maya ein. »Wir haben ihnen Hilfe versprochen, sie sind darauf angewiesen, dass wir die Materialien zum Wiederaufbau tragen. Und wir müssen die Gegend absuchen, ob die überlebenden Männer auch wirklich verschwunden sind!«

»So viel fehlt doch gar nicht mehr«, überlegte Simon. »Wäre es nicht möglich, dass wir euch morgen begleiten? Auf den Flügen könnt ihr dann die Umgebung absuchen, und zwischendurch können wir einige Sachen vorbereiten. Bis zum Abend könnten wir fertig sein und auch genügend Holz und Stein nach Taran gebracht haben.«

»Schön, dass du euch mit einschließt, obwohl wir deutlich mehr Arbeit haben werden.« Seine Seelengefährtin stieß ihn scherzhaft in die Seite, dann nickte sie langsam. »Aber du hast Recht, ein Tag sollte reichen. Dann solltet ihr jetzt zurückgehen, wir müssen morgen früh anfangen. Und überlegt euch, was ihr mitnehmen müsst!«

»Und die Zeremonie?«, fragte Katharina. Maro überlegte kurz, dann stupste er sie sanft an.

»Mach dir keine Sorgen, das kriegen wir schon hin. Ich kann die nötigen Dinge besorgen, nachdem wir aufgebrochen sind, dann können wir uns unterwegs verpflichten.« Sie nickte und legte zum Abschied kurz die Stirn an seine Schnauze, bevor sie gemeinsam mit Simon ins Dorf zurückkehrte.

»Ich freue mich für dich«, sagte Simon leise, kurz bevor sie sich trennten. »Auch wenn Maros Reaktion mich erst ziemlich erschreckt hat. Du warst wirklich mutig!«

»Ich hatte Angst, dass er vielleicht einfach fortfliegen würde, wenn dem Dorf geholfen ist und wir aufbrechen. Das wollte ich nicht.« Sie lächelte selig, doch dann mischte sich Besorgnis in ihren Blick. »Ich frage mich nur, was meine Mutter dazu sagen wird. Sie hatte schon vor Maya panische Angst und hätte mich heute Nacht am liebsten gar nicht aus dem Haus gelassen. Aber irgendwie werde ich es ihr beibringen müssen.«

»Warte damit bis morgen«, riet Simon ihr, bevor er sie kurz an sich drückte und dann die Tür zu seiner Hütte öffnete. »Gute Nacht!«

Früh am nächsten Morgen schlüpfte Simon hinaus ins Freie. Bei sich trug er die Kiste, in dem die Tagebücher seines Ururgroßvaters verstaut waren. Er hatte noch in der Nacht beschlossen, sie lieber zurück zum Dorfältesten zu bringen, dessen Hütte im Zentrum Tarans stand. Im Schein einer flackernden Kerze hatte er noch versucht, zumindest die Umrisse des Landes und die wichtigsten Details und Namen abzuzeichnen, doch das Ergebnis war nicht wirklich überzeugend und besaß nur wenig Ähnlichkeit mit dem Original. Die Seite mit der kunstvoll verzierten Karte herauszureißen, hatte er dennoch nicht über sich gebracht.

Als er die Hütte des Ältesten erreichte, trat zu seiner Verwunderung gerade Katharina heraus. »Was tust du denn hier?«, rief er aus und betrachtete den Jutesack, den sie in einer Hand hielt.

Sie blickte ihn nicht minder überrascht an, antwortete dann jedoch so betont fröhlich, dass Simon darin sofort ihr typisches Ablenkungsmanöver erkannte. »Oh, du bist auch schon wach! Wie schön, dann kannst du mir ja gleich helfen. Ich habe Seile und Lederriemen geholt und möchte versuchen, daraus zwei Tragegeschirre für Maya und Maro zu machen. Dann können wir sie unterstützen, wenn sie Baumaterialien holen.«

Simon war sich nicht sicher, was sie wirklich mit den Materialien vorhatte, doch er kannte sie gut genug, um mitzuspielen. »Eine gute Idee! Ich möchte dem Dorfältesten nur kurz etwas zurückgeben, das er für meine Familie verwahren soll, dann hole ich unsere Wassergefäße und treffe die Drachen und dich auf der Lichtung vor dem Dorf, in Ordnung?«

»Gut, dann bis gleich!« Katharina nickte, dann wandte sie sich um und lief schnurstracks in Richtung Wald. Simon blickte ihr nachdenklich hinterher, dann trat er hinter dem noch wartenden Dorfältesten in dessen Hütte ein, um die Tagebücher wieder in seine Obhut zu geben. Als er anschließend mit zwei Eimern und zwei leeren Wassersäcken an der Lichtung ankam, saß Katharina bereits auf Maros Rücken und unterhielt sich mit ihrem zukünftigen Verpflichtungspartner. Maya stand daneben, kam Simon aber entgegen, als sie ihn sah. »Guten Morgen«, meinte sie sanft und stupste ihn liebevoll an. »Du siehst müde aus, hast du dich nicht ausgeruht?«

»Ich habe noch versucht, eine Karte Sarmelas abzuzeichnen«, gestand er, dann schwang er sich auf ihren Rücken. »Lasst uns zu allererst Wasser holen, unterhalten können wir uns auch unterwegs.

Wir haben heute viel zu tun!« Die Drachin nickte nur und schwang sich in die Luft, ihr Artgenosse folgte dicht dahinter.

»Gut, dass wir uns schon so lange kennen«, kicherte Katharina und wedelte triumphierend mit dem Jutesack. »Niemand wird vermuten, dass du zwischen den Zeilen lesen konntest!«

»Du hast mir aber nicht viel zum Lesen gegeben«, entgegnete Simon und blickte neugierig auf den Beutel. »Also, wofür sind die Materialien nun wirklich gedacht?«

»Für Drachengeschirre, wie ich es gesagt habe.« Seine beste Freundin musste schon wieder lachen, doch als Maya und Maro ihr verwundert die Köpfe zuwandten, beruhigte sie sich ein wenig. »Ich habe mir gedacht, dass wir alles, was wir auf die Reise mitnehmen, ja auch irgendwie transportieren müssen«, erklärte sie. »Wenn wir Geschirre haben, können wir daran alles festbinden.«

»Keine schlechte Idee«, meinte Maya nachdenklich. »Wir sollten es zumindestens ausprobieren.«

Simon zuckte mit den Schultern und nickte Katharina dann zu. »Na gut, wenn du meinst, dass du das rechtzeitig schaffst, versuch es. Ich kümmere mich solange um Wasservorräte und packe so viel Essen ein, wie meine Mutter zu Hause entbehren kann.«

»Alles klar«, stimmte seine beste Freundin zu. »Ich werde grobmaschige Netze knüpfen und den beiden über die Rücken legen, damit ich sie anpassen kann. Das dürfte nicht mehr als ein paar Stunden dauern, danach kann ich dir wieder bei den Vorbereitungen helfen.«

Die Zeit verging wie im Flug. Gemeinsam mit Maya und Maro flog Simon über den Fluss hinweg zu einer Senke, in der zerbrochene Steine lagen. Die Bruchstücke waren noch immer groß und schwer genug, um für die Drachen eine ordentliche Traglast zu bedeuten, doch die beiden beschwerten sich nicht, sondern beförderten mehrere Steinbrocken zurück ins Dorf. Anschließend verschwand Maro, um angeblich wieder zu Katharina zu stoßen, während Simon und Maya einige Männer in den Wald im direkten Umkreis des Dorfes begleiteten. Die Taraner waren noch immer etwas zögerlich im Umgang mit dem Drachenweibchen, verloren ihre Scheu aber zunehmend. Sie wählten Bäume aus, aus denen Bretter und Pfähle für den Wiederaufbau gemacht werden sollten, und begannen mit den Fällarbeiten. Wann immer ein Stamm weit genug durchsägt war, richtete Maya sich auf die Hinterbeine auf, stützte sich an dem Baum ab und brachte ihn so zu Fall. Anschließend ließ sie sich unter dem Vorwand, dass Katharina mit den Drachengeschirren noch nicht fertig war, verdutzt das Zuggeschirr eines Ackerpferdes über den Hals stülpen.

Simon musste sich bei dem Anblick ein Grinsen verkneifen, doch der Nutzen war unfassbar groß. Mit Hilfe verlängerter Riemen spannte er seine Seelengefährtin nacheinander vor die einzelnen Stämme, die sie dann gehorsam und ziemlich schnell ins Dorf zog. So war im Handumdrehen genügend Holz beschafft. Maya war sichtlich erleichtert, als ihr das Zuggeschirr wieder abgenommen wurde.

Simon konnte sich vorstellen, dass die ungewohnte Tätigkeit seltsam und anstrengend für sie gewesen sein musste, also schlug er vor, einen weiteren Rundflug zu starten und die Umgebung abzusichern. Die Drachin stimmte sofort zu und erhob sich in die Luft.

»Nichts«, meinte Maya zufrieden, nachdem sie eine Weile in Kurven über dem Wald dahingeflogen war. »Was hältst du davon, wenn wir nachschauen, wie weit Katharina mit ihren Geschirren ist?«

»Gute Idee«, meinte Simon und klopfte seiner Seelengefährtin den Hals, während sie Kurs auf das Flussufer nahm.

Zu seiner Überraschung saß Katharina bereits am Ufer und war damit beschäftigt, die Wasserbeutel und einige Tonflaschen zu füllen und sorgfältig zu verschließen. Erst, als er abgestiegen war, entdeckte er das Netz aus Leder und Riemen, das in einiger Entfernung lag. Maro, der es sich neben dem Mädchen bequem gemacht hatte, trug seine Version bereits.

»Du bist fertig!«, rief Simon aus und hob neugierig das am Boden liegende Geschirr ein Stück an. Katharina trat zu ihm und wies auf zwei der Riemen.

»Probier es gleich aus. Fass das Geschirr dort an, dann kannst du es Maya überwerfen, als würdest du eine Decke ausschlagen.« Er folgte der Anweisung, zog das grobmaschige Netz zu seiner Seelengefährtin und warf es ihr mit einer schwungvollen Armbewegung über den Rücken. Anschließend zog er es mit Katharinas Hilfe gerade und verschloss die einzelnen Riemen, die das Geschirr vor Mayas Brust, an ihrem Halsansatz und unter ihrem Bauch sicherten. Diese beäugte das Ganze äußerst kritisch, obwohl sie sich am Morgen selbst noch für einen Versuch ausgesprochen hatte. Im Nachhinein schien sie jedoch nicht mehr so überzeugt davon zu sein, auch wenn sie alles geduldig über sich ergehen ließ.

»Also gut«, beschloss die Jugendliche schließlich. »Wir sollten die Geschirre ausprobieren und testen, wie sie sich beim Fliegen verhalten.« Sie setzte ihren Vorschlag in die Tat um, kaum dass Maro sich erhoben hatte, und kletterte auf seinen Rücken. Testweise zerrte sie an einzelnen Seilen oder hängte sich quasi daran, dann nickte sie. Simon, der ebenfalls aufgestiegen war und ihre Versuche nachzumachen versucht hatte, griff instinktiv nicht nach den geflochtenen Lederbändern vor sich, die wohl als Griffe dienen sollten, sondern wie gewohnt nach Mayas Halszacken. Sein Herz pochte aufgeregt, als die beiden Drachen sich in die Luft schwangen und den Wolken entgegen schraubten.

Zunächst ging alles gut. Simon konnte nicht behaupten, die vielen Stricke des Netzes an seinen Beinen bequem zu finden, doch sie schienen ihren Zweck zu erfüllen. Doch mit einem Mal drang ein reißendes Geräusch an seine Ohren. Es kam von Maros Geschirr. Zwei Riemen hatten nachgegeben und waren zerrissen. Durch die plötzliche Mehrbelastung gaben weitere Stricke nach, und obwohl das Drachenmännchen sofort in seinem Steigflug innehielt, riss das Netz im nächsten Moment, sodass die Riemen an Hals und Bauch es nicht länger sicherten. Innerhalb eines Wimpernschlags wickelte es sich um Maros Hinterbeine. Katharina, die sich an den rutschenden Riemen nicht hatte festhalten können, stürzte mit einem erschrockenen Quietschen in die Tiefe.

Der grünbraun geschuppte Drache ging sofort in den Sturzflug über, packte seine zukünftige Verpflichtungspartnerin und bremste den Fall dann mit kräftigen Flügelschlägen ab. Als er jedoch landen wollte, konnte er mit den Hinterbeinen nicht auf dem Boden aufsetzen, da das Netz sie dicht aneinander gezurrt hatte. So verlor er beinahe das Gleichgewicht. Im letzten Moment legte er den rechten Flügel an und drehte sich halb auf die Seite, sodass er das Mädchen nicht erdrückte, als er schwer auf dem grasbewachsenen Untergrund aufkam.

Katharina blieb einen Moment lang wie erstarrt liegen, dann rappelte sie sich auf und klopfte sich leicht zitternd den Staub ab. Währenddessen sank Maya in sanften Kurven zu Boden. Simon hielt sich weiterhin an ihren Halszacken fest und bemühte sich krampfhaft, so reglos wie möglich zu sitzen, um das Geschirr nicht unnötig zu belasten und womöglich ebenfalls zum Reißen zu bringen.

»Alles in Ordnung?«, fragte Maro, als die beiden gerade gelandet waren.

»Ja, danke«, entgegnete Katharina mit leicht schriller Stimme. »Und bei dir? Hast du dich verletzt?«

»Ach was, nichts passiert«, beruhigte er sie rund rappelte sich halb auf, ehe er sich wieder der Fesseln um seine Hinterbeine bewusst wurde und ungehalten versuchte, selbige zu zerreißen.

»Warte, ich mach das schon!« Simon zückte schnell sein Jagdmesser, eilte zu dem Drachen und trennte mehrere Riemen durch, sodass er das zerfetzte Netz entwirren konnte. Anschließend entfernte er auch die einsam sitzenden Schnallen an Hals und Brust und nahm Maya ihr komplettes, noch intaktes Geschirr ab. »Das war knapp«, seufzte er schließlich auf und lehnte sich an die Flanke seiner Seelengefährtin, während er tief durchatmete.

»Stimmt, ein Glück, dass nichts passiert ist«, pflichtete Maro ihm bei, dann wandte er sich Katharina zu. »Die Netze waren eine gute Idee, aber wir vergessen das Ganze besser wieder. Und selbst, wenn sie gehalten hätten: Ich habe genau gespürt, dass du mehr gerutscht bist als bei unserem letzten Flug, dein Sitz war viel unsicherer. Auf meinem bloßen Rücken hast du dich besser halten können. Wir sollten lieber üben, dass das auch bei allen möglichen Flugmanövern funktioniert. Dadurch sparen wir auch die Zeit, die das Anlegen und Abnehmen der Geschirre jedes Mal benötigt hätte.« Er stupste sie sanft an.

»Du hast wohl recht«, stimmte Katharina zu und legte ihm eine Hand an den Hals. »Und danke!«

»Wir sollten uns langsam mal wieder im Dorf sehen lassen und die Wassereimer mitbringen«, meinte Maya nach einem Blick in den Himmel. »Wir sind schon eine Weile fort, und außerdem bleibt uns nicht mehr viel Zeit bis zum Abend. Lasst uns nachsehen, ob wir den Dorfbewohnern noch bei irgendetwas helfen können.«

Katharina und Simon pflichteten ihr bei. Im Nu saßen sie auf den Rücken ihrer Gefährten.

Im Nachhinein erschien es Simon, als sei die Zeit, die vom Tag noch geblieben war, nur so gerannt. Im Nu hatte es gedämmert, die Bauarbeiten waren für den Abend beendet worden und die Drachen hatten Taran verlassen, um auf der nahen Lichtung zu schlafen. Simon hatte noch letzte Vorräte gepackt und bereitgestellt. Es war gar nicht so einfach gewesen, die Taschen an seinen Schwestern vorbei zu schmuggeln und hinter dem Haus zu verbergen, ehe auch seine Mutter heimgekehrt war. Im Stillen hatte er gefleht, dass Katharina ebenfalls alles geschafft hatte. Erst dann war er mit einem hohlen Kribbeln im Magen schlafen gegangen.

Nun schlüpfte er aus der Hütte, während seine Familie noch beim Frühstück saß. Er hatte seine Mutter gebeten, anschließend zusammen mit seinen Schwestern zur Lichtung nachzukommen, und er wusste, dass seine beste Freundin bei ihrer Familie dasselbe getan hatte. Ein wenig mulmig war ihm schon zumute. In wenigen Minuten würde er sie alle zum vorerst letzten Mal sehen. Wie würden sie reagieren? Würden sie ohne ihn zurechtkommen?

Energisch schüttelte er den Kopf, lief um die Hütte herum und lud sich so leise wie möglich seine Taschen auf. Obwohl er nur das Nötigste eingepackt hatte, war es gar nicht so einfach, alles auf einmal zu tragen. Dennoch versuchte er, das Dorf möglichst schnell zu verlassen, solange noch kaum jemand unterwegs war und ihn somit auch hoffentlich niemand sah.

Als er Schritte von hinten hörte, wandte er erschrocken den Kopf, doch dann erkannte er Katharina, die zu ihm aufschloss. Sie trug beinahe ebenso viel Gepäck wie er selbst, allerdings ahnte er, dass sich in einigen der Taschen Kräutervorräte und ein winziger Kessel verbergen mussten. Einen etwas größeren aus dünnem, beschlagenem Eisen hatte sie sich an eine der Taschen gebunden, um ihn transportieren zu können. In ihrer linken Hand baumelten dicke Lederstreifen.

»Guten Morgen«, sagte sie leise. »Hast du alles?«

»Ich denke schon«, antwortete er mit ebenso gesenkter Stimme. »Weiß deine Mutter Bescheid? Und wozu hast du die Riemen mitgebracht? Die Idee mit den Geschirren haben wir doch verworfen.«

»Die sind für unsere Taschen«, erklärte sie, während sie sich ihren Weg zwischen den ersten Bäumen hindurch suchte. »So können wir immer zwei Teile aneinander binden und über den Rücken von Maya oder Maro hängen. So fällt nichts herunter und wir können das Gewicht noch dazu schön gleichmäßig verteilen.«

Simon staunte nicht schlecht, dann nickte er anerkennend. »Das ist eine tolle Idee!«

Die beiden Drachen waren bereits wach, standen nebeneinander und blickten ihnen entgegen. Nachdem die vier sich begrüßt hatten, machten sie sich schnell daran, alles für die Abreise vorzubereiten. Katharina wog verschiedene Taschen abschätzend in den Händen. Sie unterschied nicht danach, welches Gepäckstück wem gehörte, sondern sortierte immer zwei Teile zusammen, die ähnlich schwer waren. Während sie diese Aufteilung vornahm, knüpfte Simon alle Paare, die sie bereits erstellt hatte, mit immer zwei Lederriemen zusammen. So war die Arbeit schnell getan.

Die beiden Freunde legten die improvisierten Satteltaschen auf die Rücken ihrer Drachen. Während Maro den Kessel und die Heilkräuter trug und ansonsten nur zwei Taschen mit Kleidung am Halsansatz hängen hatte, erhielt Maya ebenfalls zwei leichtere Taschen, bevor Simon ihr die Gepäckstücke mit den Vorräten ein Stück hinter den Flügeln auflegte. »Ich habe auch einige Stücke von dem Hirschfleisch eingepackt und bei einem Nachbarn zwei

Schweinekeulen für euch bekommen. Ich soll euch für die Hilfe danken.«

»Das ist aber nett.« Maya schien sich wirklich zu freuen. »Schön, dass viele der Dorfbewohner mittlerweile begonnen haben, uns zu akzeptieren.«

»Hoffentlich werden sie damit weitermachen, wenn wir zurückkommen«, stimmte Maro ihr nachdenklich zu, dann hob er den Kopf und lauschte. »Eure Familien kommen«, kündigte er dann leise an.

Simons Familie kam gemeinsam mit Katharinas Mutter und ihrer Schwester Sabrina an. Die fünf sahen allesamt gleichermaßen irritiert aus, als sie entdeckten, wie bepackt die Drachen waren. In den darauffolgenden Momenten spiegelten sich ganz unterschiedliche Empfindungen auf ihren Gesichtern.

»Danke, dass ihr gekommen seid«, sagte Simon schnell, um die Stille und die verwirrte Atmosphäre zu brechen. »Wir müssen euch etwas Wichtiges erzählen. Es geht um den Mann von gestern. Den, der von Maya gestellt wurde.«

»Erinnert ihr euch an den Gegenstand, von dem er gesprochen hat?«, schaltete Katharina sich ein. »Die Klaue des Morero.«

»Was ist damit?«, fragte Sabrina ratlos.

»Maya und Maro waren sehr erschrocken über den Namen, oder?«, wagte Lisa leise zu fragen.

»Das stimmt«, bestätigte Simon seiner Schwester. Beim Gedanken an das, was er bereits wusste und nun auch seiner Familie mitteilen musste, begann sein Herz zu pochen. »Es handelt sich dabei um ein altes Artefakt«, platzte er atemlos heraus. »Es hat magische Kräfte, und weil es schon seit Jahrhunderten Macht ansammeln konnte, ist es in der Lage, Menschen zu kontrollieren!« Er sah, dass die Zuhörerinnen seinen Worten nicht hatte folgen können, und atmete tief durch, um sich zu beruhigen. Dann begann er, die ganze Geschichte und alles, was sie erfahren hatten, wiederzugeben.

»… und weil die Klaue des Morero mittlerweile so mächtig sein soll, möchte dieser Igor sie finden und mit ihrer Hilfe alle Menschen versklaven!«, schloss er schließlich, schon wieder äußerst aufgeregt.

»Genau«, fiel Katharina ein und schien mindestens ebenso sehr unter Spannung zu stehen. »Und das können wir nicht zulassen! Noch ist er auf der Suche und weiß offensichtlich nicht, wo genau das Versteck liegt. Also haben wir beschlossen, uns ebenfalls auf die Suche zu machen, um die Klaue vor ihm zu finden und -« Sie wurde jäh von einem Aufschrei ihrer Mutter unterbrochen.

»Nein! Katharinchen, das kann nicht dein Ernst sein! Du kannst dich doch unmöglich noch länger in der Nähe solcher Monster aufhalten wollen! Du hast doch gesehen, was sie mit den Männern gemacht haben – diese Bestien warten sicher nur darauf, euch auffressen zu können!«

Ein kurzes Knurren entfuhr Maro, dann wandte er sich ruckartig ab und sprang einige Meter weit ans andere Ende der Lichtung, wo er sich mit abgewandtem Kopf niederlegte. Katharina warf ihre Mutter einen fassungslosen und enttäuschten Blick zu, dann eilte sie zu ihrem Drachenfreund, hockte sich neben ihn und legte ihm eine Hand auf den schuppigen Hals. Während sie leise auf ihn einzureden begann, trat Maya einige Schritte auf die Auslöserin des Dilemmas zu. Diese wich nervös zurück, hatte jedoch bereits nach kaum einem halben Meter einen Fichtenstamm im Rücken, der sie aufhielt.

»Wir sind keine Bestien oder Monster«, erklärte die Drachin. Ihre Stimme war ruhig, dennoch war darin auch Bedauern zu vernehmen. »Ich schwöre, dass ich noch nie einem Menschen etwas getan habe, mit Ausnahme der Jäger, die erst mich und dann Simon angegriffen haben. Ich würde niemals jemanden unschuldig verletzen, und dasselbe gilt für Maro.« Sie musste nun offensichtlich doch darum kämpfen, sich zu beherrschen und ihre Worte zu zügeln, doch erneut unterdrückte sie ihren Ärger. »Im Gegenteil – ich habe mich doch nicht aus Spaß mit Simon verpflichtet. Wir gehören zusammen, und wenn es sein müsste, würde ich ihn auch mit meinem Leben verteidigen.«

Simon legte ihr die Arme um den Hals. Bei ihren Worten wurde ihm ganz warm ums Herz. »Wieso hätten die beiden Taran vor den Männern schützen sollen, wenn sie selber einen

Angriff geplant hätten?«, ergänzte er leise. »Wieso hätten sie beim Wiederaufbau helfen sollen, den wir alleine niemals so schnell hätten vorantreiben können? Hätten sie die Materialien nicht herbeigetragen, wären wir noch eine ganze Weile nahezu schutzlos gewesen. Und warum hätte Maya alles tun sollen, um Taru zu helfen?« Eigentlich hatte er damit alles gesagt, was er hatte ausdrücken wollen, doch nach kurzem Überlegen fügte er noch hinzu: »Das Band der Verpflichtung ist tief und dick. Es kann nicht gebrochen werden.«

Tarja zitterte sichtlich. »Nur du hast diesen Schutz«, brachte sie zitternd hervor. »Wir anderen sind davon ausgeschlossen. Auch meine Tochter!«

»Ich werde das Ritual ebenfalls durchführen.« Katharina hatte weich und leise gesprochen. Erst jetzt drehte sie sich um. Auf ihrem Gesicht lag ein milder Ausdruck, doch ihr bester Freund kannte sie gut genug, um die Tränen zu erahnen, die dahinter lauerten. »Ich habe ihn am Abend nach dem Angriff gefragt. Wir werden die Zeremonie heute oder morgen Abend durchführen.«

Ihre Mutter konnte sie nur mit aufgerissenen Augen anstarren. Es war nicht zu erkennen, was sich nun genau in ihrem Blick spiegelte. Entsetzen? Trauer?

In jedem Fall war es zu viel für die Jugendliche. Sie wandte sich wieder ab. Maro, der ihre Worte zum Anlass genommen hatte, sich wieder aufzurichten, legte tröstend seinen Kopf auf ihre Schulter.

»Tarja.« Es war Simons Mutter, die den Namen leise aussprach. »Mayas Worte sind wahr.« Sie griff nach dem Arm ihrer langjährigen Freundin, zog sie ein Stück beiseite und begann, leise und beschwichtigend auf sie einzureden.

Simon hätte am liebsten zugehört, doch nun war es, als hätten die jüngeren Mädchen sich von ihrer Überraschung erholt. Jana und Sabrina liefen zu ihm und bestürmten ihn mit Fragen.

»Und ihr wollt wirklich diese Klaue des … des irgendwas suchen und Igor dadurch aufhalten?«, fragte Katharinas kleine Schwester, während Jana Maya mit großen Augen ansah.

»Kannst du denn überhaupt schnell und weit genug fliegen, wenn du Simon und sein ganzes Gepäck tragen musst?«

Die Drachin neigte den Kopf zu den Mädchen hinunter und tat so, als sei sie empört. »Natürlich schaffe ich das!«, versicherte sie. »Du denkst doch nicht etwa, dass ich deinen Bruder fallen lassen würde?« Ihr Blick huschte zur Seite und etwas schien sie abzulenken.

»Das hast du doch schon einmal, er hat mir davon erzählt!«, erwiderte das Mädchen frech. »Und da war es sogar mit Absicht!« Sie musste kichern.

»Hör mal, Jana«, schlug Maya mit einem sanften Schnauben vor, »warum geht ihr beide nicht zu Katharina und Maro? Die beiden freuen sich sicher, eure Fragen zu beantworten, und es wird sie ablenken.« Sie nickte der Kleinen zu, als habe sie ihr gerade einen wichtigen Auftrag erteilt. Jana zögerte kurz, als habe sie gerade einen ganz anderen Gedanken gehabt, der sie abgelenkt hatte. Dann jedoch erwiderte sie die Geste deutlich impulsiver, rannte los und zog Sabrina mit sich. Lachend stürzten die zwei sich mit ihren Gedanken und Fragen auf ihre neuen Ziele.

Maya aber stupste Simon nur sanft an und deutete auf seine andere Schwester, die etwas abseits stand und stumm zu Boden starrte. Er nickte verstehend, dann liefen die beiden gemeinsam zu Lisa.

»Hey, was ist denn los?«, fragte Simon sie leise und sanft. »Ich bin doch nur eine Weile weg, bald komme ich schon wieder, du wirst sehen.«

Die Neunjährige hob den Kopf. Tränen glänzten in ihren Augen und bahnten sich erste Wege über ihr Gesicht. »Und was, wenn nicht?«, fragte sie heiser. Simon blickte sie erschrocken an, dann nahm er sie in den Arm und drückte sie fest an sich. »Ich will nicht, dass du gehst«, schluchzte sie leise. »Bitte bleib hier!«

»Aber Lisa«, entgegnete er beruhigend. »Was soll mir denn passieren? Maya ist doch bei mir, sie wird auf mich aufpassen. Ich mache das doch auch für euch. Dieser Igor muss aufgehalten werden, damit wir weiter in Ruhe leben können!«

»Dann soll jemand Anderes diese Klaue finden und in Sicherheit bringen«, beharrte sie. »Wenn du jetzt fliegst, werden wir uns nicht wiedersehen!«

»Aber das ist doch Unsinn!« Er fühlte sich hilflos und strich ihr einfach weiter über den Rücken und durch das dunkle Haar. »Natürlich werden wir uns wiedersehen! Wir werden das Versteck einfach lange vor Igor finden und verschwinden, bevor er dort auftaucht. Selbst, wenn er von unserer Existenz erfahren sollte, wird er uns niemals finden können. Und dann komme ich wieder nach Hause und wir können wieder alle beisammen sein!«

»Nein!«, entgegnete Lisa gequält. »Nein, ich weiß, dass es so sein wird. Du wirst mich verlassen, für immer!« Ihr Schluchzen wurde stärker.

Maya beugte sich über das Mädchen und blies ihm sanft ihren warmen Atem entgegen. »Ich bringe ihn dir zurück«, sagte sie sanft. »Versprochen!« Die Neunjährige blickte sie kurz mit geröteten Augen an, dann kuschelte sie sich wieder an ihren Bruder.

Jana und Sabrina hatten ihr Bombardement an Fragen offenbar beendet. Sie waren zu ihren Müttern gegangen und hatten ebenfalls begonnen, auf Tarja einzureden. Gemeinsam schafften sie es offenbar endlich, sie zu beruhigen.

Simon hatte sich mit Maya zu Katharina und Maro gesellt. Stumm legte er seiner besten Freundin einen Arm um die Schulter, um ihr zu zeigen, dass sie nicht alleine war.

»Wenn sie nicht zustimmt«, wisperte Katharina mit bebender Stimme, »wenn sie mich nicht gehen lassen will …«

Er verstand das Ende des Satzes, auch wenn sie es nicht aussprach. *Dann werde ich bleiben.* Der Gedanke an diese Möglichkeit versetzte ihm einen Stich. Maya gehörte einfach zu ihm, es war ihm logisch vorgekommen, dass sie ihn begleitete, nachdem sie ihn nicht hatte umstimmen können. Aber erst jetzt wurde ihm bewusst, wie sehr er sich nach seiner anfänglichen Verwunderung danach sehnte, Katharina ebenfalls bei sich zu haben. Sie waren beste Freunde, seitdem er denken konnte, waren fast von Geburt an miteinander aufgewachsen. Sie hatten beinahe alles geteilt, und obwohl sie durch keine Zeremonie miteinander verbunden waren, widerstrebte ihm doch der Gedanke, dass sie sich womöglich trennen mussten. Als seine Familie und Katharinas Mutter und Schwester näherkamen, blickte er sie daher fast flehentlich an. »Also? Was ist nun?«

Tarja trat vor und lief unendlich langsam auf ihre Tochter zu. In ihren Augen schimmerten Tränen. Maro zog sich ein kleines Stück zurück, doch hinter seiner angehenden Seelengefährtin blieb er stehen und beobachtete die Frau abwartend.

Katharina starrte ihre Mutter nur stumm an, wiederholte Simons Frage stumm mit Blicken. Tarja schluckte sichtlich. »Es tut mir leid«, flüsterte sie heiser. Die Augen der Jugendlichen weiteten sich ein wenig, doch da umarmte ihre Mutter sie bereits und drückte sie in offener Verzweiflung an sich. »Pass auf dich auf, Katharinchen! Und bitte lass mich nicht zu lange warten!«

Simon hätte beinahe laut aufgeatmet, doch er beherrschte sich und trat stattdessen zu seinen Verwandten. Der Moment des Abschieds war gekommen.

»Ihr tut das Richtige«, sagte seine Mutter leise, als sie die Arme um ihn legte. »Aber bitte seid vorsichtig.«

»Natürlich«, versprach er, dann drückte er auch Jana an sich. Diese sah ihn gar nicht richtig an, sondern schien sich krampfhaft ablenken zu wollen. Kaum hatte er sie losgelassen, drehte sie sich um und rannte davon. Ihm schnürte es die Kehle zusammen. Am liebsten wäre er ihr nachgelaufen, doch Lisa blickte ihn mit so todunglücklicher Miene an, dass er sich nach außen hin zur Ruhe zwang und sich vor ihr hinkniete, um ihr die Hände auf die Schultern legen zu können. »Mach's gut, und pass auf die anderen auf«, trug er ihr ernsthaft auf. »Solange ich fort bin, weiß ich, dass ich dir die Verantwortung in die Hände legen kann. Und ich werde zurückkommen, so bald ich kann, und dann werden wir wieder alle zusammen sein. Versprochen.«

Tränen begannen erneut, ihr über das Gesicht zu laufen. »Versprich nichts, das du nicht halten kannst«, antwortete sie mit brechender

Stimme. Sie umarmte ihn ungewohnt stürmisch, dann lief sie zu ihrer Mutter und klammerte sich an deren Rock, als könne er ihr Halt geben.

Simon kehrte zu Maya zurück. »Ich glaube, sie denkt sich diese angebliche Vorahnung aus, um mich zum Hierbleiben zu bewegen«, flüsterte er unglücklich. Seine Seelengefährtin stupste ihn sanft an.

»Nimm es nicht so schwer, du wirst dein Versprechen halten.« Sie drehte ihm die Schulter zu, um ihn zum Aufsteigen aufzufordern. Als er sich auf ihren Rücken gezogen hatte, löste auch Katharina sich von ihrer Mutter und ihrer Schwester, rannte regelrecht zu Maro und saß ebenfalls auf.

Die beiden Drachen entfalteten gleichzeitig ihre Schwingen. »Bis bald!«, rief Simon noch, dann hob Maya vom Boden ab und gewann mit kräftigen Flügelschlägen an Höhe. Ihr Artgenosse folgte dicht hinter ihr. Der Jugendliche konnte seine Familie und das nahe Dorf kleiner werden sehen. Eine Bewegung erregte seine Aufmerksamkeit, und er erkannte Jana, die weiter und weiter fort rannte und bereits beinahe die Ausläufer am anderen Ende Tarans erreicht hatte.

Dann wandten die Drachen sich nach Norden, sodass er nichts mehr sehen konnte, und nahmen langsam Tempo auf. Die Bäume zogen unter ihnen vorbei, dann kreuzten sie den Fluss und zogen weiter, ohne noch einmal abzubremsen oder sich umzusehen.

Ihre Reise hatte begonnen.

TEIL 2

NEUE GEGEBENHEITEN

Beweg dich!« Mit einem knappen Fingerzeig schickte Igor Meteor an seinen Platz und griff nach den Ketten, die aus der steinernen Wand der Drachenhalle ragten. Grob zwang er den Drachen näher an die Felsen, dann löste er mit schnellen Griffen Teile des Geschirrs und ersetzte sie durch die schweren Eisenketten. »Still!«, herrschte er den rotgeschuppten Drachen an, dessen dunkles Grollen sofort abbrach. Reglos ließ er stattdessen zu, dass er in eiserne Fesseln gelegt wurde. Auch den Kopf senkte er auf Befehl seines Herrn, um sich einen Maulkorb anlegen zu lassen.

»Worauf wartest du?«, verlangte Igor plötzlich grimmig zu wissen. »Der zweite Stellplatz ist vorbereitet, also kette deinen Drachen an!«

Alexis, der wie betäubt auf dem Rücken des Silberdrachen gesessen hatte, schrak zusammen. Eilig sprang er zu Boden und lief zu dem Durchgang, der auf die Plattform zum Starten und Landen führte. Er betätigte den Mechanismus, der das Gittertor herunterließ. Als die Riegel mit einem Klirren einrasteten, musste er sich beherrschen, nicht zu erschaudern. Er war sich nur allzu bewusst, dass er unter Beobachtung stand. Als er sich wieder umdrehte, betrachtete sein Vater ihn tatsächlich aus zusammengekniffenen Augen. Alexis stolperte, als er zurück zu dem Silberdrachen ging, und erwischte erst beim zweiten Versuch mit zittrigen Händen die Zügel. Igor schnaubte missbilligend, bevor er den Sack mit den Zeremoniengegenständen ergriff und sich zum Gehen wandte.

»Solche Unsicherheit will ich bei dir in Zukunft nicht mehr sehen, ich dulde keine Schwäche bei meinem Fleisch und Blut. Und denk daran, *du* erteilst die Befehle. Das Ritual zwingt ihn zu gehorchen, also verhalte dich deiner Position angemessen und bereite mir keine Schande!« Mit diesen Worten verschwand er und überließ es seinem Sohn, den frisch unterworfenen Drachen in Ketten zu legen. Die steinerne Tür, die aus der Halle hinausführte, fiel mit einem dumpfen Geräusch zu.

Alexis blieb einen Moment lang mit eingezogenem Kopf stehen, als würde sein Vater ihn noch immer beobachten. Erst Meteor, der nach Igors Verschwinden wie befreit aufstöhnte, riss ihn aus seiner Starre. Er lief zu dem dunkelrot geschuppten Drachen und lockerte mit noch immer zittrigen Fingern die Ketten um ein einzelnes Glied. »Tut mir leid«, flüsterte er dabei, »weiter geht es nicht. Er würde es merken.« Als Antwort erhielt er nur ein neuerliches Grollen. Ihm war klar, dass er seinen Vater durch sein unsicheres Verhalten enttäuscht und dieser seinen Drachen deswegen noch ruppiger als sonst behandelt hatte. Am liebsten hätte er die Ketten ganz gelöst, doch die Folgen für ihn wären hart gewesen.

Nun ließ es sich nicht länger hinauszögern. Mit einem stummen Seufzen drehte er sich um. Aron stand hoch aufgerichtet da, als habe er die Erschöpfung nach dem Ritual bereits wieder abgeschüttelt. Sein Blick war unverwandt auf Alexis gerichtet.

»Geh«, sagte dieser zögerlich und machte ein leichtes Handzeichen zur gegenüberliegenden Wand, wo erst kürzlich weitere Ketten im Gestein verankert worden waren. Der Silberdrache rührte sich nicht, behielt seinen starren Blick bei. Gerade wollte Alexis die Aufforderung mit mehr Nachdruck wiederholen, da setzte der Silberne sich doch noch in Bewegung – jedoch nicht auf die Wand, sondern direkt auf Alexis zu!

Dieser wich unwillkürlich einige Schritte zurück. »G...geh!«, wiederholte er stotternd, dann legte er alle Macht in seine Worte, wie sein Vater es ihn gelehrt hatte. »Bleib zurück!«

Der Befehl prallte einfach an Aron ab, als habe er nicht ihm gegolten. Er erreichte Alexis, als dieser rückwärts zur Steintür ausweichen wollte, und senkte den Kopf in seine Richtung. Seine eisgrauen Augen waren zu Schlitzen verengt.

Alexis strauchelte und fiel rücklings auf den Steinboden. Sein Herz raste, als der Silberdrache die Vorderklauen links und rechts neben ihn stellte und sich über ihn beugte. Alles, was er tun konnte, war den Blick zu erwidern. Eine Erkenntnis durchzuckte ihn und ließ Panik ihn ihm aufwallen. »Das Ritual ist doch nicht abgeschlossen worden«, hauchte er.

Natürlich. Das letzte fehlende Wort hatte doch den Ausschlag gegeben. Ob der Silberne das erst nicht bemerkt oder sich absichtlich unterworfen gestellt hatte, um Rache zu nehmen, spielte keine Rolle. Das Ergebnis blieb dasselbe.

»Ganz recht.« Arons Stimme war tief und eisig, das Maul mit den messerscharfen Zähnen war gerade so weit von Alexis' Kopf entfernt, dass er ihm noch in die Augen sehen konnte. »Und jetzt will ich wissen, was das Ganze sollte. Wozu die Unterwerfung?«, zischte er.

Alexis spürte, wie er zu zittern begann. Seine Gedanken wollten kein Gesamtbild ergeben, wurden immer wieder von dem Blick aus den eisgrauen Augen durchtrennt. »Mein … Vater …«, stotterte er heiser, bevor seine Stimme brach.

»Dein Vater hat das Ritual nicht durchgeführt«, grollte Aron, dann huschte sein Blick kurz zu Meteor. Seine Lider zuckten, als er sich wieder dem Jungen zuwandte. »Es funktioniert immer nur einmal, nicht wahr?«, erkannte er grimmig. »Er hat dich geschickt, weil er das Ritual nicht mehr durchführen konnte.«

Alexis konnte nur mit weit aufgerissenen Augen nicken. Diese kniff er aber im nächsten Moment zu, als Arons Schnauze seine Brust berührte und der Drache ihn zu beschnüffeln begann. Alexis erwartete, jeden Moment die scharfen Zähne oder Klauen zu spüren, doch stattdessen brach das schnuppernde Geräusch ab und Krallen schabten leise auf Stein. Als er die Augen zaghaft wieder öffnete, hatte der Drache sich ein Stück zurückgezogen, auch wenn er ihn weiterhin nicht aus den Augen ließ. Sein Blick wirkte jetzt eher nachdenklich.

»Warum hast du das Ritual nicht beendet?«

Mit dieser Frage hatte Alexis nicht gerechnet. Er brauchte einen Moment, um zu begreifen, dass sie tatsächlich ernst gemeint war, und den Grund dann in Worte zu fassen. »Ich wollte es nicht vollenden«, antwortete er schließlich mit zitternder Stimme. »Ich sehe, was mein Vater Meteor antut, und ich habe gesehen, wie schmerzhaft das Ritual selbst war. Ich … ich konnte das nicht.«

Aron schlug mit der verknöcherten Schwanzspitze auf den Boden. »Es schien mir eben so, als würdest du deinem Vater immer gehorchen. Was wird er wohl tun, wenn er von deinem Scheitern erfährt? Oder davon, dass du dem Roten hier die Fesseln lockerst?« Er nickte zu Meteor, der das Geschehen nur stumm verfolgte.

Alexis biss die Zähne zusammen und senkte den Kopf. Er hatte das Ritual abgebrochen, weil er es nicht mehr ausgehalten hatte, den Silberdrachen durch seine Worte zu quälen und ihn in die Sklaverei zu zwingen. Er hatte selbst dabei gelitten. Was für Folgen es jedoch haben würde, dass er das letzte Wort nicht ausgesprochen hatte, erkannte er erst jetzt. Die Vorstellung, welche Strafen sein Vater sich ausdenken würde, ließ sein Herz einen Moment lang aussetzen.

Aron schnaubte. »Dachte ich es mir doch. Und nun lass mich raten – es war das erste Mal, dass du einer Anweisung zuwidergehandelt hast.«

Etwas ließ Alexis seine Furcht vergessen. Stattdessen schien in seinem Inneren ein Damm zu brechen und all das hinauszulassen, was er in den letzten Jahren in sich hineingefressen hatte. »Hör auf!«, rief er gequält aus, dann zog er am Kragen seines Oberteils, sodass zuerst die blauen Flecken an seinen Schultern sichtbar wurden und dann die bereits gelblich verfärbten am Brustkorb. »Wenn du mich töten willst, dann mach es gleich! Du wirst damit nicht nur das rächen, was ich dir angetan habe, sondern vielleicht auch Menschen retten, die mein Vater mich in Zukunft zu quälen befehlen würde. Also bring es schon zu Ende!« Er wandte den Kopf ab, als er spürte, wie ihm heiße Tränen über die Wangen zu laufen begannen.

Er hörte, wie Arons Krallen erneut auf dem steinernen Boden kratzten. Am liebsten wäre er zurückgewichen, doch er zwang sich, zu verharren, noch immer halb liegend, halb sitzend. Einige endlose Momente lang geschah nichts und es war still in der Halle. Als er es nicht mehr aushielt und den Kopf wieder drehte, bohrte sich der Blick des Silberdrachen in den seinen.

»Wann hast du das letzte Mal geweint?«, fragte Aron. »Wann deinen Gefühlen freien Lauf gelassen?«

Alexis zögerte. Das war lange her. Schon mit zwölf Jahren hatte er gelernt, dass es nichts brachte, heimlich Tränen zu vergießen, sondern dass es besser war, alle Gefühle zu vergraben und sich stumpf zu stellen. Sich einzureden, das Blut an den eigenen Händen sei nur Wasser oder Schlamm.

Dem Silberdrachen schien sein Schweigen Antwort genug zu sein. »Wieso folgst du dann seinen Befehlen, anstatt fortzugehen?«, fragte er und wandte den Blick nicht den Bruchteil einer Sekunde ab.

Alexis schluckte, allmählich fiel ihm das Atmen schwer. »Ich kann nicht«, gab er mit bebender Stimme zurück. »Ich habe nie etwas Anderes gekannt, er hat mich von Anfang an zu seiner rechten Hand gemacht. Und er ist mein letzter Verwandter. Meine Mutter habe ich nie kennengelernt, da war immer nur er. Außerdem … er würde mich finden, egal, wohin ich ginge.«

»Und wie hältst du es hier aus, wenn dir das, was er dir befiehlt, offenbar zuwider ist?«

Nun war es Alexis, der unwillkürlich schnaubte. »Was spielt das für eine Rolle?«, murmelte er verbittert.

Aron blinzelte. Es schien, als wolle er etwas dazu sagen, doch dann hob er ruckartig den Kopf und lauschte. »Dein Vater ruft nach dir«, bemerkte er knapp.

Alexis zuckte zusammen, eine Gänsehaut überzog seine Arme und ließ ihn schaudern. »Er wird sicher gleich hierher kommen …«, flüsterte er heiser.

»… und sehen, dass ich nicht angekettet bin, geschweige denn unterworfen«, beendete der Silberdrache den Satz und richtete den Blick wieder auf ihn. »Was hast du nun vor?«

Alexis schluckte und versuchte, seinen Atem und dadurch auch seine wachsende Panik unter Kontrolle zu bringen. »Ich öffne das Gitter«, krächzte er. Der Drache ließ ihn gewähren, als er sich aufrappelte und zum Einflugloch wankte. Dort angekommen, rutschten seine Finger an den Riegeln ab, die die Durchgangssperre sicherten.

»Nein.«

Alexis erstarrte kurz, dann wandte er sich um. Arons Blick ruhte auf ihm, dann nickte er zu einem kleinen, steinernen Wasserbecken, das in einer Ecke der Halle halb hinter Igors steinernem Thron verborgen war.

»Wasch dir das Gesicht, deine Augen sind ganz verquollen.«

»A...aber ...«, stammelte Alexis ratlos, doch der Drache wiederholte seine Geste.

»Na los, beeil dich. Wenn dein Vater hier auftaucht, muss es so aussehen, als würdest du mit mir trainieren und die ersten Befehle für Kampfbewegungen erteilen.« Erneuten Widerspruch erstickte er gleich im Keim: »Nun mach schon!«

Alexis zuckte bei dem scharfen Ton zusammen und setzte sich in Bewegung. Bei seinem Vater duldete eine solche Aufforderung kein Zögern. Mit zittrigen Fingern klatschte er sich mehrere Handvoll Wasser ins Gesicht und wischte sich vorsichtig über die Augen. Anschließend tupfte er sich mit den Ärmeln trocken und blickte dann zögerlich den Silberdrachen an.

»Los, stell dich dorthin und gib irgendwelche Befehle, die er erwarten würde«, meinte der ungeduldig und peitschte mit dem Schwanz.

»Aber warum -«, gelang es Alexis diesmal zu sagen, bevor ihm wieder das Wort abgeschnitten wurde. Plötzlich stand Aron direkt vor ihm und starrte ihn aus funkelnden Augen an. »Du steckst ziemlich in der Klemme, wenn dein Vater erfährt, dass ich nicht unterworfen wurde, oder etwa nicht? Ich will verstehen, was hier abläuft, was er vorhat und wie der Rote befreit werden kann, aber das geht nur, wenn er nichts bemerkt. Also spiel gefälligst mit und rette damit auch dich selbst!«

Alexis konnte nicht begreifen, was er da gerade gehört hatte. Ehe er sich der Situation klar wurde, ging die steinerne Tür auf und er nahm unwillkürlich eine aufrechtere Haltung an.

»Hier bist du«, erklang Igors barsche Stimme. »Was soll das, warum ist dein Drache noch nicht angekettet? Du hast doch wohl nicht die Kontrolle verloren?« Regelrecht drohend klangen die letzten Worte.

Alexis meinte, etwas in Arons Augen aufblitzen zu sehen, doch schon im nächsten Moment war der Funke verschwunden und der Drache blickte nur seinen vermeintlichen Herrn an. Alexis musste sich zusammenreißen, um nicht zu stottern. »Oh, Vater. Nein, wir haben nur … ich meine …« Innerlich verfluchte er sich selbst dafür, nicht die passenden Worte zu finden. »Ich dachte mir, ein wenig Kampftraining könnte nicht schaden«, vervollständigte er schließlich und gab sich Mühe, normal zu klingen. »Einige kleine Befehle, die meine Autorität bestärken, denn an eigentliches Training ist heute ja nicht mehr zu denken.«

»So?« Sein Vater klang grimmig und alles andere als überzeugt. »Dann zeig doch mal her.«

Im letzten Moment konnte Alexis sich beherrschen, die Augen nicht erschrocken aufzureißen. »Natürlich«, antwortete er und drehte sich dem Drachen zu, um wenigstens seinen neutralen Gesichtsausdruck nicht länger halten zu müssen. Erneut wallte Panik in ihm auf, doch dann sah er Arons Blick weiterhin auf sich gerichtet und erinnerte sich an die Worte wenige Augenblicke zuvor. Auch der Silberdrache wollte Igor davon überzeugen, dass hier alles so ablief, wie es bei einer vollendeten Unterwerfung der Fall zu sein hatte. Würde der Drache wirklich mitspielen?

Alexis hatte keine andere Wahl, als es zu versuchen. »Ich habe mit einfachen Schlägen angefangen«, erklärte er betont beiläufig, deutete auf den rechten Vorderlauf Arons und sagte: »Los!« Beinahe wäre ihm ein Keuchen entwichen, als der Silberdrache daraufhin die Klaue hob und einen unsichtbaren Gegner beiseite schlug. Auf eine Richtungsänderung des Fingers und ein neuerliches Kommando wiederholte Aron dasselbe mit dem anderen Vorderlauf, dann machte er einen Sprung vorwärts und deutete einen Schlag mit seinem Schwanz an.

Igor gab ein knappes Grunzen von sich, wirkte noch nicht überzeugt. »Er scheint ja was zu taugen«, meinte er, »aber gerade deshalb müssen wir neue Plänen ausarbeiten. Also kette ihn jetzt an und komm mit!«

Alexis musste sein Schlucken krampfhaft verbergen. Aron war nicht wirklich unterworfen, also konnte er ihm auch nicht befehlen, sich in Ketten legen zu lassen. »Geh«, presste er dennoch hervor und spürte dabei, dass seine Stimme beinahe brach. Nun würde die Täuschung auffliegen.

Doch wieder gehorchte der Silberdrache dem Befehl und stellte sich dicht an die Wand, aus der die Ketten ragten. Alexis trat fassungslos hinzu. ›*Ich kann ihn doch nicht wirklich fesseln!*‹, dachte er verzweifelt.

Aron wandte den Kopf kurz nach hinten. Sein Blick war wieder so ausdruckslos wie zuvor, doch dann blinzelte er langsam mit dem linken Augenlid, das Igor von seinem Platz am Eingang der Halle aus nicht sehen konnte.

Mit pochendem Herzen ergriff Alexis die erste der Ketten und schlang sie um den Körper des Drachen. Er schnallte das Geschirr daran fest, dann zog er die Fessel Glied um Glied enger. In seinem Kopf rasten die Gedanken und er überlegte fieberhaft, wie eng er die Kette anziehen sollte. Im selben Moment sah er, wie Arons Brustkorb sich langsam weitete. Der Silberdrache plusterte sich unauffällig auf.

Am liebsten hätte Alexis vor Erleichterung geseufzt. Wenn er die Ketten nun stramm anlegte, würden sie später, sobald sein Vater den Raum verlassen hatte, nicht so eng liegen, wie es jetzt noch den Anschein hatte. Dennoch tat es ihm weh, als er Aron, der ihm trotz allem geholfen hatte, mehr und mehr einschnürte und ihm seine Bewegungsfreiheit raubte. Prompt begann der Drache zu knurren. War das noch Täuschung oder schon echt?

Zum Schluss griff Alexis nach dem eisernen Geflecht, das für Arons Schnauze gedacht war, und hielt es ihm auffordernd entgegen.

Er sah, wie sich die Augen seines Gegenübers zu Schlitzen verengten und er die Vorrichtung misstrauisch betrachtete. »Vater«, fragte er, um unauffällig erklären zu können, um was es sich dabei handelte, »ich weiß, der Maulkorb ist extra entwickelt worden, um das Feuerspeien zu verhindern, aber kann es auch der Kraft und der heißen Flamme eines Silberdrachen standhalten?« Seine Idee ging auf, Verstehen spiegelte sich in Arons Augen.

»Willst du mich beleidigen?«, knurrte Igor barsch. »Nun mach schon und komm!« Alexis folgte der Aufforderung, biss sich aber auf die Lippen, als der dem Silberdrachen den Maulkorb um den Kopf schnürte. Als Meteor weiter hinten in der Halle ein dumpfes Grollen ausstieß, nutzte er seine Chance und flüsterte: »Wieso?«

Das eine Wort und sein verständnisloser Blick genügten Aron offenbar, denn er blickte ihm fest in die Augen und nickte dann ganz leicht. Einen Augenblick lang kam Alexis dies vor wie ein stummes Versprechen, und er blinzelte verwirrt, um zu zeigen, dass er noch immer nicht verstand. Dann griff sein Vater ihn am Arm, mit seiner Geduld sichtlich am Ende, und zog ihn ohne weitere Umschweife aus der Drachenhalle. Einen letzten Blick konnte Alexis dem Silberdrachen noch zuwerfen, dann schloss sich die steinerne Tür.

Die Sonne versank gerade am Himmel, als Maya und Maro landeten und ihre Reiter absteigen ließen. Sie waren den ganzen Tag hindurch geflogen und hatten nur wenige Pausen gemacht. In einer davon war das Drachenmännchen für eine Weile allein fortgeflogen und nach einer guten Dreiviertelstunde mit einem Beutel voller Utensilien zurückgekehrt, die für die Verpflichtungszeremonie am Abend nötig waren. Simon war fast so neugierig gewesen wie Katharina, den Inhalt in Augenschein zu nehmen, dabei wusste er doch schon, wie die Zeremonie ablief. Maro jedoch hatte den Sack geschlossen gehalten, da er Katharina mit der Farbe der Edelsteine überraschen wollte.

Nun war es beinahe soweit. Nach dem Essen sollte das Ritual vollzogen werden. Entsprechend schnell baute Katharina daher eine Feuerstelle auf und begann, die Vorräte auszupacken und für das Abendessen zu verteilen.

»Viel konntet ihr ja nicht mitnehmen«, bemerkte Maya. »Die Fische und das Brot werden höchstens noch für morgen früh reichen, dann werden auch die Hirschkeulen aufgebraucht sein. Wir werden also morgen jagen müssen.«

Das Abendessen war schnell vertilgt. Simon war gespannt, wie es sein würde, bei einer fremden Verpflichtungszeremonie zuzusehen, und Katharina war verständlicherweise aufgeregt. Sie rutschte unruhig hin und her, bis Maro seine rohe Fleischkeule betont langsam gefressen hatte und sie schelmisch anblickte. »Wartest du auf etwas?« Als sie ihm empört gegen die Schulter boxte, schnaubte er nur amüsiert. »Na gut, dann lass uns loslegen.« Er gestattete ihr, in den Sack zu greifen und die einzelnen Gegenstände herauszuholen.

Als Katharina schließlich die Steine in den Händen hielt, zog sie sie nur ganz langsam hervor und betrachtete sie mit großen Augen. »Maro, die sind ja wunderschön!«, hauchte sie begeistert. Die letzten Sonnenstrahlen des Abends fielen auf die moosgrünen Edelsteine und ließen sie geheimnisvoll schimmern. Fast wirkte es, als würden sie sekündlich ihr Aussehen ändern, als würde das Innere der Steine langsam rotieren.

»Es freut mich, wenn sie dir gefallen«, meinte Maro zufrieden, dann stieß er die Eisenstangen und den kleinen Schmelzkessel an. »Lass uns das Gestell aufbauen und das Feuer dann ein wenig mehr anheizen. Das Gold ist zwar eine spezielle Mixtur, die schnell schmilzt, aber ein bisschen heißer dürfen die Flammen trotzdem ruhig sein, sonst dauert es ja ewig.«

Simon musste grinsen, als Katharinas Augen beim Anblick des Goldklumpens kugelrund wurden. Er wusste genau, wie sie sich fühlte, immerhin lag seine eigene Verpflichtung noch keine Woche zurück. Am liebsten hätte er sich ebenfalls über die verschiedenen Gussformen für Ringe gebeugt, als die Suche nach einer passenden Größe begann, doch Maya stupste ihn an der Schulter an und bedeutete ihm mit einem stummen Kopfnicken, auf ihren Rücken zu klettern. Offenbar wollte sie den beiden die Möglichkeit geben, das

Ritual allein zu vollziehen. Simon kam der Aufforderung nach, woraufhin sie sich leise einige Schritte vom Lager entfernte und sich dann in die Luft schwang. Als Simon seine Hände um ihren Hals schloss, lachte sie und gewann dann weiter an Höhe. Er genoss es, mit ihr im Rot der untergehenden Sonne durch die Luft zu schießen und die Welt von oben zu betrachten.

Schließlich war es soweit. Am Himmel leuchteten die ersten Sterne auf und das letzte Tageslicht war nur noch als schmaler Streifen am Horizont zu sehen, als Maya mit Simon zum Lager zurückkehrte. Im Gleitflug flog sie darüber hinweg, während Katharina und Maro gerade die fertiggestellten Ringe bewunderten. Die beiden bemerkten sie auch dann nicht, als Maya über dem Lager zu kreisen begann, sodass Simon zumindest aus der Ferne zusehen konnte.

Erst, als die Verpflichtung vollzogen war, landete die Drachin wieder. Die frisch Verpflichteten blickten Simon und ihr verwirrt entgegen, ganz offensichtlich hatten sie ihren Abflug überhaupt nicht mitbekommen. Katharina schien etwas sagen zu wollen, doch dann brach sie wieder ab und blickte Maro an. Ihre Wangen röteten sich leicht und sie hob die Hand, als ob sie nach ihrem Verpflichtungsring greifen wollte. Simon vermutete, dass das Gold soeben vollständig ausgehärtet war und seine beste Freundin nun das Band zu ihrem Seelengefährten spürte. Lächelnd rutschte er von Mayas Rücken und schmiegte sich an seine eigene Drachenfreundin.

Eine Weile standen die vier einfach nur so beieinander. Irgendwann musste Katharina gähnen und brach damit die eingetretene Stille. Maro entwich ein amüsiertes Schnauben, dann stupste er sie sanft neben dem Feuer zu Boden. »Zeit, zu schlafen. Wir haben morgen eine weitere Flugetappe vor uns, da solltet ihr ausgeruht sein.«

Simon legte sich ebenfalls nieder und ließ zu, dass Maya ihren Flügel über ihn deckte. Er konnte seinen Reisegefährten gerade noch eine gute Nacht wünschen, als seine Seelengefährtin ihn auch schon komplett vor der Außenwelt verdeckte und näherrückte, sodass er sich an sie schmiegen konnte. Plötzlich übermannte ihn doch die Müdigkeit, und er konnte ihr gerade noch einige Male über die Flanke streichen, bevor er bereits fest eingeschlafen war.

Am nächsten Morgen wurde Simon davon geweckt, dass Maya ihn mit der Schnauze anstieß. Er räkelte sich und zuckte zusammen, als ein Stechen seinen ganzen Körper durchfuhr. Als er daraufhin die Augen öffnen wollte, kniff er sie sofort wieder zusammen angesichts der hellen Sonnenstrahlen, die ihn blendeten. Erst jetzt fiel ihm wieder ein, wo sie sich befanden und weshalb sie aufgebrochen waren. Auf einen Schlag war er wach und riss die Augen auf.

Beinahe kam es ihm so vor, als müsste Igor vor ihm stehen und die Klaue des Morero auf ihn richten, doch natürlich waren die Freunde allein. Mit leichtem Schrecken erkannte er allerdings, dass es bereits später Vormittag war. »Warum habt ihr uns nicht früher geweckt?«, fragte er Maya vorwurfsvoll und sprang auf. Seine Muskeln quittierten die schnelle Bewegung mit einem nachdrücklichen Ziehen und ließen ihn ächzen.

»Ihr hattet den Schlaf nötig«, erklärte Maya und deutete hinüber zu Maro, der mit nachdrücklichen Stupsern versuchte, Katharina zu wecken. Diese drehte sich erst auf die Seite, zog dann demonstrativ die Beine an den Körper und brummte abwehrend. Erst nach mehreren weiteren Stößen schlug sie blinzelnd die Augen auf. Es dauerte einen Moment, bis sie ihre Reisegefährten erkannte, dann war auch sie schlagartig munter.

»Guten Morgen!«, rief sie aus, begleitet von einem gewaltigen Gähnen.

Maro schnaubte nur. »Guten Abend, du Schlafmütze!«

Die Jugendliche blickte ihn verwirrt an, dann erkannte auch sie, dass die Sonne bereits am Himmel emporgestiegen war. »Hey, so werden wir niemals vor diesem Igor den Ort finden, an dem die Klaue des Morero versteckt liegt!«, rief sie verärgert aus.

»Ich habe Simon auch gerade erst geweckt«, beschwichtigte Maya sie. »Auch wenn es den Anschein hat, als würdet ihr nur auf unseren Rücken sitzen, wird diese Reise für euch anstrengend werden. Daher wollten wir euch einen letzten Tag gönnen, an dem ihr länger schlafen könnt. Ab morgen werden wir euch bei Sonnenaufgang wecken.« Sie wandte den Kopf zur Seite und lauschte konzentriert. »Ich höre etwas. Das sind die Rufe von Rotwild. Wir sollten unsere Vorräte auffüllen.« Auch Maro richtete sich auf und konzentrierte sich erwartungsvoll auf die Laute, die für das menschliche Ohr offenbar zu weit entfernt waren.

»Es wird ganz schön viel Zeit kosten, auf die Jagd zu gehen«, meinte Simon ein wenig schuldbewusst. Sein Magen knurrte, doch ihm war auch bewusst, dass sie bereits wertvolle Stunden verschenkt hatten.

»Ihr müsst etwas essen«, wehrte Maya seinen Einwand ab. »Und wir auch. Natürlich müssen wir uns beeilen, aber wenn wir vor Hunger geschwächt sind, ist auch niemandem geholfen.«

»Maya und ich werden auf die Jagd gehen«, ergänzte Maro. »Bei uns geht das schneller als bei euch, glaubt mir. Aber ihr könnt ja mitkommen und euch selbst davon überzeugen, wenn ihr wollt.«

»Meinst du das ernst?« Für den Moment vergaß Simon, dass er gerade noch auf Eile gepocht hatte. Die Vorstellung, die Drachen bei der Jagd zu erleben, ließ ihn ganz kribbelig werden.

»Ihr müsst euch aber gut festhalten«, wies Maya Katharina und ihn an. »Das wird eine gute Übung sein, wer weiß, was auf uns auf dieser Reise erwartet. Also los, Beeilung.«

Das ließen die beiden sich nicht zweimal sagen. Nur wenige Minuten später spähte Simon über Mayas Schulter hinweg nach unten, während die beiden Drachen zielstrebig auf eine Lichtung zu glitten. Im Näherkommen sah er, dass dort mehrere Rehe ästen.

»Denkt dran, euch gleich gut festzuhalten«, erinnerte Maro sie noch einmal. Katharina, die auf seinem Rücken saß, warf Simon einen etwas unbehaglichen Blick zu, dann klammerte sie sich fest an ihren Seelengefährten.

Auch Simon verspürte ein leichtes Grummeln in der Magengegend. Eben war er noch aufgeregt gewesen, nun fragte er sich, ob das Ganze nicht doch eine dumme Idee gewesen war. Aber zum

Umkehren war es zu spät. Im nächsten Moment legte Maya die Flügel eng an den Körper an und schnellte abwärts.

Simon beugte sich tief über ihren Hals, presste die Beine an ihre Flanken und versuchte, dem Wind so wenig Angriffsfläche wie möglich zu bieten.

Die Luft wurde ihm aus den Lungen gepresst und der Druck auf seinen Körper verstärkte sich mehr und mehr, während er gemeinsam mit seiner Drachengefährtin dem Erdboden entgegenschoss. Nur mit Müh und Not gelang es ihm, Halt an ihren Schuppen zu finden und sich festzuklammern.

Erst, als die Drachen bereits direkt über der Lichtung waren und ihre Flügel flappend wieder ausbreiteten, bemerkten die Beutetiere die drohende Gefahr und flüchteten in alle Richtungen. Maro packte als Erster einen Hirsch, und einen Sekundenbruchteil später erwischte auch Maya ein Tier. Der Ruck, als sie der Beute einen Tritt versetzte, hätte Simon beinahe von ihrem Rücken geschleudert.

Während die restlichen Tiere panisch im Wald verschwanden, töteten die beiden Drachen die erbeuteten Hirsche mit einem schnellen Biss.

Anschließend rutschte Simon von Mayas Rücken und lief etwas wackelig Katharina entgegen. Mit so einer Geschwindigkeit hatte er nicht gerechnet. Auch seine beste Freundin kämpfte mit dem Gleichgewicht und musste sich kurz an seinem Hemd festklammern, als sie ihn erreichte, bevor sie sich wieder fing. »Wow«, hauchte sie nur.

»Genau«, stimmte Simon ihr zu und drehte sich um, um seiner Seelengefährtin eine Frage zu stellen. »Wie könnt ihr -« Er stockte mitten im Satz, als die Drachin unerwartet mit zu Schlitzen verengten Augen von ihrer Beute aufsah, den Kopf bedrohlich senkte und leise knurrte.

Benommen taumelte er rückwärts, zurück in Katharinas Arme. »Aber … Maya!«, stammelte er verständnislos. »Was soll denn das?«

Die Gefragte unterbrach ihr Knurren, dann hob sie den Kopf und verzog die Lefzen zu einem drachenhaften Grinsen. »Ha, reingelegt! Du bist tatsächlich darauf hereingefallen!«

Erleichterung durchströmte den Jungen und er konnte nicht anders, als seine Seelengefährtin zu umarmen. »Jag mir doch nicht so einen Schrecken ein!«

»Die Versuchung war einfach zu groß«, gluckste sie. »Und, was sagt ihr zu unserer Art zu jagen?«

Simon und Katharina blickten einander einen Moment lang an, dann atmete Simon tief durch. »Naja, es war ganz schön … schnell«, gestand er. »Ich hatte Angst, mich nicht mehr festhalten zu können.«

»Ich hätte dich aufgefangen«, beruhigte Maya ihn und gab ihm einen sanften Stups.

»Ich natürlich auch«, beeilte Maro sich zu sagen. »Aber jetzt sollten wir uns beeilen und die Hirsche –« Er stockte und riss den Kopf herum. Auch Maya erstarrte ohne Vorwarnung und lauschte, dann verengte sie die Augen zu schmalzen Schlitzen und fixierte einen nahen Strauch.

Das nachfolgende Rascheln war laut genug, dass alle es hören konnten. Zweige knackten, dann erklang ein leiser Schmerzenslaut und ein Mädchen purzelte ins Freie.

»Jana!«, riefen Simon und Katharina gleichzeitig aus. Die Drachen gaben ihre angespannte Haltung auf und reckten die Köpfe.

Das Mädchen versuchte sich aufzurappeln, taumelte aber und knickte beinahe sofort wieder ein. Schnell lief Simon zu ihr, stützte sie und führte sie zu Maya, die ihnen entgegenkam. »Simon …«, hörte er sie noch undeutlich murmeln, dann schloss sie die Augen und schlief offenbar vor Erschöpfung ein. Er konnte sie gerade noch festhalten und langsam zu Boden sinken lassen.

Katharina hatte die ganze Situation stumm beobachtet und offenbar erst begreifen müssen, was gerade passiert war. Nun jedoch kam sie näher, beugte sich über Jana und begutachtete das schlafende Mädchen. Schnell schien sie zu dem Schluss zu kommen, dass ihr äußerlich nichts fehlte, denn sie nickte wortlos und deutete zuerst auf Maya, dann in die grobe Richtung ihres Lagers.

Simon verstand. Vorsichtig schob er seine Arme unter die Schultern und die Knie seiner Schwester und hob sie in die Höhe, dann blickte er sich unsicher um. Er würde sie nicht den ganzen Weg lang tragen können.

Maya schien zu demselben Schluss gekommen zu sein. Sie stupste ihn an und presste sich dann so flach auf den Boden, wie es ihr möglich war. Dennoch war es für Simon schwierig, Jana auf ihren Rücken zu bugsieren. Als es ihm endlich gelungen war, sprang er hinter ihr auf und schloss die Arme fest um das Mädchen.

Maro hatte sich bereits in die Luft geschwungen, einen der erlegten Hirsche in den Klauen. Maya packte das zweite Tier, dann folgte sie deutlich vorsichtiger. Simon klammerte sich hauptsächlich mit den Beinen fest, während er darauf achtete, dass seine Schwester nicht ins Rutschen geriet.

Als sie endlich an ihrem Lagerplatz ankamen, ließ Maya zuerst den Hirsch fallen, glitt dann noch einige Meter weiter und landete mit einem sanften Ruck. Sofort drückte sie sich wieder zu Boden. Simon rutschte von ihrem Rücken und zog Jana vorsichtig in seine Arme.

Katharina hatte längst Vorbereitungen getroffen und eine große Decke im Gras ausgebreitet. Darauf legte Simon seine Schwester nun ab und deckte sie anschließend mit seiner eigenen Decke zu. Jana merkte von alldem nichts, sondern schlief einfach weiter.

Am liebsten wäre er einfach neben ihr sitzen geblieben, doch Katharina winkte ihm, ihr beim Sammeln von Feuerholz zu helfen. Mit einem stummen Seufzen fügte er sich. »Was macht sie hier?«, brach es in einiger Entfernung schließlich aus ihm heraus. »Sie kann doch nicht ernsthaft geglaubt haben, dass sie uns folgen könnte!«

»Anscheinend schon«, entgegnete Katharina und warf einen Blick zurück, wo die beiden Drachen über das schlafende Mädchen wachten.

Simon hörte ihre Antwort kaum. »Stell dir vor, Maya und Maro hätten uns nicht länger schlafen lassen. Oder wir wären nicht für die Verpflichtungszeremonie gelandet. Sie hätte uns niemals gefunden und sich vermutlich verirrt!«

»Das klingt, als wolltest du sie zurück nach Taran bringen.« Als Katharina keine Antwort erhielt, machte sie einen raschen

Schritt direkt vor ihn und zwang ihn dadurch, sie anzusehen. »Simon!«, ermahnte sie ihn eindringlich. »Du warst es doch, dem die Idee für diese Reise kam. Du hast gesagt, dass wir nichts zu verlieren hätten. Und du wolltest deine Familie und das Dorf schützen. Und jetzt willst du plötzlich kneifen?« Hätte sie kein Holz im Arm gehabt, hätte sie mit Sicherheit die Hände in die Hüften gestemmt.

Simon stutzte kurz, doch dann wallte der Widerwillen wieder in ihm auf. »Du sagst es!«, rief er aus, vielleicht eine Spur zu heftig. »Ich will meine Familie schützen. Wir haben schon Vater verloren. Jetzt muss ich dafür sorgen, dass es allen gut geht. Allen! Und wenn Jana nicht ins Dorf zurückkehrt, ist sie in Gefahr!«

»Nicht so laut«, entgegnete seine beste Freundin erstaunlich ruhig. Das Funkeln war aus ihren Augen verschwunden, stattdessen blickte sie ihn sanft an. »Das weiß ich doch alles. Du hast viel für deine Familie getan, und du machst auch das hier für sie. Um sie zu beschützen. Aber Simon …« Kurzerhand ließ sie das Holz fallen und legte ihm eine Hand auf die Schulter. »Du kannst jetzt keinen Rückzieher machen. Überleg doch mal. Wenn wir Jana jetzt zurück nach Taran bringen, wird sie womöglich wieder losziehen, um uns zu folgen. Sie ist genauso dickköpfig und abenteuerlustig wie du. Wenn wir sie aber mitnehmen, kannst du sie immer im Auge behalten. Und sie wird zwei Drachen haben, die sie vor allem beschützen können.«

»Nicht vor allem«, entgegnete Simon, aber auch seine Stimme hatte an Kraft verloren. Einige Sekunden lang wich er Katharinas Blick aus, auch wenn er spürte, wie dieser sich in seine Stirn bohrte. Dann seufzte er ergeben. »Du hast ja Recht«, murmelte er und bohrte eine Schuhspitze in den weichen Boden. »Mir ist trotzdem nicht wohl bei dem Gedanken.«

»Das verstehe ich.« Katharina klopfte ihm aufmunternd auf die Schulter, dann machte sie sich daran, ihr fallengelassenes Holz wieder einzusammeln. »Aber wir haben diesen Schritt gewagt, jetzt müssen wir auch nach vorn blicken. Komm, lass uns das Fleisch braten, damit wir möglichst schnell weiterfliegen können.«

Gesagt, getan. Dennoch dauerte es eine gefühlte Ewigkeit, bis Simon und Katharina einen der Hirsche zerlegt und die Fleischstreifen gebraten hatten. In derselben Zeit hatten Maya und Maro das zweite Tier beinahe vollständig vertilgt und sich nacheinander an einem nahen Bach gestärkt. Nun ließen sie sich mit den Taschen und den neuen Vorräten beladen und machten sich bereit für den Abflug.

Simon rüttelte Jana sanft an der Schulter, doch sie wachte nicht auf. Kurzerhand wickelte er sie in die größere der beiden Decken ein und hob sie hoch. Diesmal half Katharina ihm, seine Schwester auf Mayas Rücken zu befördern. Er setzte sich dahinter und beobachtete, wie Katharina ein paar letzte Dinge aufsammelte und anschließend auf Maros Rücken sprang.

Dann breiteten die beiden Drachen ihre Flügel aus und schwangen sich wieder in die Luft.

Als die Freunde abends einen geeigneten Platz für ein Nachtlager gefunden hatten, entfachte Simon ein Feuer, damit es die Gruppe wärmen würde. Er war nicht bei der Sache, sondern konnte nur an das bevorstehende Gespräch mit seiner Schwester denken. Als endlich alles erledigt war, war er beinahe erleichtert, auch wenn er sich zuvor vor diesem Moment gesträubt hatte.

Als er einen Blick in die Runde warf, erkannte er, dass die anderen ebenfalls gewartet hatten. Maro nickte ihm wortlos zu, als wolle er bestätigen, dass der geeignete Zeitpunkt gekommen war. Simon atmete noch einmal tief durch, dann kniete er sich neben seine noch immer schlafende Schwester und rüttelte sie leicht an der Schulter.

Anders als wenige Stunden zuvor reagierte Jana dieses Mal. Sie schlug die Augen auf und blinzelte verwirrt in die Runde. Als sie Simon und die anderen erkannte, wurde ihr Blick sofort klarer. Einen Moment lang starrte sie ihren Bruder einfach nur mit großen Augen an. »Ich habe euch gefunden«, meinte sie leise und richtete sich auf, dann sprudelte es plötzlich nur so aus ihr heraus. »Oh Simon, es tut mir leid! Ich hatte Angst um dich, und da wollte ich helfen. Mir fiel es erst ein, als ihr schon fast unterwegs wart – ich bin zu Dennis gerannt, sein Vater hat doch dieses wahnsinnig schnelle Pferd, und habe ihn überredet, mit mir loszureiten und euch zu folgen. Ich dachte, ihr würdet in gerader Linie fliegen, also müsste ich euch schnell finden können, und als Dennis umkehren musste, um vor der Nacht wieder in Taran zu sein, bin ich zu Fuß weiter. Ich habe darauf gesetzt, dass ihr ja schlafen musstet und die Verpflichtungszeremonie von Katharina und Maro abhalten wolltet, also überlegte ich mir, dass ich eine Chance hätte, wenn ich einfach nur immer weiter gehe. Ich wollte heute Morgen dann doch aufgeben und versuchen, den Heimweg zu finden, weil ich so erschöpft war, aber dann sah ich euch ganz in meiner Nähe im Sturzflug landen!

Als ich in diesem Strauch hockte, war ich so froh, euch gefunden zu haben, aber dann kam dieser Schwindelanfall, ich war so müde … den Rest kennt ihr ja.«

Erst jetzt holte sie tief Luft, senkte kurz verlegen den Blick, dann griff sie nach den Ärmeln ihres Bruders, klammerte sich daran und schaute ihm ängstlich in die Augen. »Simon, du kannst mich jetzt nicht zurückschicken, bitte! Nicht, nachdem ich euch so weit gefolgt bin!«

»Wie stellst du dir das vor?«, fragte Simon streng. Er war nicht mehr wirklich sauer und hatte sich halbwegs mit dem Unvermeidlichen abgefunden, aber das zeigte er nicht. Erst wollte er sehen, wie Jana reagierte und ob es ihr leid tat. Und wirklich: Seine Schwester zuckte zusammen.

»Simon!«, rief sie kläglich und senkte den Kopf. Da beschloss er, sie nicht länger zappeln zu lassen.

»Wenigstens scheint es dir wirklich leidzutun«, bemerkte er deshalb, woraufhin sie ihn wieder ansah. »Also gut: Wir nehmen dich mit. Aber mach bloß keinen Ärger!«

Janas Augen weiteten sich, dann fiel sie ihm um den Hals. »Danke!«, rief sie überschwänglich. Im ersten Moment wollte er sie von sich schieben und ermahnen, dass dies kein Spiel sei, doch dann drückte er sie fest an sich.

»Du solltest noch etwas schlafen«, murmelte er leise an ihrem Ohr. »Du bist erschöpft und wir werden heute mitten in der Nacht aufbrechen. Wir werden uns auch noch etwas ausruhen.« Als seine Schwester sich daraufhin von ihm löste, wirkte es kurz, als wolle sie widersprechen, dann jedoch nickte sie nur und rollte sich folgsam wieder in die Decke ein. Mehr oder weniger unauffällig griff sie anschließend nach den für sie bereitgelegten Fleischstreifen und begann heißhungrig zu essen.

Simon lief zu der Tasche mit seinen persönlichen Dingen und wollte sich ebenfalls hinlegen. Katharina jedoch trat zu ihm und überrumpelte ihn total, indem sie ihn kurz an sich drückte. »Gut gemacht«, wisperte sie. »Und mach dir keine Sorgen, du hast dich richtig entschieden. Ihr wird nichts passieren.«

In diesem Moment merkte er, wie unglaublich dankbar er für den Zuspruch war. Eigentlich gab es Umarmungen zwischen ihnen nur zu besonderen Anlässen, zum Geburtstag zum Beispiel. Eben zu solchen Gelegenheiten, zu denen man beste Freunde umarmte. Dass sie jetzt im Gegensatz zu ihm sofort bemerkt hatte, wie dringend er ihre Unterstützung gebraucht hatte, beruhigte ihn irgendwie.

Als er sich endlich eine dünne Decke auf dem Erdboden ausbreitete und sich darauf legte, ließ Maya sich neben ihm nieder und legte ihm den Kopf auf den Brustkorb, anstatt ihn gleich mit einem Flügel zuzudecken. Sie blickte ihn im Schein der Flammen an, während er sie am Halsansatz kraulte und darüber tatsächlich gähnen musste. Obwohl er die zweite Tageshälfte über nahezu nichts getan hatte, war er erschöpft. Deshalb schob er den Kopf seiner Seelengefährtin nach wenigen Minuten beiseite und ließ zu, dass sie näherrückte und ihm die wärmende Flanke darbot.

Das Erste, was Simon beim Aufwachen sah, war das Gesicht seiner Schwester, die im Schneidersitz vor ihm saß und ihn erwartungsvoll anblickte. Er zuckte zusammen, dann erinnerte er sich wieder an die Ereignisse des Vortages und rappelte sich auf. »Na, hast du etwa schon ausgeschlafen?«

»Ich bin total aufgeregt«, nickte Jana eifrig. »Was kann ich tun? Ich möchte helfen!«

»Du kannst nicht gleich das ganze Lager zusammenschreien, wenn niemand außer dir schon wirklich wach ist«, meinte Katharina gähnend und kroch unter Maros Flügel hervor.

»Aber wir müssen doch aufbrechen, Maya ist auch schon wach!«

»Du hast uns nicht einmal Gelegenheit gelassen, die beiden zu wecken«, meinte die Angesprochene vielsagend, aber nicht unfreundlich. »Vielleicht kriegst du sie ja eher wach, wenn du etwas Rinde auf die Feuerstelle legst und einige Fleischstreifen aufwärmst.«

Das Mädchen folgte dem Vorschlag sofort mit Feuereifer, während die Drachin sich amüsiert zu ihrem Seelengefährten herunterbeugte und ihm ihren warmen Atem ins Gesicht hauchte.

Nach einem schnellen Frühstück nahm Katharina sich der neuesten Begleiterin an und zeigte ihr, wie man die Taschen zusammenknotete und den Drachen überwarf. Obwohl Jana alles ganz genau angucken wollte und beim Packen eher behinderte als half, verging kaum eine halbe Stunde, ehe alles bereit war.

Simon hob seine Schwester hoch und setzte sie auf Mayas Rücken, dann schwang er sich selbst wie bereits am Vortag dahinter. »Halt dich an einer der Halszacken fest«, erklärte er, schloss seine Beine fest um die Flanken seiner Seelengefährtin und schlang die Arme um Jana, um sie zu stützen. Das Mädchen wirkte plötzlich doch etwas zögerlich.

»Solltest du dich nicht auch festhalten?«

»Ich halte mich doch fest, mit den Beinen. Die kannst du an Mayas Seiten drücken, das tut ihr nicht weh.«

»Alles klar?«, fragte die Drachin und breitete die Schwingen aus. Sie versicherte sich noch mit einem Blick nach hinten, dass ihre Reiter auch wirklich bereit waren, dann drückte sie sich vom Boden ab und schwang sich, begleitet von Maro, in die Luft.

Zuerst saß Jana starr auf Mayas Rücken und hielt sich krampfhaft fest. Simon hatte den Eindruck, dass sie den Blick auf die Halszacken vor ihr geheftet hatte und es vermied, in die Tiefe zu schauen. Tatsächlich dauerte es eine Weile, ehe sie ihren Griff ein wenig lockerte und sich mit großen Augen umzublicken begann. Dann jedoch schien sie Gefallen am Fliegen zu finden. »Das ist ja der Wahnsinn!«, rief sie irgendwann übermütig aus.

Maya lachte und wandte den Kopf nach hinten. »Das ist noch gar nichts. Warte nur ab, bis du das Fliegen gewöhnt bist, dann werde ich dir ein paar Manöver zeigen, die dir sicher Spaß machen werden!«

»Au ja!«, jubelte Jana begeistert. »Noch heute?«

»Nicht so hastig«, kommentierte die Drachin ihre Euphorie amüsiert. »Erst einmal müssen wir die Zeit, die wir bei der Jagd verloren haben, wieder aufholen. Außerdem wirst du in den nächsten Tagen ohnehin schon genügend Muskelkater haben, glaub mir.« Sie nickte kurz zu Maro hinüber, dann wandte sie den Kopf wieder nach vorn.

Die Drachen beschleunigten ihre Flügelschläge und legten an Geschwindigkeit zu. So schnell die Bäume unter ihnen auch dahinzugleiten schienen, der Weg zu den Schwarzen Bergen war noch weit.

ZUSAMMENHALT

Mehr als eine Woche verging, ohne dass etwas Nennenswertes geschah. Simon und Katharina brachten die Zeit des Muskelkaters hinter sich, während Jana damit umso mehr zu kämpfen hatte. Allerdings lernte sie zusehends, sich auch bei höherer Geschwindigkeit und verschiedenen Flugmanövern auf Mayas Rücken zu halten und sich nicht mehr so verzweifelt festzuklammern. Sie begann, beim Zusammenpacken der Nachtlager ernsthaft mitzuhelfen, und legte dabei allmählich auch ein annehmbares Tempo an den Tag, anstatt ständig in Albereien zu verfallen.

Katharina fiel außerdem auf, dass Maro einen Wachstumsschub erlebte. War er vorher noch einige Handbreit kleiner als Maya gewesen, überragten seine Schultern die ihren nun um wenige Zentimeter, außerdem war er deutlich kräftiger gebaut.

»Kein Wunder«, erklärte die Drachin, als sie darauf angesprochen wurde, »er ist ja auch ein Drachenmännchen und etwas jünger als ich. Jungdrachen wachsen äußerst schnell, bis sie ziemlich nah an ausgewachsene Drachen herangekommen sind. Anschließend haben sie nur noch wenige, weit auseinanderliegende Wachstumsschübe, bis sie etwa zwei Jahre alt sind. Maro hatte diesen letzten Schub noch nicht hinter sich, als wir ihn trafen. Nun dürfte er aber ebenfalls ausgewachsen sein.« Tatsächlich waren beide Drachen nun vom Kopf bis zur Schwanzspitze fast viereinhalb Meter lang, und Simon konnte seiner Seelengefährtin nur über den Rücken spähen, wenn er sich auf die Zehenspitzen stellte. Ein weiterer Wachstumsschub hätte vermutlich gereicht, um dies unmöglich zu machen.

»Aber wo wir gerade bei Größe sind«, wechselte Maro geschickt das Thema, »wann gibt es eigentlich das nächste Mal etwas zu fressen? Ich könnte eine Kleinigkeit vertragen.«

»Du hast aber auch immer Hunger!«, neckte Katharina ihn und gab ihm einen leichten Klaps auf die Schulter. »Nur Geduld, wir frühstücken ja gleich. Und dann geht es weiter!«

»Die Fleischvorräte neigen sich dem Ende zu«, bemerkte Maya, »aber wir haben noch etwas Brot aus dem kleinen Dorf, in dem ihr neulich Vorräte getauscht habt. Vielleicht sollten wir nach einem Fluss Ausschau halten, wir müssen die Wasserbeutel sowieso wieder auffüllen. Dann können wir den Speiseplan um etwas Fisch ergänzen.«

Simon zog zwei Fleischkeulen aus einer großen Vorratstasche. »Das können wir später machen. Aber fresst erst einmal, damit wir weiterfliegen können.«

Am Morgen hatte es gewirkt, als stünde den Freunden ein weiterer Reisetag ohne besondere Ereignisse bevor. Das änderte sich jedoch gegen Mittag, als Maya urplötzlich mitten in der Luft abbremste, einen Moment lang beinahe auf der Stelle flog und sich erst dann wieder langsam vorwärtsbewegte. Simon und Jana, die sich dem recht flotten Flugtempo angepasst und nebenbei mit Maro gesprochen hatten, rutschten auf ihrem Rücken nach vorn und klammerten sich überrumpelt fest.

»Hey, was sollte das denn?«, rief Simon verdattert. Die Drachin wandte kurz den Kopf, um ihm einen entschuldigenden Blick zuzuwerfen, dann sah sie wieder nach vorn.

»Tut mir leid. Aber seht mal, dort am Horizont.«

Simon folgte ihrem Blick, doch er konnte partout nichts Ungewöhnliches zu erkennen. Immerhin schien er damit nicht allein zu sein. Aus den Augenwinkeln nahm er wahr, wie Katharina, Jana und selbst Maro mit seinen scharfen Drachenaugen gemeinsam mit ihm rätselten. Doch dann rief Jana unvermittelt aus: »Da, ich sehe es! Was ist das?«

»Wo denn?«, fragte Katharina verwirrt nach.

»Na, direkt am Horizont, es zieht sich über die ganze Breite! Zumindest kann ich kein Ende erkennen. Siehst du es nicht?«

Erst jetzt erkannte auch Simon eine farbenfrohe Linie, die sich in der Ferne über das Land zog, einmal quer ihre Flugbahn kreuzend. Er war sich nicht sicher, welche Farbe das Etwas - was auch immer es war - hatte, sie schien sekündlich zu flimmern oder zu wechseln. Kurzerhand lehnte er sich vor und angelte nach der Tasche, in der sich die Zeichnung befand, die er nach Vorlage der detaillierten Karte im Tagebuch seines Urahns angefertigt hatte. Als er das Papier gefunden hatte, hielt er es fest umklammert, um es auf keinen Fall durch einen Windstoß zu verlieren. Er betrachtete die Karte und schätzte ab, wo sie sich ungefähr befinden mochten. »Da ist nur ein grau gefärbtes Feld bei mir«, meinte er und zog entschuldigend den Kopf ein. »Ich glaube, auf der echten Karte war irgendetwas aufgezeichnet, aber es war so klein, dass ich nicht erkennen konnte, was es war. Deshalb habe ich nur die ungefähre Form des Gebiets nachgezeichnet.«

»Nun, wir werden ja bald sehen, was wir vor uns haben«, meinte Maya. »Ich schätze, dass wir in etwa zwei Stunden da sind, wenn wir jetzt einfach weiterfliegen. Also lasst uns einfach nachsehen, es bedeutet ja keinen Umweg.« Sie wartete gerade so lange ab, bis Simon die Karte wieder sicher verstaut hatte, dann nahm sie wieder Tempo auf.

Maya hatte sich mit der Entfernung verschätzt. Es dauerte über drei Stunden, ehe die beiden Drachen auf einem kleinen Hügel landeten und ihre Reiter absteigen ließen. Vor ihnen erstreckte sich das, was aus der Ferne nur als farbenfrohe Linie erkennbar gewesen war. Nach und nach hatte Simon erkennen können, dass es sich dabei tatsächlich um etwas Buntes handelte, und nun standen sie vor einem schier endlos wirkenden Meer aus Blumen. Die Blütenkelche, die wie bauchige Vasen aussahen, hatten ganz unterschiedliche

Farben: Lila, Violett, Rot, Orange, Blau und sogar so etwas wie Gold. Die Stängel waren hellgrün, die runden Blätter schimmerten leicht silbern. In der Ferne konnte man das Ende des Feldes gerade noch erahnen, nach links und rechts hingegen erstreckte es sich bis außer Sichtweite.

»Oh, sind die hübsch!«, rief Jana aus und rannte den Hügel hinunter in das Blumenfeld, wo sie sich jauchzend im Kreis drehte und zwischen den Pflanzen hindurch tanzte. Simon und Katharina konnten nicht anders, als laut aufzulachen, und auch Maro schnaubte amüsiert. Nur Maya schien keine Freude am Zusehen zu haben. Sie sah nachdenklich aus und sog tief und prüfend Luft ein.

»Stimmt etwas nicht?«, fragte Maro sie schließlich verwundert. Sie antwortete nicht, sondern ließ ihre an der Spitze gespaltene Zunge hervorschnellen, als wollte sie die Gerüche so besser auffangen. Dabei neigte sie den Kopf unschlüssig hin und her, als versuchte sie sich an etwas zu erinnern.

Plötzlich weiteten sich ihre Augen. »Jana, komm da raus! Schnell!«, rief sie drängend.

Jana hielt überrascht inne, dann machte sie einen Schritt auf den Hügel zu. Ein Fauchen erklang ganz in ihrer Nähe, mitten aus dem Blumenmeer heraus. »Nicht bewegen«, zischte Maya alarmiert.

Die widersprüchlichen Aufforderungen verwirrten Jana sichtlich. Sie blieb folgsam stehen, doch es war bereits zu spät. Als sie gerade den Mund öffnete, um etwas zu sagen, zuckte sie plötzlich zusammen und schrie stattdessen auf.

»Jana!«, rief Simon erschrocken und rannte los, um zu seiner Schwester zu gelangen. Schon im nächsten Moment machte Maya jedoch einen gewaltigen Satz, stellte sich ihm in den Weg und breitete abwehrend die Schwingen aus.

»Nicht«, zischte sie. »Es würde dir genauso ergehen. Ich werde sie holen.« Mit diesen Worten drehte sie sich um und schwang sich in die Luft. Nach wenigen Flügelschlägen ging sie in einen Gleitflug dicht über den unzähligen Blütenkelchen über. Mit ihren kräftigen Vorderklauen griff sie nach dem Mädchen und zog es mit sich in die Luft, bevor sie etwas an Höhe gewann und in einer

Kurve zum Hügel zurückkehrte. Dort landete sie und legte Jana behutsam im Gras ab. Sofort schob sie mit ihrer Schnauze die Hand des Mädchens fort, das sich mit schmerzverzerrter Miene den linken Knöchel hielt. Unter den beiseitegeschobenen Fingern kamen zwei runde, blutende Einstiche zum Vorschein. »Sie wurde gebissen«, stieß die Drachin verbittert hervor.

Simon ließ sich neben seiner Schwester ins Gras sinken und strich ihr beruhigend über einen Arm, während er die Wunde mit schreckgeweiteten Augen betrachtete. Hinter sich hörte er Katharina murmeln: »Wir müssen wissen, ob das Tier giftig war, damit wir ihr helfen können.«

»Ihr versteht nicht!«, zischte Maya, und allein die Tatsache, dass ihre Stimme zitterte, ließ Simon erschrocken zu ihr herumfahren.

»Was meinst du damit? Weißt du, was das war? Sag schon!«

Die Drachin seufzte schwer. »Als wir hier landeten, hatte ich das Gefühl, die Blumen zu kennen, obwohl ich noch nie hier gewesen bin. Irgendetwas sagte mir, dass Jana da besser nicht reingehen sollte. Jetzt erinnere ich mich wieder, mein Vater brachte einst einige der Blumen mit zu meiner Geburtshöhle, daher kenne ich das Aussehen und den Geruch. Sie heißen Tausendflügel und wachsen nur an diesem besonderen Ort.

Vor ewigen Zeiten, viele Drachengenerationen vor meiner Zeit, kamen Drachen hierher, wenn sie spürten, dass ihr Todeszeitpunkt nahte. Was ihr vor euch seht, ist ein gewaltiges Grab. Früher wurde der Boden hier morastig, sobald es zu regnen begann. Die Körper der toten Drachen sanken dann in den Boden ein, wo das Fleisch verweste, die Knochen jedoch erhalten blieben. Nach einer besonders langen Trockenperiode verlor das Erdreich jedoch seine Eigenschaften und die Drachen kamen nicht mehr hierher. Zu der Zeit entwickelten sich die Tausendflügel. Ihre Wurzeln sind so angelegt, dass sie tief genug in die Erde wachsen, um die Drachenknochen zu umschlingen und den darin enthaltenen Kalk zu absorbieren. Die Knochen wurden dabei nach und nach zersetzt, anschließend blieben nur noch hohle Röhren aus Wurzelgeflecht zurück.«

Maya machte eine kurze Pause, in der sie Jana verzweifelt anblickte. »Mit den Tausendflügeln entwickelten sich auch einige Tierarten. Eine davon lernte, die Gänge für sich zu nutzen und immun gegen das Pflanzengift zu werden. Der sogenannte Knöcherwaran lebt in kleinen Mulden und Höhlen zwischen den Blumen, wo seine Opfer ihn nicht sehen können, und legt seine Eier in den Wurzelgängen ab. Diese Reptilien sind äußerst aggressiv und ihr Gift ist tückisch. Sie beißen einmal zu, womit sie das Opfer mehr und mehr schwächen und erst in eine Art Wahnfieber fallen lassen, bevor es stirbt. Sie folgen dem Geruch, den ihr Speichel in Verbindung mit Blut erzeugt. Ist die Beute dann geschwächt und legt sich hin oder bricht zusammen, machen sie sich darüber her. Ich habe sogar gehört, dass es Knöcherwarane gibt, die sich im Inneren besonders großer Beutetiere verstecken und auf Aasfresser warten, um diese dann ebenfalls anzufallen.« Maya verstummte und blickte über das Blumenfeld hinweg, das vollkommen harmlos aussah.

Simon hatte mit wachsendem Entsetzen zugehört. »Wie lange braucht das Gift, um Jana zu töten?«, fragte er mit stockender Stimme. Maya wandte sich ihm wieder zu, Trauer funkelte in ihren Augen.

»Das kommt darauf an, wie stark ihr Körper sich gegen das Gift zur Wehr setzt. Einige Stunden, wenn es hoch kommt. Und ich weiß zwar, dass es ein Kraut gibt, das die Wirkung des Giftes weit genug abschwächen könnte, aber das wächst nur weiter im Norden und wir werden es niemals rechtzeitig finden.« Sie senkte bekümmert den Kopf.

Hinter ihnen begann Jana zu wimmern. »Simon, ich will nicht sterben!«, sagte sie kläglich. Ihr Bruder nahm ihre Hand und presste kurz die Augenlider fest zusammen. Erste Tränen rollten ihm über die Wangen, doch er wischte sie entschieden fort und fuhr zu Maya herum. »Wir müssen es versuchen! Es muss etwas geben, was wir tun können!«

»Lasst uns aufbrechen, sobald ich das Gift aus der Wunde gesaugt habe«, verkündete Katharina und kniete sich entschlossen neben Janas Füße.

»Das Gift verbreitet sich zu schnell, und wenn nur etwas davon in deinen Körper gelangt, könntest du selbst daran sterben!«, wandte Maya ein, dann blickte sie Simon verzweifelt an. »Egal, wie sehr wir uns beeilen, wir würden nicht einmal in die Nähe -«

»Maya!«, unterbrach Simon sie und spürte, wie seine Stimme zu brechen drohte. »Wir können sie doch nicht einfach sterben lassen! Es ist meine Schuld, dass sie hier ist, und ich werde dafür sorgen, dass sie wieder heil nach Taran zurückkehren kann!«

Die Drachin blickte ihm einen Moment lang stumm in die Augen, dann seufzte sie. »Du hast ja recht«, sagte sie leise. »Wir sollten uns aber keine allzu großen Hoffnungen machen, auch wenn ich fliegen werde, so schnell ich kann.«

»Ich natürlich auch«, setzte Maro hinzu. Er sah Katharina angespannt dabei zu, wie sie Blut und Gift aus Janas Wunde saugte und ins Gras spuckte. »Simon, hol ihr einen Wasserbeutel«, bat er dann hörbar beunruhigt.

Simon folgte der Aufforderung, doch als er sich neben Katharina hocken wollte und eher zufällig den Hügel hinab blickte, erstarrte er. Ein dunkelbrauner Reptilienkopf ragte zwischen den ersten Stängeln der Tausendflügel-Wiese hervor. Eine lange, gegabelte Zunge schoss aus dem Maul des Knöcherwarans, dann schob er einen Vorderlauf aus dem Blumenfeld heraus.

Maya war dem Blick ihres Seelengefährten gefolgt. »Weg hier!«, zischte sie drängend.

Simon drückte Katharina den Wasserbeutel in die Hand, schob sie in Richtung ihres Drachen und griff dann nach Janas Schultern und Kniekehlen. Ächzend zog er sie in die Höhe, setzte sie auf den Rücken seiner Seelengefährtin, die sich hilfsbereit auf den Boden presste, und stieg dann selbst auf. »Los jetzt!«, rief er, umklammerte seine Schwester und ergriff zugleich zwei von Mayas Halszacken.

Die beiden Drachen stießen sich beinahe gleichzeitig vom Boden ab und schossen in die Luft. Während der Hügel unter ihnen schrumpfte und die Blüten der Tausendflügel zu einem bunten Farbfleck verschwammen, warf Simon einen letzten Blick zurück, ehe er sich eng an Jana drückte. »Wir schaffen es«, flüsterte er ihr zu. »Keine Sorge, dir geschieht nichts!«

»Entschuldige«, gab seine Schwester nur elendig zurück. »Ich wollte dir doch helfen, anstatt Ärger zu machen!«

»Du hilfst uns doch«, murmelte Simon beruhigend. »Sieh nur, wie schnell wir vorankommen! Mach dir keine Gedanken.« Er musste schlucken, um die Tränen nicht wieder aufsteigen zu lassen. Er musste stark bleiben, damit sie nicht in Panik verfiel. So wiegte er sie einfach sanft in seinen Armen, wie er es früher bei ihr getan hatte.

Es dauerte eine ganze Weile, ehe Janas Wimmern verstummte und sie sich nur noch stumm, aber zitternd an Simon drückte. Auch das hielt jedoch nicht lange an. Kaum zwei Stunden nach dem Unfall begann sie, zunehmend lauter und angestrengter zu atmen. Urplötzlich gab sie ein leises Stöhnen von sich, dann sackte ihr Kinn auf ihre Brust und sie war wieder still.

»Jana?«, flüsterte Simon ihr zu. »Keine Sorge, alles wird gut. Halt nur noch ein bisschen durch. Hast du mich gehört? Jana?« Als er erkannte, dass das Mädchen das Bewusstsein verloren hatte, schluchzte er auf und verstärkte seinen Griff nur noch mehr.

»Sie hat ungewöhnlich lange durchgehalten für ihr Alter«, ließ Maya sich vernehmen. Ihre Stimme war durch den starken Flugwind nur schwer zu verstehen. »Sie ist eine Kämpferin, und noch ist nicht alles verloren.«

Sie schien noch etwas sagen zu wollen, doch im selben Moment wandte Maro den Kopf, blickte an Simon vorbei in die Ferne und unterbrach das Gespräch: »Achtung, wir kriegen Besuch!«

Simon wandte den Kopf und starrte in die Ferne. Durch den Tränenschleier konnte er nur einen Schemen in der Ferne ausmachen. Er wischte sich über die Augen, blinzelte mehrmals und sah dann erneut hin. Nun erkannte er, dass es ein Drache war, der sich ihnen näherte. Auf seinem Rücken saß jemand. »Schon komisch«, stellte er trocken und eher zu sich selbst gemurmelt fest. »Erst begegnen wir jahrelang nicht einem einzigen Drachen und nun wimmelt es regelrecht von ihnen.«

Der Drache hatte sie offenbar ebenfalls entdeckt, denn er legte an Tempo zu und steuerte direkt auf sie zu, obwohl sie sich von seiner ursprünglichen Flugrichtung fort bewegten. Seine dunkelroten Flügel schlugen schnell und kraftvoll, sodass es ihm gelang, Stück für Stück aufzuholen.

Simon bekam das alles nur durch die Zurufe von Katharina, Maya und Maro mit. Er selbst hob den Blick erst wieder von Janas besinnungsloser Gestalt, als von hinten ein Ruf an seine Ohren drang.

»Hey, ihr! Wohin so eilig? Ihr fliegt ja, als ob der Tod persönlich hinter euch her wäre!« Die Stimme gehörte zu einem Mädchen, und als er sich halb umdrehte, sah er die Reiterin. Sie musste ein wenig älter als er selbst sein und hatte lange, braune Haare. Auch bei dem Drachen handelte es sich trotz seines ungewöhnlich kräftigen Körperbaus offenbar um ein Weibchen.

Katharina hob die Stimme. »Entschuldige unsere Eile«, rief sie zu dem fremden Mädchen hinüber, während das Drachenweibchen sich neben Maya und Maro schob. »Wir haben einen Notfall und keine Zeit zu verlieren!«

Die tiefrot geschuppte Drachin legte noch einmal an Geschwindigkeit zu und schaffte es, endgültig auf gleiche Höhe mit Maya und Maro zu gelangen. Erst dann schrie die Fremde erneut gegen den Wind. »Was ist passiert?«

Maya wandte den Kopf und schien die neben ihr Fliegenden kurz abzuschätzen, ehe sie antwortete. »Das Mädchen auf meinem Rücken ist von einem Knöcherwaran gebissen worden. Wir versuchen, das Gegenmittel zu finden, ehe es zu spät ist.«

»Von einem Knöcherwaran?«, wiederholte die rote Drachin. Ihre Stimme klang tief und leicht kratzig. »Dann sucht ihr nach Gelbkraut, oder nicht? Wir haben etwas davon bei uns!«

Simon riss die Augen auf und starrte erst die Sprecherin, dann die fremde Jugendliche an. »Ist das wahr?«, rutschte es ihm über die Lippen, ehe er die Bedeutung des Gehörten vollständig begreifen konnte. »Könnt ihr Jana retten?«, wiederholte er lauter, damit die Fremden ihn über den Flugwind hinweg hören konnten.

»Wir können es zumindest versuchen«, gab die braunhaarige Reiterin zurück und deutete dann nach vorn. Ihre nächsten Worte konnte Simon nicht verstehen, aber er entdeckte eine Lichtung im Grün des Waldes. Die drei Drachen steuerten darauf zu und setzten kurze Zeit später auf dem Boden des auserkorenen Platzes auf.

Während Katharina in Maros Begleitung loslief, um Feuerholz zu sammeln, zog Simon seine Schwester vorsichtig von Mayas Rücken, bettete sie ins weiche Moos und blickte ihr ins Gesicht. Ihr Ausdruck verriet nichts von dem Kampf, den sie ausfocht. Sollte das wirklich Fieberwahn sein? Sie sah schmerzerfüllt aus, mit zusammengekniffenen Augen und Schweiß, der ihr von der Stirn perlte. Ihre Wangen waren leuchtend rot. Dennoch hätte Simon erwartet, dass sie sich wild hin und her werfen oder unter Krämpfen leiden würde. Die Vorstellung, dass seiner Schwester diese Tortur womöglich unmittelbar bevorstand, ließ ihn fast wahnsinnig werden. Am liebsten hätte er all seine Verzweiflung hinausgeschrien.

Als Katharina mit der ersten Fuhre Holz zurückkehrte und es zu einer Feuerstelle aufschichtete, zog die Fremde einen winzigen Kessel aus ihren Taschen hervor, außerdem mehrere Bündel herb riechender Kräuter. »Verstehst du etwas von Heilpflanzen?«, fragte sie Katharina, die sichtlich interessiert zusah. Als diese bejahte, fuhr die Fremde fort: »Da meine Gelbkrautvorräte getrocknet sind, gebe ich etwas mehr davon in den Sud, sicher ist sicher. Außerdem mische ich noch Lavendel und Kamille unter, da wir nicht wissen, welche Nebenwirkungen der Genesungsprozess haben könnte.«

Katharina nickte. »Schmerz- und krampflindernd.«

»Sehr gut«, lobte das fremde Mädchen, »dass Kamille auch krampflösend ist, wissen die Wenigsten. So, aber nun zu unserer Patientin.« Sie gab die Zutaten in den Kessel, schüttete aus einem Wasserbeutel etwas Flüssigkeit dazu, hängte das Ganze über das Feuer und begann dann, den Heiltrank mit einem wie aus dem Nichts hervorgezauberten, hölzernen Löffel umzurühren. Nachdem das Gebräu kurz gekocht hatte, nahm sie es vom Feuer, kippte etwas kaltes Wasser dazu und kniete sich dann neben Jana, deren Lippen mittlerweile fest zusammengepresst waren. Auf ihrer anderen Seite hockte noch immer Simon und beobachtete das Geschehen mit wilder Hoffnung.

»Hier«, meinte die Fremde und hielt ihm den leicht geschwungenen Löffel hin, »willst du es ihr selbst einflößen? Es ist wichtig, dass sie so viel wie möglich von dem Trank zu sich nimmt.«

Simon nickte, öffnete seiner Schwester sanft den Mund und begann ihr den heilenden Sud Schluck für Schluck zwischen die Lippen zu kippen. Er ging langsam vor, damit sie auch wirklich schluckte, anstatt die Flüssigkeit in die Luftröhre zu bekommen. Seine Hände zitterten dabei vor Anspannung.

Es dauerte eine gefühlte Ewigkeit, bis beinahe der gesamte Heiltrank zwischen Janas Lippen verschwunden war. Die unbekannte Retterin nahm Simon wortlos den Kessel ab und schob den Stoff von Janas Hose hoch. Der Knöchel des Mädchens war beinahe auf die doppelte Größe geschwollen und die Haut um die Bisswunde herum hatte sich lila verfärbt. Simon spürte bei diesem Anblick Übelkeit in sich aufwallen, doch er zwang sich, nicht wegzusehen.

Ihre Helferin betastete die Wunde kurz, woraufhin Janas Lippen ein gequältes Stöhnen entwich. Ihre Augen ruckten unter den fest geschlossenen Lidern wild hin und her. Die Fremde brach ihre Untersuchung sofort ab und holte stattdessen mit den Fingern die ausgekochten Kräuterbrösel aus dem Kessel hervor, die durch die Nässe aneinanderklebten. Diese Paste strich sie vorsichtig auf die Bisswunde. »Halt sie fest«, wies sie Simon knapp an, als Jana sich hin und her zu werfen begann. Er gehorchte wortlos und fixierte seine Schwester, während er erneut mit den Tränen kämpfen musste.

Als die Paste vollständig auf Janas Knöchel verteilt war, blickte die Jugendliche auf. »So, mehr können wir vorerst nicht tun. Den Rest muss sie alleine machen, und dazu braucht sie Ruhe. Wir sollten zurück ans Feuer zu deiner Kameradin und euren Drachen gehen. Ich habe mich auch noch überhaupt nicht vorgestellt.«

»Ich lasse sie nicht allein.« Simon griff nach Janas Hand und drückte sie sanft. Womöglich konnte sie es ja spüren. Gleichzeitig blickte er entschlossen zu der Fremden auf, die innegehalten und die Augenbrauen leicht hochgezogen hatte.

Katharina sprang auf und eilte an seine Seite. »Ist schon gut«, flüsterte sie ihm zu und zog ihn sanft, aber bestimmt auf die Beine. »Sie hat doch Recht, wir müssen abwarten. Lass uns Jana dichter ans Feuer legen, da hat sie es schön warm.«

Simon rang noch kurz mit sich, dann folgte er der Aufforderung, wenn auch widerstrebend. Fest griff er zwei Enden der Decke, auf der Jana lag. Katharina packte die anderen beiden, dann hoben die zwei das Mädchen hoch und trugen sie behutsam näher an die knisternden Flammen. Ihre Drachen rückten sofort beiseite und legten sich anschließend so hin, dass sie die Bewusstlose auf beiden Seiten flankierten.

Es versetzte Simon einen Stich, dass Jana keinerlei Reaktion zeigte. Ab und an entwich ihr ein leises Ächzen und sie zuckte unruhig, doch ansonsten schien nichts zu ihr durchzudringen. Am liebsten hätte er noch mehr des Heilmittels besorgt, es bis zur Erschöpfung gesucht und Jana so viel wie möglich davon eingeflößt.

Als hätte sie seine Gedanken erraten, stupste Maya ihn an und nickte ihm dann zu, sich niederzulassen. ›*Sie hat Recht, wir müssen abwarten*‹, hatte Katharina gesagt. Sie hatte dem Urteil der Fremden getraut. Sie glaubte, dass es genug von dem Heilmittel gewesen war, um Jana eine Chance zu geben.

Widerstrebend setzte Simon sich auf den leicht sandigen Boden. Sofort griff er wieder nach der Hand seiner Schwester und strich darüber. Gleichzeitig lehnte er sich trostsuchend an Mayas Vorderbein. Sie stupste ihn erneut an, diesmal tröstend. Katharina hatte sich bei Maro niedergelassen. Sie warf Simon ein aufmunterndes Lächeln zu, dann hob sie den Blick und spähte auf die andere Seite des kleinen Feuers, wo die fremde Drachin sich einen Platz gesucht hatte. Simon atmete tief durch, dann versuchte er sich zu konzentrieren. Zum ersten Mal besah er sich die unbekannten Retterinnen genauer.

Die braunen Haare der Fremden waren etwas mehr als schulterlang, sie war durchtrainiert und einige Jahre älter als Katharina und er. Ihre Drachenkameradin hatte dunkelrote Schuppen, die am Bauch in ein helles Braun übergingen. Hauchfeine, zartblaue Streifen ringelten sich an den Innenseiten ihrer Beine. Trotz dieser Farbenpracht sah sie nicht albern aus, sondern wirkte vielmehr wie eine routinierte Kämpferin.

Die Fremde hatte sich mittlerweile zu ihrer Drachin gesetzt. Nun begann sie zu erzählen. »Also, ich bin Sophie und das hier ist Minerva. Wir sind schon seit drei Jahren miteinander verpflichtet. Als wir uns kennenlernten, war ich sechzehn und sie gerade einmal wenige Monate alt.« Sie lächelte leicht. »Damals war sie noch sehr unbeholfen, sodass ich keine Gelegenheit hatte, Angst vor ihr zu bekommen. Sie brauchte sogar Hilfe bei der Jagd, um nicht abzumagern. Nur kurze Zeit später begann sie trotzdem, mich auf ihrem Rücken zu tragen, und trainierte fleißig, sodass sie so stark wurde, wie sie heute ist.« Ihre amüsierte Miene wich einer ernsteren. »Meine Eltern und die anderen Dorfbewohner haben nie gutgeheißen, dass ich mich um sie gekümmert habe, nachdem sie davon erfuhren. Sie wollten Minerva vertreiben, obwohl sie ihnen gar nichts tat.

Vor einigen Monaten kam dann ein wildes Drachenmännchen in die Nähe des Dorfes. Es war jung und übermütig, und schon nach kurzer Zeit überfiel es eine unserer Rinderherden. Der Hüter versuchte, den Drachen mit einem weiteren Burschen und seiner Tochter zu vertreiben – sie hielten ihn irrtümlich für Minerva, die sich bei Ärger sofort zurückzog, und als sie ihren Irrtum bemerkten, war es bereits zu spät. Er tötete die beiden Männer und stürzte sich dann auf das Mädchen. Gleichzeitig kamen Minerva und ich an der Weide an, und sie attackierte das fremde Drachenmännchen. Es gelang ihr, es mit ein paar bleibenden Verletzungen zu vertreiben, aber das Mädchen hatte zu tiefe Wunden erlitten. Als die restlichen Dorfbewohner gerade auftauchten, tat sie in meinen Armen ihren letzten Atemzug.«

Sophie hatte das alles berichtet, als würde sie von einer gefühllosen Angelegenheit sprechen, doch jetzt musste sie sichtlich schlucken, ehe sie fortfahren konnte. »Ich erzählte allen, was geschehen war, doch sie glaubten, Minerva hätte die schrecklichen Dinge in einem angeblichen Blutrausch nach dem Kampf mit dem fremden Drachen getan. Ich konnte sie nicht vom Gegenteil überzeugen, so sehr ich mich auch bemühte.

Sie verbannten Minerva aus dem Dorf und der gesamten Umgebung, und da ich mich nicht von ihr trennen wollte, ging ich mit ihr. Seitdem sind wir auf der Suche nach einem neuen Ort zum Leben, vielleicht einem etwas abgeschiedenen Tal, solange es nur frisches Wasser und genug Nahrung bietet. Leider sind wir bislang noch nicht fündig geworden.

Aber genug zu uns: Was ist mit euch?«

Die vier Freunde sahen sich an, bevor Simon das Wort ergriff. Erst nannte er seinen eigenen Namen, dann fuhr er fort: »Das sind Katharina, Maro und meine Verpflichtungspartnerin Maya. Das Mädchen, das ihr gerettet habt, ist meine Schwester Jana.« Anschließend erzählte er den beiden, wie er Maya kennengelernt und wie sie einige Zeit später auch noch auf Maro gestoßen waren. Als er von dem Angriff auf ihr Dorf erzählte, waren die Blicke der beiden Zuhörerinnen fest auf ihn gerichtet. Und als er die Klaue des Morero erwähnte, zischte Minerva grimmig. Sophie wandte sich ihr beunruhigt zu, dann ließ sie sich von Maya erklären, was es mit dem Machtartefakt auf sich hatte.

»… und jetzt sind wir zu fünft auf dem Weg in die Schwarzen Berge, um die Klaue zu finden, bevor Igor es tut«, beendete die Drachin schließlich ihre Erläuterungen und blickte die beiden ernst an. »Deshalb werden wir morgen früh auch zeitig wieder aufbrechen, sofern Janas Verfassung es zulässt. Versteht das bitte nicht falsch, wir können euch gar nicht genug danken dafür, dass ihr sie gerettet habt, aber wir haben es sehr eilig. Das ist nichts gegen euch.«

»Natürlich nicht«, nickte Minerva. »Wir verstehen schon.«

Da es schon so spät war, legten die vier Freunde sich kurz darauf zu Jana, um zu schlafen. Sophie und Minerva machten es sich ebenfalls für die Nacht bequem, jedoch in einigen Metern Entfernung.

Jana war noch immer bewusstlos und schien noch blasser zu sein als zuvor. Als Simon sie an sich drücken wollte, stöhnte sie gequält auf. Verzweifelt schmiegte er sich daraufhin eng an Maya, die ihm den Kopf zuwandte, diesen an seine Wange drückte und seinen Hals tröstend mit ihrer Zungenspitze berührte. Dann legte sie einen ihrer Flügel halb an, sodass er sich von allen Seiten an sie drücken konnte. So eng beieinander schliefen sie schließlich ein.

Mit zitternden Knien folgte Alexis seinem Vater zu der steinernen Tür, die in die Drachenhalle führte. Bevor er eintrat, überlegte er eine wahnwitzige Sekunde lang, sich einfach umzudrehen und fortzulaufen. Er wollte nicht sehen, wie Aron angekettet in der Ecke stand. Und er wollte nicht mithören, falls sein Geheimnis verraten wurde. Doch natürlich blieb ihm keine Wahl.

Als er die Halle betrat, blickten zwei Paar zu Schlitzen verengte Augen herüber, doch die Blicke waren auf seinen Vater gerichtet. Gleichzeitig begannen die beiden Drachen tief in der Kehle zu knurren. Das Grollen hallte von den Wänden wider und durchdrang Alexis. Er schüttelte sich unwillkürlich.

»Ruhe!«, donnerte Igor. Meteor verstummte sofort und duckte sich in seinen Ketten wie ein geschlagener Hund. Der Silberdrache jedoch rüttelte weiter an seinen metallenen Fesseln. Der Mann fuhr zu seinem Sohn herum. »Bring ihn zum Schweigen! Sobald du gelernt hast, ihm ordentlich zu befehlen, musst du ihn zwingen, auch mir zu gehorchen. Sonst verweichlicht er am Ende noch.«

Alexis unterdrückte ein Schlucken und räusperte sich. »Hör auf!«, rief er dann und brachte den Befehlston nur mit Mühe zustande. Tatsächlich hielt Aron sofort inne und senkte den Kopf, so weit die Fesseln es ihm erlaubten.

»Geht doch«, brummte Igor und griff nach dem scharfen Gebiss mit den metallenen Zügeln, mit denen er Meteor ritt. »Und nun beeil dich, wir stellen deinen Drachen auf die Probe.«

Alexis glaubte, sein Herz müsse zu schlagen aufhören. »Ihn auf die Probe stellen?«, wiederholte er bemüht neutral.

»Ja, wir suchen uns ein Dorf in der Nähe und erinnern sie daran, ihre Abgaben immer schön pünktlich zu zahlen. Wollen wir doch mal sehen, was dieses Silberfeuer taugt.«

»Aber Vater!«, rutschte es Alexis heraus, ehe er sich bremsen konnte. Sofort setzte er ein gleichgültiges Gesicht auf, verbarg seine wahren Gefühle und improvisierte. »Ich bin mit ihm noch nicht geflogen, als er in Vollbesitz seiner Kräfte war. Es wäre eine Schande, wenn er aufbegehren würde, weil er noch nicht verstanden hat, wer sein Herr ist. Wie würde das aussehen?« Er spürte, wie sich der Blick des Silberdrachen in seine Seite brannte.

Einige endlose Sekunden lang legte sich Schweigen über den Raum. Hinter seiner Fassade spürte Alexis, wie sein Herzschlag wieder einsetzte und sein Plus zu flattern begann.

»Nun gut«, erklang schließlich Igors Antwort. »Wenn du zu schwach bist, um seine Gegenwehr auf Anhieb zu unterdrücken, dann geh gefälligst da raus und übe mit ihm. Morgen will ich Ergebnisse sehen!« Mit diesen Worten schleuderte er das Trensenstück gegen die Wand, von wo aus es laut klirrend zu Boden fiel, und lief zum Gitter, um es zu entriegeln.

Alexis fühlte sich, als habe er einen Schlag ins Gesicht erhalten, doch zugleich war er erleichtert über den Aufschub. Dennoch wusste er, dass er noch ein anderes Problem zu bewältigen hatte. Nur zögerlich ergriff er seine eigenen Zügel, die noch neu und nicht die Spur abgenutzt waren, und trat damit auf Aron zu.

Der Silberne blickte ihm entgegen, den Blick fest auf ihn gerichtet. War das Groll in seinem Blick oder nur das stumme Abwarten, bis die Ketten gelöst waren? Mit zittrigen Fingern entsicherte Alexis die erste Kette, zog sie von den Schultern des Drachen und schnallte das Geschirr wieder so, wie es für einen Flug sitzen musste. Dasselbe wiederholte er, bis alle metallenen Fesseln gelöst waren und sein Gegenüber ungebunden vor ihm stand.

Die ganze Zeit über hatte Aron sich nicht bewegt. Nun zuckten seine Flügel ganz leicht und er schob den Kopf in Richtung des Jungen. Der wich beklommen einen Schritt zurück, doch der Silberne öffnete das Maul und verharrte dann wieder. Er erwartete das Gebiss.

Alexis musste schlucken, als er das scharfe Metallstück in das rosafarbene Maul schob und dann mit einigen Lederriemen am

Kopf fixierte. Anschließend legte er vorsichtig die Zügel auf dem Halsansatz nieder, sodass sie locker durchhingen, und zeigte mit der Hand auf den Boden. »Runter.« Das Wort blieb ihm beinahe in der Kehle stecken.

Auch dieses Mal befolgte der Silberdrache den Befehl ohne Widerstand und kauerte sich auf dem Boden, bis sein vermeintlicher Herr aufgestiegen war. Anschließend erhob er sich wieder, und ein hauchzartes Zupfen am linken Zügel genügte ihm, um sich umzuwenden und mit langsamen Schritten zum Durchgang zu gehen, der auf die Plattform hinaus führte.

Als er Igor passieren wollte, griff dieser plötzlich ohne Vorwarnung nach den Zügeln und riss sie einmal kräftig nach unten. Aron brüllte auf und zuckte zurück. »Damit du lernst, wo dein Platz ist«, knurrte der Mann.

Alexis war erschrocken zusammengezuckt. Dieses Mal gelang es ihm nicht, sich sofort wieder hinter seine Fassade zu flüchten. Stattdessen drückte er dem Drachen die Fersen in die Seiten und betete, dass dieser dem Kommando Folge leisten würde. Alles war besser, als in diesem Moment hierzubleiben.

Tatsächlich machte der Silberne einen Schritt, der den steinernen Boden erzittern ließ, dann noch einen. Dann war er halb durch den Durchgang hindurch, sprang mit einem Satz auf die kleine Plattform hinaus und katapultierte sich in die Luft. Seine Schwingen flappten auf, schlugen kraftvoll und schnell, während sie ihn von der Festung forttrugen.

Alexis saß mit aufgerissenen Augen reglos auf dem Drachenrücken und klammerte sich am Geschirr fest, bemüht, bloß keine Spannung auf die Zügel kommen zu lassen. Sein Blick huschte zu den Lederriemen, mit denen er seine Beine festbinden konnte. Sollte er es wagen, eine Hand zu lösen und zu versuchen, die Halter zu schließen? Es gelang ihm nicht, sich dazu zu überwinden, und so hielt er einfach weiter die Hauptstränge des Geschirrs fest und betete, dass der Drache ihn nicht abwerfen würde.

Es vergingen mehrere Minuten, in denen die Landschaft in atemberaubendem Tempo unter ihnen vorbeizog. Die endlos tief erscheinende Schlucht, über der die Festung erbaut worden war, lag bereits weit zurück, als der Drache sich tiefer sinken ließ und schließlich in einer kleinen Senke landete, in deren Umkreis sich keine Spur irgendwelcher Menschen entdecken ließ. Dort legte er die Flügel an, tat ein paar Schritte und schüttelte dann unwillig den Kopf. »Was für ein niederträchtiges Werkzeug. Und sprechen lässt es einen auch nicht!« Alexis hielt es für klüger, weiterhin regungslos sitzen zu bleiben und keine Aufmerksamkeit auf sich zu lenken, doch das half ihm natürlich nicht. »Nimm es raus«, grollte Aron und peitschte mit dem Schwanz.

Alexis wäre beinahe vornüber zu Boden gestürzt bei dem hektischen Versuch, abzusteigen. Mit weichen Knien trat er vor den Silberdrachen, löste die Schnallen der Trense und zog das Gebiss aus dem ihm dargebotenen Maul. Blut klebte daran und befleckte auch die helle Drachenzunge. »Es tut mir leid«, flüsterte er wie betäubt, während das Blut in seinen Ohren zu rauschen begann und sein Kopf sich einen kurzen Moment lang seltsam hohl und gepresst zugleich anfühlte.

Ein kurzes Schnauben erklang als Antwort auf seine Worte. »Nicht du hast diese Wunde verursacht.« Der Drache stieß ein weiteres Mal stoßweise Luft aus seinen Nüstern. »Und du guckst ja immer noch, als würde ich dich jeden Moment auffressen.«

Zögerlich hob Alexis den Blick von dem kalten Metall in seiner Hand. Aron schaute ihn abschätzend an, dann blinzelte er. Als seine Augenlider sich wieder hoben, war sein ganzer Ausdruck mit einem Mal offener, und auch seine Stimme klang milder.

»Herrje, atme einmal tief durch, und dann nimm mir dieses schreckliche Geschirr ab oder lockere es wenigstens. So etwas will doch keiner ohne Unterlass tragen!«

Alexis konnte nicht anders, als den Silberdrachen mehrere Sekunden lang ungläubig anzustarren. Erst dann gab er sich einen Ruck und begann damit, Schnalle um Schnalle des Geschirrs zu öffnen. Ein kräftiger Zug beförderte dieses anschließend zu Boden.

»Ah, das ist besser.« Das Drachenmännchen setzte sich in Bewegung und scheuerte sich an dem einzigen kleinen Bäumchen, das in der Nähe wuchs und unter den Bewegungen erzitterte. »Es hat mich schon überall gejuckt.«

Aron rieb seine geschuppte Haut mehrere Minuten lang ausgiebig an der Rinde des Schösslings, ehe er zu dem Jungen zurückkehrte und sich ins Gras sinken ließ. »So«, sagte er dabei, »nun können wir reden.«

Alexis schüttelte voller Unverständnis den Kopf. »Ich begreife es nicht«, sagte er mit dünner Stimme. »Warum?« Er wusste selbst nicht genau, was er mit in dieses Wort einschloss - womöglich einfach alles. Der Silberdrache schien jedoch zu verstehen, was er meinte.

»Warum ich dich nicht getötet habe?«, präzisierte er an seiner Stelle. »Warum ich so getan habe, als wäre ich unterworfen, und dieses Spiel deinem Vater gegenüber die ganze Zeit über aufrecht erhalten habe?« Als der Junge nur stumm und nahezu hilflos nickte, seufzte Aron. »Vielleicht solltest du es dir auch bequem machen und wir noch einmal ganz in Ruhe reden, ohne dass ich dich bedrohe oder wir unterbrochen werden. In Ordnung? Wie viel Zeit bleibt uns, bis dein Vater deine Rückkehr erwartet?«

Alexis wusste nicht, was er antworten sollte. War es vielleicht sicherer, einen extra kurzen Zeitraum zu nennen? Als die Sekunden sich jedoch hinzogen und er keine Antwort auf seine stumme Frage fand, entschied er sich für eine ehrliche Einschätzung. »Nicht mehr als zwei Stunden«, mutmaßte er und setzte sich vorsichtig auf den grasbewachsenen Boden.

»In Ordnung, also bleibt uns ungefähr eine Stunde, wenn wir die Zeit nicht völlig ausreizen wollen. Das sollte für das Gröbste genügen.« Der Silberdrache sah in den Himmel, während er nachzudenken schien, dann richtete er den Blick wieder auf Alexis. »Ich sollte vermutlich anfangen. Also: Ich habe dich nicht getötet, weil ich schon bei dem Ritual merkte, dass du offenbar gegen deine eigenen Vorstellungen handeltest und das alles in Wahrheit überhaupt nicht tun wolltest. Außerdem halte ich nichts davon, Menschen zu töten. Durch den Verlauf dieser Unterwerfungssache konnte ich mir aber zumindest ungefähr vorstellen, was das Ritual eigentlich hätte bewirken sollen. Und da ich erst einmal genauer wissen wollte, was los war, habe ich zunächst so getan, als wäre ich willenlos. Ich wusste ja auch nicht, ob mich jemand verfolgt hätte, sonst wäre ich sofort geflohen. Und ich gebe zu: Es interessierte mich auch, weshalb du Dinge tust, gegen die du dich offensichtlich sträubst.

In der Festung war ich dann entsetzt darüber, was mit dem anderen Drachen geschah und wie dein Vater mit ihm umging. Ich hätte fliehen können, als du das Gitter öffnen wolltest, ja, aber ich hätte ihn zurücklassen müssen. Außerdem hätte es für dich offenbar schlimme Konsequenzen gehabt, und ich war mir nicht sicher, ob ich das zulassen wollte. Deshalb habe ich beschlossen, das Tarnspiel aufrechtzuerhalten. Der andere Drache hat nicht einmal mit mir reden wollen.«

»Meteor redet fast nie«, bestätigte Alexis mit gesenktem Kopf. Er konnte den Blickkontakt zu dem mächtigen Silberdrachen einfach nicht halten.

»Aber warum nicht? Und was für ein grausamer Mensch ist dein Vater, dass er solche Methoden nutzt? Was hat er vor?« Alexis hätte sich am liebsten ganz klein gemacht, und Aron setzte hinzu: »Er ist dein Vater, entschuldige. Aber ich habe nicht das Gefühl, als stündet ihr euch nahe.«

Alexis musste schlucken. Erst, nachdem er mehrmals tief durchgeatmet hatte, konnte er leise und stockend antworten. »Mein Vater war schon immer so … machtbesessen. Erst hat er nur die Dörfer in unmittelbarer Umgebung unterdrückt und zu Abgaben gezwungen, dazu brauchte er nur sein Gefolge. Als er an diesen dunkelmagischen Stein kam, fing und unterwarf er Meteor, um seinen Einflusskreis zu vergrößern. Zwei Jahre später war ich alt genug, um von ihm mehr und mehr eingebunden zu werden. Er ist kein Mann, dem man widerspricht oder an dessen Befehle man sich nicht hält. Er gab Meteor die Anweisung, auch meinen Befehlen zu gehorchen, und brachte mir bei, wie man Worte mit Macht ausspricht.

Und jetzt, naja … er hat in alten Schriften Hinweise auf ein Artefakt gefunden, das es ihm erlauben würde, eine große Menge an Menschen überall im Land seinem Willen untertan zu machen.

Deshalb war es seiner Meinung nach an der Zeit, dass ich ebenfalls einen Drachen erhalte. Außerdem hat er Truppen seiner Gefolgsleute ins ganze Land entsandt, um alles möglichst schnell unter seine Kontrolle bringen zu können, sobald er diesen Gegenstand gefunden hat.«

Als er nicht weitersprach, schnaubte der Silberdrache laut. »Und wie stehst du zu alldem?«

Alexis gab ein abgehacktes Geräusch von sich, das beinahe wie ein ironisches Lachen klang. »Ich musste schon vorher wehrlose Menschen in seinem Namen angreifen«, antwortete er bitter. »Ich musste sie in Angst und Schrecken versetzen, verletzen, in Verzweiflung stürzen und ihre Häuser anzünden. Ich musste Angreifertrupps anführen, die an einigen Dorfbewohnern ein Exempel statuiert und sie erschlagen haben. Und jetzt will mein Vater sich noch weiter steigern, immer und immer mehr. Wie sollte ich dazu wohl stehen?« Erst, als die Worte bereits heraus waren, wurde er sich wieder bewusst, wen er vor sich hatte.

»Wieso redest du eigentlich konsequent mit dem Gras vor deinen Knien, anstatt mich anzusehen?«, fragte Aron anstelle einer zornigen Reaktion. Alexis hob zögernd den Kopf und überwand sich, in die eisgrauen Augen zu schauen. Dieses Mal ließ der Silberdrache ihn den Blickkontakt nicht wieder abbrechen. »Wieso machst du bei alldem mit, anstatt zu fliehen?«, fragte er leise und ernst.

Ein Schauern überlief Alexis, kroch seine Arme hinab und ließ seine Finger kribbeln. Jetzt hatte er bereits zu viel gesagt, und doch waren da diese hellen Augen, die ihn beobachteten und festhielten. Er konnte nicht mehr zurück. »Er würde mich finden«, sagte er wahrheitsgetreu. »Er würde mich verfolgen und bestrafen, egal, wie weit oder wohin ich laufe.«

»Du hast das gestern wirklich ernst gemeint, dass es womöglich besser wäre, dich zu töten. Zumindest in dem Moment.« Es war keine Frage, sondern eine Feststellung.

»Ja«, gestand Alexis mit dünner Stimme.

Arons Augen waren unverändert und reglos geblieben, doch nun blitzte darin etwas auf. Er gab keinen Laut von sich, als er sich erhob und mit wenigen Schritten den Abstand zwischen den beiden überwand. In diesem Moment gelang es Alexis, den Blickkontakt zu unterbrechen, und er riss panisch den Kopf beiseite.

Im nächsten Moment war da warme Drachenhaut, die ihn von allen Seiten zu umgeben schien. Der Silberdrache rollte sich eng um ihn herum, sodass er sich kaum noch rühren konnte, und schirmte ihn nach oben hin mit einem Flügel von der Außenwelt ab.

»Ich kann nicht begreifen, wie du über Jahre hinweg all das ertragen konntest, noch zudem offenbar ganz allein. Hat dich nie jemand unterstützt? Dir Kraft gegeben und dich ermutigt, durchzuhalten?«

Alexis hörte die Stimme gedämpft, konnte aber nicht sagen, wo genau sich Arons Kopf befand. Auf jeden Fall außerhalb der lebendigen Kugel, in deren Mitte er sich befand. Im ersten Moment war er zu geschockt, um zu antworten, konnte nur die silbergraue Schuppenhaut überall um ihn herum anstarren. »Nein«, krächzte er dann.

»Und was ist mit Meteor? Ich vermute, ihn zu befreien und weit genug von der Festung fort zu dirigieren wird ihn nicht von dem Bann befreien, oder?«

»Nein.« Alexis hätte beinahe aufgeschrien, als erneut Bewegung in die lebendige Mauer um ihn herum kam. Vor ihm kam wieder Gras in sein Sichtfeld, doch im selben Moment legte sich eine Klaue von hinten auf seine linke Schulter und ließ ihn vergessen, wie man atmete.

»Leg mir das Geschirr wieder an«, sagte Aron ruhig. »Ich werde einen Weg finden, Meteor zu befreien und deinem Vater Einhalt zu gebieten, auch wenn ich dafür vorspielen muss, ein Sklave zu sein.« Die Klaue schloss sich ein klein wenig fester um Alexis‘ Schulter. »Und wenn du nie jemanden hattest, der auf deiner Seite war, werde ich das nun sein.«

IN DER WÜSTE

Früh am nächsten Morgen wurde Simon davon wach, dass Maya ihn in die Seite stieß. Er blinzelte sie müde an. Die ganze Nacht über hatte er nur unruhig schlafen können und war zwischendurch immer wieder aufgewacht, nur um feststellen zu müssen, dass Jana weiterhin bewusstlos war.

Jana! Sofort war seine Müdigkeit vergessen. Hektisch richtete er sich auf und beugte sich über seine Schwester. Am liebsten hätte er seine Freude laut hinausgeschrien, als er sah, dass die Augenlider flackerten, während die Farbe in ihr Gesicht zurückgekehrt und jedes Anzeichen von Schweiß von ihrer Stirn verschwunden war. Voller Hoffnung griff er nach ihrer Hand. »Jana? Hörst du mich?«

Ihre Augenlider flackerten stärker, dann hoben sie sich. Einen Moment lang blinzelte sie verwirrt, dann fokussierte ihr Blick sich auf ihn. »Simon, wo sind wir? Bin ich tot?«

»Nein«, antwortete er, während ihm Freudentränen in die Augen traten. »Nein, du lebst! Wir sind weit weg von den Tausendflügeln, dir wird nichts mehr passieren.«

Auch Maya, Katharina und Maro drängten sich nun vorsichtig um seine Schwester, um sie zu begrüßen. Die fixierte plötzlich jedoch etwas hinter ihnen und legte verwirrt die Stirn in Falten. »Wer ist das?« Simon drehte sich verwundert um.

Unbemerkt war Sophie herangekommen. Jetzt trat sie vor, hockte sich neben das Mädchen und lächelte leicht. »Hallo, ich bin Sophie und mit meiner Drachin Minerva hier. Ich hatte durch Zufall das Heilkraut bei mir, das du so dringend brauchtest, und habe dir daraus einen Trank gekocht. Wenn du heute noch einmal davon trinkst und dich ein paar Tage lang schonst, solltest du bald wieder so stark sein wie vor dem Biss.«

Jana schien von diesen Worten beruhigt und lächelte ihre Retterin dankbar an. Anschließend versuchte sie sich aufzurichten. Es gelang ihr nur mit Mühe, und fast wäre sie wieder nach hinten gekippt. Simon wollte schon nach ihr greifen, doch Maya war schneller und drückte den Kopf stützend gegen den Rücken des Mädchens. Er musste unwillkürlich lächeln, als seine Schwester sich umdrehte und die blau geschuppte Drachin umarmte. »Oh, Maya! Danke für alles, was du getan hast! Ohne dich wäre ich verloren gewesen!«

Die Drachin lachte gutmütig. »Na, nun übertreib mal nicht, jeder von uns hat doch alles gegeben, um dir zu helfen. Außerdem könnte Simon eifersüchtig werden, wenn du dich nur bei mir bedankst und nicht bei ihm.« Sie zwinkerte verschmitzt.

»Simon«, schaltete er sich ein, »kann euch hören und denkt vielmehr daran, wie seine kleine Schwester für die Schonzeit ruhigzustellen sein könnte.«

»In der Luft kann sie nicht viel anstellen«, meinte Maro amüsiert, dann wurde er wieder ernst. »Und es wird wirklich Zeit, dass wir aufbrechen. Wir haben einen halben Tag aufzuholen und noch einen weiten Weg vor uns.«

Am Vorabend hatte niemand auch nur einen Gedanken daran verschwendet, die Taschen zu öffnen, daher war nun schnell wieder alles bereit für den Abflug. Die Freunde drehten sich Sophie und Minerva zu, die sich in den vergangenen Minuten zurückgezogen und leise miteinander diskutiert hatten. Simon trat ein Stück vor und nickte den beiden zu. »Ich kann euch gar nicht genug danken für das, was ihr für Jana getan habt. Ihr wart ihre Rettung, und das werde ich nicht vergessen. Nun aber müssen wir weiter, die Zeit drängt.« Er wollte noch etwas sagen, doch ein schwer zu deutendes Lächeln erschien auf Sophies Zügen und ließ ihn innehalten. Diese Gelegenheit nutzte sie, um etwas zu erwidern.

»Ja, ihr müsst weiter – und wenn ihr nichts dagegen habt, würden wir euch gerne begleiten. Auf der Suche nach einem neuen Ort zum Leben hatten wir bislang keinen Erfolg, aber wenn wir euch helfen, können wir wirklich Gutes bewirken, anstatt nur auf unser eigenes Wohl zu achten. Und wer weiß, vielleicht finden wir ja unterwegs einen Ort, an den zurückzukehren es sich lohnt.«

Die Gefährten waren überrumpelt. Mit dieser Bitte hatte keiner gerechnet. Fragend blickten sie einander an, es benötigte in diesem Moment keine Worte, um sich zu verständigen. Schließlich war es wieder Simon, der für alle sprach.

»In Ordnung, du kannst dich uns gerne anschließen. Sollte es doch zu einer Konfrontation kommen, können wir jede Hilfe gebrauchen, die sich uns bietet, außerdem ist es wahrscheinlicher, dass wir die Klaue des Morero finden, wenn wir eine größere Gruppe sind.«

»Es gibt aber zwei Bedingungen«, schaltete Jana sich ein, die bereits auf Mayas Rücken sah. Die verwirrten Blicke ihrer Freunde ignorierte sie.

Sophie sah sie ernst an. »Und die wären?«

»Erstens: Du musst uns mehr von dir erzählen. Ich weiß noch überhaupt nichts über dich.«

»Gut. Und die zweite?«

»Du musst mir eine Gelegenheit geben, mich bei dir zu bedanken.«

Ein leichtes Schmunzeln erschien auf Sophies Lippen und sie nickte. »In Ordnung, ich denke, damit kann ich leben.« Sie griff nach ihrer Tasche, legte sie über Minervas Schultern und sprang dann auf den Rücken der Drachin. Auch Simon und Katharina stiegen auf und die drei Drachen erhoben sich in die Luft.

Während die Drachen unermüdlich weiterflogen, döste Jana immer wieder für eine Weile weg. Der Kampf gegen das Gift hatte sie geschwächt. Zum Nachmittag hin wurde sie jedoch munterer, und dann gab es kein Halten mehr. Wie ein Wasserfall strömten die Fragen aus ihrem Mund. Dass sie durch den Flugwind beinahe schreien musste, schien sie nicht zu stören, und auch von Simon ließ sie sich nicht bremsen.

Sophie antwortete ihr dennoch geduldig. Sie erzählte noch einmal, wie sie Minerva aufgepäppelt hatte, wie es zum Kampf gekommen war und sie sich daraufhin entschieden hatte, mit der Drachin fortzugehen.

»Und deine Familie?«, fragte Jana fassungslos nach. »Hat die das einfach zugelassen?« Simon ahnte, dass diese Frage das Gespräch in eine heikle Richtung drängen würde, doch es war bereits zu spät, um seine Schwester zu stoppen.

Tatsächlich verdunkelten Sophies Züge sich schlagartig. »Meine Mutter«, meinte sie langsam und mit einem seltsamen Unterton in der Stimme, »hat sich nach dem Tod meines Vaters ohnehin kaum noch für uns interessiert. Und meine Brüder …« Sie atmete tief durch. »Ja, sie wollten mir helfen, als die Dorfältesten die Verbannung aussprachen. Sie waren überzeugt, dass ich keine Schuld trug – Minerva aber schon. Ihrer Ansicht nach war sie in eine Art Blutrausch verfallen. Sie meinten, ich hätte die Kontrolle über sie verloren. Sofern ich die denn jemals gehabt hätte.« Ein bitterer Unterton hatte sich in ihre Stimme geschlichen.

Die rot geschuppte Drachin wandte ihr den Kopf zu. »Sie hatten Angst vor mir«, sagte sie sanft. »Das ist doch ganz natürlich. An dich haben sie fest geglaubt.«

»Stimmt.« Sophie lachte freudlos auf. »Sie glaubten an mich, nicht aber meinen Worten. Sie haben mich behandelt, als wüsste ich nicht, was ich sage!«

»Vielleicht sollten wir das Thema erst einmal ruhen lassen«, bemerkte Simon vorsichtig. »Es scheint dich sehr stark aufzuregen, und es bringt doch nichts, wieder und wieder über das Vergangene nachzudenken, wenn man doch nichts an der Situation ändern kann.« Fast rechnete er mit Gegenworten, doch die Jugendliche seufzte nur und senkte den Blick auf den Halsansatz ihrer Drachin.

»Du hast ja recht«, meinte sie mit leiser, unverkennbar kummervoller Stimme.

Jana schien etwas einwenden zu wollen, doch Simon schloss die Hand fest um ihren linken Unterarm und gab ihr so ein Zeichen, still zu bleiben. Für die nächsten Minuten legte sich ein bedrücktes Schweigen über die Gruppe, während sie weiter in Richtung Norden flogen.

Es dauerte eine ganze Weile, bis Sophie den Kopf wieder hob. »Tut mir leid«, meinte sie entschuldigend, »das Thema ist ein wunder Punkt bei mir.«

»Ich hätte nicht fragen dürfen«, gestand Jana zerknirscht ein und hatte es plötzlich eilig, sich etwas Dreck von den Fingern zu reiben.

»Das ist schon in Ordnung«, meinte die Jugendliche, auch wenn ihr Lächeln eher gequält als aufmunternd wirkte. »Vergessen wir es einfach. Mir ist gerade noch etwas eingefallen. Kennt ihr die Gegend hier und wisst, was euch im Norden erwartet?«

Simon kramte seine abgezeichnete Karte hervor. »Hier steht etwas von einer Felsenlandschaft«, meinte er. »Was soll damit sein?«

»Es sind nicht einfach nur Felsen«, erklärte die Gefragte und schüttelte leicht den Kopf. »Es ist eine Wüste, eine Wüste komplett aus Stein. Offenbar sollen die Temperaturen dort sehr heiß sein und Wasser rar, wir müssen also auf jeden Fall unsere Trinkvorräte auffüllen. Was aber viel wichtiger ist: Bei mir im Dorf habe ich oft eine alte Geschichte über diese Steinwüste gehört. Es heißt, um sie zu durchqueren, müsse man besondere Vorbereitungen treffen. An den Rändern der Wüste soll es eine sonderbare Hasenart geben. Nur, wer ihr Fleisch in ausreichender Menge isst, kann das andere Ende der Steinwüste erreichen. Wer einfach so aufbricht, wird angeblich von Krämpfen und unsäglichen Schmerzen befallen.

Ich weiß nicht, wie viel an dieser Geschichte dran ist, aber sie wird nicht ohne Grund entstanden sein. Ich denke, wir sollten uns am Rand der Steinwüste nach diesen Hasen umsehen. Es kann ja nicht schaden, sich vorzubereiten.«

»Ich habe nie davongehört«, meinte Maya. »Allerdings war ich auch noch nie selbst in dieser Gegend. Gut, dass du dich daran erinnert hast. Ich denke auch, dass wir nach diesen Hasen Ausschau halten sollten. Selbst wenn wir auch ohne ihr Fleisch ans andere Ende dieser Steinwüste gelangen könnten, müssen wir unser Glück ja nicht herausfordern. Und gegen eine kleine Mahlzeit ist auch nichts einzuwenden.«

»Ist sie das schon?«, frage Simon nur wenige Minuten später überrascht. Am Horizont hatte er eine dunkle Linie erspäht. Wäre sie nicht so farblos gewesen, hätte es sich um ein weiteres Feld von Tausendflügel-Blumen handeln können, doch der sichtbare Streifen schien tiefgrau und unregelmäßig gezackt zu sein.

»Gut möglich«, bestätigte Minerva mit ihrer tiefen, kratzigen Stimme. »Lasst uns nachsehen.« Sie beschleunigte ihren Flügelschlag.

Je näher die Gefährten der dunklen Fläche kamen, desto mehr gräuliche Spitzen und kleine Gipfel konnte Simon ausmachen. Wie Sophie angekündigt hatte, schien die Landschaft gänzlich aus Stein zu bestehen. Simon hielt die vielerorts aus dem Boden ragenden Erhöhungen erst für kleine Berge, doch als sie näherkamen, erkannte er, dass die meisten nur wenige Dutzend Meter hoch sein mochten und damit allenfalls als Hügel durchgingen. Dennoch war die weite, graue Landschaft irgendwie beeindruckend und auch ein wenig erdrückend - und dabei hatten sie sie noch nicht einmal betreten. Ein Stück vor Beginn der Wüste schlängelte sich ein schmaler Fluss durch die Landschaft, an dessen Ufer das Gras dick und saftig wuchs. Dort landeten die drei Drachen.

»Das sieht nach einem idealen Ort für diese Hasen aus«, bemerkte Maya und prüfte die Luft. »Ich kann hier auch einige fremde Gerüche wahrnehmen, vielleicht gehört einer davon zu ihnen. Lasst uns mit der Suche beginnen.«

Gesagt, getan. Simon nickte Jana zu, mit ihm gemeinsam zu suchen. Katharina tat sich nach kurzem Zögern mit Sophie zusammen. In Zweierteams machten sie sich auf die Suche, unterstützt von den Drachen, die getrennt durch das saftig grüne Gras stapften und jede Geruchsspur prüften, die sie fanden. Dabei verteilten sie sich entlang des Bachufers, um eine möglichst große Fläche absuchen zu können.

Die Drachen fanden immer wieder Spuren, die sie zu verfolgen versuchten, zumindest vermutete Simon das. Doch die Minuten verstrichen, ohne dass sie etwas Interessantes zu erschnüffeln schienen.

Simon konzentrierte sich wieder auf die eigene Suche. Gemeinsam mit Jana hielt er nach Mulden Ausschau und bog die niedrigen Zweige etlicher Büsche zurück, um nach Spuren von Hasen oder sonstigen Tieren Ausschau zu halten. Ein paar Vögel flogen ins Freie und stoben beim Anblick der Drachen entsetzt davon, doch das war auch schon alles.

Aus den Minuten wurde eine Viertelstunde, dann eine halbe. Noch immer war niemand aus der Gruppe fündig geworden. »Vielleicht leben sie doch woanders?«, fragte Jana schließlich zaghaft. Der Ton ihrer Stimme ließ Simon aufhorchen und sich nach ihr umblicken. Ihre Augen wirkten leicht glasig und sie blinzelte auffällig langsam, als wäre sie gar nicht ganz da.

»Schwesterchen, du solltest dich hinsetzen«, meinte er besorgt und lief auf sie zu. Sie folgte seiner Aufforderung offenbar nur zu gern und ließ sich auf einen umgestürzten, alten Baumstamm sinken.

Im nächsten Moment ertönte ein Knacken, und ehe jemand reagieren konnte, zersplitterte die alte Rinde und Jana rutschte halb in die entstandene Lücke, links und rechts von sich noch die Reste des morschen Stammes. Sie blickte reichlich erschrocken drein, doch dann weiteten sich ihre Augen sogar noch mehr. Hektisch versuchte sie, sich vom Boden in die Höhe zu ziehen, und unter ihr kamen die morschen Holzstücke und die lose Erde in Bewegung. Im nächsten Moment wühlte sich etwas ins Freie, zwängte sich zwischen dem Baumstamm und ihr hindurch und sprang auf Simon zu.

Er sah graubraunes Fell und lange Ohren und versuchte reflexartig, nach dem Wesen zu schnappen, doch es schlug einen Haken und wich ihm mühelos aus. Er fuhr herum, aber schon im nächsten Moment erlag das flüchtende Tier Maros mächtigen Kiefern.

Jana erschien an der Seite ihres Bruders. »Habe ich einen gefunden?«, fragte sie ein wenig verwirrt.

»Ich glaube schon«, antwortete er und drückte sie an sich, während er sich versicherte, dass ihr nichts passiert war. Unterdessen legte das Drachenmännchen seine Beute ab und trat ein Stück zurück, damit alle sie begutachten konnten.

Bis auf die Fellfarbe und die langen, sich zu den Spitzen hin verdunkelnden Ohren hatte das getötete Tier wenig Ähnlichkeit mit einem Hasen. Es war etwas größer als sein Namensverwandter, hatte keinen Schwanz und Pfoten, die eher denen eines Marders ähnelten. Die langen Löffel schienen tatsächlich das einzige Kriterium für die Namensvergabe gewesen zu sein.

Simon betrachtete das leblose Tier und erkannte etwas ganz anderes. Bestürzt überschlug er, wie viele Hasenartige sie wohl benötigen würden, um unbeschadet durch die Steinwüste zu gelangen. Sofern ein Tier pro Drache genügen und sich zwei Menschen einen teilen würden, waren das immer noch zehn Stück, wenn sie für zwei Tage rechneten. Bestürzt teilte er der Gruppe sein Ergebnis mit.

»Nun, dann sollten wir uns auf die Suche machen«, meinte Maya unternehmungslustig. »Dass sie sich gerne verborgene Unterschlüpfe suchen, wissen wir ja jetzt. Und sich noch dazu halb einzugraben, ist gar keine schlechte Taktik. Kein Wunder, dass die Geruchsspuren sich aufzulösen schienen.«

Da die Drachen nun wussten, worauf sie achten mussten, ließen sie sich nicht mehr in die Irre führen. Im Nu entdeckte Maro ein verstecktes Nest, in dem sich zwei der Tiere aneinander pressten, und nur wenig später hatte Minerva einige Dutzend Meter flussabwärts Glück und stieß auf eine Höhle, in der gleich vier der Wesen hockten. Auch die fehlenden drei Hasenartigen waren bald gefangen, und so konnten die Freunde beginnen, ein Lager zu errichten und die Beutetiere auszunehmen.

Die ersten gebratenen Stücke teilten sich Simon, Katharina, Jana und Sophie, und den Rest von zwei Hasen, ebenfalls leicht angebraten, erhielten Maya, Maro und Minerva als kleines Häppchen. Daraufhin entwickelten sie einen solchen Hunger, dass sie jeder einen weiteren Hasen roh verspeisten und den Vorrat für den ersten Tag damit aufbrauchten.

»Tja, nun sollten wir wohl nicht trödeln, sondern aufbrechen«, kommentierte Maya im Anschluss an die kleine Zwischenmahlzeit. »Je weiter wir heute noch kommen, desto eher sind wir auch auf der anderen Seite. Also los!«

Die Kochstelle war schnell abgebaut, und schon wenige Minuten später erhoben die drei Drachen sich wieder in die Luft und nahmen Kurs auf den nahen Beginn der steinernen Landschaft. Es dauerte nicht lange, diese zu erreichen. Der Ausblick, der sich Simon von Mayas Rücken aus bot, war atemberaubend: Bis zum Horizont erstreckten sich Ebenen, Hügel, kleine Berge und verzweigte Schluchten, alles aus Stein. Kein einziger grüner Fleck war zu erkennen, was dem Ganzen etwas Trostloses gab. Zugleich war das Fehlen jeglichen Lebens aber auch auf eine gewisse Art faszinierend.

Umso unerwarteter geschah es einige Zeit später, als von der Vegetation hinter ihnen bereits nichts mehr zu sehen war, dass Simon vor sich etwas glitzern sah und seine Begleiter darauf aufmerksam machte. Erst dachte er, es handle sich um einen Fluss, und freute sich, doch nicht so sparsam mit ihrem Wasser umgehen zu müssen. Als die Drachen jedoch darüber hinwegflogen, erkannte er, dass das Glitzern in Wahrheit von einer Erz- oder sonstigen Gesteinsader herrührte. Es sah wunderschön aus. Gleichzeitig blendete das Glitzern ihn aber auch, sodass er seinen Blick bald wieder nach vorn richtete. Er hoffte beinahe, das Ende der Steinwüste bereits in der Ferne ausmachen zu können, doch diese erstreckte sich weiterhin bis zum Horizont, als wolle sie niemals wieder enden und sich endlos ausdehnen, nun, da die Gefährten sich hineingewagt hatten.

Keiner von ihnen hatte mit der Hitze gerechnet. Während der paar Stunden, die sie geflogen waren, hatte die Sonne allen arg zugesetzt. Als Maya, Maro und Minerva spät abends landeten, warteten sie nur noch, bis ihre Reiter abgestiegen waren, und ließen sich dann dort, wo sie standen, erschöpft auf den harten Stein fallen. Sie waren mit ihrer Kraft völlig am Ende und überließen es ihren Seelengefährten, sich um das Essen zu kümmern. Katharina hatte die Idee, das Fleisch noch schnell etwas an den warmen Steinen aufzuwärmen, aber zu ihrem Verdruss funktionierte es nicht.

Da rappelte Minerva sich auf und meinte: »Mach Platz. Dafür sollten meine Kräfte noch reichen.« Sie holte kurz Luft, öffnete das Maul und spie einen kleinen Flammenstrahl auf die Fleischstreifen.

Obwohl Simon ein Stück entfernt gestanden hatte, machte er einen erschrockenen Satz rückwärts. Katharina erging es nicht anders, und selbst Jana zuckte trotz aller Erschöpfung zurück und gab einen überraschten Laut von sich. Nur Sophie blieb seelenruhig sitzen und legte der Drachin lediglich eine Hand auf den Hals, als diese sich wieder zu ihr legte.

»Danke Minerva, das wäre wirklich nicht nötig gewesen.« Die Drachin brummte, stieß Sophie gegen die Schulter und blickte dann zu Maya und Maro hinüber, die das Geschehen und vor allem die Reaktion von Simon, Katharina und Jana belustigt beobachtet hatten.

»Oh, hatten wir vergessen zu erwähnen, dass Minerva ein Feuerdrache ist?«, fragte Maya belustigt, aber mit unschuldiger Miene. Simon blickte Minerva an. Jetzt fiel es ihm wie Schuppen von den Augen: Natürlich war sie zum Teil Feuerdrache, die tiefrote Färbung ihrer Schuppen war doch ein eindeutiges Zeichen dafür!

»Wir haben das überhaupt nicht realisiert«, rief Katharina genauso ungläubig. »Erst waren wir zu sehr mit Jana beschäftigt und dann waren wir offenbar schon so daran gewöhnt, wie du aussiehst, dass es uns überhaupt nicht mehr aufgefallen ist.«

Minerva schüttelte den Kopf. »Wenn ihr so etwas schon nicht bemerkt, wie wollt ihr dann die Klaue finden?«, grollte sie.

Sophie gab ihr einen Klaps vor die Brust. »Hey, das ist bei der ganzen Aufregung, unter der sie uns das erste Mal getroffen haben, doch nur verständlich. Nun wissen sie es ja, und ich bin der Meinung, dass sie konzentrierter sein werden, jetzt, wo sich alles wieder einigermaßen normalisiert hat.« Sie wandte sich an Simon, Katharina und Jana. »Um einmal alles aufzudecken: Minerva ist eine Mischung aus Feuer-, Erd- und Wolkendrache. Die braune Schuppenfärbung kommt nicht wirklich durch, aber aus der Linie hat sie vermutlich den kräftigen Körperbau geerbt. Und die hellblauen Linien an ihrem Bauch, die von ihren Vorfahren unter den Wolkendrachen stammen, habt ihr sicher schon gesehen. Die Feuerseite tritt einfach am stärksten zutage.« Sie schüttelte sich ein wenig und blickte in den Himmel. »So, da das nun geklärt ist, sollten wir uns besser ausruhen. Der Tag war anstrengend, und ich wage zu behaupten, dass es morgen nicht einfacher werden wird. Und wenn ich bedenke, wie sehr es sich jetzt schon abgekühlt hat, wird es heute Nacht vermutlich richtig kalt werden.«

»Aber wir sind doch in einer Wüste, dachte ich«, meinte Jana verwirrt. »Auch, wenn sie aus Stein ist – es war doch heute den Tag über richtig heiß?«

»Natürlich war es das«, bestätigte Sophie. »Die Steine scheinen die Wärme der Sonne unheimlich schnell zu absorbieren, aber sie reflektieren auch etwas davon, weshalb es über der Wüste ebenfalls so unglaublich warm wird. Wirklich lange halten können sie diese Hitze aber nicht, daher kühlen sie nun, wo die Sonne untergegangen ist, wieder aus und werden umso kälter. Eine Wüste ist ein Ort der Extreme, das gilt aber in beide Richtungen.« Sie kramte in ihrer Tasche und zog dann eine graue Wolldecke hervor. »Ihr solltet euch besser ebenfalls einwickeln. Die Wärme der Drachen wird nicht ausreichen, wenn ihr direkt auf dem kalten Gestein liegt, außerdem wäre das auch unbequem. Und das letzte, was wir brauchen können, sind Verspannungen und eine Erkältung.« Sie zwinkerte Jana zu, dann wünschte sie allen eine gute Nacht und wickelte sich ein. Minerva rollte sich halb um sie herum und bedeckte sie mit einem ihrer Flügel.

Katharina zog ebenfalls die Decken hervor, die sich in ihrem Reisegepäck befanden. Da Jana ungeplant zu der Gruppe gestoßen war, waren nur zwei Stück vorhanden. »Nimm du meine«, sagte Simon daher zu seiner Schwester. »Für zwei Leute ist sie nicht groß genug.«

»Nichts da«, widersprach Maya energisch, »du würdest unterkühlen.«

»Legt die Decken doch nebeneinander auf den Boden und euch dann zu dritt darauf«, schlug Maro vor. »Wir wärmen euch dann zusammen.« Simon wollte abwinken, doch ein Blick seiner Seelengefährtin verriet ihm, dass sein Widerstand zwecklos gewesen wäre. Daher breitete er seine Decke widerwillig auf dem Boden aus und sah zu, wie Katharina mit der ihren dasselbe machte.

Als die drei sich schließlich hinlegten, bestand er darauf, sich in die Mitte zu legen. So lag Jana direkt an der Flanke von Maya, als diese sich halb um die Schlafstätte rollte. Maro tat dasselbe von der anderen Seite, und anschließend legten die beiden Drachen je einen Flügel über ihre Schützlinge.

Simon erschien es, als würde Maya extra dicht heranrücken, um auch ihm noch möglichst viel Wärme spenden zu können. Bewegen oder gar auf die Seite drehen würde sich in dieser Nacht wohl niemand können, aber tatsächlich hielt sich die Wärme unter den Drachenschwingen einigermaßen.

Stoff raschelte leise in der Nacht, dann merkte er, wie Katharina näher an ihn heranrückte. »Wehe, du erkältest dich«, flüsterte sie, »nur weil du deine Schwester behüten wolltest.«

Sofort hatte er einen Spruch auf den Lippen, dass er ja sie zum Wärmen hatte, doch er sprach ihn nicht laut aus. Etwas ließ ihn zögern, auch wenn sie sich seit jeher mit solchen Sprüchen neckten. Nachdenklich schloss er die Augen und gab sich dem Schlaf hin.

Die Sonne war noch nicht aufgegangen, als Maya Simon und die beiden Mädchen weckte. »Maro, Minerva und ich haben entschieden, jetzt schon aufzubrechen. Solange die Sonne noch nicht scheint, ist es noch nicht so heiß, also können wir länger fliegen, bevor wir ermüden. Minerva erwärmt gleich euer Frühstück. Essen könnt ihr, während wir fliegen, wir Drachen brauchen erst später etwas. Beeilt euch, je eher wir loskommen, umso besser.« Mit diesen Worten drehte sie sich um und trat zu Minerva, die gerade Sophie geweckt hatte.

Simon rappelte sich auf. Dicht neben ihm tat Katharina dasselbe. Für einen kurzen Moment begegneten sich ihre Blicke und er hatte das sonderbare Gefühl, als müsse er grinsen, wenn er nicht sofort wegsah. Belustigt darüber, in letzter Zeit so verwirrt zu sein, wandte er sich Jana zu, die gerade erst wach wurde. Er stupste sie mehrfach neckend in die Seite, bis sie nachgab und aufstand. Erst dann sprang er selbst auf die Beine und bereute die schnelle Bewegung gleich wieder, als seine verspannten Muskeln protestierten. Er streckte sich unter leisem Stöhnen, doch als sein Schwester und seine beste Freundin ihn verwirrt ansahen, winkte er ab und führte sie zu Sophie, die bereits munter war und einige Fleischstreifen auf dem flachen Steinboden ausbreitete.

Als die drei nähertraten, wich die Jugendliche gerade ein Stück zurück und machte Minerva Platz, die einen kurzen Flammenstrahl ausstieß und damit bewirkte, dass das Fleisch leicht brutzelte und einen leckeren Duft verströmte. Jana wollte direkt zugreifen, doch Sophie versperrte ihr den Weg. »Frühstück gibt es erst, wenn alle Sachen zusammengepackt sind, also beeilt euch besser.« Sie begann ihre eigenen Sachen zu verstauen, während Minerva das Fleisch bewachte.

Simon blieb einen Moment lang verblüfft stehen und fragte sich, wie ernst Sophie ihr Kommando gemeint haben mochte. Sie hatte sich der Gruppe gerade erst angeschlossen, konnte sie da wirklich schon Aufgaben zuteilen und Bedingungen stellen?

Katharina und Jana schienen das nicht so eng zu sehen. Sie sahen einander kurz an, dann zuckte das jüngere Mädchen mit den Schultern. Katharina gab sich einen Ruck und begann die beiden Decken einzurollen. Daraufhin eilte Jana hinzu und hielt die Taschen auf, damit Katharina die Stoffrollen verstauen konnte.

Einzig Simon blickte sich etwas hilflos um und entschied sich dann dafür, die Zeit für ein paar kurze Dehnübungen zu nutzen. Maya beobachtete ihn dabei. Er hatte den Eindruck, dass sie die

Augenbrauen hochgezogen hätte, hätte sie welche gehabt, doch sie sagte nichts.

Endlich war es so weit. Simon und die Mädchen nahmen sich ihre Anteile am Fleisch, dann sprang Sophie leichtfüßig auf Minervas Rücken. Katharina tat es ihr bei Maro nach, und auch Jana fiel es schon viel weniger schwer, auf Mayas Rücken zu klettern, auch wenn sie sich dabei am Vorderbein der Drachin abstützen musste, weil sie sonst zu klein gewesen wäre.

Simon trat zu seiner Seelengefährtin und hielt ihr zwei seiner Fleischstreifen hin. »Hier, nimm sie. Ich bin noch nicht besonders hungrig, und wer weiß, wie lange die Wirkung überhaupt anhält. Ich will nicht, dass dir das Fliegen plötzlich Probleme bereitet, nur weil diese Wüste seltsame Schmerzen verursacht.«

Sie blickte ihm einen Moment lang in die Augen, dann schnappte sie sich das angebotene Fleisch vorsichtig von seiner Hand. »Danke, das hättest du wirklich nicht tun müssen«, brummelte sie liebevoll.

»Ich wollte es aber tun.« Er strich ihr sanft über den Hals, dann kletterte auch er auf ihren Rücken. Zum ersten Mal bereitete ihm dies Schwierigkeiten. Offenbar hatte er in der Nacht so unglücklich gelegen, dass ihn nun irgendein Muskelstrang im Rücken schmerzte, wenn er sich falsch bewegte. Zusammen mit einer gewissen Reststeifheit, die vom ungewohnt vielen Fliegen herrührte, war das alles andere als angenehm. Er ächzte genervt, dann setzte er sich ordentlich hin und gab Maya ein Zeichen, dass er bereit war. Die drei Drachen breiteten ihre Schwingen aus und erhoben sich in die Luft, während am Horizont ein heller Streifen als erstes Anzeichen für das Anbrechen des neuen Tages erschien.

Maya behielt Recht. Bis die Sonne über den Horizont stieg, waren sie bereits beinahe zwei Stunden geflogen und gut vorangekommen. Doch schon eine halbe Stunde später setzte die unerträgliche Hitze wieder ein. Mittlerweile war es später Vormittag und Simon, Katharina und Sophie saßen erschöpft auf den Drachen, die verzweifelt nach Winden suchten, auf denen sie eine Weile gleiten und sich dabei erholen konnten. Jana schlief an Simons Brust gelehnt. Es bereitete ihm Sorge, sie so kurz nach dem Biss durch den Knöcherwaran gleich den nächsten Strapazen ausgesetzt zu sehen. Was, wenn ihr Körper die starke Belastung nicht vertrug und doch noch etwas passierte? Doch zum Umkehren war es längst zu spät.

Auch Mayas Zustand bereitete ihm Sorge. Sie beklagte sich nicht, doch es war deutlich, wie anstrengend dieser Flug für sie war, genau wie für Maro und Minerva. Immer wieder beugten Simon und seine Kameraden sich daher vor, um die Köpfe ihrer Seelengefährten mit Wasser zu benetzen. Maya protestierte dagegen mit Vehemenz, da unklar war, wann sie das nächste Mal auf eine Quelle stoßen würden. In dieser Sache jedoch blieb Simon hartnäckig, und da er zusätzlich aufpassen musste, dass Jana nicht vom Rücken der Drachin rutschte, hatte Maya keinerlei Möglichkeit, ihn aufzuhalten. Es tat ihm leid, seine Schwester immer wieder wecken zu müssen, was das Mädchen zusätzlich erschöpfte. Aber er konnte seine Seelengefährtin deshalb nicht vernachlässigen.

Unermüdlich kämpften die Drachen sich unter der gnadenlosen Sonne durch die Wüste. Bereits am Morgen war in der Ferne gegen die steigende Sonne eine Erhöhung zu sehen gewesen, die sich mit der Zeit als ein weiterer der kleinen Berge entpuppt hatte. Als sie diesen mittags erreichten, wurde ihre Hoffnung, dass sie hier einen schattigen Platz zum Rasten finden würden, nicht erfüllt. Die Sonne stand mittlerweile hoch am Himmel und schickte ihre Strahlen nahezu senkrecht auf die steinerne Wüste.

Simon befürchtete, dass sie weitersuchen müssten, und beugte sich abermals vor, um Maya Wasser über die Halsstacheln zu gießen. Diesmal protestierte sie nicht. Er betrachtete sie genauer und entdeckte, dass ihr Flügelschlag leicht zittrig war und sie den Kopf selbst im Flug hängen ließ. In diesem Moment wusste er, dass es keine weitere Suche nach Schatten geben würde. Maya brauchte dringend eine Pause und Maro und Minerva ebenso. »Es hat keinen Sinn«, rief er laut genug, um die Aufmerksamkeit aller auf sich zu lenken. »Lasst uns landen.« Niemand widersprach, stattdessen glitten die drei Drachen sofort tiefer.

Sie fanden eine Stelle, an der der recht steile Hang kurz in ein flaches Plateau mündete, und landeten dort. Es lag nicht viel tiefer als ihre Flughöhe, sodass es nachher nicht so anstrengend sein würde, wieder auf diese zurückzukehren.

Erschöpft setzten die Drachen auf dem Plateau auf und legten sich sofort hin. Katharina und Sophie stiegen ab, während Simon Jana auf den Arm nahm und von Mayas Rücken hob. Das Mädchen war bereits wieder eingedöst.

Gerade wollte er seine Schwester zu Boden legen, als er eine Idee hatte. Er wandte sich wieder den Drachen zu. »Ihr drei, legt euch in einem Dreieck nebeneinander und bedeckt euch gegenseitig mit euren Schwingen. Wenn jeder von euch von zwei Flügeln bedeckt ist, hält das vielleicht die Sonne und die Hitze etwas ab.«

Die drei Drachen folgten seinem Rat und tatsächlich entstand da, wo sie ihre Flügel ausbreiteten, Schatten. Auch über den Köpfen der Drachen, die in der Mitte des Kreises nebeneinanderlagen, hielten ihre Schwingen die Sonne ab.

Maya blickte sich um und nickte Simon zu. »Kommt her, ihr könnt doch nicht da draußen bleiben, während wir hier im Schatten liegen!«, rief sie und spähte auch zu Katharina und Sophie hinüber.

Das ließen die Gerufenen sich nicht zweimal sagen. Katharina half Simon dabei, Jana in die Mitte der Drachen zu tragen und dort niederzulegen. Sophie setzte sich zu ihnen.

Es war genug Platz, sodass Jana liegen bleiben konnte. Die anderen drei machten es sich notdürftig bequem: Simon schmiegte seinen Kopf an den von Maya, Katharina streckte sich mit ihrem Oberkörper zwischen Maros Hals und seinem linken Vorderbein aus und Sophie lehnte sich halb sitzend, halb liegend an Minerva. Erleichtert, kurz ausruhen zu können, schliefen sie ein, während die Drachen über sie wachten.

Simon erwachte und blinzelte verwirrt. Er spürte Drachenhaut unter sich, genau wie die gleichmäßige Bewegung von Flügelschlägen. Allerdings konnte er sich nur daran erinnern, während der Rast neben Maya gelegen zu haben, nicht, wann sie wieder aufgebrochen waren.

Erst jetzt fiel ihm auf, dass seine Schwester nicht vor ihm saß. Erschrocken hob er den Kopf. »Jana!«

»Alles in Ordnung, Jana geht es gut«, hörte er Katharinas Stimme an seinem rechten Ohr. Überrascht drehte er den Kopf. Er entdeckte seine Schwester auf Maros Rücken, dann blickte er in die andere Richtung und drehte sich nach hinten, wo Katharina saß.

»Du hast so tief geschlafen, als wir wieder aufbrechen wollten«, erklärte sie. »Und du sahst so erschöpft aus. Da haben wir beschlossen, dich schlafen zu lassen, und da ich dich besser halten kann als Jana, haben wir die Plätze getauscht.«

»Ich fliege das erste Mal alleine, siehst du?«, jubilierte Jana und winkte vergnügt herüber.

Simon atmete auf. Alles war in Ordnung. Und er musste zugeben, dass der Schlaf ihm gutgetan hatte. Auf seine Schwester und Mayas Wasserversorgung achtzugeben hatte Kraft gekostet.

Er blickte Katharina in die Augen und fühlte gleichzeitig etwas Unbekanntes, dass er nicht einordnen konnte. Plötzlich wurde er sich der Nähe zwischen ihnen beiden bewusst, wie schon in der vergangenen Nacht. Erst wollte er sich vorlehnen und so etwas Abstand zwischen ihnen schaffen, aber dann überlegte er es sich anders. Etwas schien von ihm Besitz zu ergreifen, Katharina erging es ähnlich. Er blickte sie erneut an, verlor sich kurz in ihren Augen. Die beiden schauten einander völlig neu an, dann kuschelte Simon sich enger an Katharinas Brust und sie zog ihn an sich.

Der Moment hielt nicht lange an. »Seht mal, dort vorne!«, rief Jana plötzlich. Simon riss die Augen auf und löste sich erschrocken von Katharina. Es dauerte einen Moment, ehe er begriff, dass keine Gefahr drohte. Als er einen Blick hinter sich warf, wirkte auch seine beste Freundin leicht perplex.

Er richtete sich auf und spähte nach vorn. Stumm wünschte er sich, seine Schwester hätte ihn nicht aufgeschreckt, doch dann erkannte er, was ihren Ausruf ausgelöst hatte. In der Ferne waren die Umrisse von Bäumen zu erkennen, einer ganzen Reihe davon. Der Boden dazwischen schien mit Grünpflanzen bedeckt zu sein.

Ein Lächeln stahl sich auf Simons Lippen. Sie hatten das Ende der Steinwüste beinahe erreicht! »Endlich«, seufzte er.

»Ich dachte schon, diese Steinwüste würde niemals ein Ende finden«, meinte auch Jana. »Bin ich froh, wenn wir aus der Sonne raus sind!«

»Sag das nicht zu laut«, rief Maya ihr zu. »Wer weiß, was weiter nördlich auf uns wartet. Womöglich werden wir die Hitze noch vermissen.« Doch auch sie wirkte erleichtert, die steinerne Ödnis hinter sich lassen zu können.

Ihr Wunsch erfüllte sich. Als sie am frühen Abend den Rand der grünen Fläche erreichten, erstreckte diese sich bis zum Horizont. Simon hielt es für unwahrscheinlich, dass sich ein so großer, fruchtbarer Landstrich mitten in der kargen Landschaft der Steinwüste befinden sollte, und selbst wenn doch, war es für den Augenblick egal. Mit ein paar letzten, schwachen Flügelschlägen überflogen Maya, Maro und Minerva die Grenze zu der Oase und landeten ein paar hundert Meter weiter am Ufer eines riesigen Teiches, den man fast schon als kleinen See bezeichnen konnte. Durstig senkten sie ihre Köpfe und tranken gierig von dem kühlen Nass, während Simon, Katharina, Jana und Sophie abstiegen und es ihnen gleichtaten. Nachdem sie alle erfrischt genug waren, zogen Jana und Sophie mit Maro los, um Feuerholz zu besorgen, Maya und Minerva breiteten noch einmal ihre Flügel aus und erhoben sich in die Luft, um in der Umgebung zu jagen. Simon und Katharina blieben allein zurück. Unschlüssig sahen sie sich an.

»Lass uns ein wenig am Ufer entlanggehen«, schlug Katharina vor. Obwohl Simon genauso erschöpft war wie sie, stimmte er zu und die beiden liefen los. Er wollte mit ihr reden, aber nicht am Lagerplatz, wo die anderen bald zurückkommen würden.

Eine Weile gingen sie schweigend nebeneinander her. Etwas hatte sich verändert, doch er wusste nicht, was er nun tun oder wie er das

Thema anschneiden sollte. Immer wieder spähte er unauffällig zu Katharina, die mit gesenktem Kopf durch das seichte Wasser lief.

Schließlich ertrug er die Stille nicht mehr. »Katharina …«, begann er. Sie sah auf. »Es ist etwas geschehen. Irgendwas ist anders als vorher zwischen uns«, fuhr er unsicher fort. Er kannte sie seit Jahren und hatte immer über alles mit ihr reden können, aber nun schien ihre enge Freundschaft mit einem Mal in weite Ferne gerückt zu sein. In den vergangenen Wochen, in denen sie gemeinsam gereist waren, hatte es ihn immer deutlicher zu ihr hingezogen, aber anders als sonst fühlte er sich merkwürdig. Das, was er spürte, war nicht länger einfach die tiefe Freundschaft, die seit Kindertagen zwischen ihnen herrschte. Es war für ihn noch neu und ungewohnt, aber es hatte definitiv mit Katharina zu tun.

»Ja, ganz anders«, flüsterte sie leise und schien sich dabei genauso verloren zu fühlen wie er. »Es ist so viel passiert …« Sie verstummte. Wieso nur hatte er das Gefühl, dass sie beinahe ›zwischen uns‹ an ihre Worte gefügt hätte – und es dann doch unterlassen hatte?

Die beiden sahen einander an, dann nahm Simon seinen ganzen Mut zusammen und verdrängte alle Bedenken. »Katharina«, meinte er stockend, »ich weiß nicht genau, wie ich es sagen soll. Ich will nichts Falsches tun und damit vielleicht sogar unsere Freundschaft zerstören, aber ich kann es dir auch nicht einfach verschweigen. Ich … ich liebe dich.« Sie sahen sich in die Augen.

Katharina lächelte zaghaft und schwieg einige Sekunden. »Ich liebe dich auch«, antwortete sie dann, hauchte die Worte in die Abendluft. Simon machte einen Schritt auf sie zu. Langsam umarmten die beiden einander. Ihre Gesichter näherten sich und dann versanken sie in einem langen, zärtlichen Kuss.

Lange hatten Simon und Katharina eng umschlungen dagestanden und zugeschaut, wie die sinkende Sonne sich rot und orange im Wasser spiegelte. Es war dunkel geworden, ehe sie beschlossen hatten, zum Lager zurückzukehren, und glücklich Arm in Arm losgelaufen waren. Daher brannte schon ein Feuer, über dem köstlich duftendes Fleisch briet, als sie ankamen.

Als die beiden aus der Dunkelheit in den Lichtschein des Feuers traten, hoben die anderen die Köpfe und Jana sprang auf. »Simon, Katharina! Wo wart ihr? Als wir zurückkamen, wart ihr weg und hattet niemandem etwas gesagt. Ich habe mir Sorgen gemacht!« Sie stutzte. Erst jetzt schien ihr aufzufallen, dass Simon und Katharina sich umarmt hielten und beide mit geröteten Wangen glücklich lächelten. Sie zog verwirrt die Stirn in Falten, dann weiteten sich ihre Augen, als sie verstand. »Ihr habt … ihr seid …« Ausnahmsweise fehlten sogar ihr einmal die Worte.

Auch Sophie, Minerva und Maro wirkten überrascht, nur Maya lächelte wissend und trat auf die beiden zu. Sie musste es geahnt haben. »Ich wünsche euch alles Gute und hoffe, dass ihr beide diese gefährliche Reise gut übersteht«, meinte sie mit warmer Stimme und stupste Simon liebevoll an. Auch Katharina zeigte sie ihre Zuneigung, indem sie ihr ihren warmen Atem ins Gesicht blies.

Jetzt hatte sich auch Maro wieder gefangen und trat zu der Drachin und dem frisch verliebten Paar. »Auch ich wünsche euch natürlich alles Gute!«, schnaubte er wohlwollend.

Die vier traten ans Feuer, wo nun auch Jana, Sophie und Minerva gratulierten. Danach aßen die sieben Gefährten zusammen. Simon und Katharina saßen aneinandergeschmiegt und an Mayas Flanke gelehnt da und sahen sich immer wieder tief in die Augen.

Bereits kurz darauf legten sie sich alle schlafen. Die Strapazen der vergangenen zwei Tage hatten ihre Spuren hinterlassen, der Flug durch die Wüste war wahrlich kein Kinderspiel gewesen. Nun mussten sie alle so viel wie möglich schlafen, um am nächsten Morgen wieder ausgeruht und bereit für die Weiterreise zu sein.

In stillem Einvernehmen legten sich Simon und Katharina hin und kuschelten sich eng aneinander. Maya rollte sich halb um sie herum und deckte sie mit ihrem linken Flügel zu, sodass sie vollkommen ungestört waren. Jana schlief bei Maro, Sophie legte sich mit ihren Decken neben Minerva.

Die beiden frisch Verliebten nahmen einander in den Arm und küssten sich immer wieder lange und zärtlich. Irgendwann schliefen sie dann mit einem Lächeln auf dem Gesicht ein und nächtliche Ruhe legte sich über das Lager.

Am nächsten Morgen wurde Simon davon wach, dass Maya sich über ihm und um ihn herum bewegte. Wenige Momente später hob sie ihren Flügel gerade so weit, dass ihr Kopf durch die entstandene Öffnung passte, jedoch kaum Sonnenlicht hereinflutete. Sanft stieß sie ihn an und berührte seine Wange mit ihrer Zungenspitze, um ihn zu wecken. Dann zog sie ihren Kopf zurück und senkte den Flügel, sodass erneut nur das schummrig-blaue Licht, das durch ihre Flughaut sickerte, grobe Orientierung ermöglichte.

Simon musste sich nicht umblicken, um zu wissen, wer neben ihm lag. Trotzdem drehte er den Kopf: An seiner Seite, eng an ihn gedrückt, schlief Katharina. Sie lächelte im Schlaf. Sanft küsste Simon sie auf die Stirn und wisperte ihren Namen. Sie wachte auf, sah ihn und erstrahlte geradezu vor Glück. Zärtlich küssten die beiden sich.

»Ich liebe dich«, raunte sie ihm ins Ohr.

»Ich liebe dich auch, mehr als alles andere«, antwortete Simon ebenso leise. Sie richtete sich halb auf und blickte ihn schelmisch an. »Mehr als Maya?«

Lachend setzten die beiden sich auf und Simon klopfte an Mayas Seite. Diese hob ihren Flügel. »Guten Morgen, ihr beiden«, begrüßte sie das junge Paar und erhob sich. Jana, Maro und Minerva hatten bereits Fleisch vom frisch entzündeten Feuer vor sich und reichten den beiden Jugendlichen und der Drachin ebenfalls etwas, während sie sich einen guten Morgen wünschten und erzählten, dass Sophie ihre Wasserbeutel an einer kleinen Quelle auffüllen wollte, wo das Wasser noch klarer als im See wäre.

Nach dem Frühstück brachen Simon, Katharina und Jana das Lager ab. Als Sophie zurückkam, brauchte sie nur noch die Wasservorräte zu verstauen, dann konnten sie aufbrechen. Die Drachen breiteten ihre Flügel aus und schwangen sich in die Lüfte. Ein weiterer Tag ihrer Reise begann.

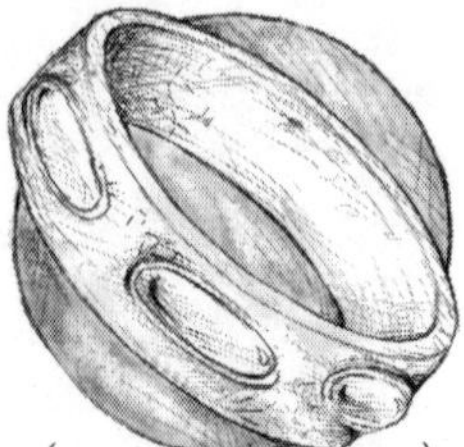

GREN

Gegen Mittag kam ein kleines Dorf in Sicht. Die Reisegefährten beschlossen einstimmig, dort zu landen, um Neuigkeiten zu erfahren, eine Decke für Jana zu besorgen und eventuell die gesammelten Tierfelle gegen Lebensmittel einzutauschen. Also gingen die Drachen in einen sanften Sinkflug über.

Schon von weitem sah Simon, wie die Dorfbewohner panisch in ihren Hütten verschwanden. Als die Drachen landeten, regte sich nichts mehr. Die wenigen Marktstände standen verlassen da, vollgepackt mit den verschiedensten Waren.

Betroffen sah Simon sich um. Mit einer so heftigen Angstreaktion hatte er nicht gerechnet. Auch in den letzten Dörfern war man ihnen mit Vorsicht begegnet, aber nie mit derartiger Furcht. Seine Gedanken sah er in den Blicken seiner Freunde gespiegelt. Nur Sophie war offenbar darauf gefasst gewesen. Verbittert blickte sie umher, ihr Mund war nur noch eine schmale Linie.

»Ähm … hallo, ihr müsst keine Angst haben!«, rief Simon unsicher. »Wir wollen euch nichts tun und unsere Drachen auch nicht. Wir wollen nur ein paar Dinge kaufen und Neuigkeiten erfahren, wir sind auf der Durchreise.«

Nichts rührte sich. Ratlos sah er Katharina und Jana an, die auch nur die Köpfe schüttelten, weil sie keine Idee hatten, wie sie den Leuten die Angst nehmen konnten. Simon blickte weiter zu Sophie, die sich vor sanften Stößen von Minervas Seite zu retten versuchte, dann zu Maya und Maro. »Es hat wohl keinen Zweck«, meinte das Drachenmännchen schicksalsergeben, doch im selben Moment drehte Maya den Kopf. Simon folgte ihrem Blick.

»Da ist jemand«, meinte sie leise, dann hob sie die Stimme. »Komm ruhig heraus, wir wollen dir wirklich nichts tun.«

Wieder geschah eine gefühlte Ewigkeit lang nichts, doch dann erschien zaghaft der Kopf eines Jungen hinter einer der Hütten. Als er sah, dass er entdeckt war, riss er die Augen auf, dann trat er sichtlich verängstigt aus seinem Versteck hervor. Er war ungefähr in Janas Alter und hatte schwarze, leicht gelockte Haare. Sein Gesicht war voller Sommersprossen. Er wirkte verloren, wie er so allein zwischen den Hütten stand, und blickte sich mehrmals um, offenbar ebenfalls nach anderen Dörflern Ausschau haltend.

»Dir geschieht nichts«, versuchte Simon ihn weiter zu ermuntern, »versprochen. Na komm schon!«

Wachsam auf jede noch so kleine Reaktion der Freunde und vor allem der Drachen achtend, trat der Junge ein paar Schritte näher. Sophie und Minerva blieben dort stehen, wo sie ohnehin schon standen – etwas abseits. Maro trat etwas zurück, Simon und Katharina stellten sich neben Maya und winkten auch Jana zu sich.

Der Junge näherte sich ein weiteres Stück. Die Drachin senkte den Kopf ein wenig, um nicht ganz so groß zu erscheinen, und sah ihn ruhig an. Er schien von ihrem Blick gefangen zu sein und trat mit einem furchtsamen Funkeln in den Augen bis auf etwa zwei Meter Abstand heran. Maya streckte den Kopf behutsam ein Stück vor – trotzdem zuckte der Junge zusammen – und fragte: »Wie heißt du?«

»L... Lukas«, antwortete er verschüchtert.

»Hallo Lukas. Ich bin Maya, das hier sind Simon, Katharina und Jana. Dort drüben stehen Maro, Minerva und Sophie. Weißt du, wir wollten wie gesagt ein paar Dinge kaufen und Neuigkeiten erfahren, glaubst du, die anderen könnten auch herauskommen?«

Lukas blickte zu den Häusern hinuber. »Wir haben noch nie … Drachen gesehen«, sagte er, statt eine direkte Antwort zu geben. »Wir dachten, es gäbe sie nur in den Legenden. Als wir euch sahen, haben alle sehr große Angst bekommen und befürchtet, dass ihr uns angreifen wollt.« Er stockte, erschrocken und scheinbar auch etwas verwundert, dass er sich getraut hatte, so viel zu reden, obwohl er eigentlich vor Furcht wie erstarrt war. Simon blickte ihn aufmunternd an.

»Das tut uns leid«, meinte Katharina, »aber wir wollen euch wirklich nichts tun! Vielleicht kommen sie ja doch noch heraus, wenn sie merken, dass dir nichts passiert.«

Da blickte Maro zu der Hauswand, hinter der sich auch Lukas kurz zuvor verborgen hatte. »Da ist noch jemand. Ihr könnt rauskommen, ihr habt ehrlich nichts zu befürchten! Wir haben euch sowieso gehört.« Diesmal rührte sich nichts.

Simon wollte Lukas vorschlagen, den oder die versteckten Dorfbewohner hervorzuholen, und legte ihm die Hand auf eine Schulter. Der Junge gab einen erschrockenen Laut von sich und fuhr herum. Sofort ließ Simon ihn los. »Entschuldige, ich wollte dich -«, setzte er an und brach dann ab.

»Lukas!«, erklang eine panische Stimme und gleich darauf sprang eine Frau hinter dem Haus hervor. Erst dann schien ihr klar zu werden, was sie da gerade getan hatte. Sie erstarrte.

»Mama!«, rief Lukas.

»Oh Schatz, geht es dir gut? Haben die dir etwas angetan?«, rief seine Mutter ihm ängstlich zu.

»Nein, mir geht es gut. Ich …« Zögernd blickte er Maya und die anderen an. Die Drachin nickte ihm aufmunternd zu. »Ich glaube, wir müssen keine Angst haben. Die Drachen und ihre Reiter wollen uns nichts tun.« Langsam schritt Lukas auf seine Mutter zu und streckte ihr die Hand entgegen. Erst zögerte sie, dann nahm sie sie und folgte Lukas langsam in Richtung der Drachen. Der Blick, mit dem sie Maya beobachtete, war angsterfüllt, aber Lukas zog sie immer weiter zu der ihnen beruhigend entgegenblickenden Drachin. Schließlich standen die beiden nur noch ein paar Meter von ihr entfernt.

Lukas ließ die Hand seiner Mutter los und ging allein weiter, bis er direkt vor Maya stand. Sie blickte ihn sanft an und senkte ihren

Kopf. Erst zuckte er zurück, dann blieb er tapfer stehen, woraufhin sie ihm etwas von ihrem warmen Atem ins Gesicht blies und meinte: »Du bist sehr mutig, Lukas. Es ist schön, dass wenigstens du gemerkt hast, dass wir absolut friedlich sind.«

Simon blickte sich um und bemerkte überrascht, wie hinter einigen Fenstern flüchtige Bewegungen erkennbar wurden. Ein paar Leute erschienen, spähten zuerst nur heraus und öffneten ihre Türen dann vorsichtig weiter. Die ersten Menschen kamen hervor und näherten sich Stück für Stück. Maro, Sophie und Minerva rückten näher an ihre Reisegefährten heran, und schließlich standen sie alle beisammen, umringt von den Dorfbewohnern. Katharina stellte sich auf Maros Rücken, sodass alle sie sehen konnten, und stellte noch einmal jedes Mitglied ihrer Gruppe vor. Anschließend erzählte sie, dass Simon und sie aus einem Dorf weit im Süden kamen, und fasste in knappen Worten zusammen, weshalb sie diese Reise unternahmen. »Nun sind wir hier«, kam sie schließlich zum Ende. »Wir wollen so schnell wie möglich weiter, brauchen aber ein paar Dinge und wollen Neuigkeiten erfahren. Außerdem kennen wir uns in dieser Gegend nicht aus und wüssten daher gerne, ob es hier irgendwelche Gefahren gibt, die wir besser meiden sollten.« Nachdem sie geendet hatte, sprang sie von Maros Rücken und stellte sich neben ihn.

Einen Moment lang schwieg die Menge, dann trat ein Dorfältester hervor und meinte: »Wir heißen euch in unserem Dorf Gren willkommen. Seht euch unsere Waren an und fragt, wenn ihr etwas wissen wollt. Ich nehme an, eure Drachen sind hungrig?«

»Drachen sind intelligente Wesen«, beantwortete Simon die Frage lächelnd. »Fragt sie selber.«

Etwas zögerlich wandte der alte Mann sich an Maya. »Darf ich euch dreien etwas bringen? Frisch oder gebraten?« Maya blickte kurz zu Maro und Minerva und sah den Alten dann freundlich an. »Danke, das ist sehr nett. Wir nehmen gerne etwas, gebt uns das, was euch am wenigsten Umstände macht.«

Auf einen Wink hin verschwand ein junger, kräftig aussehender Mann in einem Haus, das als Fleischerei zu erkennen war. Einige

Momente später kam er mit einem kleinen Karren wieder heraus, auf dem eine gehäutete Rinderhälfte lag. Er schob den Karren zu einer kleinen, steinernen Hütte mit großer Doppeltür. Anstelle eines normalen Dachs hatte sie vier schmale Pfeiler, auf denen eine dünne Steinplatte ruhte. Die Öffnungen darunter blieben frei. »Es … es ist bereits gewürzt«, stotterte der junge Metzger und deutete auf das halbe Rind. »Es muss erst gebraten werden.«

Überrascht blickten die drei Drachen ihn an. »Gewürztes Fleisch haben wir noch nie gefressen«, sprach Maya ihre Gedanken aus. »Aber es ist immer schön, neue Erfahrungen zu machen.«

Der Metzger wuchtete die Rinderhälfte auf ein Blech, das auf Brusthöhe in der Hütte hing. Dann entzündete er einige Strohbüschel und warf sie ebenfalls in das Innere. Späne und Holz, die auf dem Boden aufgeschichtet worden waren, fingen sofort Feuer und die Flammen schlugen gegen die Unterseite des Blechs. Bereits wenige Momente später begann ein Duft nach zartbratendem Fleisch durch das Dorf zu ziehen. Die drei Drachen schnupperten interessiert, dann wandten sie ihre Aufmerksamkeit wieder den Dorfbewohnern zu, die den fremden Besuchern mittlerweile ein wenig entspannter gegenüberstanden.

»Also«, ergriff eine Frau mittleren Alters zögernd das Wort, »was wollt ihr wissen?«

Simon überlegte, dann fragte er: »Wurde von Männern berichtet, die Dörfer angreifen und niederbrennen?«

Einige Kinder verbargen sich hinter ihren Müttern. Die Frau atmete einmal tief durch, dann trat sie vor. »Es gibt wirklich Erzählungen von solchen Männern. Sie fielen in unsere Nachbardörfer ein und töteten unsere Freunde und Verwandten. Die wenigen Überlebenden berichteten, dass die Angreifer etwas von einem Igor sagten, der ihr Herr sei. Er bräuchte keine armen Bauern, wenn er erst einmal die Macht hätte. Wir hatten Glück, dass unser Dorf bislang verschont wurde.«

Einige Sekunden lang war alles still. Simon nickte langsam. »Genau solche Leute waren es, die auch unser Dorf angegriffen haben – ebenfalls Anhänger von Igor. Er ist es, der dieses Machtartefakt finden will. Wir kamen zum Glück gerade noch rechtzeitig, sodass nur ein paar Häuser beschädigt und drei Menschen getötet wurden. Das war auch der Grund, weshalb wir uns auf die Reise gemacht haben. Wir wollen Igor aufhalten und das Leid beenden, das seine Männer anrichten.«

Schweigend nickten einige der Dorfbewohner. In ihren Blicken war jetzt außer Angst und Vorsicht auch ein Hauch von Bewunderung zu erkennen.

Lukas sah sich in der Menge um und verschwand zwischen den Menschen. Simon hörte ein erschrecktes »Nicht, was machst du?!«, dann tauchte er wieder auf. An Oberkörper und Knien haltend trug er ein Mädchen, das etwa in seinem Alter war. Schritt für Schritt ging er auf Simon und seine Gefährten zu, dann setzte er seine unfreiwillige Begleiterin wieder ab. Ihr fielen schwarze Locken ins Gesicht. Sie hob den Kopf und blickte direkt in Mayas Augen. Ruhig sah sie die Drachin an, die ihren Blick sanft erwiderte.

»Das ist meine beste Freundin Hannah«, stellte Lukas das Mädchen vor. Mit einem Mal schreckte diese zurück und guckte die Drachin einen Augenblick lang verwirrt an.

»Ich … kenne irgendwie … jemanden … aus deiner Zukunft.«

Jetzt war es an der Drachin, verwirrt zu schauen. Auch Simon blinzelte perplex. Die Dorfbewohner schienen jedoch zu wissen, was vor sich ging. Ein Raunen ging durch die Menge, dann wurden einige aufgeregte Stimmen laut.

»Sie hatte wieder eine Vision!«

»Jemanden aus der Zukunft der Drachin? Wie sollte sie mit so jemandem zusammentreffen?«

»Etwa ein anderer Drache?«

»Bloß nicht, wer weiß, ob der dem Dorf auch nichts tun will!«

»Aber Hannah kann ja nichts dafür. Und verhindern kann es auch niemand.«

Schließlich trat eine junge Frau aus der Menge und sah die sieben Freunde nacheinander an. Dann begann sie zu erklären. »Ich bin Hannahs Ziehmutter. Seit Hannah sechs Jahre alt ist, hat sie eine besondere Gabe: Sie kann einen kleinen Teil ihrer Zukunft und der anderer erahnen. Nicht viel, aber wenn sie jemandem in die Augen guckt, der mit ihrer Zukunft verbunden ist, kann sie das für einen kurzen Moment ›sehen‹. Wir haben uns daran gewöhnt und es hat uns sogar schon einige Male geholfen.«

Die Gefährten hatten aufmerksam zugehört. Nachdem die Frau geendet hatte, schwenkte Maya ihren Kopf herum, bis sie Hannah direkt in die Augen schauen konnte. »Das ist eine mächtige Gabe. Gehe gut damit um, dann wird sie dir viel nützen und auch deinem Dorf Gutes bringen.«

Maro stieß sie an und die Drachin hob den Kopf. Der junge Metzger trat zögerlich auf sie zu. Vor sich her schob er den Karren mit der köstlich duftenden Rinderhälfte. »Ähm … das Fleisch ist nun fertig … guten Appetit.« Er schob das Fleisch vom Karren, stellte diesen ein Stück beiseite und trat dann eilig zurück in die Menge.

Die drei Drachen sahen einander belustigt an. Simon wusste, dass Maya und Maro durchaus bewusst war, dass die Dorfbewohner Angst vor dem hatten, was nun passieren mochte, und dass die Drachen diese Furcht nicht noch schüren und die Leute unnötig erschrecken durften. Doch wie stand es mit Minerva? Sie hatte schon so viel Enttäuschung durch Menschen erlebt, dass es ihr womöglich egal war, wenn sie den Dorfbewohnern Angst machte. Doch sie nickte ihren beiden Artgenossen gefasst zu.

Langsam gingen die drei die letzten paar Schritte auf die Rinderhälfte zu und senkten ihre Köpfe. Jeweils eine Klaue gegen das Fleisch gestemmt, bissen sie zu und rissen das Fleisch ab. Allerdings wirkte das Reißen eher wie ein Zupfen, genauso wie ihre Schluckbewegungen eher ein leichtes Kopfnicken waren. Simon kannte seine Drachenfreunde gut genug, um zu erkennen, wie anstrengend es für sie war, so zu fressen. Aber sie gaben sich Mühe, damit die Dorfbewohner, die ihnen neugierig und beunruhigt zugleich zusahen, nichts davon merkten.

Es dauerte eine ganze Weile, doch die drei Drachen nagten auch das letzte bisschen Fleisch von den Knochen. Langsam gesellten sie sich wieder zu Simon und den Mädchen. »Vielen Dank für das

Fleisch, es war köstlich«, bedankte sich Maya im Namen aller drei. »Verratet ihr uns, was für Gewürze ihr benutzt? Vielleicht sind unsere Begleiter ja so nett, uns das auch einmal zuzubereiten.« Sie stupste Simon an, der ihr lachend einen Klaps gab.

Plötzlich jedoch spannte Minerva alle Muskeln an, duckte sich und knurrte wütend. Erschrocken wichen die Dorfbewohner zurück. Minerva verstummte, doch ihre Haltung veränderte sich nicht und ihre Augen glommen grimmig, als sie den Kopf wandte. »Ich rate euch, verbarrikadiert eure Häuser!«

»Minerva, was ist denn los?«, fragte Sophie und versuchte, den Kopf der Drachin festzuhalten und zu liebkosen, doch diese riss ihn hoch und warf Simon und Katharina einen Seitenblick zu.

»Ich kenne diesen Geruch. Er haftete ganz entfernt an euch, als wir euch kennenlernten.«

Jetzt prüften auch Maya und Maro die Luft und spannten ihre Muskeln ebenfalls an. »Igors Männer!«, zischte das Drachenmännchen erschrocken.

Einen Moment lang hing der Ausruf als dunkle Wolke über ihnen und schien alle Geräusche verstummen zu lassen, dann peitschte Maya mit dem Schwanz. »Sie werden kein leichtes Spiel haben! Aber es müssen viele sein, der Geruch ist sehr stark.«

»Du hast Recht«, stimmte Maro ihr zu, »außerdem reiten viele von ihnen auf Pferden, und entweder tragen sie Rüstungen oder sie haben Metallwaffen bei sich.« Er wandte sich den Dorfbewohnern zu. »Minerva hat Recht, ihr solltet eure Häuser verbarrikadieren. Die Männer sind spätestens in einer Viertelstunde hier. Ihr habt nicht mehr viel Zeit, also beeilt euch!«

Die Dorfbewohner waren zurückgewichen. Ganz offensichtlich war die Angst vor den drei Drachen wieder gewachsen, denn sie wurden angesehen, als wären sie es, die das Dorf attackieren wollten, und nicht der nahende Reitertrupp.

Einige der Menschen aber verstanden, dass sie jetzt handeln mussten und keine andere Wahl hatten, als den Drachen zu vertrauen. Deshalb liefen sie los und begannen, ihre Fenster zu vernageln. Da endlich erwachten auch die restlichen Bewohner aus ihrer Starre.

Im Handumdrehen waren alle Fenster von außen und teilweise auch von innen mit festgenagelten Brettern versperrt. Die Familien zogen sich in ihre Häuser zurück und verriegelten die Türen von innen. Simon hörte Rumpeln von allen Seiten, wo Leute Möbel vor die verschlossenen Türen schoben oder ihre Fenster von innen zunagelten.

Die Gefährten waren draußen stehen geblieben. Auch Lukas, seine Mutter, Hannah und deren Ziehmutter befanden sich noch auf dem Platz zwischen den Häusern. Lukas wandte sich verzweifelt an Katharina: »Unsere Bauernhöfe liegen eine Viertelstunde außerhalb des Dorfes. Wir schaffen es nicht mehr nach Hause!«

Simon überlegte kurz, dann wies er auf die Schmiede, die einige Meter entfernt lag. »Geht dort hinein und verriegelt alles von innen!« Er sah Jana an und befahl ihr: »Du gehst mit ihnen! Es ist hier zu gefährlich, außerdem werden Maya, Maro und Minerva genug damit zu tun haben, auf jeweils einen von uns achtzugeben.«

Jana hob zu Widerspruch an, doch Maya wandte ihr den Kopf zu und rief: »Jana, Simon hat recht! Bitte tu es, wir haben keine Zeit für Diskussionen!«

Zögernd hielt das Mädchen inne, drehte sich dann um und lief mit Lukas und Hannah in die Schmiede, wo die beiden erwachsenen Frauen sie schon erwarteten. Gemeinsam zogen sie die schwere Doppeltür zu und hievten von innen den großen Riegel vor.

Nun waren Simon, Katharina und Sophie mit den Drachen allein auf dem kleinen Marktplatz. Die drei stiegen auf. Jeder von ihnen hatte sich aus der Schmiede ein Schwert bringen lassen, das einem langen Dolch ähnelte und hoffentlich ähnlich leicht zu handhaben sein würde.

»Wir beide werden losfliegen und nach den Männern Ausschau halten«, beschloss Sophie. »Außerdem kann Minerva aus der Luft viel besser Feuer auf die Männer speien.« Sie nickte den vieren zu, dann breitete Minerva ihre Flügel aus und stieß sich vom Boden ab. In engen Wendungen gewann sie an Höhe, während Sophie sich umsah. Kurz darauf sah Simon sie hektisch winken und auf den Wald zeigen.

Als er sich umwandte, sah er, wie unzählige dunkel verhüllte Männer aus dem Schutz der Bäume traten. Hinter ihnen erschienen weitere Reihen von bewaffneten Angreifern, dann folgten einige Reihen mit Reitern. Er schluckte und sah seine Gedanken auf Katharinas Gesicht widergespiegelt: Das waren mindestens sechzig Gegner, zwanzig davon beritten! In diesem Moment hätte er seine Freundin am liebsten in den Arm genommen und sich einem Kuss hingegeben, um die unmittelbare Bedrohung vergessen zu können. Doch für Wunschdenken war hier kein Platz.

Maya und Maro knurrten leise, während sie den Ankommenden entgegenblickten. Einer der Reiter trieb sein Tier nach vorn und blieb einige Meter vor der vordersten Reihe der Angreifer stehen. »Da sind ja unsere Helden«, meinte er in ironischem Ton. »Ich habe schon einiges von euch gehört, das könnt ihr mir glauben, und es ist mir ein großes Vergnügen, euch nun einmal persönlich zu begegnen. Ihr habt in eurem Plan nur einen kleinen Fehler gemacht: Als euer Dorf angegriffen wurde, sind einige der Männer im Wald als Späher zurückgeblieben. Sie sollten alle Flüchtlinge töten, wobei ihnen deine Schwester ja leider entgangen ist, Junge.« Simon starrte ihn wütend an. Männer wie er hatten Jana töten wollen!

»Die Späher haben auch mitbekommen, wie ihr und eure Drachen gekommen seid und ihr beschlossen habt, unserem Herrn zuvorzukommen. Aber das wird euch nicht gelingen. Igor ist viel mächtiger, als ihr es euch vorstellen könnt! Und sobald wir euch aus dem Weg geräumt haben, werden wir noch einmal in euer Dorf einfallen. Und deine Schwester werden wir auch erwischen …«

Das war zu viel. Maya stürzte brüllend nach vorn. Simon war darauf gefasst, hob seinen Dolch und ging schreiend zum Angriff über. Aus den Augenwinkeln sah er, dass auch Maro und Katharina vorsprangen.

In die feindlichen Reihen kam Bewegung, als Igors Schergen ebenfalls losrannten und sich im Dorf verteilten. Während die Fußsoldaten begannen, sich gegen die Türen der Hütten zu werfen oder mit ihren Schwertern darauf einzuschlagen, um zu den

Menschen im Inneren vordringen zu können, galoppierten die Reiter in geschlossener Formation auf die Drachen zu. Die Pferde scheuten heftig, wurden aber gewaltsam weitergetrieben.

Als die beiden Parteien aufeinanderprallten, gebrauchte Simon sein Schwert. Kurz bemerkte er noch, dass auch Maro und Katharina auf ihre Angreifer losgingen, und sah aus dem Augenwinkel Minerva an sich vorbeischießen und die Fußsoldaten angreifen, dann nahm er nichts mehr um sich herum wahr. Es zählten nur noch Maya, er selbst und seine Feinde. Seine Seelengefährtin und er schienen eine Einheit zu werden. Sie waren ein Gedanke, eine Tat. Wenn Maya herumschoss, um das Pferd eines Angreifers zu packen, passte Simon sich der Bewegung instinktiv an und bearbeitete den Reiter mit seinem Schwert. Zuerst schien die Klinge seinen Angriffen noch Widerstand zu leisten, als habe sie einen eigenen Willen. Doch er gewöhnte sich schnell an die Handhabe und konnte nach einigen missglückten Versuchen endlich genauer zielen. Den Gedanken, was genau er da gerade tat, verdrängte er lieber. Stattdessen konzentrierte er sich auf die Erinnerungen, was Männer wie diese in Taran angerichtet hatten und auch hier und anderswo anrichten würden, wenn sie niemand aufhielt.

Plötzlich traf ihn ein dumpfer Schlag in den Rücken, das Schwert wurde ihm aus der Hand geschlagen und ein anderes an seinen Hals geschoben. Einer der Männer war auf Mayas Rücken gesprungen und hatte ihn gepackt. »Bleib stehen, Drachin«, rief er gebieterisch, »oder dein Begleiter stirbt!«

Maya zögerte keine Sekunde. Die Verbindung zwischen Simon und ihr wurde so stark, dass sie ihre Warnung nicht laut aussprechen musste, sondern Simon ihre Stimme in seinem Kopf hörte: »*Halt dich fest!*« Sie ließ ihm gerade noch genug Zeit, zwei Zacken weiter oben an ihrem Hals zu packen, dann warf sie sich schwungvoll zur Seite. Der Angreifer, der noch keinen sicheren Halt gefunden hatte, schwankte. Simon spürte, wie das Schwert von seinem Hals abrutschte, nutzte die Gelegenheit und lehnte sich vor. Dann winkelte er die Beine an, bis er sich mit den Füßen an Mayas Rücken abstützen konnte.

In einer fließenden Bewegung rollte sich die Drachin zur Seite auf den Boden und begrub den Krieger unter sich. Simon stieß sich ab und landete halb stehend im Staub, wobei er die zwei Halszacken weiterhin fest gepackt hielt. Als Maya wieder in die Höhe schoss, sprang er ab und wurde zurück auf ihren Rücken gezogen. Die Drachin verharrte nur kurz und beugte sich so weit zu Boden, dass er sein heruntergefallenes Schwert wieder aufsammeln konnte, dann sprang sie erneut vorwärts. »*Alles in Ordnung?*«, erklang ihre Stimme erneut in seinem Kopf.

»*Ja, nichts passiert*«, antwortete er auf dieselbe Weise. »*Danke, Maya.*« Dann richteten beide ihre Aufmerksamkeit wieder auf den Kampf - und erschraken. Sie wurden von Fußsoldaten mit Lanzen eingekesselt, ebenso Maro und Katharina, die bereits zurückweichen mussten. Minerva war gelandet und verteidigte sich und Sophie, die stark blutete, mit Klauen und Zähnen. Zunächst war Simon verwirrt, wieso sie kein Feuer mehr spie, dann bemerkte er entsetzt, dass viele der Dorfbewohner zwischen den Soldaten umherliefen. Schnell musste er erkennen, dass Igors Männer fast alle Hütten zerstört und viele der Menschen getötet hatten. Sein Kopf flog im selben Moment herum, in dem auch Maya alarmiert aufblickte: Die Tür der Schmiede war aufgebrochen!

In diesem Moment explodierte in der Drachin und ihm die Wut. Sie brüllte, er schrie und die beiden stürzten sich auf ihre Gegner. Auch Maro und Katharina erfassten die Situation, mobilisierten ihre letzten Kräfte und attackierten Igors Schergen erneut.

Plötzlich übertönte ein Ruf des Abteilführers den Lärm des Kampfes: »Rückzug! Alle in die Wälder!« Sofort machten die letzten Krieger sich frei und suchten das Weite, während sich einige verängstigte Dorfbewohner vor der Schmiede sammelten. Maya brüllte den Flüchtenden wütend hinterher. Simon richtete seine Aufmerksamkeit wieder auf das Dorf. Bestürzt sah er sich um. Sein Blick streifte die zerstörten Häuser. Nur wenige Menschen standen eng aneinandergedrängt vor der Schmiede oder irrten leise wimmernd zwischen den Überresten der Hütten umher. Der Großteil des Dorfes, einschließlich der meisten Bewohner, war ausgelöscht worden.

Maro und Katharina kamen hinter einer etwas besser erhaltenen Hütte hervor. Vor sich her trieben sie drei feindliche Männer, die es nicht mehr geschafft hatten, zu flüchten. Einer von ihnen war schwer verletzt und atmete angestrengt. Maro trieb sie zu einer einzeln stehenden Häuserwand. Dort angekommen, stieg Katharina ab, zog drei Seile hervor, die sie unterwegs aufgesammelt haben musste, und fesselte den Feinden nacheinander die Hände. Das andere Ende jedes Seils knotete sie fest an stabile Vorsprünge der Wand. Simon, Maya und die übrigen Dorfbewohner sammelten sich in einem großen Halbkreis um die Gefangenen. Auch Sophie kam heran, neben ihr humpelte Minerva. Am rechten Vorderbein der Drachin klaffte eine lange Fleischwunde. Ihre Reiterin hatte etliche kleinere Verletzungen davongetragen, Schlimmeres hatte Minerva offenbar verhindern können.

Jetzt trat Maya aus dem Halbkreis hervor und baute sich vor den drei gefangenen Kriegern auf. Simon, Katharina und Maro stellten sich neben sie.

Gerade wollte Simon das Wort an den ersten von ihnen richten, als er hinter sich eine leise Stimme vernahm: »Simon, ich … hier bin ich.« Er wirbelte herum: Aus einer der Ruinen kam langsam Jana hervor. Ihre Schultern bebten und sie wurde von Weinkrämpfen geschüttelt. Sofort eilte er zu ihr und Maya folgte ihm.

Schluchzend fiel Jana ihrem Bruder in die Arme. »Oh, Simon! Wieso musste das passieren? All diese Menschenleben …« Verzweifelt drehte sie sich um, zog ihn zu der Ruine und winkte Maya hinterher.

Als sie zwischen die Trümmer blickten, erschraken die Drachin und er: Dort kniete Hannah, die Arme um den reglosen Lukas geschlungen. Tränen fielen von ihrem Gesicht auf seinen leblosen Körper. Vorsichtig gingen Jana und Simon zu ihr, und während Jana ihre neue Freundin stützte, hob Simon den toten Jungen hoch. Die Freunde gingen nebeneinander zurück zu den restlichen Dorfbewohnern.

Ein Schrei zerriss die eingetretene Stille. »Lukas! Nein!« Die Mutter des Jungen stürzte aus der Menge hervor. »Nein, Lukas, bitte nicht! Nein, nein, nein. Lukas …« Wimmernd kauerte sie sich zusammen. Simon legte ihren toten Sohn vorsichtig auf den Boden, dann richtete er sich wieder auf. Er presste die Kiefer fest aufeinander, als Zorn in ihm aufwallte. Zusammen mit Maya, die Jana mit Hannah ein kleines Stück zur Seite geschoben hatte, lief er zu den drei Gefangenen. Er musste sich beherrschen, um dem ersten von ihnen keine schallende Ohrfeige zu verpassen.

»Seid ihr jetzt zufrieden? Ein weiteres Dorf in Schutt und Asche gelegt, unzählige Menschen getötet und so vielen Familien Leid zugefügt. Bereitet euch das Freude, Genugtuung? Empfindet ihr keinerlei Mitleid für die vielen Unschuldigen, denen ihr diese Grausamkeiten antut?« Er begann vor Wut zu zittern.

Maya stieß ihm sanft gegen die Schulter, um ihn zu beruhigen, dann wandte sie sich mit kaltem Blick ebenfalls an die drei Männer: »Für das, was ihr getan habt, werdet ihr bestraft werden. Ihr alle. Wenn wir die Klaue des Morero gefunden und Igor besiegt haben, werde ich nicht eher ruhen, bis jeder von euch das erhalten hat, was er für seine Taten verdient!«

Die zwei nur leicht verletzten Männer starrten sie voller Hass und Hohn an. »Ihr werdet Igor nie besiegen! Er wird euch hart bestrafen für das, was ihr zu tun versucht«, meinte einer von ihnen, bevor Maya ihn mit einem wilden Knurren zum Schweigen brachte.

»Was Igor macht, ist grausam! Und wir werden uns garantiert nicht kopflos in den Kampf stürzen, in der Hoffnung, ihn irgendwie zu besiegen. Wir werden jede unserer Stärken, jeden noch so kleinen Vorteil nutzen!«

Jetzt ergriff der zweite der Männer das Wort: »Und wie wollt ihr Igor besiegen, wenn ihr nicht einmal uns überlegen seid?«

Katharina setzte gerade zu einer Antwort an, als es plötzlich am anderen Ende des zerstörten Dorfes laut knallte und polterte, weil ein großes Mauerstück auseinanderbrach. Instinktiv fuhren die sieben Freunde herum, ebenso Hannah und die übrigen Dorfbewohner. Darauf hatten ihre Feinde nur gewartet. Die ganze Zeit über mussten sie ihre Fesseln an den scharfen Kanten der Steine gerieben haben. Jetzt rissen sie die Seile mit Leichtigkeit durch, sprangen auf und rannten los. Hannah, die sich gerade wieder umdrehte, schrie auf: »Nein!«

Simon und Maya reagierten sofort. Wie ein Blitz schoss die Drachin vor, Simon hielt sich an ihrem Hals fest und wurde, wie zuvor im Kampf, auf ihren Rücken gezogen. In dem Moment, wo er sicher saß, breitete sie ihre Flügel aus und hob zwei Meter vom Boden ab.

Die beiden Männer hatten bereits den Wald erreicht und verschwanden zwischen den ersten Bäumen. Das Wiehern von Pferden erklang und gleich darauf hektisches Hufgetrappel.

Sofort gewann Maya an Höhe. Sie flog über die Baumwipfel hinweg, achtete dabei auf das Geräusch der Pferdehufe und passte sich dem Tempo der flüchtenden Soldaten an. Die konnten Maya weder durch das dichte Laubwerk sehen noch ihre Flügelschläge hören, außerdem wäre es riskant gewesen, bei einem solchen Tempo nach oben zu sehen. Was für einen Drachen und seinen Reiter ein ganz normales Tempo war, war zu Pferd gefährlich, erst recht in einem Wald, wo die Bäume eng beieinanderstehen und überall Wurzeln aus der Erde ragen.

Simon und Maya waren noch nicht sehr weit geflogen, als eine Lichtung in Sicht kam, die genau auf dem Fluchtweg der beiden Männer lag. Die Drachin stieg noch etwas höher, dann legte sie die Flügel an und raste im Steilflug auf das Zentrum der freien Fläche zu. Schon kamen die Reiter in Sicht und waren fast in Reichweite, als beide plötzlich in verschiedene Richtungen abdrehten und wieder im Schutz der Bäume verschwanden. Sie hatten die Gefahr im letzten Moment erkannt.

Maya flog unentschlossen auf der Stelle. »*Sie reiten in entgegengesetzte Richtungen*«, erklärte sie Simon. Sie wartete noch ein paar Sekunden, dann schwenkte sie nach rechts und nahm die Verfolgung des einen Flüchtenden auf. Doch der Wald wurde immer dichter und weit und breit waren keine weiteren Lichtungen mehr zu sehen. Die beiden sahen ein, dass es keinen Sinn mehr hatte, den Flüchtigen weiter hinterherzujagen, deshalb wendeten sie und flogen zurück in Richtung Gren.

Unterwegs hing Simon verbittert seinen Gedanken nach. Nicht nur, dass die beiden Männer entkommen waren und Igor alles über sie berichten konnten, es waren auch so viele Menschen umgekommen. Bei dem Gedanken daran wollte sich ihm der Magen umdrehen und er musste schlucken, während es in seinem Kopf zu dröhnen begann. Verkrampft klammerte er sich an Mayas Halszacken fest, während er tief durchatmete und darum kämpfte, sich wieder zu fangen. Es war ihm gerade halbwegs gelungen, als Maya auch schon im Dorf landete.

Katharina und Maro kamen ihnen entgegen und sahen bereits an ihren Blicken, dass die Jagd erfolglos verlaufen war. Leise erstattete sie den beiden Bericht. »Der letzte Mann ist an seinen Verletzungen gestorben, während ihr weg wart. Es ging ganz schnell, niemand hätte ihm mehr helfen können. Aber um Sophie und Minerva habe ich mich gekümmert. Sophie hat nur kleine Kratzer, aber die Fleischwunde an Minervas Bein sieht schlimm aus. Sie wird nicht viel laufen können und ich weiß nicht, wie sich das auf ihr Fliegen auswirkt. Wir können nur abwarten.

Ich habe den Dorfbewohnern bereits gesagt, dass wir uns jetzt umso mehr beeilen müssen, weil Igor bald von unseren Plänen erfahren wird. Sie verstehen unsere Situation und meinen, dass sie einige der weniger beschädigten Hütten bis zur Nacht befestigt haben können und sie noch genug Mittel haben, um sich um die Verletzten zu kümmern. Sie sind ebenfalls der Meinung, dass wir uns beeilen sollten.

Je eher wir diesen Igor besiegt haben, desto besser. Ich fürchte, es wird nicht reichen, nur die Klaue zu finden, man sieht ja, was er auch ohne sie anrichtet. Wir werden wohl auch ihm selbst gegenübertreten müssen.

Es ist alles gepackt und wir haben etwas Fleisch und ein Säckchen mit der Gewürzmischung bekommen, außerdem für jeden von uns eine Waffe. Mehr wollten wir nicht annehmen, weil die Dorfbewohner jetzt alles brauchen, das sie kriegen konnen.«

Simon nickte. »Gut, dann lass uns weiterfliegen, damit wir vor Einbruch der Nacht noch eine kleine Strecke schaffen. Wir sollten es aber nicht übertreiben, immerhin haben Maya, Maro und Minerva sich heute sehr anstrengen müssen.«

»Macht euch um uns keine Sorgen«, meinte Maya. »Bei Minerva müssen wir ein bisschen auf die Entwicklung ihrer Wunde achten, ansonsten werden wir schon noch eine Weile durchhalten.«

Zusammen traten die vier zu den Dorfbewohnern, die neben Sophie, Minerva und Jana standen. Hannah lag in Janas Armen, das Gesicht nass vor Tränen. Tröstend blies Minerva ihr ihren warmen Atem in den Nacken, dann wandte sie sich wieder Sophie zu, die ein breites Schwert samt dunkelbrauner Scheide auf dem Rücken der Drachin befestigte, und ließ sie aufsteigen.

»Jana, es ist Zeit zu gehen«, rief Simon seiner Schwester schweren Herzens zu. Die sah Hannah traurig an, umarmte sie noch einmal fest und stieg dann auf Mayas Rücken. Simon setzte sich hinter sie. Er bemerkte, dass jemand ein dünnes Schwert und einen stabilen Stecken mit langen Klingen an beiden Seiten auf dem Rücken der Drachin festgeschnallt hatte. Das musste Katharina gewesen sein. Auch sie hatte eine Waffe bekommen, ein langes Florett war hinter ihr an ihren Taschen festgebunden. Unwillkürlich war er froh, dass die Freunde jetzt alle Mittel besaßen, um sich selbst und auch andere zu verteidigen, falls die Drachen ihnen einmal nicht helfen konnten.

Der Dorfälteste trat hervor: »Wir danken euch für alles, was ihr getan habt. Ohne euch wären wir verloren gewesen, so sind immerhin einige von uns übrig. Sobald es den Verletzten gut genug geht, werden wir von hier verschwinden und uns mit anderen Flüchtigen zusammentun, bis das Dorf wieder aufgebaut werden kann.

Eine Bitte haben wir noch an euch: Findet Igor und beendet dieses Leid! Unsere guten Wünsche sollen euch begleiten.«

Die Gefährten nickten ihm und den anderen Menschen noch einmal zu, dann breiteten die drei Drachen ihre Flügel aus und stiegen über die Baumwipfel.

Sie wandten sich in die Richtung, in der auch Igors Soldaten verschwunden waren, und legten trotz der Anstrengungen des vergangenen Kampfes ein ordentliches Tempo vor. Es dauerte nicht lange, da lagen die Überreste Grens bereits weit hinter ihnen.

Gefecht

Nachdenklich lag Simon in dieser Nacht an Maya gekuschelt unter ihrem wärmenden Flügel. Die Stimmung am Abend war sehr bedrückt gewesen, die Bilder der Zerstörung und der Grausamkeit saßen tief. Jana hatte kaum ein Wort gesagt, aber immer wieder stumm zu weinen begonnen. Schließlich war es Katharina gewesen, die ihr ein wenig Trost hatte spenden können und bei der sie schließlich auch eingeschlafen war.

Auch Simon erschien der vergangene Tag wie ein schlimmer Albtraum. Noch immer wirbelten ihm Szenen des Kampfes durch den Kopf, mittlerweile jedoch aus einem anderen Grund. Etwas gab ihm Rätsel auf und hielt ihn davon ab, einzuschlafen. Er war sich sicher, dass auch seine Drachengefährtin noch wach war. »*Maya?*«, wandte er sich schließlich in Gedanken an sie.

»*Ja, was ist?*«, antwortete sie auf dieselbe Weise.

»*Ich habe nachgedacht. Wieso können wir lautlos miteinander reden? Bei den anderen scheint das nicht zu funktionieren. Heute Mittag war es ja eine echte Notfallsituation, aber jetzt geht es einfach so und ist genauso einfach, als wenn ich normal mit dir sprechen würde.*«

»*Ich weiß es nicht, Simon. Mir ist dieselbe Frage auch schon durch den Kopf gegangen. Es gibt eine uralte Geschichte, nach der einige Drachen mit den ihnen verpflichteten Menschen auf diese Weise kommunizieren konnten. Diese Gabe war aber sehr selten. Mittlerweile frage ich mich, ob diese Geschichte nicht doch einen wahren Kern hat.*

Es kann natürlich auch andere Gründe haben, warum wir das können, aber mir fällt kein einziger ein, der Sinn ergeben würde.

Aber ich finde, wir sollten es einfach hinnehmen, dass es so ist, und uns darüber freuen. Dass diese Fähigkeit sehr praktisch ist, haben wir ja heute schon gesehen.«

»*Allerdings*«, meinte Simon. »*Du, Maya? Wir sind echt ein tolles Team.*« Er kroch unter ihrem Flügel hervor und machte es sich zwischen ihren Vorderbeinen gemütlich. Sie legte eine ihrer Klauen behutsam auf ihn, als wolle sie ihn festhalten, und begann ihn zu liebkosen. Sanft stupste sie ihn an und berührte mit ihrer Zungenspitze sein Gesicht. Er strich im Gegenzug über ihre schuppige Haut und kraulte ihren Kopf, sodass sie leise zu brummeln begann. Es klang fast wie ein Schnurren und Simon merkte, wie seine Augen schwerer wurden und er in den Schlaf zu gleiten begann. Er spürte noch, wie Maya ihm sanft über das Gesicht schnoberte und anschließend ihren Hals dicht an seinen Körper schmiegte, dann schlief er mit einem Lächeln auf dem Gesicht endgültig ein.

Am nächsten Morgen wurde Simon davon wach, dass Maya sich rührte und ihren Flügel anhob. Er kniff die Augen fest zusammen, als er das Sonnenlicht auf seinen geschlossenen Lidern spürte, doch schon im nächsten Moment senkte der Flügel seiner Seelengefährtin sich wieder. Außerdem rührte sich etwas neben ihm.

Als Simon die Augen öffnete, erkannte er, dass es Katharina war, die an seine Seite gekrochen kam. Er gähnte herzhaft, war aber dennoch nicht unglücklich darüber, dass man ihn geweckt hatte.

Katharina ließ zu, dass er sie sanft an sich zog, und gab ihm einen langen Kuss. »Guten Morgen«, wisperte sie anschließend und musste kichern, als er sie, eindeutig noch immer müde, anblinzelte. »Ich hab dich vermisst.«

»Ich dich auch«, murmelte er und drückte sie enger an sich. Einander so in den Armen liegend, schliefen sie noch einmal ein.

Im Laufe des Tages wurden die Freunde allmählich munterer. Das Geschehen des Vortages hatte sie alle mitgenommen, doch solange sie nicht zu sehr darüber nachdachten, sondern sich stattdessen auf ihre Reise konzentrierten, war es auszuhalten. Simon war besonders froh darüber, dass seine Schwester sich offenbar wieder gefangen hatte und sogar schon wieder ein wenig lächeln konnte. Außerdem kam ihre typisch kindliche Begeisterungsfähigkeit wieder durch, und so war letztendlich sie es, die alle aufheiterte, während sie voller Neugier die Landschaft betrachtete, die die Drachen überflogen und die sich stetig veränderte.

Die dichten Wälder wurden lichter, dann lösten Nadelbäume ihre belaubten Genossen ab. Am frühen Nachmittag wich der Wald einer Fläche sanfter Hügel, die mit saftig grünem Gras bewachsen war. Je flacher der Boden schließlich wurde, desto trockener wurde er auch. Bald lag unter ihnen eine braungelbe Landschaft, die Grasbüschel wurden spärlicher und wirkten halb verdorrt. Immer öfter lugten Steine aus der Erde hervor, wurden zu Felsbrocken und hoben das Land allmählich an. Es dauerte nicht lange, da gingen kleine Risse im Gestein in riesige Schluchten über, die zwar nur wenige Dutzend Meter tief, aber sehr lang und teilweise verschlungen waren. Nur ab und zu sahen die Freunde Kaninchen aus ihrer Deckung unter kleinen Grasbüscheln springen und über das unebene Gelände davonrasen, immer darauf bedacht, nicht zu nah an den Rand eines Abgrunds zu gelangen.

Als die Schluchten so breit wurden, dass teilweise ganze Wäldchen Platz darin fanden, und die Sonne unterzugehen begann, landeten die Drachen in einer der geräumigen, fruchtbaren Felsspalten. Ihre Reiter stiegen ab und bereiteten alles für das nächtliche Lager vor.

Als alle sich wieder versammelt und Katharina und Simon gerade ein Feuer entzündet hatten, fiel letzterem etwas auf. »Hey!«, rief er in die Runde. »Wo ist Minerva?«

Die anderen blickten sich überrascht um. »Du hast Recht, sie ist nicht mehr da«, stellte Jana erstaunt fest. »Wo könnte sie denn sein? Ihre Wasserbeutel stehen dort, also muss sie vom Fluss schon wieder da gewesen sein.«

Maya trat vor und wartete, bis ihr alle zuhörten. »Ich habe sie gesehen. Sie hat das Wasser hergebracht und ist dann heimlich weiter in die Schlucht gewandert. Es wirkte, als ob sie allein sein wollte, und ich habe auch eine Idee, warum. Wenn ich recht habe, sollten wir ihr Zeit lassen und sie nicht stören.«

»Warum?«, hakte Jana, neugierig wie immer, nach.

»Ich will keine falschen Vermutungen äußern«, wehrte die Drachin ihren Versuch ab. »Ich denke, es ist besser, wenn wir abwarten.«

Sophie schüttelte energisch den Kopf. »Sie ist meine Seelengefährtin, ich möchte wissen, was mit ihr ist. Bitte, Maja, sag es mir!«

Die Drachin schüttelte erneut den Kopf, dann versperrte sie den Weg, der tiefer in die Schlucht führte. »Nein, und du wirst ihr nicht nachgehen. Mach dir keine Sorgen. Vertrau ihr einfach, sie wird schon wieder auftauchen.« Egal, wie sehr Sophie sie bedrängte, sie blieb hart. So blieb den Freunden nichts anderes übrig, als zu essen, Minerva etwas aufzuheben und zu warten. Doch auch, als die Nacht längst angebrochen war, war das rot geschuppte Drachenweibchen noch nicht zurückgekehrt.

»Minerva!«

Der Ausruf, der Simon weckte, stammte von Sophie. Als er die Augen öffnete und zu ihr hinüberblickte, sah er sie aufspringen und losrennen. Im ersten Moment war er verwirrt, doch dann sah er Minerva am Lagereingang hocken. Seelenruhig blickte sie ihrer menschlichen Partnerin entgegen.

Sofort drehte auch Simon sich auf den Bauch und stützte sich auf den Unterarmen auf. Dort, wo Sophie zuvor gelegen hatte, sah er Katharina und Maro ebenfalls die Köpfe heben.

»Minerva«, rief Sophie noch einmal. »Wo warst du?« Ganz offensichtlich wollte sie ihrer Seelengefährtin um den Hals fallen, doch als das Drachenweibchen den Kopf zurückzog und ihr einen eigentümlichen Blick zuwarf, kam sie schlitternd zum Stehen. »Ist … stimmt etwas nicht?«, fragte sie unsicher.

Minerva betrachtete sie einen Moment lang, doch als sie zu sprechen begann, war ihre Stimme warm. »Es tut mir leid, wenn ich dich erschreckt oder verwirrt habe, aber ich hatte meine Gründe. Erinnerst du dich noch, wie ich vor ungefähr zwei Monaten einen Tag lang verschwunden bin?«

Sophie nickte nur. Simon jedoch zog irritiert die Augenbrauen zusammen. Worauf mochte die Drachin anspielen?

»Ich habe dir damals nicht erzählen wollen, warum«, fuhr diese fort und schnaubte sanft. »Ich wollte dich nicht an das erinnern, was kurz zuvor geschehen war. Es war ein fremdes Drachenmännchen in der Nähe, aber es war nicht so kampflustig wie das, welches das Dorf angegriffen hat. Im Gegenteil. Du kannst es nicht wissen, aber … bei Drachen dauert es ungefähr zwei Monate, bis …«

»Bis was?« Nun klang Sophie fast ein wenig ungehalten. Simon zuckte beim fordernden Unterton in ihrer Stimme leicht zusammen. Mittlerweile hellwach, richtete er sich auf und lehnte sich an Mayas Flanke. Seine Seelengefährtin beobachtete das Geschehen aufmerksam, aber keineswegs beunruhigt. Vielmehr schien sie amüsiert.

»*Was weißt du, das wir nicht wissen?*«, versuchte er sie zu einer Antwort zu bewegen, doch sie schüttelte nur kaum merklich den Kopf und deutete auf ihre rotgeschuppte Artgenossin.

Auch Minerva schien zu dem Schluss zu kommen, dass sie Sophie nicht länger auf die Folter spannen sollte. »Ich glaube, es ist besser, ich zeige es dir einfach«, meinte sie kurzentschlossen. Sie streckte den halb geöffneten Flügel ganz aus und legte ihn dann wieder an, zusätzlich zog sie behutsam ihren Schwanz beiseite.

Simon hörte Sophie nach Luft schnappen, noch ehe er selbst etwas sehen konnte. Gespannt beugte er sich vor, um auch etwas erkennen zu können. Als ihm klar wurde, was er da betrachtete, griff er unwillkürlich mit einer Hand nach Mayas Vorderlauf.

Drei große, ovale Eier lagen auf einem sorgsam zusammengeschobenen Moospolster. Sie waren moosgrün gefärbt, nur die leicht spitz zulaufende Oberseite hatte einen Stich ins Hellblaue.

Beide Farbtöne waren nur ein sanfter Schimmer auf der geriffelten Schale. Alle drei Eier waren von blutroten Adern überzogen.

Beinahe ehrfürchtig atmete Sophie ein und hielt kurz die Luft an. Erst dann schien sie ihre Sprache wiederzufinden. »Minerva«, hauchte sie, »das … sind das wirklich …«

»Es sind Dracheneier, ja.« Die Augen der Drachin strahlten vor Stolz. »Und ich möchte, dass du dich mit mir zusammen um sie kümmerst. Du bist meine Verpflichtungspartnerin, meine Seelengefährtin und wir haben beinahe mein gesamtes bisheriges Leben miteinander verbracht. Ich könnte mir keine Bessere vorstellen, um meine Eier zu behüten. Bist du damit einverstanden?«

»Natürlich«, stammelte Sophie überwältigt, machte ein paar Schritte und ging dann in die Hocke. Langsam streckte sie eine Hand in Richtung der Eier aus. Zärtlich strich sie jedem über die raue Schale, bevor sie sich wieder aufrichtete und ihre Drachengefährtin umarmte. »Oh Minerva, ich freue mich so für dich. Ich weiß gar nicht, was ich sagen soll …« Ihre Stimme überschlug sich fast vor Freude.

Einen Augenblick lang ließ Simon die beiden diesen einmaligen Moment genießen, dann hielt er es nicht länger aus. Aus dem Augenwinkel sah er, wie Jana aufsprang und auf die Eier zu hüpfte, aber diesmal konnte er es ihr nicht verübeln. Zu groß war seine eigene Neugierde. Dracheneier! Wirkliche, echte Dracheneier! Er trat näher, klopfte Sophie auf die Schulter und nickte Minerva zu. Doch sobald Maya und Maro herantraten, um ihrer Artgenossin zu gratulieren, wandte er sich ab und ging vor dem Gelege in die Knie.

»Darf ich?«, hörte er sich selbst wie aus weiter Ferne fragen, eine Hand zögernd erhoben.

»Natürlich«, antwortete Minerva. »Seid nur vorsichtig.« Sie klang ein wenig angespannt, doch als er ihr einen schnellen Blick zuwarf, nickte sie ihm zu. Daraufhin streckte er die Hand langsam vor, bis er die Eierschale unter den Fingerspitzen spüren konnte. Andächtig strich er darüber. Sie fühlte sich warm und leicht geriffelt an. Wie in einem Traum fuhr er eine der roten Adern nach, die die Schale überzogen. Neben ihm tat Jana dasselbe, und nach einem Moment gesellte sich auch Katharina zu ihnen.

Sophie nutzte die Gelegenheit, um einen großen, gepolsterten Rucksack von seinen Vorräten zu befreien und diese in anderen Taschen unterzubringen. Anschließend kleidete sie ihn zusätzlich mit ihrer Wolldecke aus, bevor sie vorsichtig ein Ei nach dem anderen hineinlegte und anschließend mit einem Zipfel der Decke umhüllte. Der Rucksack war gerade groß genug, aber so würden die Eier auch nicht herumrollen und aneinanderstoßen.

Mit ganz besonderer Vorsicht befestigte sie das mobile Nest auf Minervas Rücken. Mittlerweile hatte sie ihre Fassung beinahe wiedergefunden, geblieben waren nur noch ein breites Lächeln und das Strahlen in ihren Augen, das von ihrer Freude zeugte.

Nachdem Simon sich vom Anblick der Eier losgerissen hatte, bereitete er gemeinsam mit Katharina ein kleines Frühstück für unterwegs vor. Im Anschluss beförderten die beiden das Gepäck auf die Rücken ihrer Drachen, dann saßen sie alle auf. Als jeder Fleisch und sogar etwas Obst in den Händen hatte, flogen die Drachen los.

Am Vorabend war es nicht mehr so gut zu erkennen gewesen, doch an diesem Morgen zeichneten sich in der Ferne ganz deutlich höhere Gipfel ab. Simon zog seine grobe Karte des Landes hervor. »Ich glaube, das könnten die ersten Ausläufer des Himmelsgebirges sein«, mutmaßte er.

»Gut möglich«, stimmte Maya ihm zu. »Aber täusch dich nicht. Der Weg bis dorthin ist weiter, als er aussieht. Und selbst wenn wir dort sind, müssen wir immer noch die Schwarzen Berge erreichen und dort nach der Klaue des Morero suchen.« Simon wollte die Augen verdrehen und betonen, dass ihnen das allen klar war, doch als er zur Seite blickte, sah er, dass Sophie offenbar überhaupt nicht zugehört hatte. Sie unterhielt sich angeregt mit Minerva über die Drachenjungen, darüber, wann sie schlüpfen würden und wie sie aufzuziehen seien. Auch die Drachin schien die Verletzung, die sie in Gren davongetragen hatte und die etwas eiterte, für den Moment vergessen zu haben.

Simon fragte sich, ob es wirklich klug war, wenn die beiden sie weiterhin begleiteten. War es nicht ein Risiko, sich Igors Schergen zu stellen und diese gefahrvolle Reise auf sich zu nehmen, wenn sie Dracheneier bei sich hatten?

So schnell, wie ihm dieser Gedanke gekommen war, so schnell verdrängte er ihn auch wieder. Die Entscheidung lag nicht bei ihm, sondern bei Sophie und Minerva, und sie würden mit Sicherheit abwägen, was sie tun sollten. Außerdem kam die Gruppe schnell voran. Wenn alles nach Plan lief und sie das Rätsel um das Versteck der Klaue des Morero lösen konnten, würden sie das Artefakt finden, lange bevor die Jungdrachen schlüpften. Sie würden Igor nie begegnen.

Die Vorstellung berauschte Simon ein wenig. Ja, so musste es einfach kommen. Und dann würden sie von drei quirligen Drachenjungen umgeben sein – und zurück nach Hause fliegen, zu seiner Familie. Sie würden wieder sicher sein, und er wieder bei ihnen.

Die nächste Woche verlief ereignislos. Sophie und Minerva kümmerten sich hingebungsvoll um die Eier und waren oft nicht richtig ansprechbar, aber übel nahm ihnen das niemand. Es war nur zu verständlich, wie aufgeregt und voller Vorfreude die beiden waren, nachdem sie aus ihrer Heimat vertrieben worden waren und nur einander hatten.

Simon wurde nach und nach sicherer im Umgang mit seinem neuen Schwert. Erst hatte er es kaum führen können und er hatte alles getroffen, nur nicht das, worauf er zielte, doch mittlerweile war er geschickter. Katharina war es ähnlich ergangen, nur Jana hatte ein ausgesprochenes Geschick für ihr Doppelklingenschwert mit dem langen Griff in der Mitte bewiesen. Einige Male hatten die drei sich auch schon miteinander gemessen, um ihre Kampffertigkeiten zu verbessern. Das waren die kurzen Momente gewesen, in denen Sophie sich von sich aus dazugesellt hatte. Es war schnell klargeworden, dass sie bereits Übung im Umgang mit ihrem Schwert besaß, dennoch war sie nie voll bei der Sache gewesen.

Erst in den letzten Tagen war sie wieder ansprechbar geworden, allmählich hatte sie sich offenbar an den Gedanken gewöhnt, bald drei quirlige Drachenbabys um sich zu haben, und besann sich wieder auf den Ernst der Reise.

An diesem Abend gelangten die Gefährten in das eigentliche Gebirge. Sie landeten in einer Schlucht, die an jene der vergangenen Tage erinnerte, in Wahrheit aber so etwas wie ein winziger Talkessel war. Auf allen Seiten ragten schroffe Felswände in die Höhe, nur einer der Hänge war nicht ganz so steil, mit losem Geröll bedeckt und bildete in etwa zwanzig Metern Höhe eine Art breiten Sims. Hier hatte sogar eine Reihe von windschiefen Bäumen Halt in der wenigen vorhandenen Erde gefunden. Am anderen Ende der Senke befand sich ein natürlicher Pfad dort hinauf, und von dort konnte man auch weiter zwischen die Berge vordringen. Allerdings waren die Freunde natürlich deutlich schneller, wenn sie flogen, zumal die Pfade zu schmal für die Drachen gewesen wären.

Jana und Maro zogen gemeinsam los, um zwischen den Bäumen nach Feuerholz zu suchen. Sophie und Minerva bauten ein provisorisches Nest, in dem die Eier den Abend über liegen konnten, und Simon und Katharina errichteten direkt daneben eine Feuerstelle, sodass die Flammen die Schalen wärmen würden. Das gesammelte Holz schichteten sie an der vorbereiteten Stelle auf, bereiteten etwas Hasenfleisch vom Vortag vor und ließen Minerva den Rest erledigen.

Es dauerte nicht lange, da waren alle wieder im Lager versammelt und stillten Hunger und Durst. Zunächst sprachen sie nur über dies und das, dann schob Simon das Thema aber auf den kommenden und wohl kompliziertesten Teil ihrer Reise. »Wir sind jetzt im Gebirge«, sagte er und biss nachdenklich noch ein Stückchen von seinem Fleischspieß ab, »das heißt, wir werden auch die Schwarzen Berge bald erreichen. Wenn es soweit ist, müssen wir uns auf die Suche nach der Klaue des Morero machen – aber wie finden wir die? Ich meine, wo fangen wir an, was wissen wir überhaupt?« Er deutete auf die skizzierte Landkarte, die neben seinen Taschen lag. Selbst auf der groben Zeichnung sahen die zwölf dunkler markierten Berggipfel eindrucksvoll aus, und er erinnerte sich daran, dass sie auf der echten Karte durch verschlungene Täler ergänzt gewesen waren.

Maya überlegte angestrengt, ehe sie antwortete. »Dass sie irgendwo in den Schwarzen Bergen versteckt sein soll, wisst ihr ja bereits«, meinte sie schließlich langsam. »Angeblich soll es sich bei dem Versteck um eine große Kristallhöhle handeln, die die Kräfte der Klaue mehrt. Das Versteck müsste sich also in oder unter einem der Berge befinden. Wie man den Eingang findet, beschreibt ein kurzes Rätsel. Ich denke, ich kann mich an den Wortlaut erinnern.« Sie musste erneut grübeln, dann rezitierte sie die Zeilen. »*Die ewigen Blumen verdecken den Zugang, der Weg führt durch das erstarrte Gold. Den Eingang bewacht der Schlund eines Monsters, an dem nur die Krallen der südlichen Abendsonne vorbeiführen.*

Das ist das Rätsel, bislang konnte es aber niemand lösen. Gregor selbst gab es der Überlieferung nach bekannt, bevor er starb.«

»*Die ewigen Blumen verdecken den Zugang* …«, wiederholte Simon. »Vielleicht sind aus Holz geschnitzte Blumen gemeint? Oder ein Bild. Irgendetwas, das nicht welken kann.«

Jana nickte aufgeregt. »Das könnte passen! Und das erstarrte Gold könnte eine goldene Figur sein, eine gegossene, wie eure Verpflichtungsringe es sind.«

»Gute Idee!«, meinte Maya. »Der Schlund eines Monsters könnte eine Falle sein. Aber die Sonne geht im Westen unter, also steht sie abends nicht im Süden. Diese Aussage muss irgendeine übertragene Bedeutung haben.«

»Aber welche?«, fragte Jana ratlos.

Die Freunde grübelten noch eine Weile weiter. Zu jedem Teil des Rätsels fielen ihnen mehrere mögliche Lösungen ein, doch manche kamen ihnen einfach zu simpel vor und konnten somit einfach nicht stimmen. Nicht umsonst war die Klaue des Morero so lange Zeit unentdeckt geblieben.

Trotzdem gaben sie ihre Bemühungen erst auf, als sie sich schlafen legten.

Es war mitten in der Nacht, als Simon erwachte und ein starkes Durstgefühl verspürte. Vorsichtig kroch er unter Mayas Flügel hervor und ging in Richtung der Vorräte, die einige Meter entfernt lagen, wo Maro und Katharina schliefen.

Er hatte bereits über zwei Drittel der Strecke hinter sich, als eine Bewegung oben am Hang ihn innehalten ließ. Hatte sich da nicht etwas bewegt, zwischen den Bäumen? Langsam lief er weiter, behielt den Felssims dabei aber aus den Augenwinkeln im Blick. Ja, da war es wieder. Das war definitiv kein Reh, das den Geruch der Drachen nicht wahrgenommen hatte. Diese Gestalt lief aufrecht, wobei Simon sich nicht sicher war, ob es wirklich nur eine gewesen war.

»*Maya*«, rief er lautlos nach seiner Seelengefährtin. »*Leise*«, setzte er hinzu, als sie mit einem verschlafenen Schnauben den Kopf hob. »*Ich glaube, da ist jemand. Oben, auf dem Felssims. Ich wecke die anderen.*«

Er sah, wie sie den Kopf in die von ihm gewiesene Richtung wandte, dann huschte er weiter. Neben Maro ging er in die Hocke und klopfte dem Drachenmännchen auf den Hals. »Aufwachen«, zischte er. »Katharina! Ich glaube, wir werden beobachtet.«

Die beiden schlugen sofort die Augen auf, Katharina wirkte allerdings ein wenig verschlafen. Sie murmelte etwas Unverständliches, dann rückte sie seufzend ein Stück beiseite, während Maro aufstand. »Was hast du gesehen?«, fragte er mit gesenkter Stimme.

»Oben an der Kante, zwischen den Bäumen, da waren ein paar Schatten. Es wirkte nicht wie Tiere, sondern als würde dort ein Mensch herumschleichen!«, antwortete Simon, dann wiederholte er die Information zur Sicherheit noch einmal in Gedanken für Maya. Er hatte kein gutes Gefühl bei der Sache.

Den Blick fest auf den Rand des Steilhangs gerichtet, trat Maro ein paar Schritte vor, sodass er Simon verdeckte. Er hob den Kopf, um die Luft besser prüfen zu können. »Ich kann nichts riechen«, stellte er fest, »vielleicht hast du dir das einge-« Er unterbrach sich selbst, spannte schlagartig alle Muskeln an und knurrte.

»Alle aufwachen«, schallte im nächsten Moment Mayas Warnruf durch das Lager. »Wir werden angegriffen!«

Maro fuhr herum, packte Katharina kurzerhand am Kragen und zog sie hinter sich. Dadurch wurde auch sie gänzlich wach und sah sich erschrocken um, während sie sich aufrappelte. Auch Maya kam herüber, Jana dicht bei sich. Das Mädchen riss die Augen auf, als plötzlich oben zwischen den Bäumen lautes Geschrei erscholl. Das war nicht nur ein Mensch, es mussten Dutzende sein. Nun, wo sie entdeckt waren, traten die ersten von ihnen zwischen den Bäumen hervor. Fackeln flammten auf und warfen flackerndes Licht auf gezückte Schwerter.

»Achtung!«, zischte Minerva, die gemeinsam mit Sophie einen anderen Punkt fixierte. Auch zwischen den Büschen am Fuß des natürlichen Pfades tauchten Männer auf. Sie hatten den Weg ins Tal hinab gefunden, ohne die Drachen zu wecken.

Sofort griffen die Freunde nach ihren Waffen. Simon sprang auf Mayas Rücken, Katharina saß nur Sekunden später bei Maro auf. Jana stellte sich zwischen die beiden Drachen, um wenigstens zu Beginn noch ein wenig Deckung zu haben. Hätte sie sich vor oder hinter Simon gesetzt, hätten die beiden einander bloß gegenseitig behindert. Außerdem beherrschte sie ihr Doppelklingenschwert am Boden bereits ziemlich gut, war auf dem Drachenrücken aber noch unsicher. Sie konnte es schlecht herumwirbeln, ohne Sorge haben zu müssen, Hals oder Flügel von Maya oder Maro zu treffen.

Die beiden Drachen rückten ein wenig auseinander, als Sophie sich stumm neben der jüngeren Reisegefährtin positionierte, das eigene Schwert kampfbereit erhoben. Minerva stieß ein dunkles Grollen aus, ehe sie sich mit kräftigem Flügelschlag in die Luft schwang, um von oben attackieren zu können.

Einen Moment lang schienen alle Beteiligten innezuhalten. Dann war die Ruhe vor dem Sturm vorbei und die Männer im Tal stürzten vorwärts. Die Gefährten empfingen sie mit erhobenen Klingen und gebleckten Zähnen.

Die ersten Angreifer waren bereits an Mayas Seite, als diese einen Satz nach vorne machte und, kaum dass ihre Klauen wieder den Boden berührten, eine wilde Drehung vollzog, bei der sie die Gegner mit ihrem Schwanz niedermähte. Mit einem drohenden

Knurren stürzte sie sich auf die nächsten Angreifer, dann begannen Simon und sie ihren gemeinsamen Kampf. Die Drachin stürzte sich auf zwei Angreifer, die ihr gemeinsam entgegenrannten, und vergrub die Zähne gerade so lange im Genick des einen, bis es ein hörbares Knacken gab. Gleichzeitig hieb Simon mit seinem Kurzschwert nach dem zweiten Kämpfer. Die Waffe fühlte sich noch ungewohnt in seiner Hand an, dennoch fand sie ihr Ziel. Mit einem dumpfen Ächzen sank der Gegner zu Boden.

Simon erschauderte, als er die Waffe wieder anhob. Vor einigen Jahren hatte er noch mit seinen Freunden in Taran so getan, als wären sie tapfere Krieger und würden einander bekämpfen. Das hier hatte mit den Spielereien von damals nichts zu tun. Es war Realität, kein harmloses Spiel. Wer hier verlor, wurde nicht einfach nur geneckt und verspottet, bis eine neue Runde begann. Es gab keine zweite Chance. Das hier war ernst.

Voller Sorge sah Simon sich nach seinen Gefährten um. Zuerst erblickte er Katharina und Maro, doch die beiden schienen klarzukommen. Das Drachenmännchen streckte mehrere Angreifer gleichzeitig nieder, und auch Katharina ließ ihr Florett wirbeln.

Dann erspähte Simon endlich Jana. Seine Schwester riss gerade ihr Doppelklingenschwert herum, als einer der finsteren Angreifer sich auf sie stürzen wollte.

Während eine der leicht gebogenen Schneiden neben ihrem linken Knie zu Boden gerichtet war, zeigte die andere auf den Brustkorb des Mannes. Er hatte die Gefahr nicht rechtzeitig kommen sehen und ächzte, als die Klinge durch sein dickes Hemd glitt und ihm einen Schnitt zufügte. Jana zog die Waffe hastig zurück und schien einen Moment lang zusammenzuschrecken. Dann wischte sie sich etwas Blut von der Wange und fasste das Doppelklingenschwert wieder fester. Keine Sekunde zu früh: Schon bahnte sich ein weiterer Kämpfer einen Weg an Maro vorbei und stürmte auf sie zu.

Simon drückte Maya die Fersen in die Seite, um sie auf das Geschehen aufmerksam zu machen. Der Angreifer war viel größer und muskulöser als Jana. Sie brauchte Hilfe!

Doch er irrte sich. Seine Schwester wirbelte ihre Waffe eindrucksvoll herum, eine der ersten Übungen, die sie damit absolviert hatte. Der Mann blickte sie voller Hohn an und kam mit erhobenem Schwert näher. Schon einen Wimpernschlag später wandelte sich der Ausdruck in seinen Augen jedoch zu Überraschung, als Jana ihre Waffe ohne Mühe wieder festhielt und seinen Schwertstreich parierte. Sie sah ihn triumphierend an, dann huschte ihr Blick zu Simon herüber.

Er wollte ihr bedeuten, dass sie sich wieder auf den Kampf konzentrieren sollte. Ihr Gegner war noch nicht geschlagen, und nun wusste er um ihre Fähigkeiten. Im nächsten Moment jedoch richtete ihr Blick sich auf etwas hinter ihm, und ihre Augen weiteten sich vor Entsetzen. »Vorsicht!«, schrie sie panisch auf.

Simon fuhr herum in der Erwartung, sich einem Angriff ausgesetzt zu sehen, doch da war niemand. Über den Kampfeslärm hinweg hörte er nur das Sirren eines Pfeils. Hektisch blickte er sich um, bis er den Schützen oben auf dem Felssims sah. Sein Bogen jedoch war leer und in eine andere Richtung gerichtet.

Als Simon dem Blick des Schützen folgte, griff Kälte nach seinem Herzen und presste es zusammen. Geschockt musste er mitansehen, wie Sophie sich an die Brust griff und dann hintenüber fiel.

Im selben Moment erfasste auch Minerva, was geschehen war. »NEIN!«, schrie sie entsetzt auf, als sie das Mädchen stürzen sah.

Und dann ging alles ganz schnell. »Jana!«, hörte Simon Katharinas Stimme hinter sich. Voller Furcht fuhr er herum und erwartete fast, auch seine Schwester fallen zu sehen, doch stattdessen wurde sie von seiner Freundin auf Maros Rücken gezogen. Der Drache knurrte tief in der Kehle, dann sprang er vor und rannte die Männer, die sich ihm entgegenstellen wollten, einfach um. Unaufhaltsam bahnte er sich seinen Weg auf die Unglücksstelle zu. Auch Maya setzte sich in Bewegung.

Minerva hatte sich mittlerweile von dem Anblick ihrer Seelengefährtin losreißen können. Sie stieß ein ohrenbetäubendes Brüllen aus, in dem Verzweiflung, Entsetzen und unbändige Wut mitklangen. Als wäre sie selbst ein Pfeil, schnellte sie auf das steinerne Sims zu, und ehe der Bogenschütze oder einer der anderen Männer in Deckung gehen konnten, öffnete sie das Maul.

Nichts hätte sie vor dem gewaltigen Flammenstrahl schützen können, der sie nun einhüllte. Todesschreie erhoben sich in dem unbändigen Inferno, doch sie brachen nach wenigen Wimpernschlägen abrupt ab. Als die Drachin ihr Maul schloss, brannten die Bäume lichterloh. Am Boden davor lagen nur noch unförmige, verkohlte Haufen, die nicht mehr als Leiber zu erkennen waren.

Die übrigen Männer ergriffen voller Grauen die Flucht, doch Minerva beachtete sie überhaupt nicht. Sie legte die Flügel an und schoss zu Boden, wo die restlichen Gefährten sich bereits versammelt hatten. Die Erde erzitterte unter ihrem Gewicht, als sie landete und verzweifelt ihre menschliche Gefährtin anstieß. »Sophie!«

»Minerva«, erklang mit leiser, brüchiger Stimme Antwort. Der gefiederte Schaft des Pfeils ragte noch immer aus ihrer Brust, während ihre wollene Tunika sich um die Einschussstelle herum dunkelrot verfärbte.

»Ja, ich bin da! Wir sind alle hier!«

Sophie lächelte leicht, verzog aber sofort wieder das Gesicht und kniff die Augen zusammen, während sich ihr ein leises Stöhnen entrang. »Scheint, als hätte das Glück mich verlassen, was?«, hustete sie undeutlich.

»Unsinn, hör auf, so etwas zu sagen!«, widersprach Katharina möglichst energisch, doch das Zittern in ihrer Stimme war nicht zu überhören. Sie sprang auf, rannte zu einer ihrer Taschen und kramte hektisch darin. Als sie zurückkam, hielt sie verschiedene Kräuter in den Händen, die sie behutsam um den Pfeilschaft herum verteilte. Doch so vorsichtig sie auch vorging, Sophie schrie vor Schmerzen auf.

Simon warf einen Blick zu Minerva, die mit ihrer Gefährtin litt und innerlich mit sich selbst zu ringen schien. Sie schüttelte mehrfach wild den Kopf, bevor sie ihn wieder fürsorglich senkte, doch an dem verzweifelten Funkeln in den Augen der Drachin erkannte Simon das Unvermeidliche: Sophie würde sterben.

Die schwer verletzte Jugendliche hob die Arme ein kleines Stück, bevor sie sie vor Schmerz nicht weiter bewegen konnte. »Minerva«, krächzte sie wieder. Ihre Drachengefährtin schob den Kopf zwischen ihre angestrengt ausgestreckten Finger, und Sophie ergriff einige der kleinen Schuppenzacken, als wären sie ihre Rettung. In ihren Augen glitzerte es verdächtig, während sich ihre Lippen bewegten. Sie sprach so leise, dass nur die Drachin selbst sie verstehen konnte, und schien ihre Worte unbedingt noch loswerden zu wollen.

Dann sanken ihre Hände zitternd nieder, ihre Augen konnten nicht länger fokussieren. »Danke für die schöne Zeit«, hauchte sie, dann verlor sich ihr Blick im Nichts und erstarrte.

Immer noch voller Fassungslosigkeit, weiteten sich Minervas Augen. »Sophie, nein! Nicht! Sophie!« Aber ihr verzweifeltes, eindringliches Rufen brachte nichts mehr. Sophie würde nie wieder etwas sagen. Die Drachin stieß einen leisen, wehklagenden Ton aus, der beinahe wie ein Wimmern klang, dann warf sie den Kopf zurück und schrie ihre Trauer und den Schmerz über den Verlust der Freundin in die Nacht hinaus.

Simon musste schlucken. Als er sah, dass Jana die Tränen die Wangen hinunterströmten, zog er sie an sich. Einen Moment später war auch Katharina da. Ein leises Schluchzen entrang sich ihrer Brust, und seine Schwester stimmte ein. Maya und Maro drückten sich an ihre menschlichen Gefährten, und nun begannen die Tränen auch über Simons Gesicht zu laufen.

Minervas Schreie brachen ab, verklangen wieder zu dem leisen Klagelaut, der von ihrem Schmerz zeugte. Sie rollte sich um ihre tote Seelengefährtin zusammen und bedeckte sie mit den Flügeln, als könne sie damit alles ungeschehen machen. Als sei Sophie nur in den Augen der Außenwelt gestorben.

In dieser Schockstarre verharrten die Freunde, vereint in ihrer Trauer um die verlorene Gefährtin.

Als der Morgen graute, hatten die Gefährten ihre Haltung kaum verändert. Maya und Maro hatten sich so hingelegt, dass zwischen ihnen ein kleiner, runder Fleck entstanden war, wo Simon, Katharina und Jana lagen.

Minerva hatte sich noch enger um Sophies toten Körper gewunden und die schützend ausgebreiteten Flügel kein einziges Mal gehoben.

Über Nacht waren Wolken aufgezogen. Jetzt begann es leicht zu regnen, passend zur Stimmung der sechs verbliebenen Freunde fielen die Tropfen wie Tränen auf den Boden der Schlucht.

Viele Gedanken gingen Simon durch den Kopf. Sophies Tod hatte ihn sehr geschockt und traurig gestimmt, außerdem war der Zorn auf Igor und die ihm zuzuschreibenden Taten gewachsen. Mehr als je zuvor war er entschlossen, diesen Grausamkeiten ein Ende zu setzen. Es sollte niemand mehr sterben müssen oder wegen verlorener Freunde leiden.

Er machte sich auch Sorgen um Jana. Sie hatte so viel durchgemacht auf der Reise: Den Biss des Knöcherwarans, der sie das Leben gekostet hätte, wären sie Sophie nicht begegnet. Die beinahe völlige Auslöschung Grens, bei der sie Zeugin von so vielen grausamen Morden geworden war. Und jetzt den überraschenden Angriff auf ihr Lager, bei dem Sophie ihr Leben verloren hatte. Simon hatte Angst, dass seine Schwester unter der Last dieser schockierenden Geschehnisse erdrückt würde, doch er wusste auch, dass er nichts dagegen tun konnte. Ihm war aber auch aufgefallen, wie sehr sie sich verändert hatte.

Er dachte einige Monate zurück, an seine Freunde und Nachbarn in Taran, und er konnte nur hoffen, dass es ihnen gut ging. Damals war die Zwölfjährige so übermütig gewesen, aber mittlerweile war diese Verspieltheit verloren gegangen. Ihr Blick war viel ernster geworden. Aus dem kleinen Mädchen war eine reife Jugendliche geworden, die aber noch immer viel zu jung war, um solch schreckliche Ereignisse miterleben zu müssen.

Simon vermisste auch seine Mutter und seine zweite Schwester Lisa sehr und sehnte sich nach ihrer Nähe. Doch erst mussten die Freunde die Klaue des Morero finden und Igor besiegen, bevor sie nach Hause zurückkehren konnten.

In Momenten wie diesen fehlte sein Vater ihm besonders stark. Wie gerne hätte Simon ihn um Rat gefragt, ihn an seiner Seite gewusst. Dann hätten sie die Verantwortung, die schwer auf seinen Schultern lastete, gemeinsam tragen können.

Er seufzte leise. Maya öffnete neben ihm die Augen und hob den Kopf. Sie schien genau zu wissen, wie Simon sich fühlte, denn sie berührte seine Wange tröstend und zärtlich mit ihrer Zungenspitze. Sofort ging es ihm besser, wenn auch nicht viel.

Auch Katharina wachte auf und schlang die Arme fest um seine Schultern. Durch die Bewegungen in ihrem erschöpften Schlaf gestört, begannen sich auch Jana und Maro zu regen und rückten näher an die drei heran. Umgeben von seinen Gefährten, blickte Simon hinüber zu Minerva.

Die Drachin öffnete die Augen und sah zu ihnen herüber. In ihrem Blick erkannte er bodenlose Trauer und Machtlosigkeit, aber auch Verzweiflung und Wut. Simon war klar, dass sie Hilfe brauchte, sonst würde sie in einem Abgrund aus Dunkelheit versinken und sich von ihrer Umgebung abkapseln. Er sah seine Befürchtungen in den Augen der anderen gespiegelt.

Es war Katharina, die schließlich die Initiative ergriff. »Minerva«, sagte sie leise und öffnete den linken Arm als Einladung. Die Drachin zögerte und sah sie mehrere Sekunden lang einfach nur an. Dann stand sie mit einem Ruck auf, kam zu den Freunden und drückte ihren Kopf in Katharinas Arm. Das Mädchen löste sich aus der Umarmung mit ihrem Freund und umschlang Minervas Kopf. Simon und Jana rutschten ebenfalls ein Stück heran und legten ihre Arme um den Halsansatz der Drachin, Maya und Maro legten sich neben ihre Artgenossin und deckten ihre Flügel über sie und die Menschen, weil der Regen jetzt stärker zu prasseln begann.

Keiner der Gefährten wagte es, sich umzudrehen und dorthin zu sehen, wo die Tropfen hart auf Sophies Leiche fielen und das Blut von ihr abwuschen.

ZEIT DER TRAUER

Beinahe eine Stunde lang verharrten die Freunde so, dann rappelten sie sich mühsam auf und brachen die Reste des Lagers ab. Niemand hatte wirklich Appetit, deshalb aßen alle nur eine Kleinigkeit, bevor Maya und Maro loszogen und ein Stück weiter unten an einer erdigen Stelle am Berghang ein großes Loch aushoben. Schweren Herzens folgten Simon, Katharina und Jana ihnen. Minerva bildete das Schlusslicht, Sophie lag ein letztes Mal auf ihrem Rücken. Als die Drachin die anderen einholte, zog Maya das tote Mädchen behutsam von ihrem Rücken und ließ es in das Loch gleiten. Die trauernde Drachin fuhr herum, drückte sich vom Boden ab und verschwand mit raschen Flügelschlägen. Katharina und Simon begannen, Erde in das Loch und auf Sophie zu werfen. Jana zögerte kurz, bevor auch sie mithalf.

Als sie einen ordentlichen Hügel aufgeschichtet und eng mit Kieseln bedeckt hatten, kehrte Minerva zurück. In den Vorderklauen trug sie einen großen Stein. Fast schon achtlos wischte sie die kleineren Kiesel von der Mitte des Grabhügels beiseite und legte ihr Mitbringsel dann behutsam in die entstandene Lücke. Simon hielt den Atem an: In den Stein war ein Drache eingraviert! Er hatte ihn sowohl bei Minerva als auch bei Sophie als Narbe an der linken Schulter erkannt und erfahren, dass er das Zeichen ihrer Verpflichtung war. Sie hatten eine andere Variante als die Ringe gewählt und sich das gemeinsame Zeichen mit Hilfe einer Schablone eingeritzt.

Die Gravur ging durch den ganzen Stein, sodass man durch den grob umrissenen Drachen hindurch die Erde des Grabs sehen konnte. Minerva schüttelte den Hals und ein kleiner Beutel, der an einer der Zacken gehangen hatte, fiel zu Boden. Sie mühte sich ab, ihn zu öffnen, akzeptierte aber keine Hilfe. Schließlich schaffte sie es, den Inhalt über dem Stein auszuschütten. Gemahlene Kräuter landeten auf dem Grab, in den Ritzen, die den Drachen formten. Die Drachin holte tief Luft, dann spie sie einen kleinen Flammenstrahl auf das Grab und die Kräuter fingen Feuer. Der Rauch, der von ihnen aufstieg, verzog sich nicht, sondern hüllte das Grab kurz in eine schimmernden Wolke ein und löste sich dann plötzlich auf. Im selben Moment erlosch auch das letzte Glimmen auf dem Hügel.

Minerva zog sich ein Stück zurück. »Zumindest das konnte ich tun«, meinte sie tonlos. »Das Ritual wird bewirken, dass Naturgewalten dem Grab nichts anhaben können und unser Seelenband durch Sophies Tod nicht zerreißt. Sie wird weiter meine Seelenpartnerin bleiben, auch wenn das Band von ihrer Seite aus nicht mehr aufrechterhalten werden kann. Ich werde mit ihr verpflichtet bleiben, bis mein eigenes Ende gekommen ist. Und ich schwöre im Angesicht dieser Grabstätte, dass ich Sophie niemals vergessen und ihr Andenken in meinem Herzen bewahren werde.« Die Drachin zögerte kurz, dann wandte sie sich Katharina zu. »Katharina, ich habe eine große Bitte an dich. Die Eier müssen umsorgt werden, doch ich kann bei ihrem Anblick nur an das denken, was geschehen ist. Ich bin noch nicht wieder in der Lage, mich um sie zu kümmern. Würdest du eine Weile für mich auf sie aufpassen? Es wäre sicher Sophies Wunsch, dass du mir hilfst.«

Katharina sah die Drachin feierlich an, auch wenn Tränen in ihren Augen standen. »Natürlich, Minerva, ich helfe dir bei deinen Eiern. Ich werde sie genauso gut behandeln, wie Sophie es für dich getan hat.« Sie legte dem Drachenweibchen eine Hand auf die Schnauze, dann nahm sie vorsichtig den Rucksack mit dem wertvollen Inhalt an sich und schnallte ihn auf Maros Rücken gut fest.

Da Minerva jetzt allein war, beschlossen die Freunde, dass Jana auf der weiteren Reise auf ihrem Rücken sitzen sollte, um ihr dadurch vielleicht etwas Trost zu spenden und ihr zu zeigen, dass sie nicht allein war. Schweren Herzens kehrten die sechs Gefährten dem Grab ihrer Freundin den Rücken zu und flogen weiter in Richtung der Schwarzen Berge. Sie konnten nicht verweilen, während sie versuchten, ihre Trauer zu verarbeiten. Die Zeit wurde mit jedem Moment, den sie zögerten, knapper, also setzten sie ihren Weg fort.

Der Regen hatte mittlerweile aufgehört und die Wolken rissen ein klein wenig auf, gerade weit genug, um einen Hoffnung und Trost sendenden Sonnenstrahl hindurch zu lassen.

Die schwere Steintür polterte, als Igor sie mit einem Ruck aufstieß. Mit grimmigem Gesicht stapfte er zu dem Thron, den er im hinteren Bereich der Drachenhalle hatte aufstellen lassen. »Unglaublich, einfach unfassbar! Wie konnten die Kinder nur so lange überleben? Allmählich werden sie wirklich lästig! Und dass die eine Drachin einfach meine Männer zu Asche verbrannt hat – es ist doch wirklich nicht so schwer, einen Drachen außer Gefecht zu setzen!« Er schlug eine Hand auf die Lehne. Alexis zuckte zusammen, fasste sich dann aber schnell wieder.

Dafür hallte ein dunkles Grollen durch die Halle. Meteor hatte den Blick fest auf seinen Herrn gerichtet, seine Augen schienen zu glühen. Er stemmte sich gegen seine Ketten und knurrte weiter. Aron stand in der gegenüberliegenden Ecke, doch er blieb stumm und begnügte sich damit, einen feindseligen Blick in Richtung des Mannes zu werfen.

»Ruhe!«, herrschte Igor den Feuerdrachen an, der sofort verstummte und die Augen schloss, als habe ihn ein Peitschenschlag getroffen. »Alexis, schnall die Ketten mindestens zwei Löcher enger. Nicht mehr lange, dann werden wir diesen Gören selbst eine Lektion erteilen müssen – da sollen die Drachen aggressiv sein.« Er warf seinem Sohn einen finsteren Blick zu. »Bis dahin hast du deinen Drachen gefälligst besser unter Kontrolle und hast gelernt, seinen Flammenstrahl zu lenken.« Ohne eine Antwort abzuwarten, fuhr er herum und rauschte aus der Halle. Die steinerne Tür fiel hinter ihm mit einem dumpfen Laut zu.

Alexis hatte reglos verharrt, bis sein Vater gegangen war, nun seufzte er und lief zu Aron hinüber. »Er ist immer noch zornig deswegen?«, fragte der Silberdrache, sobald er von seinem Maulkorb befreit war. »Das tut mir leid für dich. Aber es war schon schlimm genug, die Hütten in Flammen aufgehen zu lassen, ich konnte doch nicht einfach die Dorfbewohner verbrennen!«

»Schon gut, ich weiß«, antwortete Alexis, während er die Fesseln seines Drachenfreundes löste. »Ich bin ja auch froh, dass du es nicht getan hast. Und die Reaktion meines Vaters halte ich schon aus.«

In den vergangenen Wochen hatten Aron und er Vertrauen zueinander gewonnen. Alexis wusste mittlerweile, dass ihm keine Gefahr drohte, wenn er die Ketten löste, sondern er hier nur Trost und Zuspruch fand. Mit Aron konnte er reden, seine Sorgen und Bedenken teilen und überlegen, wie man die Machenschaften seines Vaters stoppen konnte.

»Sei vorsichtig«, warnte der Silberdrache ihn jetzt. »Meteor ist schon den ganzen Tag sehr gereizt.«

»Kein Wunder«, entgegnete Alexis kopfschüttelnd. »Ich würde auch durchdrehen, wenn jemand mich Tag für Tag so eng anketten und mit dunkler Macht unterdrücken würde.« Er löste den Maulkorb des Feuerdrachen, dann öffnete er die Ketten.

Kaum war er frei, machte Meteor einen Satz zur Seite, wobei er Alexis rammte und zu Boden warf. Er grollte tief und gereizt, dann neigte er sich vor und bleckte die Zähne.

Sofort war Aron zur Stelle. Er drängte sich zwischen Alexis und den zornigen Drachen, den Kopf gesenkt und das Maul ein Stück geöffnet, um sein leises Knurren besser hörbar zu machen. Der ältere, dunkelrot geschuppte Drache sah aus, als wolle er die Herausforderung annehmen und zum Angriff übergehen.

»Halt!«, rief Alexis energisch und legte die Macht der Unterdrückung in seine Worte. Er hatte keine andere Wahl. Schnell rappelte er sich auf und trat an Aron vorbei. »Meteor, zurück!«, befahl er leise. Er quälte den Drachen mit seinen Worten nicht so, wie sein Vater es immer tat. Er nutzte gerade so viel Macht, wie es brauchte, damit ihnen Folge geleistet wurde.

Der Feuerdrache grollte noch immer unheilvoll, doch er zog sich zurück, bis er wieder an seinem Platz an der Wand stand. Alexis zögerte kurz, dann verband er die metallenen Ketten wieder mit dem Geschirr. »Es geht nicht anders«, murmelte er bekümmert, auch wenn er die Fesseln vorerst nur locker befestigte.

»Igors Bosheit hat sich auf ihn übertragen«, mutmaßte Aron halb verbittert, halb bekümmert. Er stupste den Jungen vorsichtig in die Seite. »Ist dir etwas passiert?«

»Nein, danke für deine Hilfe. Manchmal hat es doch seine Vorteile, dass Vater Meteor befohlen hat, auch mir zu gehorchen.« Alexis lief in die Ecke der Halle, in der auch das Wasserbecken stand. Aus einer schweren Truhe zog er zwei große Fleischbrocken heraus. Die Hinterbeine irgendeines Tieres. Er schleppte eines davon zu Aron und legte es ihm vor die Vorderklauen, das andere brachte er Meteor. »Friss«, sagte er leise, dieses Mal ohne den Befehlston. Der Feuerdrache starrte ihn durchdringend an, doch dann fügte er sich.

Auch Aron beugte sich über sein Mahl und begann, einzelne Fleischfetzen abzurupfen und hinunterzuschlingen. »So kann es nicht weitergehen«, stellte er zwischen zwei Bissen fest und seine Stimme wurde eindringlich. »Alexis, Igors Verhalten wird immer grausamer. Er quält Menschen, er setzt Meteor immer mehr zu, und du zerbrichst auch daran, wenn nicht bald etwas geschieht. Und nun will er sich auch noch diese Jugendlichen und ihre Drachen vorknöpfen, obwohl sie die Einzigen zu sein scheinen, die etwas unternehmen wollen. Du musst eingreifen!«

»Du weißt genau, dass ich das nicht kann.« Alexis stellte sich an das Gitter, das die Drachenhalle von der kleinen Flugplattform trennte, und starrte in die Ferne. »Es ist nun einmal nicht so einfach, immerhin ist er trotz allem mein Vater. Und außerdem -«

Dem Silberdrachen entwich ein Knurren, als er den Kopf in die Höhe riss und den Blick auf den Jungen heftete. »*Und außerdem*?

Sag mir, dass das nicht dein Ernst ist! Du befürwortest sein Verhalten doch nicht, das weiß ich. Und auch, wenn er dein Vater ist, musst du doch einsehen, was für eine Gefahr er darstellt. Denk nur an seinen Gesichtsausdruck, als er vor ein paar Tagen von seinem letzten Suchflug zurückkehrte. Wenn wir ihn gewähren lassen, ist alles verloren!«

Alexis antwortete nicht, sondern zuckte nur hilflos mit den Schultern. Als die Drachen ihr Mahl beendet hatten, ging er zu Meteor, legte ihm den Maulkorb wieder an und zog dann langsam die Ketten enger. Er hätte am liebsten den Blick abgewandt, als das Metall den Drachen einzuschnüren begann und sich in seine Haut drückte, doch wenn er seinem Vater hier nicht gehorchte, würde es zu sehr auffallen.

Anschließend trat er zu Aron. Während er diesem den Maulkorb und die Fesseln wieder anlegte, vermied er krampfhaft jeden Blickkontakt. Die Ketten saßen hier zwar nur dem Schein nach so straff, weil der Silberdrache sich wie jedes Mal aufplusterte, sobald Igor anwesend war, aber er beraubte dennoch einen Freund seiner Freiheit. Den einzigen Freund, den er hatte.

»Es tut mir leid«, wisperte er verzweifelt, ehe er sich abwandte und aus der Halle eilte. Die Drachen blieben mit ihren Ketten allein zurück.

Die Gegend, die die Freunde überflogen, wurde immer unwirtlicher. Bäume sahen sie kaum noch, die Berghänge wurden immer schroffer und steiler, dazwischen erstreckten sich aufgerissener Boden und tiefe Spalten. Es wurde schwieriger, Beute zu finden oder zu landen, und mit den Wasservorräten mussten sie ausgesprochen sorgsam umgehen.

Doch keiner schenkte diesem Umstand oder den damit verbundenen Problemen mehr Aufmerksamkeit als unbedingt nötig. Maya und Maro achteten darauf, dass sie sich zwischen den vielen Gipfeln nicht verirrten, sondern weiterhin in Richtung der deutlich dunkleren Hänge der Schwarzen Berge flogen, die mittlerweile in der Ferne auszumachen waren. Simon, Katharina und Jana achteten währenddessen auf Minerva und taten alles, um sie aufzuheitern.

Die Drachin schien ihren Lebenswillen verloren zu haben. Mit hängendem Kopf flog sie ein Stück hinter ihren Artgenossen, die immer wieder auf sie warten mussten. Jeder Flügelschlag schien ihr unheimlich viel Kraft abzuverlangen, und sie sprach kaum noch ein Wort. Jana flog stets bei ihr mit, strich ihr über den geschuppten Hals und feuerte sie wieder und wieder an, damit sie nicht noch langsamer wurde. Doch was sie auch versuchte, Maya und Maro mussten ihr Tempo immer weiter herunterschrauben, um die trauernde Gefährtin nicht abzuhängen.

Trotz der geringen Geschwindigkeit waren gerade fünf Tage seit Sophies Tod vergangen, als die Freunde den ersten Gipfel passierten, der aussah, als habe jemand das Gestein mit Kohle gefärbt. Sie hatten die Schwarzen Berge erreicht. Dunkel und bedrohlich ragten die zwölf Gipfel noch höher in den Himmel als das restliche Gebirge, als wollten sie den Gefährten einen Vorgeschmack auf das geben, was sie hier erwartete.

Bis die Nacht hereinbrach, hatten die Freunde aus der Luft keinerlei Hinweis entdecken können, doch sie waren auch noch nicht weit gekommen. Als sie den düsteren Eingang einer Höhle an einem Steilhang entdeckten, beschlossen sie, dort zu landen. So konnten sie sich nicht nur umsehen, sondern hoffentlich auch ihr Lager aufschlagen.

Als die Vegetation spärlicher geworden war, hatte Simon einige dicke Äste gesammelt und auf Mayas Rücken festgebunden. Einen davon zog er nun hervor und hielt ihn vor sich. Minerva entzündete ihn teilnahmslos, nachdem er sie zweimal darum gebeten hatte. Mit dieser kümmerlichen Lichtquelle drangen die Freunde in das Innere des Berges vor.

Der Eingangsbereich war breit genug, um die Drachen ohne Probleme landen zu lassen, doch was sie für eine Höhle gehalten hatten, entpuppte sich als langer, tiefreichender Gang, in dem die Drachen sich zwar ohne Probleme bewegen, keinesfalls jedoch fliegen konnten. Langsam rückten sie gemeinsam vor. Schnell verschwand der schwache Dämmerungsschein des Ausgangs hinter ihnen, bis schließlich die klägliche Fackel das Einzige war, das die Finsternis durchbrach und ihnen einen kleinen Kreis schummrigen Lichts verschaffte. Während sie den engen Windungen immer tiefer in den Berg hinein folgten, zweigten immer wieder Gänge vom Haupttunnel ab, doch sie waren zu klein für die Drachen. Teilweise waren es nicht mehr als Spalten, in die sich nicht einmal Jana hätte hineinquetschen könnten. Immerhin liefen die Freunde so nicht Gefahr, sich zu verirren.

Es schien eine Ewigkeit zu vergehen, während sie immer weiter vordrangen, doch schließlich endete der Gang abrupt in einer weiteren Öffnung. Vorsichtig traten die Gefährten auf den schmalen Vorsprung, von wo aus sie aus etwa halber Höhe in eine große Höhle blicken konnten. Die Drachen konnten hier wieder fliegen, daher breiteten sie ihre Flügel aus und trugen ihre menschlichen Freunde das halbe Dutzend Meter zum Boden. Da es nur den einen Eingang gab und sie sich nirgends hin wenden konnten, beschlossen sie, es vorerst gut sein zu lassen, und machten es sich für die Nacht bequem. Sie aßen von ihren zur Neige gehenden Vorräten, dann kuschelten sie sich eng aneinander. Sogar Minerva hatte sich immerhin so weit erholt, dass sie sich Flanke an Flanke zu Maro legte, statt sich in mehreren Metern Entfernung allein niederzulassen wie in den vergangenen Tagen. So aneinandergeschmiegt schliefen die sechs schließlich ein, während die auf dem Boden abgelegte Fackel langsam verlosch.

Katharina wurde davon geweckt, dass Maro neben ihr zusammenzuckte und aufsprang. Ihrer Müdigkeit nach zu urteilen musste es entweder früher Morgen oder noch mitten in der Nacht sein, dennoch zwang sie sich, die Augen zu öffnen und ebenfalls aufzuspringen. Die anderen taten genau dasselbe.

Erst nach einem kurzen Moment der Verwirrung wurde ihr bewusst, dass sie sehen konnte. Das Licht in der Höhle war nur schummrig und flackerte, doch es reichte aus, um ein in der Nähe liegendes, verkohltes Holzstück sichtbar zu machen. Es war nicht die Fackel vom Vorabend, die da brannte.

Auf dem kleinen Vorsprung, der zurück in den Tunnel führte, stand eine vermummte Gestalt. Sie hielt die lichtbringende Laterne, während sie zu den Gefährten herab starrte.

»Wie gut, dass ich mich vor einigen Tagen vom Haupttrupp getrennt habe. Da ihr bis hierher gelangt seid, scheinen die anderen keinen Erfolg gehabt zu haben.« Ein finsteres Lachen hallte von den Wänden wider. Es verstummte erst, als der Fremde Minerva entdeckte, die sich kampfbereit aufgebaut hatte, gereizt mit dem Schwanz peitschte und ein leises, drohendes Knurren gegen ihn richtete. Doch der Mann fing sich schnell und fand sein überhebliches Grinsen wieder. »Gebt euch keine Mühe. Es ist egal, ob ihr mich tötet oder nicht, ihr seid sowieso verloren. Ich habe viele Jahre lang Studien über Chemie betrieben und in diese Höhle zu kriechen war das Dümmste, was ihr tun konntet. Die Gänge in diesem Berg sind mit Phosphoradern durchzogen. Wisst ihr, was das für ein Stoff ist? Er brennt sehr leicht und heftig – und eine kleine Glimmschnur wird in Kürze dafür sorgen, dass dies euer steinernes Grab wird.« Er lachte erneut. »Ihr solltet euch nicht mit Igor anlegen, wisst ihr?«

Seine letzten Worte trafen Minervas wunden Punkt. »Seinetwegen starb Sophie!«, brüllte sie, während zwei rasche Flügelschläge sie in die Höhe katapultierten, dann stürzte sie sich mit ausgestreckten Klauen auf den Dunkelgewandeten. Schwer atmend stand sie anschließend über ihm, noch immer ein Knurren in der Kehle.

Ein ohrenbetäubendes Knallen ließ die Freunde zusammenzucken. Es wurde von den Wänden zurückgeworfen und schien von überall zugleich zu kommen. Eine Spalte im hinteren Bereich der Höhle, die die Freunde zuvor übersehen hatten, leuchtete rot auf. Das unheilverkündende Leuchten nahm schnell zu, und mit ihm lief ein Grollen durch den Berg. Igors Scherge hatte die Wahrheit gesagt!

Die Erde begann zu zittern, als Katharina nach dem Rucksack mit den Dracheneiern griff und auf Maros Rücken hinter Jana sprang. Maya und Simon hatten bereits den Vorsprung erreicht, und die blaugraue Drachin verschwand mit langen Sätzen in der Schwärze des Tunnels.

Als ihr Seelengefährte sich in die Luft schwang, auf dem schmalen Plateau landete und ebenfalls in die Dunkelheit springen wollte, rutschte Katharina von seinem Rücken. »Los«, schrie sie ihm zu, »bring Jana hier raus, ich helfe Minerva!« Sie drückte dem Mädchen die zu Boden gefallene Laterne in die Hand. Ihr Seelengefährte zögerte, doch dann wandte er sich mit sichtlichem Unbehagen ab und rannte ebenfalls los.

Katharina schwang sich auf Minervas Rücken, den Rucksack mit den Eiern fest umklammert. »Lauf!«, rief sie, und die Drachin ließ sich kein zweites Mal bitten. Doch obwohl nur wenige Sekunden vergangen waren, konnten sie den Schein der kleinen Lampe nur kurz erhaschen. Mehrere Biegungen trennten sie bereits von den anderen, und im Dunkeln kamen sie nicht so schnell voran, wie es nötig gewesen wäre.

Eine zweite Explosion erschütterte den gewundenen Gang, diesmal viel näher.

Als Katharina einen flüchtigen Blick zurück warf, erkannte sie entsetzt, dass das von dort kommende Leuchten sie einholte. Über diese Lichtquelle war sie jedoch ganz und gar nicht glücklich. »Schneller!«, feuerte sie Minerva an. »Schneller! Wir haben ein Inferno auf den Fersen!« Nun meinte sie auch, an den vorbeirauschenden Felswänden helle, leicht glitzernde Linien ausmachen zu können. Ob das dieser Stoff war, von dem Igors Scherge gesprochen hatte?

Die Drachin schien im Angesicht der Gefahr wieder einen klaren Kopf bekommen zu haben. Sie streckte sich und legte im schummrigen Licht der nahenden Flammen an Tempo zu, doch obwohl der Gang dort, wo sie rannte, bis auf anhaltende Erdstöße noch recht stabil war, wurde das unheilverkündende Getöse hinter ihnen immer lauter.

Plötzlich rammte sie alle vier Beine in den Boden und blieb abrupt stehen.

Katharina rutschte vornüber, doch als sie sich zu halten versuchte, schüttelte die Feuerdrachin sie ab.

»Steig ab«, meinte sie knapp.

»Was soll das?«, rief die Jugendliche entgeistert aus, während sie den Rucksack mit den Dracheneiern schützend an sich klammerte. »Willst du uns umbringen?!«

»Im Gegenteil.« In Minervas Augen lag ein eindringliches Schimmern. »Hör mir zu, ihr seid es den Bewohnern von Gren, Sophie und mir schuldig, Igor aufzuhalten. Hörst du?«

»Was hast du vor?«, fragte Katharina verstört. Alles in ihr schrie danach, wieder auf den Rücken der Drachin zu springen und mit ihr zu fliehen, doch diese stieß sie nachdrücklich vorwärts.

»Ich möchte, dass du und meine Jungen überleben. Ich werde euch mit einem Gegenfeuer ein wenig mehr Zeit verschaffen. Also lauf, schnell, bevor es zu spät ist!« Sie fuhr herum und machte ein paar Sätze zurück in die Tiefen des Tunnels.

Als die Jugendliche wie angewurzelt stehen blieb, fuhr sie noch einmal herum. »Jetzt *lauf* schon!« Dann verschwand sie um die nächste Biegung. Der Lichtschein wurde abrupt heller, dann wurde das Poltern lauter.

Katharina erwachte aus ihrer Starre, fuhr herum und sprintete los. Hinter ihr gab es eine gewaltige Explosion, die sie von den Füßen riss. Schnell rappelte sie sich auf und rannte weiter. Sie spürte, dass die Welle aus Druck und Hitze sich ihr näherte, doch vor ihr leuchtete jetzt fahles Morgenlicht durch den rettenden Ausgang. »Maro!«, schrie sie nach ihrem Seelengefährten. »Maro!« Er musste einfach da sein.

Noch einmal legte sie an Tempo zu, dann tat sie ein paar letzte, große Schritte und sprang durch die Öffnung des Ganges nach draußen. Einen kurzen Augenblick fiel sie, dann packten sie zwei mächtige Klauen an den Schultern und rissen sie hoch. Nicht einmal eine Sekunde später fegte ein Inferno aus Flammen, Druckwellen und Gestein aus dem Felsgang hervor.

Erleichtert presste Katharina den Rucksack mit den Dracheneiern an sich und blickte hoch zu ihrem Drachengefährten. Er erwiderte ihren Blick mit einem sanften Blinzeln, doch dann verengten seine Pupillen sich zu Schlitzen und er riss den Kopf herum. »Wo ist Minerva?«, fragte er alarmiert.

»Sie ist …« Katharina begann zu begreifen, was gerade geschehen war, und ein Schluchzer entrang sich ihrer Kehle. Nur stockend und mit zunehmendem Zittern konnte sie berichten, was passiert war. »Wir hätten es nicht mehr geschafft. Sie meinte, ich solle gut auf ihre Jungen aufpassen, ihr wäre wichtig, dass die Kleinen und ich überleben. Und dass wir es ihr, Sophie und den Leuten aus Gren schuldig wären, den Kampf gegen Igor zu Ende zu bringen. Sie wollte mir einen Vorsprung verschaffen und ist zurückgerannt. Ich bin weitergesprintet, dann war da die Explosion … Sie hat sich für mich geopfert!« In dem Moment, in dem die Wahrheit aus ihr herausbrach, verlor sie endgültig die Fassung. Hemmungslos begann sie zu weinen. »Es … es ist meine Schuld! Ich hätte sie überreden müssen, weiterzulaufen, ich hätte sie nicht zurücklassen dürfen, ich -«

Sie wurde unterbrochen, als Maya nach ihr griff, sie vorsichtig übernahm und dann auf Maros Rücken absetzte. Jana saß mittlerweile hinter Simon und sah das Mädchen mit schreckgeweiteten Augen an. Eine erste Träne lief auch ihr über die Wange, angestrahlt von der gerade aufgehenden Sonne.

Simon blickte einfach nur fassungslos und hilflos drein, dann zog er die Beine an, drückte sich ab und landete sicher auf Maros Rücken. Vorsichtig griff er um seine Freundin herum und befestigte den Rucksack mit den Dracheneiern, dann begann er, ihr sanft über die Schultern zu streichen. »Es ist nicht deine Schuld!«, flüsterte er, drückte sie fest an sich und küsste ihren Nacken. »Sie wollte es so. Für einen kurzen Moment war sie wieder sie selbst, und ihr waren dein Leben und das ihrer Jungen wichtiger als ihr eigenes. Sie ist Sophie gefolgt, und vielleicht sind die beiden jetzt ja irgendwo wieder vereint.« Er verstummte. Es war genug gesagt worden, alles andere hatte Zeit oder musste nicht laut ausgesprochen werden.

Niedergeschlagen wandten die beiden Drachen sich ab und flogen im Schein der aufgehenden Sonne tiefer in das Gebiet der Schwarzen Berge hinein.

Die Tage schleppten sich dahin. Die Art und Weise, wie sie so kurz nach Sophies grausamem Tod auch noch Minerva verloren hatten, hatte sie alle tief erschüttert. Simon machte sich große Sorgen. Die Drachen schienen das Geschehene mit mehr Fassung ertragen zu können, aber seinen beiden Begleiterinnen ging es dafür umso schlechter. Jana starrte oft gedankenversunken in die Ferne, nur um dann plötzlich zu erschaudern und leise zu wimmern, wenn sie die Bilder der vergangenen Kämpfe überrollten. Katharina hatte weniger Selbstbeherrschung. Immer wieder schluchzte sie ohne Vorwarnung auf oder brach in Tränen aus. Ihre Augen waren verquollen und gerötet.

In beiden Fällen war Simon kaum in der Lage, Trost zu spenden, so sehr er es auch versuchte. Diese Hilflosigkeit machte ihn wahnsinnig. Auch ihn schmerzten die erlittenen Verluste, aber noch größer war die Angst um seine Freundin und seine Schwester. Einzig das Wissen, dass Maya seine Verzweiflung bemerkte und bedingungslos für ihn da war, gab ihm etwas Kraft. Sie gab ihm die Zuversicht, die er selbst nicht aufbringen konnte.

Mehrere Tage später bot sich eine Gelegenheit, die gesamte Gruppe durch etwas Abwechslung von den bedrückenden Gedanken abzulenken. Sie brauchten dringend neue Vorräte, Fleisch wie auch Wasser waren beinahe aufgebraucht. Um Zeit zu sparen, teilten sie sich auf: Jana und Maro flogen in ein benachbartes Tal, wo das Drachenmännchen jagen wollte, während Maya, Simon und Katharina einem Geruch nach Wasser folgten, den die Drachin wahrnahm.

Die beiden Jugendlichen liefen voran und gewannen allmählich einen kleinen Vorsprung. Simon schob sich an einigen Felsbrocken vorbei, dann erreichte er ein kleines, natürliches Rondell. Als er die Wand betrachtete, die ihm genau gegenüber emporragte, erstarrte er und riss die Augen auf. »Katharina, sieh dir das an!«

Das Mädchen folgte seinem Blick und reagierte ebenso fassungslos. »Das kann doch nicht wahr sein!«

»Was kann nicht wahr sein?«, fragte Maya nach, bevor sie kurzerhand über die im Weg liegenden Steine sprang. Als sie anschließend fragend den Kopf hob, war sie die Dritte, die ungläubig verharrte.

Simon glaubte noch immer, seinen Augen nicht trauen zu können. Die Dutzende Meter hohe Steinwand war mit verschiedenen Erzadern in allen möglichen Farbtönen durchzogen, die teilweise im Sonnenlicht funkelten. Das Unglaublichste jedoch waren die Formen, die sie bildeten. Es sah aus, als würden sie aus dem Boden sprießen, sich in die Höhe recken, Blüten treiben …

»*Die ewigen Blumen verdecken den Zugang*«, rezitierte Maya leise, doch es klang eindeutig Aufregung in ihrer Stimme mit. »Das muss es sein! Wir haben es gefunden!« Sie legte den Kopf in den Nacken und stieß ein lautes Brüllen aus. »Hoffentlich hat Maro mich gehört«, meinte sie dann. »Das ist unglaublich. Und aus der Luft hätten wir es vermutlich gar nicht entdeckt!« Sie prüfte neugierig die Luft, während sie wartete. »Der Geruch nach Wasser ist hier deutlich stärker. Interessant, dabei geht es doch nirgends weiter.«

Maro hatte sie gehört. Wenige Minuten später kam er herangeflogen, Jana auf seinem Rücken. Er landete, ließ sie absteigen und warf hektische Blicke in alle Richtungen. »Was ist passiert? Wurdet ihr angegriffen?«

»Niemand wurde angegriffen«, beruhigte Katharina ihn und gab ihm einen Wink in Richtung ihrer Entdeckung.

»Das … das Rätsel«, erkannte auch er einen Augenblick später ehrfürchtig. »Das ist beeindruckend.«

Jana trat mit offenem Mund ganz nah an die Felswand heran. Sie strich über die verschiedenen Adern im Gestein, dann zuckte sie zurück. Aufgeregt wirbelte sie herum. »Hier, hier ist es!« Sofort liefen alle zu ihr. Zunächst verstanden sie nicht, was Jana meinte, aber dann wollte Simon die besonders dunkle Gesteinslinie berühren und griff ins Leere. Das war keine Erzader, sondern ein Spalt! Nach oben hin verbreiterte er sich so weit, dass sogar die Drachen hindurch passen sollten.

»Der verdeckte Zugang.« Maya flüsterte fast. »Wir haben ihn gefunden.« Sie breitete ihre Flügel aus, flog zu einer Stelle, an der sie sich in den Spalt zwängen konnte, und verschwand. Kurz darauf rief sie von innen: »Kommt her, kurz hinter dem Spalt ist ein breiter Gang, durch den wir problemlos gehen können! Wir sind auf der richtigen Spur!« Vorsichtig quetschte Simon sich durch den Spalt, ihm folgte Katharina, die in der einen Hand den Rucksack mit den Dracheneiern trug, zum Schluss kam Jana. Maro flog ebenfalls an der Felswand hinauf und verschwand zwischen den Erzadern.

Die Gefährten gelangten, wie Maya es gesagt hatte, in einen breiten, hohen Gang. Nachdem Maro gelandet war, stieg Katharina auf seinen Rücken, und auch Simon und Jana fühlten sich auf Maya sicherer, immerhin wussten sie ja nicht, was sie nun erwartete.

Sie mussten nicht weit laufen. Nach ein paar hundert Metern öffnete sich der Gang und die Freunde betraten einen von der Sonne bestrahlten Weg. Vor ihnen erstreckte sich ein kleines Tal. In seiner Mitte floss ein Wasserlauf, überall wuchs frisches, saftiges Gras. Staunend meinte Maya: »Daher also der Geruch. Aber wie kann das sein? Wir hätten dieses Tal gestern Abend sehen müssen, aber weit und breit waren nur dunkle Berghänge!«

»Das muss Magie sein«, mutmaßte Maro beeindruckt. »Eine Art Schutzzauber, der verhindern soll, dass der Aufenthaltsort der Klaue bereits von weitem entdeckt werden kann oder sich hier sogar jemand niederlässt.«

»Wieso wir es vorher nicht sehen konnten, ist doch jetzt egal«, meinte Simon kurzerhand. »Hauptsache, wir sind hier und können auch den Rest des Rätsels lösen!« Die anderen stimmten ihm zu, und so liefen die beiden Drachen weiter, trugen ihre Reiter auf den hell erleuchteten Pfad und folgten diesem, in die Senke hinab, durch sie hindurch und an ihrer gegenübergelegenen Seite wieder hinauf. Der Untergrund ging wieder in Felsen über und sie gelangten zu einer Erhöhung, neben der der Fluss schneller und schäumender floss als im Tal. Einige Meter weiter endete das Tal in einer riesigen Steinwand, die am oberen Rand einen zum Tal zeigenden Vorsprung aufwies. Dahinter ragte einer der Schwarzen Berge auf. Von der breiten Felsnase herab schoss ein kräftiger Wasserfall in das Tal und ging immer mehr in den später so ruhigen Flusslauf über. Neben dem Wasserfall endete der Weg abrupt.

Als Maya und Maro diesen Punkt erreichten, wurde Simon ein weiterer Teil des Rätsels klar: Vor ihnen öffnete sich ein gewaltiger Abgrund. Er war kaum mehr als ein Dutzend Meter breit und ebenso lang, erschien aber unendlich tief. Außerdem konnten die Drachen nicht hinüberfliegen oder ihn einfach überspringen, weil die Steinwand vor ihnen und um sie herum war. Sie würden sich bei einem Versuch unweigerlich verletzen. »*Den Eingang bewacht der Schlund eines Monsters …*«, meinte Jana ein wenig erschrocken. »Ob da unten irgendetwas lauert?«

»Das glaube ich nicht«, verneinte Maya. »Dann könnten wir etwas wittern.«

»Vielleicht können wir ja eine Brücke aus Ästen bauen oder so?«

Wieder schüttelte die Drachin den Kopf. »Es muss etwas mit dem zweiten Teil des Satzes zu tun haben. *Den Eingang bewacht der Schlund eines Monsters, an dem nur die Krallen der südlichen Abendsonne vorbeiführen.* Was soll uns das sagen?« Sie überlegte einen Moment, dann fuhr sie fort: »Auf jeden Fall nützt es uns nichts, wenn wir hier in der Gegend herumstehen. Es muss etwas mit dem Sonnenuntergang zu tun haben, wir werden also vorerst nicht weiterkommen. Lasst uns im Tal endlich unsere Wasservorräte auffüllen, jagen und bis heute Abend warten.« Die Freunde schlossen sich ihrem Rat an und gemeinsam kehrten sie in die fruchtbare Senke zurück.

Simon war überrascht, als Maya tatsächlich drei kleine Gazellen erlegte. Die Drachin hatte zuvor befürchtet, dass es in diesem kleinen, offenbar magisch geschützten Tal keine Tiere geben würde, die über die Größe von Hasen hinausgingen. Aber sie waren da, deshalb konnten die Gefährten ihren Hunger stillen und trotzdem ihre Vorräte auffüllen. Noch dazu schmeckte das Fleisch sehr gut, es war zart und würzig. Sie ließen sich Zeit und redeten viel.

Schließlich beschlossen sie, ihre Kampftechniken zu verbessern, um auf die Konfrontation mit Igor vorbereitet zu sein, die nicht mehr zu vermeiden war. Sie mussten den Terror, den er nicht nur über ihr eigenes Dorf, sondern über ganz Sarmela brachte, beenden, auch wenn die Vorstellung, für so viele Menschen und Dörfer zu kämpfen, Simon Angst einjagte. Er hatte seine Familie schützen wollen, sein Dorf, und nun trug er die Last Sarmelas auf den Schultern. Umso wichtiger war es, dass die Gefährten vorbereitet waren.

Als Erstes trat Simon gegen Katharina an. Er griff zu seinem Schwert. Zunächst fühlte er sich komisch dabei, gegen das Mädchen, das er liebte, einen Kampf zu führen. Aber dann sah er in ihre Augen, während sie das Florett in Angriffsposition hielt, und beide dachten dasselbe: Heute mochte es ein Übungskampf sein, aber schon bald würde daraus Ernst werden und es würden wieder richtige Gegner sein, die ihnen gegenüberstanden. Und die Erinnerungen an die letzten Kämpfe hatten sich unwiderruflich in sein Gedächtnis eingebrannt.

Schlagartig war Simon konzentriert. Er ging als Erster zum Angriff über, machte zwei Schritte auf Katharina zu und führte das Schwert von der Seite abwärts. Sie reagierte blitzschnell, führte ihr Florett aus der entgegengesetzten Richtung und von unten gegen seinen Schlag, parierte und zwang ihn dabei sogar einen Schritt zurück. Lächelnd blickte sie ihm in die Augen. Doch er beließ es nicht bei einem Angriff: Noch während er zurückwich, federte er seinen letzten Schritt ab, nutzte den Schwung und schoss überraschend wieder auf sie zu. Katharina konnte gerade noch ihre Klinge hochziehen, musste aber nun selbst zurückweichen.

Wieder und wieder attackierten die beiden einander, doch sie waren ebenbürtig. Nach einer halben Stunde brachen sie ab, da keiner der beiden das Duell für sich entscheiden konnte, sie aber zu erschöpft waren, um fortzufahren.

Entkräftet ließ Simon sich neben Jana, Maya und Maro ins Gras fallen. Katharina tat es ihm nach. »Das war sehr gut«, lobte Maro, »ich hätte nicht gedacht, dass ihr so wendig und energiegeladen wärt. Wirklich gut, ihr habt viel gelernt, seit wir Gren verlassen haben.«

Jana stimmte ihm zu. »So gut wäre ich auch gerne!« Ein Schatten huschte bei diesen Worten über ihr Gesicht, auch sie schien an die vergangenen Kämpfe zurückdenken zu müssen. Aber ihre Stimme klang ernst.

Maya blickte sie an. »Dann wird es Zeit zu üben.« Auf einen verwirrten Blick Janas hin fügte sie hinzu: »Ich mache jetzt ein paar Wendigkeitsübungen, die auch Reaktionsschnelligkeit erfordern.«

Bevor Jana wusste, wie ihr geschah, fuhr Mayas Kopf nach vorn und die Drachin schnappte nach ihr. Geistesgegenwärtig wich Jana zurück, sodass sie außer Reichweite der dolchartigen Zähne war. »Maya, was …?«, setzte sie an, verstummte dann aber und sah sie mit großen Augen an. »*So* soll ich trainieren? Und … und wenn ich zu langsam bin?«

»Jana, glaubst du wirklich, ich würde dich verletzen? Ich werde gut aufpassen, was ich tue«, erwiderte die blaugeschuppte Drachin beruhigend und zwinkerte mit dem rechten Auge. Dann sprang sie erneut in Richtung des Mädchens.

Diesmal war Jana besser vorbereitet. Geschickt sprang sie rückwärts und blieb dann sprungbereit stehen. Sie beobachtete Maya genau, deshalb merkte sie, wie diese den Bruchteil einer Sekunde, bevor sie erneut lossprang, ihre Muskeln anspannte. Sofort glitt Jana geschmeidig zur Seite und sprang auf den Rücken der Drachin, bevor diese sich nach ihrer missglückten Attacke umdrehen konnte. Lächelnd blickte sie zu Simon, Katharina und Maro, doch dann riss sie die Augen erneut auf und klammerte sich reflexartig fest, als Maya erneut die Muskeln anspannte. Keine Sekunde zu früh: Die Drachin begann umherzuspringen, sich wild zu drehen, mit den Flügeln zu schlagen und wie ein Pferd zu buckeln, um ihre Übungsgegnerin loszuwerden. Nur mit Mühe konnte diese sich auf ihrem Rücken halten, mehr als einmal wurde sie fast heruntergeschleudert.

Nach einigen Minuten blieb die stolze Drachendame endlich stehen und ließ Jana absteigen.

»Du hast dich wirklich gut geschlagen, ich hatte damit gerechnet, dass Maya dich im Fall auffangen müsste«, lobte Maro sie.

»Ich hätte natürlich noch in die Luft steigen oder mich zu Boden werfen können, aber das wäre jetzt zu viel gewesen«, meinte die Drachin und nickte dann wohlwollend. »Und er hat recht, du warst sehr gut.«

Mit vor Stolz leicht geröteten Wangen und von der Übung zerzausten Haaren setze sich das Mädchen wieder zu ihnen.

Eine Weile saßen die Freunde einfach nur einträchtig nebeneinander, einerseits froh, endlich einmal ohne Hast pausieren zu können, andererseits ungeduldig, da die Zeit drängte.

Simon überlegte, mit den anderen einen Strategieplan für den Angriff auf Igor zu entwickeln, entschied sich dann aber dagegen. Sie konnten ja nicht wissen, ob und unter welchen Bedingungen sie gegen ihn antreten mussten; außerdem hatten sie gerade zum ersten Mal seit langem die Möglichkeit, einen halben Tag lang alles hinter sich zu lassen und einfach nur zu entspannen. Diese Ruhe wollte er nicht zerstören, sie würden sie sicher noch früh genug wieder herbeisehnen.

Jetzt erhob sich Maro und sah Maya an. »Hast du noch Kraft für einen weiteren Kampf?«, fragte er neckend. Die Drachin erhob sich ebenfalls und blickte ihn selbstsicher an, ebenfalls ein schelmisches Glitzern in den Augen.

»Gegen dich? Natürlich, wird Zeit, dich ein bisschen zu fordern!«

Die beiden stellten sich einander gegenüber und spannten ihre Muskeln an. Einige Augenblicke verstrichen, dann sprang Maro plötzlich los. Maya stützte sich auf den Hinterbeinen ab und umklammerte ihn mit den Vorderbeinen. Bei dem folgenden, hitzigen Ringen konnte mal der eine, mal die andere die Oberhand gewinnen. Schließlich breiteten die beiden ihre Flügel aus, stießen sich ab und führten den Kampf in der Luft weiter. Es war beeindruckend für Simon, Katharina und Jana, zuzusehen, wie die beiden Drachen einander im strahlenden Sonnenlicht umkreisten und immer wieder nacheinander schnappten oder sich auf den anderen warfen. Schließlich konnte Maya Maro überraschen, ihn zurück zum Boden drängen und dort den Kampf gewinnen. Beide Drachen waren etwas außer Atem, aber man sah ihnen an, wie viel Spaß es ihnen gemacht hatte, sich einmal austoben zu dürfen. Einträchtig kehrten die beiden zu ihren Freunden zurück. »So«, sagte Maya unternehmungslustig, »und was machen wir jetzt?«

Die anderen mussten lachen, dann schlug Simon vor: »Lasst uns doch ein wenig das Tal erkunden. Ich glaube, da führt ein Weg durch das Wäldchen.«

»Ja, lasst uns das machen!«, rief Jana begeistert und rannte los.

Maro sah Katharina an und rief: »Spring auf!« Das ließ sich die Jugendliche nicht zweimal sagen. Schnell saß sie auf seinem Rücken und er rannte los.

Simon und Maya waren schneller: Maya brauchte nicht einmal zu rufen, sie machte einfach einen Satz nach vorn, Simon ließ sich auf ihren Rücken ziehen und hielt sich fest. Die Drachin beschleunigte, zog ohne Probleme an Maro vorbei und erreichte Jana. Simon lehnte sich zur Seite, umfasste seine Schwester an der Taille, und zog sie auf Mayas Rücken. Jana quiekte geschockt auf und schnappte nach Luft. »Das … das war aber … schnell.« Maya schnaubte amüsiert.

Als die beiden Drachen den Rand des Wäldchens erreichten, verlangsamten sie und traten unter die Laubkronen. Der Boden war mit Moos bedeckt, das wie ein geräuschdämpfender Teppich wirkte. Obwohl der Hain nur sehr klein war, konnten die Freunde erst sehen, was dahinter lag, als sie das andere Ende erreichten. Der Anblick ließ ihnen den Atem stocken: Vor ihnen lag ein großer, im Sonnenlicht silbern glitzernder Teich.

»Wahnsinn«, flüsterte Jana. Sie rutschte von Mayas Rücken und lief die letzten Schritte bis zum Ufer, wo sie sich hinhockte und mit den Fingerspitzen die Wasseroberfläche berührte. Sofort zog sie die Hand mit einem leisen Quieken zurück und schüttelte sie energisch. Simon schloss daraus, dass das Wasser kalt sein musste. Dennoch hatte er beim Anblick des idyllischen Sees eine Idee.

»Wir sollten baden«, schlug er vor. »Bis zum Abend haben wir noch einige Stunden. Und es ist Wochen her, dass wir die Gelegenheit hatten, uns ausgiebig zu waschen. Wahrscheinlich sind wir schon eine Tagesreise gegen den Wind zu riechen.«

Katharina schmunzelte. »Da könntest du Recht haben. Aber dann müssen wir auch unsere Kleidung waschen. Und ob die so schnell wieder trocknet …?«

Unvermittelt ließ Jana den Kopf hängen, ihre Schultern sackten nach vorn. »Minerva hätte sie trocknen können«, flüsterte sie erstickt.

Simon verfluchte sich innerlich. Der Übungskampf hatte die beiden Mädchen gerade ein wenig von ihrer Trauer abgelenkt, und nun waren die Erinnerungen wieder da. Dabei wünschte er sich so sehnlich, sie lächeln zu sehen.

»Kommt«, meinte er, sprang zu Boden und zog seine Schwester auf die Beine, um sie kurz an sich zu drücken. »Wenn wir die Klamotten möglichst schnell zum Trocken ausbreiten, wird es schon gehen.«

Er machte Anstalten, den ersten Schritt ins Wasser zu machen, doch Maya schob sich vor ihn und bremste ihn damit. »Wartet noch. Lasst Maro und mich vorgehen. Wir können nachsehen, ob es im Wasser etwas gibt, das euch gefährlich werden könnte.«

Simon musste einsehen, dass sie Recht hatte. Er konnte sich nicht vorstellen, dass es in diesem kleinen Gewässer Tiere oder etwas anderes für Menschen Gefährliches gab, aber sicher konnten sie erst sein, wenn die Drachen das für sie überprüft hatten. Also nickte er und winkte Maya, mit ihm noch einmal ein Stück vom Ufer weg zu kommen. Dort nahm er ihr die Taschen ab, die noch über ihren Schultern hingen, und legte sie ins Gras, wo sie nicht nass werden würden.

Katharina tat dasselbe bei Maro. Nur Jana blieb abwartend stehen, die Arme um den Oberkörper verschlungen, als würde sie frieren. Simon seufzte bei ihrem Anblick leise.

»*Die Wunden an ihrem Herzen setzen dir mehr zu als die an deinem eigenen*«, stellte Maya fest und richtete den Blick aus ihren unergründlichen, grünen Augen auf ihn.

Für einen Moment lehnte er sich trostsuchend an ihre Flanke. »*Natürlich. Sie ist meine Schwester, und Katharina meine Freundin. Ich finde es genauso schrecklich wie sie, was passiert ist, aber die beiden so leiden zu sehen … das ertrage ich einfach nicht.*«

»*Es wird Zeit brauchen, darüber hinwegzukommen.*« Die Drachin rieb ihren Kopf sanft an seinem Oberkörper und brummelte dabei leise. »*Aber du tust bereits alles für sie, was in deiner Macht liegt. Das hilft, glaub mir. Und wir sind alle füreinander da. Besonders ich für dich. Das weißt du, oder?*«

Simon umschloss ihren Kopf mit den Armen und drückte sie an sich. »*Natürlich*«, gab er zurück, während sich ein warmes Kribbeln in seiner Brust ausbreitete. »*Danke, Maya.*«

Sie brummelte erneut, dann machte sie sich los und schritt wieder zum Ufer. Maro folgte ihr. Gemeinsam wateten die beiden in den Teich hinein. Ihre Schritte erzeugten kleine Wellen auf der Wasseroberfläche, die ihnen vorauseilten und das Licht brachen. Als die beiden Drachen bis fast zu den Bäuchen im Wasser standen, senkten sie nacheinander die Köpfe und tauchten sie in den Teich.

Katharina trat an Simons Seite und legte einen Arm um seinen Rücken. »Was war das denn gerade?«, fragte sie und senkte ihren Kopf für einen Moment auf seine Schulter.

»Was meinst du?«, fragte er und spielte an ihren zu einem Zopf gebundenen Haaren. »Darf ich nicht mit meiner Seelengefährtin schmusen?«

»Doch, natürlich. Aber es wirkte, als wüsstet ihr etwas, das wir nicht verstehen.«

Einen Moment lang dachte Simon, die Worte seiner Freundin seien als leiser Vorwurf gemeint, doch dann lachte sie. »Mit Maro geht es mir ja genauso. Ich bin froh, dass ich mit auf euren Ausflug gekommen bin, sonst hätte ich ihn wahrscheinlich nie kennengelernt.« Sie hob den Kopf und blickte ihn an.

Simon zögerte. Im Prinzip hatte sie mit ihrer ersten Behauptung richtiggelegen. Simon und Maya verband etwas, von dem sie bislang niemandem erzählt hatten. Simon wusste selbst nicht genau, weshalb seine Seelengefährtin und er ein Geheimnis daraus machten, dass sie sich in Gedanken verständigen konnten. Eigentlich war das eine wichtige Information, die ihnen in einem Kampf zugutekommen konnte. Dennoch brachte er es nicht über sich, mit der Sprache herauszurücken. Schon gar nicht in diesem Moment, wo er Jana und Katharina von den Gedanken an Kämpfe und Tod ablenken wollte. Nein, dies war wirklich nicht die richtige Situation.

Schnell zwang Simon ein Lächeln auf sein Gesicht, um sich nichts von seinen Gedanken anmerken zu lassen. Dann beugte er sich vor und legte seine Lippen auf Katharinas. Während er sie küsste, verflogen die Überlegungen auch aus seinem eigenen Kopf.

Einen Augenblick später hoben Maya und Maro ihre Köpfe wieder aus den Fluten und zogen damit die Aufmerksamkeit aller auf sich. Simons Seelengefährtin schüttelte den Hals, dass die Wassertropfen nur so von ihren Schuppen und Halszacken stoben, dann wandte sie sich um. »Alles klar, ihr könnt reinkommen. Der Teich ist sicher.«

Simon löste sich von Katharina und zog seine Schuhe aus, ehe er loslief. Als seine Zehen im eiskalten Wasser versanken, erschauderte er und musste sich zwingen, nicht gleich wieder rückwärts ans Ufer zurückzukehren. Jana schien es ebenso zu gehen, denn sie quiekte und zog ihren Fuß zurück, noch ehe sie ihn vollends im Wasser abgesetzt hatte. Auf ihren Armen bildete sich eine Gänsehaut.

Simon erkannte, dass dies die perfekte Gelegenheit war. Er bemühte sich, die Eiseskälte an seinen eigenen Füßen zu ignorieren, machte einen Schritt auf seine Schwester zu und griff nach ihren Schultern und Beinen. Schwungvoll zog er sie hoch, sodass er sie tragen konnte, und schritt dann tiefer ins Wasser. Jana quiekte und zappelte, doch er hielt sie fest.

Als kalte Wellen an seinen Waden und schließlich an seinen Oberschenkeln leckten, begannen ihm unwillkürlich die Zähne zu klappern, doch er zwang sich, weiterzugehen, immer auf Maya und Maro zu. Als das Wasser so tief war, dass es seine Hüften umspielte, öffnete er schließlich schlagartig die Arme und ließ seine Schwester los. Sie kreischte auf, dann schlug das Wasser über ihrem Kopf zusammen und brachte sie zum Schweigen. Als sie wieder auftauchte und wild auf und ab hüpfte, keuchte sie geschockt auf.

»Ihhh!«, schimpfte sie mit heller Stimme. »Simon, wie konntest du!« Doch sie lachte dabei.

Ehe Simon sich eine Antwort überlegen konnte, berührten ihn Hände an den Schulterblättern. Im nächsten Moment ließ ihn ein Stoß vornüber taumeln. Mit lautem Platschen landete er ebenfalls im Wasser, auch wenn er nicht vollkommen untertauchte.

Die Kälte wollte ihn lähmen. Bibbernd drehte er sich um. Als er das triumphierende Funkeln in Katharinas Augen sah, konnte er nicht anders. Er begann zu lachen. Er spritzte mit den Händen Wasser auf, um auch sie als Letzte nass zu machen, doch er traf sie nicht völlig. Dennoch sprang sie auf ihn zu und ließ sich freiwillig ins kühle Nass sinken.

Die ausgelassene Stimmung hielt nicht lange an, dennoch war Simon froh über die Gelegenheit. Jana und Katharina wirkten auf jeden Fall gelöster als vorher, und Jana kicherte und kreischte noch einige Male auf, als Maya sie auf ihrem Rücken an die tiefste Stelle des Sees trug und dort mit ihr zu tollen begann. Simon war klar, dass seine Seelengefährtin dies tat, um ihn zu unterstützen, und dieses Wissen ließ ihm das Herz aufgehen.

Auch Katharina und er schwammen an Maros Seite einige Züge, doch so kalt, wie das Wasser war, merkten sie schon nach wenigen Minuten, wie schnell ihre Körper auskühlten. Also zog Simon sein Hemd, die Hose und den Umhang aus, die ihm nass am Körper geklebt hatten, und rieb die Stoffteile aneinander, um sie grob zu reinigen. Katharina tat dasselbe mit ihrer Tunika und Hose. Nur das ärmellose Stoffhemd, das sie unter ihrem Oberteil trug, behielt sie an. Ihre Handgriffe mit der Wäsche waren geübter als Simons, daher schwamm sie wenige Minuten später zu Jana, um auch ihre Kleidung einzusammeln.

Simon schrubbte sich über die Arme, die Schultern und die Beine, um Schmutz und Schweiß von seinem Körper zu waschen. Dann verließ er bibbernd das Wasser, im Arm die bereits gewaschene Kleidung. Sorgsam breitete er die einzelnen Teile auf einigen Steinen aus, die die Sonne durch die umstehenden Bäume hindurch anstrahlte. Dann kramte er drei Decken aus den Taschen hervor und wickelte sich in eine davon. Als Katharina das Wasser ebenfalls verließ, griff sie nach einer weiteren Decke und schmiegte sich dann an ihn.

Jana hielt es noch etwas länger im Teich aus, doch als sie schließlich ans Ufer rannte, klapperten ihre Zähne heftig. Schnell rubbelte sie sich mit der verbliebenen Decke warm. Dann schüttelten auch Maya und Maro das Wasser ab, das von ihren Schuppen perlte, und schmiegten sich an Simon und die beiden Mädchen, um sie zu wärmen.

Bald war es Abend geworden und der Himmel wurde feurig von der untergehenden Sonne angestrahlt. Simon und die Mädchen schlüpften wieder in ihre Klamotten, die tatsächlich trocken geworden waren. Dann kehrten die Gefährten zum Eingang der Höhle zurück. Unschlüssig sahen sie einander an. »Und was machen wir jetzt?«, fragte Simon. »Die Sonne steht abends nun einmal nicht im Süden, also wie sollen wir das Rätsel lösen? Es wird sich wohl kaum von selbst offenba-«

Überrascht brach er ab: Der Wasserfall färbte sich golden! Er drehte sich um und sah, dass sich die Sonne an dem Gipfel des benachbarten Berges spiegelte – vermutlich in einer weiteren Erzader – und direkt auf das fallende Wasser schien.

»Das ist Süden, oder?«, fragte Katharina. Sie drehte sich wieder dem Wasserfall zu und schnappte überrascht nach Luft. »Simon!« Sie flüsterte fast.

Nun sah auch er, was geschah: Das Wasser färbte sich bronzefarben, irgendeine andere Flüssigkeit hatte sich hineingemischt. Woher kam das dunklere Gemisch? Es floss immer träger die Steine hinunter, bis es schließlich – wieder im goldenen Farbton – komplett einfror. Fassungslos starrte Simon auf das, was vor wenigen Momenten noch Wasser gewesen war.

Jana berührte das Gebilde vorsichtig mit einer Hand. »Es ist kein Eis!«, stellte sie fest, als habe sie das erwartet, dann legte sie die Stirn in Falten. »*Der Weg führt durch das erstarrte Gold* … Es ist nicht gefroren - es ist einfach erstarrt!«

Gebannt beobachtete Simon, was weiter geschah: Weil die Sonne in einem anderen Winkel auf den natürlichen Spiegel fiel, brach sich das Licht in dem goldenen Wasser. Auf der Steinwand dahinter bildete sich ein großer, goldener Lichtfleck, der sich nach und nach zu einem Punkt verkleinerte. Maya schob den Kopf vor, um besser sehen zu können. »Simon, da ist ein kleiner Griff oder so! Kannst du ihn erreichen?«

»Ich weiß es nicht, lass es uns einmal versuchen.« Auf seinen Wink hin streckte Maya den Kopf noch weiter zwischen die Felswand und den erstarrten Wasserfall und rückte gleichzeitig ein wenig zur Seite, um Simon Platz zu machen. Der griff mit der rechten Hand nach einer der Halszacken nahe an ihrem Kopf, hielt sich daran fest und lehnte sich langsam und vorsichtig vor. »Ein Stückchen weiter noch, ich komme nicht ganz heran!«, wies er die Drachin an, die daraufhin einen Schritt vorwärts machte und den Kopf dabei so langsam bewegte, dass ihr Seelengefährte das Gleichgewicht halten konnte.

»Gut so?«

»Ja, das reicht. Du hattest recht, hier ist tatsächlich etwas!« Vorsichtig nahm Simon den Fund näher unter die Lupe, betrachtete ihn aus der Nähe, hütete sich jedoch vorerst, ihn zu berühren.

»Was siehst du?« Maros gespannte Frage wurde verzerrt durch das sonderbare, erstarrte Wasser neben Simon, sodass er den Drachen nur schwer verstehen konnte.

»Ich weiß nicht genau, es sieht aus wie eine Art Rad, recht klein und ziemlich verwittert«, rief er als Antwort und hoffte, dass der Drache ihn mit seinem feinen Gehör besser verstehen und die Information weitergeben würde.

Einige Zeit kam keine Reaktion, tatsächlich meinte er Gemurmel zu hören, als würden seine wartenden Freunde beraten, was zu tun war. Langsam wurde die Haltung, in der er sich befand, schmerzhaft, er ächzte ein wenig.

»*Der Lichtpunkt wird immer kleiner*«, berichtete er Maya. »*Was machen wir, wenn es nicht mehr funktioniert, sobald er erlischt?*«

»*Dann hätten wir ein großes Problem, wer weiß, was passiert, während wir noch einen Tag warten.*« Die Drachin summte nachdenklich in seinem Kopf, bevor sie ein kurzentschlossenes Schnauben ausstieß. »*Versuch, an dem Rädchen zu drehen, wir müssen das Risiko eingehen. Ich bin bei dir!*«

Simon atmete kurz durch, bevor er zustimmte: »*In Ordnung. Achtung, es geht los!*« Vorsichtig berührte er das kleine, verwitterte Rad, strich darüber und prüfte, ob eine Reaktion erfolgte. Als nichts geschah, kratzte er etwas Sand aus den Fugen, griff fester zu und drückte es so, dass es sich linksherum hätte drehen sollen, doch nichts geschah. Eine Welle der Enttäuschung drohte ihn zu durchfluten. Das hier musste die Lösung des Rätsels sein, es passte alles zusammen und die Zeichen waren mehr als deutlich!

In einem Anflug von Verärgerung versuchte er, die Oberkante des Rädchens zu sich zu bewegen, also rechtsherum. Er zuckte zusammen, als es unter seinen Fingern plötzlich nachgab und sich schwungvoll mehrere Male um sich selbst drehte.

Im selben Moment begann der Erdboden zu beben. Trotz des Grollens und Rumpelns, welches tief aus dem Berg erklang, meinte Simon ein feines Knacken neben sich zu vernehmen. Einen Wimpernschlag später zog sich vor seinen Augen ein Riss den erstarrten Wasserfall hinab. »*Maya!*«, schrie er gedanklich auf, doch die Drachin reagierte bereits. Schwungvoll riss sie den Kopf zurück, sodass er ins Freie und gegen ihren Hals gezogen wurde, schüttelte sich dann frei, drückte den Kopf gegen seine Brust und schob ihn energisch rückwärts. Keine Sekunde zu früh: Im nächsten Augenblick wurde aus dem leisen Knacken ein lautes Krachen, als das starre Wasser aufplatzte und sich schlagartig wieder verflüssigte. Die Goldfärbung wurde schnell fortgewaschen, und im Nu schoss das kühle Nass wieder klar und zischend dahin wie zuvor.

Gleichzeitig ertönte ein dröhnendes, schleifendes Geräusch, als sich ein langer, flacher Felsen wie aus dem Nichts kommend zwischen die beiden Kanten des Abgrunds schob. Misstrauisch betrachteten die Gefährten die entstandene, recht schmale Brücke, während sich auf der anderen Seite der kleinen Schlucht ein tiefschwarzer, bedrohlich wirkender Höhleneingang auftat.

BEDRÄNGNIS

Ohne sich absprechen zu müssen, stiegen die Jugendlichen wieder auf die Rücken der Drachen. Simon setzte sich diesmal vor Jana, da Maya die Führung übernahm und er im Ernstfall in der Lage sein wollte, seine Schwester zu schützen. Die Drachin tastete sich vorsichtig über den schmalen Übergang und in den dahinterliegenden Tunnel. Maro folgte ihr ebenso behutsam.

Schnell waren sie von Dunkelheit eingehüllt, doch der Gang wäre ohnehin zu niedrig gewesen, um eine Fackel vom Drachenrücken aus in die Höhe zu halten. Simon duckte sich tief über Mayas Hals. Er spürte, wie seine Seelengefährtin die Flügel ein kleines Stück öffnete. Ein leises Rascheln verriet ihm, dass sie gerade so die Seitenwände berührte und sich auf diese Weise orientierte. Doch offenbar teilte der Weg sich kein einziges Mal, sondern führte einfach in sanften Kurven tiefer ins Innere des Berges. Er war sich nicht ganz sicher, hatte aber das Gefühl, als würde der Tunnel leicht aufwärts führen. Jedoch war er selbst so angespannt, dass er Maya nicht einmal in Gedanken danach fragen wollte, sondern sie lieber aufmerksam weiterlaufen ließ.

Irgendwann fiel ihm auf, dass die Dunkelheit doch nicht mehr so undurchdringlich war. Mit jedem Schritt wurde der Gang stärker in schummriges, rotes Licht getaucht. Simon konnte wieder Umrisse erkennen, dann schemenhafte Details. Mayas Schuppen wirkten, als seien sie in Blut und Nebel getaucht worden. Schaudernd legte er beide Hände an ihren Hals, um sich von ihrer Wärme beruhigen zu lassen. Sie wandte kurz den Kopf, dann lief sie um die nächste Biegung und erreichte das Ende des Tunnels.

Während sie beiseite rückte, um Maro Platz zu machen, blickte Simon sich um. Sie standen unter einem steinernen Überhang. Vor ihnen öffnete sich eine Höhle, die viel gewaltiger war als die, in der Minerva ihr Leben gelassen hatte. Viel beeindruckender waren aber die rötlichen Kristalle verschiedener Größe, die überall aus dem Gestein ragten und letzteres nahezu vollkommen verdeckten. Die Wände, die Decke, teilweise sogar der Boden – ein einziger Teppich aus roten Spitzen und Kanten. Und jeder der Kristalle strahlte sein diffuses Licht ab, das die Höhle schummrig erhellte.

Simon kniff die Augen zusammen und spähte in die Mitte der Höhle. Was dort stand, sah aus wie ein natürlicher Altar, bedeckt mit dunklem Samt. »Das muss es sein«, flüsterte und brach damit die Stille.

Maya nickte und setzte sich zusammen mit Maro in Bewegung, auf das steinerne Gebilde zu. »Ja, es passt alles zusammen«, bestätigte sie. »Aber wo ist dann -«

Sie kam nicht dazu, ihren Satz zu beenden. Ein lautes Grollen erklang, hallte von den Wänden wider und schien die Freunde einzuhüllen. Die beiden Drachen fuhren herum und Simon sog scharf Luft ein: Auf dem Felsüberhang, unter dem sich der Tunneleingang befand, lauerte ein riesiges Ungetüm. Das Geräusch steigerte sich zu einem angriffslustigen Brüllen, dann fixierte das Wesen die Gefährten. Simon starrte die Kreatur erschrocken an, dann stutzte er. Der Körper mochte seltsam aussehen, aber …

»*Ist das ein Drache?!*«, rief er Maya in Gedanken fassungslos zu.

»*Ja*«, antwortete sie grimmig, »*aber etwas stimmt nicht. Er ist nicht nur sehr groß, sondern auch uralt, wie es scheint. Aber sein Geruch ist seltsam, ich kann es nicht richtig beschreiben.*«

Der Drache breitete die Schwingen aus, die aussahen, als wären sie aus brüchigem Pergament. Als er zu Boden sprang, konnte er den Fall damit kaum abbremsen und kam stattdessen strauchelnd am Grund der Höhle auf. Fliegen konnte er offensichtlich nicht mehr, und auch so schien er kaum noch über Kraft zu verfügen. Dennoch strahlte er eine Aura von Macht aus, die nicht zu übersehen war. Um seinen Kraftmangel zu überspielen, baute er sich vor ihnen auf und knurrte erneut. »Wer seid ihr und was wollt ihr hier?«, verlangte er mit tiefer, rauer Stimme zu wissen.

Maya und Maro duckten sich unter der Autorität, die in seiner Stimme lag, und auch Simon zuckte unwillkürlich zurück. Dann jedoch fing seine Seelengefährtin sich wieder, richtete sich auf und machte mutig einige Schritte auf den sonderbaren Artgenossen zu. »Mein Name ist Maya und dies sind mein Verpflichtungspartner und unsere Freunde. Wir sind gekommen, um die Klaue des Morero zu finden und in Sicherheit zu bringen.«

»In Sicherheit?« Der fremde Drache schnaubte höhnisch. »Und dafür solltet ihr geeigneter sein als ich? Mein Name ist Rebor und ich wurde als Wächter auserwählt, um die Klaue des Morero zu hüten. Vor sehr langer Zeit brachte Gregor sie her, um sie vor der Welt zu verbergen. Auch wenn er ein Rätsel erfand, mit dem er den Zugang zu dieser Höhle preisgab, wollte er doch der Einzige bleiben, der ihrer jemals Herr wurde. Daher band er mich an die Klaue und ihren Zauber, um sie zu bewachen. Ich kam als Einziger dafür in Frage, da Moreros Blut auch meines war.«

»Warte«, meinte Maya geschockt. »Moreros Blut war deines? Willst du damit sagen, ihr seid Brüder?!«

»Genau das.«

»Aber …« Jana machte große Augen. »Wenn du sein Bruder bist und Gregor dich an die Klaue band, als er sie hier versteckte, dann würde das ja bedeuten …«

»Du vermutest richtig, Mädchen. Ich bin vierhundertzwanzig Jahre alt und stecke hier seit vierhundertsechs Jahren fest. Der Zauber sorgte dafür, dass ich langsamer alterte.« Der uralte Drache stieß ein Grollen aus. »Aber nun ist der Zauber gebrochen und mein Ende rückt näher. Ihr seid zu spät, dieser Igor war bereits hier und hat die Klaue an sich gerissen.«

Entsetzt versuchte Simon, die Tragweite dieser Worte zu erfassen. Igor war ihnen zuvorgekommen! »

Wie lange ist das her?«, fragte Katharina nach einem kurzen Moment der Sprachlosigkeit. Ihre Stimme zitterte.

»Vier Tage. Ihr scheint auf der richtigen Seite zu stehen, also hört gut zu: Sobald ihr aus diesem Tal hinaus seid – ihr könnt einfach herausfliegen, verlassen kann man es auch durch die Magiebarriere – fliegt ihr Richtung Osten. In der Ferne werdet ihr bald einen Berg mit zwei Spitzen sehen, auf den müsst ihr zufliegen. Nachdem ihr ihn passiert habt, ist es noch ungefähr ein Tagesflug, bis ihr bei Igors Festung seid, sehen könnt ihr sie schon viel früher. Passt auf, dass er euch nicht zu früh entdeckt, sonst habt ihr keine Chance!«

Simon nickte. Sie durften keine Zeit verlieren. Er rief dem alten Drachenwächter einen flüchtigen Dank zu, dann wandten Maya und Maro sich um und verließen die Höhle durch den Tunnel. Als sie draußen waren, sprangen die beiden über den Felsspalt – in dieser Richtung war das zum Glück kein Problem – und eilten den Pfad hinab zurück ins Tal. Dort angekommen, breiteten sie ihre Flügel aus, stießen sich kraftvoller als sonst ab, katapultierten sich in den Himmel und wandten sich dort in schnellem Flug nach Osten. Die Stimmung war merklich angespannt.

»*Wir waren zu langsam*«, fluchte Simon.

»*Noch geben wir uns nicht geschlagen*«, antwortete Maya nach einigen Sekunden, ohne sich umzusehen. »*Wir können nur hoffen, dass er die Klaue noch nicht zu benutzen gewusst hat, aber bis wir es genau wissen, werden wir alles tun, um ihn doch noch aufzuhalten.*« Sie knurrte leise. »*Damit wird er nicht durchkommen.*« Simon hätte ihr am liebsten zugestimmt, doch neben der eisernen Entschlossenheit machte sich auch Furcht in seinem Herzen breit. Was würde geschehen, wenn sie auch dieses Mal zu spät kamen – oder Igor nicht gewachsen waren?

Die beiden Drachen gaben ihr Bestes und flogen viel schneller, als es auf die Entfernung gut gewesen wäre. Doch auch, als sie zu keuchen begannen und merklich erschöpft waren, gaben sie nicht nach. Flügelschlag um Flügelschlag schossen sie voran, den ganzen Tag hindurch. Abends, bei einsetzender Dämmerung, war am

Horizont der Berg mit den zwei Gipfeln auszumachen, von dem Rebor erzählt hatte.

Zu diesem Zeitpunkt hatten Maya und Maro ihre äußersten Grenzen erreicht, sie mussten ausruhen und etwas fressen und trinken. Müde rollten sich die beiden anschließend mit Simon, Jana und Katharina zusammen und sanken in einen tiefen Schlaf.

Die Morgendämmerung kündigte sich erst als ferner Lichtstreif am Horizont an, als Simon von Maya geweckt wurde. Er blinzelte und bemerkte, dass Maro parallel Katharina und Jana aus ihren Träumen lockte, dann konzentrierte er sich wieder auf seine Seelengefährtin, die ihn mehrfach anstieß, damit er aufstand. Besorgt schlang er die Arme um ihren Hals. »Maya, ich weiß so gut wie du, dass wir uns beeilen müssen, aber ihr könnt nicht so weitermachen. Ich will nicht, dass du bald vor Erschöpfung wie ein Stein vom Himmel fällst.«

Sie brummte gutmütig und hob den Kopf, sodass er auf die Beine gezogen wurde. »Mach dir keine Sorgen, das wird nicht passieren. Wir dürfen keinerlei Zeit verlieren, aber falls ich wirklich nicht mehr weiterfliegen kann, sage ich Bescheid, keine Sorge.«

»Bist du sicher?« Er wich ein Stück zurück, um ihr in die Augen sehen zu können. Sie erwiderte den Blick liebevoll, aber entschlossen.

»Ganz sicher. Solange ihr dasselbe tut. Wir sind nicht die Einzigen, die erschöpft sind.« Sie deutete vielsagend auf Simons Hose, deren Stoff sichtlich unter den täglichen Flügen auf dem Drachenrücken gelitten hatte.

»Das ist halb so wild«, versuchte er abzuwiegeln. »Anfangs hatte ich einen Muskelkater und wunde Beine, ja. Aber ich habe mich an das viele Fliegen gewöhnt.«

»Trotzdem strengt es dich an. Und Katharina und Jana auch. Von der ständigen Anspannung und dem wenigen Schlaf ganz zu schweigen.« Sie schnaufte. »Wir sind alle Strapazen ausgesetzt. Wir Drachen denen des Fliegens und ihr denen einer entbehrlichen Reise.«

Seufzend gab Simon nach und gesellte sich zu Katharina und Jana, um ein schnelles Frühstück aus den Taschen zu holen. Doch kaum hatten die beiden Drachen aufgefressen, ging es bereits weiter.

»Was meint ihr, wie lange wir noch zu Igors Festung brauchen werden?«, fragte Jana, als die Gefährten wieder abhoben.

»Den zweigeteilten Berg werden wir heute im Laufe des Tages erreichen«, schätzte Maro

»Aber danach ist es immer noch ein Tagesflug«, ergänzte Maya ernst, ohne den Blick vom Horizont abzuwenden. »Es sieht wirklich nicht gut aus.«

»*Du* hast doch gestern erst gesagt, dass wir nicht aufgeben werden«, meinte Simon sofort. »Und du hast Recht. Wir werden uns so lange darauf konzentrieren, Igor doch noch aufzuhalten, bis wir es geschafft haben oder nicht mehr weiterkämpfen können. Oder?« Er ließ den Blick über die Runde schweifen. Nun wandte seine Drachenfreundin doch den Kopf, und auch Maro, Katharina und Jana blickten ihn ernst an. Dann antworteten sie alle zugleich mit einem Schrei.

»*Genau*!«

Maro hatte mit seiner Schätzung nicht ganz richtig gelegen. Der zweigeteilte Berg war gewaltiger, als es zuvor den Anschein gehabt hatte, und entsprechend hatte er deutlich weiter weg gelegen, als der Drache vermutet hatte. Als Maya schließlich am oberen Hang gelandet war, hatten bereits die ersten Sterne über ihnen geleuchtet. Vorsichtig hatten die beiden Drachen auf dem losen Geröll die letzten Meter hinter sich gebracht, ehe sie dort gestanden hatten, wo die beiden Gipfel ineinander übergingen und der Blick auf die weitere Reiseroute im schwindenden Licht frei war. Zumindest eine gute Nachricht hatte es gegeben: Es waren keine Berge zu sehen gewesen, die ihre Flugrichtung unmittelbar versperrten. Sie konnten ohne Umwege weiterfliegen. Doch erst hatten besonders die Drachen Schlaf benötigt.

Am anderen Morgen war die Sonne bereits über den Horizont geklettert, als Simon vom Drängen seiner eigenen Gedanken erwachte. Maya und Maro hatten die wenigen zusätzlichen Ruhestunden ganz offensichtlich gebraucht. Am liebsten hätte er sie weiterschlafen lassen, doch das war unmöglich. Sie mussten weiter, und außerdem spürte er einen unglaublichen Tatendrang in sich und hoffte, dass es den anderen genauso gehen würde.

Sachte klopfte er Maya auf die Flanke. Als sie die Augen aufschlug, wirkte sie einen Moment lang verwirrt, dann fokussierten ihre Pupillen sich auf ihn. »*Ist es soweit?*«, fragte sie leise.

Die Ruhe in ihrer Stimme ließ ihn unwillkürlich schaudern. »*Ja. Heute Abend müssten wir da sein.*« Ein Anflug von Panik wollte ihn überschwemmen. »*Was dann, Maya? Was machen wir, wenn wir Igor gefunden haben? Er hat die Klaue doch bereits!*«

Die Drachin summte beruhigend und drückte ihre Schnauze an seine Stirn. »*Mach dir keine Sorgen, irgendwie werden wir es schon schaffen. Und ich werde nicht zulassen, dass er dir irgendetwas antut. Niemals.*«

Einen Augenblick lang genossen die beiden es einfach, einander nahe zu sein, doch dann lösten sie sich voneinander. Sie durften keine Zeit vertrödeln. Nicht heute. Also weckten sie die anderen drei, aßen und tranken eine Kleinigkeit und machten sich auf zur letzten Etappe ihrer Suche.

Die Muskeln der Drachen schienen zum Zerreißen gespannt. Maya und Maro schlugen stark und gleichbleibend mit den Flügeln, ließen mit jedem Schlag ein gutes Stück der felsigen Landschaft hinter sich zurück. Sie sprachen nicht und blickten sich auch nicht um, sondern konzentrierten sich ganz darauf, voranzukommen.

Es war Katharina, die gegen Mittag in der Ferne etwas erspähte und die Augen aufriss. »Seht nur!«, rief sie ungläubig und deutete nach vorn. Ihre Worte waren die ersten, die einer von ihnen seit Stunden sagte, und rüttelten Simon auf. Er folgte ihrem Blick und spähte in die Ferne.

Am Horizont erhob sich ein Umriss, der schlanker war als die umliegenden Gipfel und auch nicht recht in dieses Bild passte. Das war definitiv kein Teil eines Berges. Es musste sich um Igors Festung handeln! Simon fühlte, wie sich sein Herzschlag beschleunigte. Sie waren schneller vorangekommen, als Rebor vermutet hatte.

»*Werden wir bis zum Nachmittag dort sein?*«, fragte er Maya. Obwohl die Festung noch in weiter Ferne lag, hatte er das Gefühl, dass er Igor warnen könnte, wenn er laut sprach.

»*Wir müssen jetzt vorsichtiger sein*«, bremste ihn Maya. »*Wenn wir einfach direkt auf Igors Quartier zu fliegen und uns in einen Kampf verwickeln lassen, haben wir keine Chance. So sehr es mir auch missfällt, wir werden uns erst ausruhen müssen.*«

Simon biss sich auf die Unterlippe. Er konnte ihr nur zustimmen, die beiden Drachen waren nach den letzten Tagen nicht in der Verfassung, sich direkt nach einem stundenlangen Flug in eine Schlacht zu stürzen. Dennoch hämmerte sein Herz schneller beim Anblick der fernen Türme und dem Gedanken daran, wer sich dort verbarg und was in der Nacht womöglich noch geschehen konnte.

Kurze Zeit später änderten die beiden Drachen wie angekündigt ihren Kurs und flogen in einem großen Bogen hinter einem Berg entlang. Weitere zwei Stunden vergingen, bis sie auf einem riesigen Felsvorsprung wenige Flugminuten von der Festung entfernt landeten. Der steinerne Grund stieg stark genug an, um sie vor Igors Blicken zu verbergen.

Eine Weile warteten sie wachsam, bis sie überzeugt waren, dass niemand sie beim Landen entdeckt hatte, dann schlugen sie ihr Lager auf und entzündeten ein kleines Feuer, das kaum rauchte. Um dieses herum ließen sie sich nieder und wärmten etwas Fleisch auf.

Der Abend schritt in Schweigen voran, doch plötzlich sprang Jana auf. »Seht doch nur!«, rief sie aus, ihre Augen weiteten sich und sie versuchte nicht einmal, ihre Stimme zu senken. Stattdessen sprang sie zu den aufgestapelten Reisetaschen, neben denen die drei Dracheneier in ihrem Nest aus Kleidung und weichen Decken lagen.

Als Simon sah, was sie meinte, richtete er sich kerzengerade auf. Sein Herz stolperte einige Schläge lang, dann begann es heftig zu schlagen: Die Eier schaukelten hin und her, die roten Adern schienen zu pulsieren. »Sie schlüpfen!«, rief er entgeistert aus. »Aber es ist zu früh, sie sind hier nicht sicher!«

»Verdammt«, fluchte Katharina unterdrückt, dann seufzte sie. »Aber gut, wir können es nicht ändern.« Sie setzte sich im Schneidersitz auf den Boden, hob ein Ei auf und legte es sich auf den Schoß. Sie wartete, bis Simon und Jana es ihr mit den anderen beiden nachgetan hatten, dann blickte sie die beiden Drachen an, die besorgt nähergetreten waren. »Gibt es etwas, das wir beachten müssen?«

Bei ihrer Frage schluckte Simon und versuchte, die aufkeimende Panik zu unterdrücken. Es geschah genau das, was er schon früher befürchtet hatte. Wie sollten sie für die Sicherheit der Jungen sorgen?

Maya wiegte nachdenklich den Kopf. »Ich hatte selbst noch nie Nachwuchs«, meinte sie zögerlich, dann jedoch schien sie sich zu fangen. »In jedem Fall sollten sich die Kleinen selbst aus der Eierschale befreien. Helft ihnen nur, wenn es gar nicht anders geht. Ich denke, ansonsten gibt es nichts zu beachten. Ach, eines noch: Wundert euch nicht, falls sie gleich nach dem Schlüpfen zu sprechen anfangen sollten. Das ist uns Drachen normalerweise angeboren.«

Das Ei, das Katharina in den Händen hielt, wackelte jetzt noch stärker. Die Risse wurden länger und deutlicher, waren nicht länger nur feine Linien. Plötzlich sprang ein kleiner Teil der Schale ab, ein Hinterbein streckte sich aus der entstandenen Öffnung und verschwand dann wieder. Einen Moment lang geschah nichts, dann erbebte die Schale unter einem kräftigen Stoß und kleine Vorderklauen brachen hindurch. Ein Großteil der Eierschale war jetzt abgesprengt, sodass das Drachenbaby aus dem Reststück herauskriechen konnte. Es blinzelte in die Runde, dann beförderte es das letzte Stück seiner Schale mit einem ungelenken Tritt beiseite.

Es war ein Weibchen. Die Kleine hatte orangefarbene Schuppen und Flügel, wobei der Farbton der Flughäute etwas blasser war als der des restlichen Körpers. Mit großen, bernsteinfarbenen Augen blickte sie erst Maya und Maro, dann die Jugendlichen an. Anschließend sackte sie auf Katharinas Schoß zusammen, um sich von den Anstrengungen zu erholen.

Mittlerweile hatte auch das Drachenbaby, dessen Ei Simon hielt, sich aus diesem zu befreien begonnen. Den oberen Teil der Schale war es bereits losgeworden und hatte halb ins Freie kriechen können, doch nun steckte es offenbar fest. Simon wollte am liebsten helfen, doch Mayas Worte klangen ihm noch in den Ohren und ihr Blick ermahnte ihn, Geduld zu haben.

Das Drachenjunge schlug die Vorderklauen in Simons Oberschenkel auf der Suche nach Halt. Er ächzte leise, doch dann gelang es dem kleinen Wesen auf seinem Schoß endlich, sich zu befreien. Erschöpft blieb es liegen, seine Flanken hoben und senkten sich schnell. Im Gegensatz zu seiner Schwester war es ein Männchen. Trotz seiner Erschöpfung rappelte es sich schnell wieder auf, guckte sich mit fast nachdenklichem Blick um und streckte ungeschickt die Flügel aus, ehe es sie wieder an den dunkelbraun geschuppten Körper anlegte. Dann nahm es sich ein Beispiel an seiner Schwester und ließ sich auf Simons Schoß nieder.

Maya machte ihren Hals lang und blies sacht ihren Atem über den frisch geschlüpften Artgenossen. Dann wandte auch sie sich Jana zu, die das letzte Ei in den Händen hielt.

Hier hatte sich bislang noch nicht viel getan, doch nun platzten die Risse am schmaleren Ende des Eis auf und der Kopf des letzten Drachenbabys kam zum Vorschein, hellbraun gefärbt wie das Fell eines jungen Rehs. Hartnäckig kratzte das Kleine mit den Vorderklauen am Rand der Öffnung herum, bis diese groß genug war, um es hindurchzulassen. Als es sich ins Freie zwängte, riss Simon überrascht die Augen auf: Der Körper des kleinen Drachenweibchens hatte denselben sanftbraunen Farbton wie ihr Kopf, war aber zugleich überzogen von sandfarbenen Linien und Kurven. Sie bildeten ein primitives, aber wunderschönes Muster.

Ehrfürchtig betrachtete Jana das frischgeschlüpfte Drachenmädchen vor ihr, während Simon verwirrt blinzelte. Er glaubte, ein kurzes Flimmern zwischen dem Mädchen und dem frisch geschlüpften Wesen gesehen zu haben. Erst wollte er Maya darauf ansprechen, doch dann schob er den Eindruck auf eine Spiegelung des Feuers.

Katharina schien nichts bemerkt zu haben, sie betrachtete nur andächtig die drei Drachenbabys, die kaum größer als Katzen waren. »Sie sind wunderschön«, meinte sie liebevoll und streichelte der orangeroten Drachin den Rücken, die sich daraufhin genüsslich gegen ihre Hand stemmte und darunter entlangfuhr, bevor sie vom Schoß des Mädchens krabbelte und die Gegend erkunden wollte. Lachend nahm Katharina die Ausreißerin wieder hoch und drückte sie an ihre Brust.

»Wir müssen ihnen Namen geben«, meinte Simon nachdenklich.

Sanft blickte Maya auf die drei Drachenkinder hinunter. »Ja, das müssen wir. Jeder gibt einen Vorschlag ab.«

Die Freunde überlegten angestrengt, dann hatte Jana die erste Idee. Sanft liebkoste sie die Drachin, die sich in ihre Arme gekuschelt hatte. »Ich finde, Lily wäre ein guter Name für diese Süße hier.«

»Das ist wirklich ein sehr schöner Name«, bestätigte Maro und die anderen stimmten ihm zu. Maya trat näher. Jana blickte zu ihr hoch und ließ dann zu, dass Lily auf die große Drachin zu tapste. Diese senkte den Kopf und berührte die Stirn der Kleinen.

»Ich taufe dich im Namen aller Drachen. Dein Name sei von nun an Lily.«

Mit großen Augen sah die frischgeschlüpfte Drachin sie an und stieß einen quiekenden Laut aus. Dann drehte sie sich um und stolperte zurück in Janas Arme.

»Es gibt ein Namensritual unter Drachen?«, fragte Simon überrascht. Seine Seelengefährtin lachte nur kehlig.

»Warum denn nicht? Ihr Menschen habt so etwas doch auch, ist es nicht so?« Sie warf ihm einen amüsierten Blick zu.

»Ich hätte einen Vorschlag für das kleine Männchen«, meldete Maro sich zu Wort. »Wie wäre es denn mit Juri?« Auch dieser Name gefiel allen auf Anhieb und Maya ging auch zu diesem Drachenbaby, das langsam von Simons Schoß kletterte, und berührte auch dieses an der Stirn.

»Ich taufe dich im Namen aller Drachen. Dein Name sei von nun an Juri.« Der kleine Drache kauerte sich nieder, als sie auch bei ihm die Formel der Namensgebung sprach, dann huschte er an ihr vorbei und versteckte sich hinter Simon.

Jetzt galten die Überlegungen der fünf dem Finden eines Namens für das letzte Drachenbaby, das orangefarbene Weibchen. »Layla?«, schlug Simon vor und verwarf es selbst gleich wieder.

»Was haltet ihr von Siri?«, meinte Jana, woraufhin Maro nach kurzem Überlegen den Kopf schüttelte.

»Das passt nicht.«

Auf einmal näherte Maya sich der kleinen Drachin, sah sie ruhig an und sagte dann überzeugt: »Ich habe einen Namen, der einfach zu ihr gehört. In ihren Augen sehe ich das Feuer ihrer Mutter, also soll sie auch einen würdigen Namen tragen: Mary.«

Begeistert starrten Simon, Katharina, Jana und Maro sie an: Der Name war wirklich perfekt! Ein letztes Mal sprach Maya die Formel, während sie auch Marys Stirn leicht berührte. »Ich taufe dich im Namen aller Drachen. Dein Name sei von nun an Mary.« Nachdem sie ihren Kopf wieder gehoben hatte, fügte sie noch hinzu: »An dir ist etwas ganz Besonderes, das spüre ich.« Plötzlich wurde ihr Blick weich, wie in den Momenten, in denen sie und Simon sich besonders nahe waren. Sie legte sich auf den Boden und stieß einen leisen Ruf aus.

Die Drachenbabys zögerten kurz, dann kam Mary entschlossen angetappst und Lily und Juri folgten ihr. Die kleine, orangefarbene Drachin fiepte, dann kuschelte sie sich eng an die – im Vergleich zu ihr riesige – Artgenossin. Wieder taten ihre beiden Geschwister es ihr nach. Liebevoll stieß Maya die Kleinen immer wieder sanft an und blies ihren warmen Atem über die kleinen Körper.

Simon sah gerührt zu, wie sie sich mit erwachendem Mutterinstinkt um die Babys kümmerte, die nicht einmal ihre eigenen waren. Dann durchfuhr ihn mit einem Mal eine Erkenntnis wie ein Stich: Die Kleinen *brauchten* Maya, weil ihre Mutter nicht mehr für sie sorgen und sie nicht mehr unterrichten konnte. Sie brauchten die Nähe seiner Drachin - und er würde zurückstecken müssen. Er würde sie nicht begleiten können, wenn sie ihnen die geheimnisvolle Welt der Drachen und des Jagens erklärte. Und er würde auch nicht länger neben ihr schlafen können, solange die Drachenjungen durch ihre Flügel zugedeckt und gewärmt werden mussten.

Im nächsten Moment schimpfte er sich innerlich selbst wegen dieser Gedanken aus. Es würde ja nicht lange dauern, und die Kleinen brauchten Maya nun wirklich dringender. Energisch schüttelte er den Kopf, um nicht mehr daran zu denken, dann ging er auf das Grüppchen zu, hockte sich in einigem Abstand hin und streckte eine Hand aus. »Lily«, lockte er die kleine, braune Drachin mit der hübschen Zeichnung leise. Sofort hob diese den Kopf und sah ihn mit klugen Augen an. Es war offensichtlich, dass sie ihren Namen bereits erkannte. Sie schien einen Moment zu überlegen, dann setzte sie sich in Bewegung, kam zu Simon herüber und schnupperte an seiner Hand, bevor sie sich leicht an seine Beine drückte, den Kopf an seinem Knie rieb und auffordernd fiepte, damit er ihr über den Rücken strich.

»Sie sollten frisches Fleisch bekommen«, meinte Maya und wandte sich dann entschuldigend an Maro. »Ich bin hier leider gerade etwas eingespannt. Könntest du vielleicht …?«

»Ich bin schon weg«, erwiderte Maro und bleckte die Zähne zu einem drachenhaften Grinsen. Er nickte Jana auf ihren bettelnden Blick hin zu und ließ sie aufsteigen, bevor er die Flügel ausbreitete, abhob und hinter einer Felswand verschwand.

Die drei Drachenbabys wurden bereits zunehmend sicherer, während sie die nähere Umgebung – in einem Umkreis von wenigen Metern um Maya herum – zu erkunden begannen. Lily und Juri tollten spielerisch herum, aber Mary streifte suchend umher, sah sich verwirrt um und warf der großen, blaugrau geschuppten Drachin dann einen fragenden Blick zu. »Mama?«

»Nein, meine Kleine«, sagte Maya und ihr Blick wurde traurig. »Eure Mama ist nicht in der Nähe. Es gab Menschen, die euch bedrohten, deshalb musste sie eine Entscheidung treffen, um euch zu retten.« Es war eindeutig, dass Mary sie schon ausreichend verstehen konnte, denn ihre Augen weiteten sich. Niedergeschlagen ging sie auf die große Drachin zu und drückte sich eng an sie, woraufhin diese sie tröstend anstupste.

Zum Glück war Mary, wie fast alle kleinen Kinder oder Tiere, von Natur aus sehr munter und lebensfroh. Es dauerte nicht lange, da sprang sie auf und schloss sich dem Kampfspiel ihrer Geschwister an, die immer noch fröhlich quiekend umhertollten. Immer wieder breitete sie übermütig ihre Flügel aus und schüttelte sie, noch etwas unsicher, bevor sie sich wieder wie ein orangefarbener Blitz auf die anderen beiden Drachenjungen stürzte. Schnell lernte sie, sich so flink zu bewegen und zu drehen, dass ihre Geschwister sie nicht erwischen konnten, sie die beiden aber schon. Doch sobald ihre Schwester das erste Mal aufquiekte, weil ein spielerisches Schnappen sie zu arg gekniffen hatte, wurde Mary vorsichtiger, anstatt noch einmal zu weit zu gehen.

Es dauerte lange, bis Maro und Jana zurückkehrten. Der Drache hatte eine kleine Antilope erlegt. »Das ist das einzige Tier, das zu jagen es wert war«, berichtete er bedauernd, während er die Beute zu Boden gleiten und anschließend Jana von seinem Rücken springen ließ. »Ansonsten habe ich nur ein paar kleine Kaninchen gesehen. Wir werden uns unsere Vorräte also gut einteilen müssen, denn sehr viel Jagdbares werden wir wohl nicht auftreiben können.«

Er riss einige Fleischstücke aus dem erlegten Tier, brachte ein großes davon Maya und legte ein kleineres für die Drachenbabys neben sie. Sie machte Anstalten, sich zuerst um ihre Schützlinge zu kümmern, doch er schob ihr ihren Anteil nur umso nachdrücklicher zu, bevor er begann, viele kleine Fleischzipfel aus dem anderen Brocken zu zupfen. Diese ließ er zu Boden fallen, und die Drachenjungen stürzten sich darauf. Zuerst waren sie einfach nur gierig, aber noch unsicher in ihren Bewegungen, doch sie lernten schnell, die kleinen Nahrungsfetzen hinunterzuschlingen und nach mehr zu fiepen.

Das Drachenmännchen musste noch ein weiteres Fleischstück aus der erlegten Antilope herausreißen, doch schließlich waren die Kleinen gesättigt und sanken mit prallen Bäuchen nebeneinander zu Boden. Maya, die ihr Mahl ebenfalls beendet hatte, nickte ihm dankbar zu und stupste die Kleinen sanft an. Maro wandte sich derweil wieder der erlegten Beute zu und fraß seinen eigenen Anteil.

Nach nur wenigen Minuten des Ausruhens bewies Mary ein weiteres Mal die außergewöhnliche Intelligenz der Drachen, als sie den Kopf hob und mit großen Augen in die Runde blinzelte. »Was ist mit unserer Mama?«, fragte sie, ohne offensichtliche Probleme beim Sprechen zu haben. Ihre Geschwister blickten ebenfalls auf und drückten sich enger an sie.

Obwohl Maya ihn vorgewarnt hatte, war Simon doch zu überrascht, um auch nur ein Wort hervorzubringen. Er konnte das kleine Drachenweibchen nur fassungslos anblicken. Maro schnaubte amüsiert, als er seine Reaktion sah, während Maya begann, den Kleinen den Grund ihrer Reise zu erklären. Sie nutzte simple Worte und Sätze, verschwieg aber nichts. Den Kleinen schien es erst noch schwer zu fallen, ihren Erzählungen zu folgen, doch als sie vom Tod ihrer eigenen Mutter hörten, fiepten sie bekümmert auf und drängten sich an die ältere Artgenossin.

»Und morgen greift ihr Igor an und holt die Klaue des Morero zurück?«, hakte Lily nach, nachdem Maya schließlich geendet hatte.

Die Drachin blickte die drei ernst an. »Ja, das werden wir. Igor ist sehr gefährlich, deshalb ist es wichtig, dass ihr hierbleibt und euch versteckt. Einer von uns wird dann kommen und euch holen, wenn ihr wieder sicher seid.«

Empört öffnete Mary ihr Maul, um zu protestieren, nickte auf einen Blick von Maya hin aber nur geschlagen. Auch Lily und Juri stimmten widerwillig zu, dann blickte Letzterer Maro zögernd an. »Ist Igor sehr stark und mächtig?«

»Ja das ist er. Es wird schwer werden, ihn zu besiegen«, antwortete das Drachenmännchen ernst.

Unsicher und ein wenig ängstlich wagte das Drachenjunge zu fragen: »Und ... und was machen wir, wenn ihr nicht zurückkommt?«

Simon wusste einen Moment lang nicht, was er darauf erwidern sollte. Jana wirkte selbst ebenso erschrocken von dieser Möglichkeit wie die drei Drachenjungen und schloss sich deren fragenden Blicken an. Marys und Lilys Blicke bohrten sich wie um beruhigende Worte flehend in Mayas.

Die blaugrau geschuppte Drachin fasste sich ein Herz. »Macht euch keine Sorgen. Aber wenn wir wirklich nicht zu euch zurückkommen sollten, haltet euch versteckt. Versucht, ein kleines Tal in der Nähe zu finden, wo es genug kleine Beutetiere gibt, die ihr dann selbst zu fangen versuchen müsst. Vermutlich werden wir nur länger brauchen, um zum Lager zurückzukommen, und werden euch dann suchen.«

Zum Glück waren die drei Drachenbabys zu müde, um das volle Ausmaß dieser Anweisung zu verstehen. Sie schienen einfach erleichtert zu sein, nun zu wissen, was sie im Notfall zu tun hatten. Schon kurze Zeit später legten sie sich erschöpft zu Maya, um sich von den Strapazen ihres ersten Lebenstages zu erholen. Auch die anderen machten sich fertig für die Nacht. Simon wollte sich schon zu Katharina, Jana und Maro legen, da rief Maya in Gedanken seinen Namen.

»*Was wird denn das?*«, fragte sie erst verwundert, dann spürte er, wie sie verstand. Ihre Stimme wurde weich. »*Ach, Simon. Glaubst du etwa, für dich sei hier kein Platz mehr?*« Sie blinzelte ihn sanft an, als er sich zu ihr umwandte, und hob einladend ihren rechten Flügel.

Erleichterung und Freude hätten Simon beinahe laut jubeln lassen, doch er zügelte sich. Stattdessen gab er Katharina einen letzten Kuss, rannte dann freudig zu seiner Drachengefährtin und legte sich zwischen die drei Kleinen, während Maya ihn sanft mit ihrer Zungenspitze berührte. Mary kuschelte sich eng an den Jungen. Dann deckte Maya ihn und die drei Drachenjungen mit ihrem Flügel zu und die Nachtruhe senkte sich über das Lager, während nicht einmal einen Kilometer weiter Igors Festung drohend in den Himmel ragte.

SCHLACHT

Am nächsten Morgen drang eine Stimme an Simons Ohren, leise und doch so bedeutungsschwer, dass er sofort aufwachte. »Es ist soweit.«

Maros leiser Kommentar weckte nicht nur ihn. Auch Maya hob den Kopf und lüftete ihren Flügel, wodurch die Drachenjungen erwachten. Sie blinzelten ins Morgenlicht, dann begannen sie unruhig zu fiepen. Simon blickte zu Katharina und Jana hinüber, die sich gerade aufrappelten. Heute würde sich alles entscheiden, sie mussten es nun zu Ende bringen. Sie taten das für so viele: ihre Eltern, Geschwister, Familien, ganz Taran, die drei Drachenjungen … sie alle wären verloren, wenn die Gefährten heute scheiterten. Von vielen weiteren namenlosen Menschen ganz zu schweigen. Simon straffte die Schultern, während auch er sich auf die Füße kämpfte. Sie *durften* einfach nicht verlieren.

»Keine Sorge«, versuchte Katharina die Drachenjungen unterdessen zu beruhigen, »wir werden alle wieder gesund zurückkommen. Immerhin haben wir doch Maya und Maro, die werden uns beschützen.«

Sie setzte sich zu Simon und Jana, die ihre Schwerter noch einmal untersuchten, und zog ebenfalls ihr Florett hervor, um die Klinge einer Prüfung zu unterziehen. Maya und Maro öffneten und schlossen die Flügel und sprangen aus dem Stand zur Seite, um sich für den bevorstehenden Kampf aufzuwärmen. Sie unterbrachen ihre Übungen nur kurz, um einige kleine Fleischbrocken hinunterzuschlingen.

Heute war es Simon, der mit seinem Jagdmesser kleine Happen für Mary, Lily und Juri von einer Antilopenkeule abschnitt. Zwischendurch schob er sich einzelne Fleischstreifen selbst in den Mund, doch sein Magen schien ein einziger Knoten zu sein.

Schließlich waren beinahe alle Vorbereitungen getroffen, der Zeitpunkt des Angriffs zum Greifen nahe. Simon, Katharina und Jana suchten in der Nähe nach einem geeigneten Versteck für die drei kleinen Drachen, in dem sie vor feindlichen Blicken oder gar Angriffen geschützt sein würden. Schnell wurden sie fündig: Wenige hundert Meter unterhalb ihres Lagerplatzes gab es einen schmalen Spalt im Gestein, der in einen winzigen Hohlraum führte, gerade so groß, dass die drei Kleinen sich dort zusammen verbergen konnten. Hier waren sie sicher, niemand würde sie finden. Und wenn doch, würde niemand an sie herankommen.

Nachdem die Jungtiere sich brav verborgen hatten, war alles bereit, die Gefährten konnten aufbrechen. Simon atmete zweimal tief durch, ehe er auf Mayas Rücken stieg. Auch die Drachin sammelte sich noch ein letztes Mal, dann breitete sie ihre Flügel aus, stieß sich mit ihren Hinterbeinen kräftig vom Boden ab und schoss in den Himmel hinauf. Maro folgte dichtauf. Nun ging es um alles oder nichts.

Als sie über den Felsvorsprung hinweg glitten und die feindliche Feste in Sicht kam, spannte Simon alle Muskeln an und legte eine Hand an den Griff seines Schwertes. Flügelschlag um Flügelschlag flogen die Drachen dem dunklen Gemäuer mit den drei schlanken Türmen entgegen. Simon blickte sich um und sah in den Augen seiner Gefährten seine eigenen Gefühle gespiegelt. All ihre Sinne, ihr Denken und ihre Reflexe waren nun auf den nahen Kampf ausgerichtet.

Finster blickte Igor seinen Sohn an. »Alexis, hör mir genau zu! Diese Kinder sind bereits zu weit gekommen. Eine elende Plage, das sind sie! Es wird nicht mehr lange dauern, bis sie auch hier auftauchen, Späher haben sie in der Nähe der Höhle gesichtet. Es wird Zeit, dass wir ihnen selbst eine Lektion erteilen. Sie sind der Feind, verstehst du, der *Feind*! Wenn wir sie angreifen, wirst du so hart kämpfen, wie du nur kannst. Kein Versagen mehr, kein Zögern! Du wirst nicht nachdenken, du wirst einfach nur *töten*, ist das klar?« Mittlerweile schrie er.

Alexis stand vor der vergitterten Öffnung und starrte hinaus. »Ja, Vater, das werde ich«, stimmte er ihm zu. Das darauf folgende, leise Grollen von Aron konnte nur er hören. Er spürte den Blick des Silbernen bereits die ganze Zeit über auf sich ruhen. Jetzt musste er sich zwingen, sich nicht zu ihm umzudrehen, seine Worte zurückzunehmen und seinen geschuppten Gefährten um Hilfe zu bitten.

Meteor knurrte dunkel, als Igors Stiefel dumpfe Geräusche auf dem steinernen Boden verursachten. Langsam trat der Mann neben das Gitter und betätigte den Mechanismus, sodass die Öffnung passierbar wurde. Mit festen, groben Bewegungen löste er die Ketten des roten Drachen, zurrte das Geschirr gleich darauf fester und fester und legte das scharfe Gebiss und die Zügel an. Als Meteor sich zu widersetzen versuchte, fuhr er ihm mit einer Eisenkette über die Schnauze und befahl ihm gleichzeitig Folgsamkeit.

Alexis zuckte zusammen und wandte den Kopf ab. Er hatte das Gefühl, als habe der Schlag ihn selbst ebenso getroffen. Schnell lief er zu Aron, löste auch seine Ketten und schnallte das Geschirr enger. Kurz konnte der dem Silberdrachen verzweifelt in die Augen blicken, dann musste er sich wegdrehen, um seinen Vater nicht misstrauisch zu machen. Er sah, wie Aron sich aufplusterte, doch dieses Mal musste er die Schnallen dennoch enger als sonst festzurren, sonst wäre es aufgefallen. Zuletzt löste er den massiven Maulkorb seines Freundes, schob ihm das kalte Gebiss ins Maul und befestigte vorsichtig die Zügel.

Vor ihm lag ein Kampf, in den er nicht verwickelt sein wollte, doch umso schwerer würde es sein, seine Fassade aufrechtzuerhalten und gleichzeitig so zu schauspielern, dass er Aron nicht wehtat.

Igor sah den letzten Handgriffen seines Sohnes missmutig zu. »Sei nicht so zögerlich!«, herrschte er ihn unvermittelt an. »Ich werde es nicht dulden, wenn du versagst, nur weil du zu schwach bist! Du wirst dein Schwert und deinen Drachen nutzen, hast du das verstanden?« Er trat drohend einen Schritt näher. Alexis zuckte zurück, sah aus den Augenwinkeln, wie Aron die Muskeln anspannte, kaum merklich nur. Es durfte zu keiner Auseinandersetzung kommen, nicht hier in der Halle, erst recht nicht, wenn Meteor auf jeden Befehl seines Herrn gehorchte und nicht angekettet war!

Im selben Moment grunzte der Rote und der Kopf des Silberdrachen fuhr herum. Noch nie zuvor hatte Aron vor Igor gesprochen, doch nun brach er dieses Schweigen und rettete Alexis damit vermutlich vor einer Eskalation. »Sie sind da«, verkündete er mit tiefer Stimme.

Igor kniff die Augen zusammen. Einen Moment lang sah es so aus, als würde er die Worte einfach ignorieren, doch dann wandte er sich der Öffnung in der Wand zu. Während Alexis eine Hand auf Arons Schulterblatt legte, beugte er sich ein Stück vor, um ebenfalls hinausspähen zu können. In einiger Entfernung erblickte er zwei Drachen, die geradewegs auf die Festung zuhielten. Sie waren bereits nah genug, sodass er die Reiter auf ihren Rücken sehen konnte.

Groß und dunkel ragte die Festung vor den Gefährten auf. Das Bollwerk besaß drei Türme, die sich wie schwarze, knochige Finger in den Himmel erhoben. Außerdem war es komplett von einem breiten Abgrund umgeben, dessen Boden sich in Schatten verlor. Womöglich gab es nicht einmal einen. Von Kante zu Kante maß der Felsspalt mehr als hundert Meter. Eine Brücke führte hinüber, nicht mehr als ein leicht bogenförmiger Gehweg aus Stein – ein Fehltritt, und man war verloren und fiel ins Nichts.

Auf der Brücke konnten zwei Drachen bequem nebeneinander stehen, dennoch war dieser Kampfplatz denkbar ungeeignet.

Trotzdem flogen Maya und Maro niedriger und landeten in der Mitte des Steinbogens. Wachsam blickten sie sich um, doch zunächst geschah nichts.

»Und was machen wir jetzt?«, fragte Simon etwas ratlos. Eine Antwort erübrigte sich, denn kaum zwei Sekunden später erklang von einem der Türme her ein lautes, wütendes Brüllen und zwei Drachen schossen nacheinander aus einer Öffnung im Gemäuer hervor.

Simon spannte sich noch mehr an. Sie hatten alle erwartet, auf Igor und vielleicht seinen Drachen zu treffen, aber mit einem zweiten Gegner samt Drachen hatten sie nicht gerechnet! Auch Maya erschrak, allerdings aus einem anderen Grund. Der riesige Feuerdrache allein war schon ein gefährlicher Gegner, aber der zweite Drache –

»*Es ist ein Silberdrache*!«, rief Maya Simon in Gedanken zu, während sie sich in eine sprungbereite Haltung fallen ließ und die beiden Artgenossen ganz genau beobachtete, um nicht aus der Luft überrumpelt zu werden.

»Was?!«, schrie Simon laut mit entsetzter Stimme.

Katharina blickte ihn mit großen Augen an. »Was ist los?«

»Der zweite Drache ist ein Silberdrache!« Auch Katharina und Jana blickten erschrocken nach oben. Erst jetzt, als ihre Gegner näherkamen, konnten sie im Licht der Morgensonne die silbergrauen Schuppen ausmachen. Gegen einen Silberdrachen würden sie kaum bestehen können.

Die beiden feindlichen Drachen machten keinerlei Anstalten, direkt über sie herzufallen, stattdessen landeten sie in etwa zwei Dutzend Metern Entfernung. Auf dem Feuerdrachen saß ein Mann, der aussah, als wäre er noch gar nicht so alt, jedoch durch seine eigene Bosheit gezeichnet. Tiefe Furchten und Falten durchzogen sein Gesicht, genau dort, wo er sie durch das Zusammenkneifen von Augen und Lippen erzeugte. Er hatte schon viel seines von grauen Strähnen durchzogenen, ehemals wohl dunkelbraunen Haars verloren, seine Hände waren rau und seine Miene düster.

Sein Drache knurrte erneut und wollte einen Schritt auf die Freunde zu machen, aber Igor – denn niemand anderes konnte er sein – riss ihn an metallenen, geflochtenen Ketten grob zurück.

Als der Feuerdrache daraufhin vor Schmerzen aufschrie, erkannte Simon schlagartig die Wahrheit: Igor war nicht mit seinem Drachen verpflichtet, ebenso wenig wie die zweite Gestalt mit dem Silberdrachen. Die beiden mussten gewaltsam zur Gefolgschaft gezwungen worden sein.

Die Erkenntnis traf Simon tief. Er fühlte sich so stark verbunden mit Maya, dass es für ihn einem Albtraum glich, nun zu sehen, dass diese beiden Drachen unterworfen worden waren, dass man ihnen die Freiheit geraubt hatte. Seine Seelengefährtin hatte sich aus freien Stücken entschieden, bei ihm zu bleiben, und konnte noch immer ihre eigenen Wünsche durchsetzen, wenn sie das wollte. Das blieb den armen Kreaturen vor ihnen verwehrt. Sie waren nichts anderes als Sklaven.

Der Silberdrache war etwas kleiner als sein bulliger Artgenosse, doch auch er war eindeutig stark und kampferprobt. Seine messerscharfen Klauen waren auffällig gebogen, die Spitzen ruhten auf dem steinernen Boden. Auf seinem Rücken saß ein Junge, der kaum älter als Simon und Katharina sein konnte. Sein Gesicht wurde eingerahmt von mittelbraunem, gelocktem Haar. Er guckte sie ebenfalls mit verkniffener Miene an.

Nun ergriff Igor das Wort. »Sieh mal einer an, ihr habt es also tatsächlich bis hierher geschafft. Am Anfang wart ihr ja einfach nur lästig, aber mittlerweile habt ihr so viele meiner Männer unschädlich gemacht und mir so viel Ärger gemacht, dass ihr mir ein Dorn im Auge geworden seid.« Seine Lippen verzogen sich zu einem abscheulichen Grinsen. »Nun, aber ihr habt ja schon gesehen, was für Drachen wir hier bei uns haben. Und nun seht euch an: zwei mickrige, durchschnittliche Drachen und drei Kinder. Was wollt ihr gegen uns ausrichten? Gebt auf und kehrt um, dann werde ich euch vielleicht ziehen lassen. Wenn ihr nicht geht, werdet ihr auf jeden Fall sterben!«

Wütend bewegte Maya die Krallen, ähnlich einer Katze. »Wir sterben lieber mutig im Kampf um unsere Freiheit, als uns feige zu verziehen und damit die Menschheit ihrem Schicksal zu überlassen!« Maro knurrte zustimmend. Beide Drachen hatten ihre Muskeln angespannt, sie waren bereit, jederzeit loszuspringen.

Igors harte Miene veränderte sich kein bisschen, als er siegessicher den Kopf schüttelte. »Ihr Narren! Glaubt ihr wirklich, ihr könnt auch nur wenige Minuten gegen uns bestehen? Wir werden euch einfach zerquetschen!«

»Unterschätzt uns nicht.« Maros Stimme war drohend und Simon musste weder seine noch Mayas Augen sehen, um zu wissen, dass die Pupillen der beiden zu Schlitzen verengt waren. »Wir haben einige Dinge, für die wir kämpfen, und zwar bis entweder zum Sieg oder zum bitteren Ende!«

Igor antwortete nicht, sondern trieb seinen Drachen plötzlich an, sodass der einen riesigen Satz auf Maya zu machte. Diese wich blitzschnell aus und gelangte durch den einzelnen Sprung zur Seite erschreckend nah an die Kante.

Während der Feuerdrache abbremste und herumschoss, glitt Simon vom Rücken seiner Seelengefährtin und zog sein Schwert. Vielleicht ließ der Drache sich nur so gut lenken, solange er geritten wurde. Einen Versuch war es auf jeden Fall wert. »Pass auf Jana und dich auf«, flüsterte er seiner Drachin noch zu, bevor er sich umwandte.

»Oh, der Junge will Mann gegen Mann kämpfen«, rief Igor höhnisch. »Nun, das kannst du haben!« Er sprang ebenfalls auf den Stein der Brücke und näherte sich. Das Schwert, das er im Laufen zog, hatte eine lange, breite Schneide und blitzte im Sonnenlicht unheilvoll.

Solange er noch genug Abstand hatte, achtete Simon auf seine Seelengefährtin und seine Schwester. Maya und der fremde Feuerdrache erhoben sich in die Lüfte, stiegen höher und begannen, sich hoch über dem Kampfplatz zu attackieren. Jana stieß mit ihrem Florett häufig und schnell nach den Beinen und Flügelgelenken des Roten, um Maya Zeit zu verschaffen, während sie und der feindliche Drache einander belauerten, aufeinander los schossen und sich brüllend zu verletzen versuchten.

Unerwartet holte der feindliche Drache tief Luft, riss das Maul auf und schleuderte Maya eine riesige Stichflamme entgegen. Simon zuckte erschrocken zusammen, doch seine Seelengefährtin konnte sich rechtzeitig herumwerfen und unter dem Feuerstrahl hindurchwinden. Jana presste sich dabei eng an sie, um den Flammen ebenfalls zu entgehen. Als der Feuerdrache erneut eine Flamme in ihre Richtung spie, drehte sich Maya halb um sich selbst, sodass das Inferno über ihren Bauch hinweg fuhr. Dann schoss sie in einer Spirale darum herum und biss ihrem Gegner in den Hals. Wütend schnappte der in Janas Richtung, aber das Mädchen duckte sich rechtzeitig unter dem Maul weg und stieß mit dem Doppelklingenschwert in Richtung der Drachenbrust, verfehlte sie allerdings um wenige Zentimeter. Maya trat den Feuerdrachen von sich, bevor er einen weiteren Angriff starten konnte, und hielt sich in einigem Abstand, bevor die beiden erneut aufeinander losgingen.

Beinahe hätte Simon vergessen, auf seinen eigenen Gegner zu achten, doch bislang machte Igor keinerlei Anstalten, ihn anzugreifen. Die beiden begannen einander zu umkreisen, genauso wachsam wie die Drachen, deren Knurren die Luft erfüllte. Der ältere Mann schien nur darauf zu warten, dass Simons Konzentration nachließ, doch so weit wollte dieser es nicht kommen lassen. Als er glaubte, bereit zu sein, sprang er vor und tat den ersten Schlag, den Igor allerdings mühelos parierte.

Ehe Simon einen zweiten Angriff starten konnte, sah er die Klinge seines Gegners auf sich zu schnellen. Im letzten Moment konnte er sein Schwert hochreißen und den Schlag abwehren. Schnell machte er ein paar Schritte zur Seite, um einen kurzen Moment zum Durchatmen zu erhalten. Der Abgrund in seiner unmittelbaren Nähe machte den Kampf nicht einfacher. Doch ihm blieb keine Zeit, sich darüber Sorgen zu machen. Schon raste Igors Klinge erneut auf ihn zu. Der Kampf ging weiter.

Simon versuchte, die Schläge nicht einfach nur abzuwehren, sondern auch direkt zum Gegenangriff überzugehen. Seine Taktik zahlte sich aus, einige Male gelang es ihm, seinen Kontrahenten zu treffen. Großen Schaden richtete er damit allerdings nicht an, sondern verpasste Igor eher ein paar Schrammen. Umgekehrt gelang es ihm selbst auch nicht bei jedem Schlag, das gegen ihn geführte Schwert vollends abzuwehren, sodass er einige Treffer einstecken musste.

Zum Glück spürte er die Wunden kaum. Sein Umhang, den zwei Schwertstreiche aufgeschlitzt hatten, behinderte ihn jedoch und wollte sich immer wieder um seine Beine wickeln, deshalb riss er ihn sich nach einem weiteren Schlagabtausch kurzerhand von den Schultern und warf ihn beiseite. Aus dem Augenwinkel sah er, dass das Kleidungsstück über die Kante der Brücke rutschte und flatternd in die Tiefe fiel.

Beklommen versuchte Simon, die aufkeimende Nervosität hinunterzuschlucken. Er durfte sich nicht von dem nahen Abgrund verunsichern lassen, sondern musste sich auf den Kampf konzentrieren.

Igor schien nun ungeduldig zu werden. Er attackierte immer schneller, um seinem Gegner zügig den Garaus zu machen. Ein schmerzender Schnitt an der Schulter ließ Simon aufwachen. Die leise Sorge wich einem neuerlichen Adrenalinstoß. Er musste an all das denken, was von seinem Sieg abhing, und doch konnte er sich zugleich noch auf den Kampf konzentrieren. Er passte sich den Angriffen an, als hätte er nie etwas Anderes getan, und so blieb der Kampf weiterhin ausgeglichen.

In der Hoffnung, die Verteidigung seines Gegners durchbrechen zu können, machte Simon einen Ausfallschritt und führte die Klinge von unten gegen Igor, aber der blockte mit seinem Schwert ab und wurde lediglich am Arm getroffen. Dann hieb er kraftvoll gegen die Waffe von Simon, der einige Schritte zurückweichen musste.

Simon wusste, dass er nicht auf dieselbe Weise zurückschlagen durfte, er wäre viel zu schnell am Ende seiner Kräfte gewesen. Deshalb sprang er auf Igor zu, täuschte einen Schlag von oben an, riss das Schwert im letzten Moment zur Seite und hieb es seinem Feind mit der langen Schneide in die Seite. Diesmal war er schnell genug, die Klinge fand ihr Ziel.

Unglücklicherweise traf er genau auf eine Rippe. Der Schlag brachte ihn kurzfristig ins Taumeln, er musste sich erneut zurückziehen. Während Igor flüchtig seine Wunde befühlte und dann als kleinen Kratzer abzutun schien, konnte Simon ein wenig verschnaufen und durchatmen. Doch wenige Momente später führten die beiden Gegner erneut ihre Schwerter gegeneinander.

Als der Kampf begonnen hatte, hatte der zweite Drache mit seiner Reiterin sich Alexis und Aron zum Kampf gestellt, ein wütendes Knurren in der Kehle. Aus den Augen der beiden leuchtete Entschlossenheit, und die Fremde zog ein schlankes Florett.

Alexis sah die Klinge auf sich gerichtet, dennoch zögerte er, sein eigenes Schwert zu ziehen, und ballte unentschlossen die Hände zu Fäusten. Obwohl er die Zügel locker hielt, musste Aron etwas bemerkt haben, denn er drehte den Kopf gerade so weit, dass er nach hinten spähen konnte.

Der gegnerische Drache nutzte den kurzen Moment und sprang vor. Alexis wollte einen Warnruf ausstoßen, doch Aron hatte die Gefahr bereits gemerkt und wich einen Schritt zurück. Als der Artgenosse direkt vor ihm auf dem steinernen Boden aufkam, hob der Silberdrache einen Vorderlauf, bereit, mit seinen messerscharfen Klauen zuzuschlagen.

Doch der gegnerische Drache hatte seinen Angriff nur vorgetäuscht. Bevor der Schlag ihn treffen konnte, warf er sich zur Seite und sprang von der Brücke. Seine Schwingen gaben ein hohles Flappen von sich, als er sie entfaltete und in den Himmel schoss.

Aron war herumgefahren, doch er verharrte noch auf der Brücke. »Willst du das wirklich tun?«, fragte er gerade so laut, dass Alexis ihn hören konnte. Seine Stimme klang dunkler als sonst.

Alexis zog den Kopf zwischen die Schultern, doch schon im nächsten Moment nahm er wieder Haltung an und sah sich unwillkürlich nach seinem Vater um. Doch der kämpfte mit dem fremden Jungen und hatte keinen Blick für ihn übrig.

»Wir haben doch keine Wahl«, antwortete Alexis, auch wenn die Worte ihm ebenso widerstrebten wie dieser Kampf.

Es stimmte.

Er konnte sich nicht zurückziehen, denn damit würde er Igors Zorn auf sich ziehen. Und die Strafe für eine Flucht aus dem Kampf … nicht auszudenken.

»Ist das so.« Arons Worte klangen nicht wie eine Frage. Er wartete keine weitere Reaktion ab, sondern breitete seine Schwingen aus, stieß sich kraftvoll von der Steinbrücke ab und schraubte sich in die Luft, dorthin, wo sein Gegner kreiste.

Während der Silberdrache an Höhe gewann, zog Alexis endlich sein Schwert. Die Zügel nahm er in eine Hand, ließ sie aber locker durchhängen. Er brauchte sie nicht, Aron würde selbst besser wissen, wohin er sich wenden sollte. Das zeigte sich schon jetzt, denn er flog nicht direkt auf das gegnerische Gespann zu, sondern begab sich zunächst in einigem Abstand auf dieselbe Höhe wie sie.

Obwohl die Kontrahenten beinahe drei Dutzend Meter trennten, glaubte Alexis zu sehen, dass die fremde Reiterin die Augen zusammengekniffen hatte. Sie wirkte irritiert. ›*Kein Wunder*‹, dachte Alexis und presste die Kiefer zusammen. ›*Sie wird sich fragen, weshalb wir ihnen nicht sofort gefolgt sind, wie es jeder normale Gegner getan hätte.*‹

Er atmete tief durch und überlegte, wie er am besten angreifen sollte. Dabei warf er auch einen Blick nach unten. Sie hatten die Brücke ein Stück hinter sich gelassen, und unter Arons Körper gähnte die Schwärze des Abgrunds. Alexis packte den Griff des Schwerts fester. Er wusste, welche Taktik sein Vater von ihm erwarten würde. Als er prüfend zu der Fremden zurückguckte, erschauderte er bei dem Gedanken. Es wäre ein Leichtes, sich den schwarzen Schlund zunutze zu machen. Ihr Drache trug ja nicht einmal ein Geschirr, an dem sie sich hätte festzurren können …

Alexis griff nach den Gurten, mit denen seine eigenen Beine an Arons Seiten geschnürt waren. Er konnte nicht fallen. Sie hingegen … nein, das wollte er sich nicht vorstellen. Allein bei dem Gedanken verspürte er selbst leichten Schwindel. Als würde der Abgrund nach ihnen rufen und sich nur zufriedengeben, wenn mindestens einer von ihnen fiel.

Er zwang seine Konzentration zurück ins Hier und Jetzt. Vielleicht konnte er die Reiterin so sehr in Bedrängnis bringen, dass sie sich ergeben würde. Dann läge es nicht in seiner Hand, was mit ihr geschehen würde.

In jedem Fall konnte er nicht mehr länger warten. Er drückte Aron leicht die Beine gegen die Flanken zum Zeichen, dass er bereit war. Der Silberdrache reagierte sofort und warf sich vorwärts. Er war zu weit entfernt, um einen Überraschungsangriff zu starten, und so empfing der gegnerische Drache ihn mit ausgestreckten Klauen. Aron knurrte und stieß ihn gleich wieder von sich, nur um wenige Sekunden später erneut anzugreifen, diesmal von der Seite.

Alexis beschränkte sich vorerst darauf, sich den Bewegungen des Silbernen anzupassen und sein Schwert so zu halten, dass es nicht im Weg war. Er merkte genau, dass Aron nur mit halber Kraft kämpfte. Wenn er gewollt hätte, hätte er raffinierte Techniken anwenden und den anderen Drachen ausmanövrieren können, da war er sich sicher. So aber spielte sich zwischen den beiden eher ein Geplänkel ab.

Alexis erkannte, dass nicht nur er Arons Zurückhaltung bemerkt hatte. Die Reiterin des anderen Drachen hatte die Augenbrauen zusammengezogen und verfolgte den Schlagabtausch sichtlich verwirrt. Er konnte regelrecht sehen, wie sie sich einen Reim auf das Geschehen zu machen versuchte. Das Ganze wurde zu offensichtlich. Falls sein Vater doch zu ihnen heraufschaute, würde er sehen, dass etwas nicht stimmte.

Das durfte nicht passieren. Alexis griff mit der linken Hand an das Geschirr, um besseren Halt zu haben, hob die Rechte mit dem Schwert an und beugte sich über Arons Schulter, als der gerade ein weiteres Mal mit dem anderen Drachen rang.

Seine Gegnerin reagierte erst im letzten Moment und wehrte seinen Schlag mit ihrem Florett ab. Er ließ ihr keine Zeit, sich zu sammeln, sondern setzte direkt zur nächsten Attacke an. Gleichzeitig drückte er sein linkes Bein enger an Arons Flanke, um dem Silberdrachen ein Zeichen zu geben, ihn näher an seine Gegnerin heranzubringen.

Unter Alexis' Schlägen kam die Jugendliche ins Schwitzen. Mit ihrer leichteren Waffe schaffte sie es zwar, seine Attacken abzuwehren, aber gleichzeitig war das Florett zu zierlich, um vom Drachenrücken aus schwungvolle Schläge auszuführen. Noch dazu musste sie mit der rechten Hand auf die linke Seite zielen, weil Aron ihren Drachen festhielt. Doch sie glich diese Schwäche mit viel Geschick aus. Als Alexis dachte, sie würde auf seinen Oberkörper zielen, riss sie die Klinge im letzten Moment nach unten. Er konnte den Schlag nicht mehr abfangen.

Das Florett traf auf sein Bein, und er zischte leise, als es einen Schnitt in seinem Oberschenkel hinterließ. Doch der Schmerz war nicht so heftig wie erwartet. Ein schneller Blick zeigte ihm, dass die Schneide genau auf den Ledergurt getroffen war, mit dem er sich an Arons Geschirr gebunden hatte. Der Riemen war entzwei, die Schnalle baumelte nutzlos herab, doch das gehärtete Leder hatte einen Großteil des Schlags abgefangen, sodass Alexis selbst nur einen oberflächlichen Schnitt davongetragen hatte.

Er biss die Zähne zusammen und versuchte den Schmerz zu ignorieren. Dadurch, dass er sich mit der linken Hand am Geschirr festhalten konnte, vermochte er den fehlenden Halt auszugleichen. Also hob er das Schwert und ließ es erneut auf das Florett seiner Gegnerin treffen.

Erst, als die beiden Drachen in Richtung der Schlucht zu fallen begannen, ließen sie voneinander ab und schlugen kräftig mit den Flügeln, um wieder an Höhe zu gewinnen.

Alexis sah, dass der Silberdrache nicht gänzlich ohne Wunden davongekommen war. An einer seiner Schwingen bildete ein Rinnsal aus Blut einen leuchtend roten Kontrast zum silbrigen Weiß der Flugmembran, und als Alexis sich vorlehnte, konnte er auch an der Brust seines Freundes rote Striemen erkennen.

»Bist du schlimm verletzt?«, rief er gegen den Wind, der ihm bei dem raschen Aufstieg in den Ohren blies.

Aron spannte die Schwingen aus und ging in den Gleitflug über, damit Alexis seine Antwort hören konnte. »Das sind nur Kratzer«, brummte er und warf einen Blick zurück, um sich von der Gesundheit seines Reiters zu überzeugen. »Was ist mit deinem Bein?«

»Halb so wild, es hat vor allem den Beinriemen erwischt. Aber ich habe ja noch den linken. Wir machen weiter.« Alexis biss sich auf die Unterlippe, als er den Ausdruck in den Augen des Silberdrachen sah.

»Das bist doch nicht du«, meinte Aron drängend. »Wie können wir gegen jemanden kämpfen, der auf der richtigen Seite steht? Diese fünf dort unten tun das, was wir längst hätten tun müssen – sie versuchen Igor aufzuhalten!«

»Er wird sich nicht aufhalten lassen«, entgegnete Alexis bebend. Ein kalter Schauer kroch seinen Rücken hinunter. »Und wenn wir nicht weitermachen, wird er mich umso härter dafür büßen lassen. Und dadurch auch Andere!«

Aron blickte ihn sekundenlang schweigend an, einen stummen Widerspruch in den Augen. Alexis meinte auch einen Hauch von Enttäuschung darin zu sehen. Doch der Silberdrache sagte nichts mehr. Stattdessen legte er einen Moment später die Schwingen eng an den Körper, ließ Alexis gerade noch genug Zeit, sich leicht vorzubeugen, und ging dann im Sturzflug erneut zum Angriff über.

Simon und Igor kämpften immer noch, ohne einen Vorteil dem jeweils anderen gegenüber erringen zu können. In schneller Abfolge trafen ihre Schwerter aufeinander. Mittlerweile lief den Kontrahenten Schweiß über die Stirn, drohte in ihre Augen zu gelangen und ihre Sicht einzuschränken. Simon wischte die Tropfen immer wieder beiseite, wenn er sich nach einem Schlagabtausch zurückzog.

Sein Atem ging stoßweise, seine Bewegungen hatten nicht mehr so viel Kraft wie zu Beginn des Kampfes. Er ermüdete, und auch wenn er sehen konnte, dass Igors Brust sich ebenfalls stärker und schneller hob und senkte als zuvor, war ihm klar, dass er bald etwas unternehmen musste. Grimmig tauchte er unter einem neuerlichen Schlag ab und versuchte gleichzeitig, seinen Gegner mit der eigenen Klinge in die Seite zu treffen.

Im selben Moment geschah es. Sein rechter Fuß setzte nach dem Ausfallschritt wieder auf dem Boden auf, trug ihn jedoch nicht auf Anhieb. Simon musste um sein Gleichgewicht kämpfen, um nicht gänzlich wegzuknicken. Im selben Moment spürte er einen harten Schlag, als Igors Ellenbogen ihn an der Brust traf. Rücklings fiel er auf den steinernen Brückenbogen. Schmerz schoss durch seine Wirbelsäule, doch er reagierte nur mit einem kurzen Ächzen. Viel zu sehr stach ihm der Abgrund ins Auge, der direkt neben ihm gähnte und flüsternd seine dunklen Finger nach ihm auszustrecken schien.

Ein Schrei des Schreckens erklang, dann hallte eine verzweifelte Stimme durch seinen Kopf. »*Simon!*« Kurz erblickte er Maya, die zu ihm zu gelangen versuchte, aber von dem Feuerdrachen in Schach gehalten wurde. Im nächsten Moment trat Igor halb über ihn und verdeckte ihm die Sicht auf seine Seelengefährtin.

Der Schrei der blauen Drachin ging Alexis durch Mark und Bein. So viel Schmerz lag darin, dass er sich am liebsten auf Arons Rücken zusammengekauert hätte. Sein Blick fand wie von selbst seinen Vater und er sah ihn über den Jungen gebeugt stehen, der am Abgrund lag. Kälte griff nach Alexis' Brust und drückte sie zusammen. Er hielt in dem Schlag, den er gerade über Arons Schulter hatte ausführen wollen, inne.

Seine Gegnerin war durch den Ruf der Drachin genauso erschrocken wie er. Die Reflexe schienen die Kontrolle über ihr Handeln zu übernehmen, denn sie kümmerte sich nicht weiter um den Kampf, sondern wandte sich ruckartig von Alexis ab und spähte in die andere Richtung, hinab zur Brücke. Selbst Aron und der fremde Drache, die einander erneut umklammert hielten, schienen zu zögern.

In einiger Entfernung begann das Mädchen, das auf dem Rücken der blauen Drachin saß, zu kreischen, doch der Laut wurde schon einen Wimpernschlag später von der Kämpferin direkt vor Alexis übertönt. »SIMON!« Ihr Schrei war eine Ausgeburt purer Verzweiflung, und sie beugte sich nach hinten, als könnten die wenigen Zentimeter, die sie ihrem Mitstreiter näherkam, ihn retten.

So sehr hatte sie sich auf den Jungen auf der Brücke konzentriert, dass sie selbst sich zu weit über die Flanke ihres Drachen gelehnt hatte. Alexis sah, wie sie das Gleichgewicht verlor und zur Seite zu kippen begann. Es war die Szene, die er sich zu Beginn des Kampfes ausgemalt hatte. Die Fremde, wie sie abrutschte, der Abgrund unter ihnen …

Blitzschnell löste er die linke Hand vom Geschirr, warf sich vor und packte das Handgelenk der Jugendlichen. Ihr entfuhr ein Keuchen, und als sie den Kopf wieder zu ihm herumwirbelte, waren ihre Augen weit aufgerissen und ihre Wangen fahl.

Alexis' Atem ging schwer, während ihm bewusst wurde, was er gerade getan hatte. Das Mädchen hatte noch immer eine Waffe in der Hand – genau in der Hand, deren zugehöriges Handgelenk seine Finger umschlossen hielten.

Langsam senkte er sein Schwert, während das Blut laut in seinen Ohren rauschte. Der Blick der Fremden huschte kurz zu seiner Klinge, dann starrte sie ihm erneut direkt in die Augen. Fassungslosigkeit spiegelte sich in ihren Zügen.

Langsam richtete Alexis sich wieder auf, womit er sie vollends zurück auf den Rücken ihres Drachen zog. Dann lockerte er seinen Griff erst und ließ dann gänzlich los.

Die Jugendliche hielt sich mit einer Hand wieder an den Halszacken ihres Drachen fest, doch die Rechte mit dem Florett hielt sie noch immer halb erhoben. Sie drehte leicht den Kopf, ohne Alexis dabei aus den Augen zu lassen, doch es war eindeutig, dass sie auch nach ihrem Kampfgefährten sehen wollte.

Alexis richtete den Blick an ihrer Stelle auf das Geschehen unter ihnen. Er sah, dass sein Vater mittlerweile über den am Boden liegenden Jungen getreten war, das Schwert noch immer in der Hand. Der Anblick schnürte ihm schlagartig die Kehle zu und ließ ihn vergessen, wie man atmete.

Aron knurrte und holte ihn damit zurück in die Wirklichkeit. Er blickte Alexis eindringlich an und das Feuer, das in ihm loderte, stand in seinen Augen. »Alexis!«

Nur das eine Wort rief er, tief und beschwörend, aber ohne Wut. Dennoch fühlte Alexis sich, als habe ihn ein Peitschenschlag getroffen. Er begann zu zittern. »Aron, ich … ich kann nicht!«, presste er geradezu kläglich über die Lippen.

Der Blick seines Drachenfreundes wurde wärmer. »Doch«, sagte er so leise, dass Alexis ihn gerade noch so verstehen konnte. »Du kannst.«

Die Worte strichen durch Alexis Körper und Geist und vertrieben die Kälte, die ihn gefangen hielt. Seine Angst vermochten sie ihm nicht zu nehmen, aber zumindest rückte sie für einen Moment in den Hintergrund.

Dort unten lag ein Junge, der das getan hatte, was Alexis all die Jahre über nicht vermocht hatte: Er hatte sich Igor in den Weg gestellt. Und was hatte er selbst gemacht? Zugesehen. Sich Befehle erteilen lassen. Menschen Leid zugefügt. All die Jahre über hatte er sich eingeredet, dass er allein war und nichts ausrichten konnte. Dann war Aron gekommen – und doch hatte Alexis weiterhin vor seinem Vater gekuscht. Was, wenn er das nicht getan hätte? Wäre es dann so weit gekommen, dass dieser fremde Junge dort unten lag und auf seinen Tod wartete? Dass Igor sein Ziel erreichte?

Schlagartig legte sich das Rauschen auf Alexis' Ohren. Er löste die Finger der rechten Hand halb vom Griff seines Schwertes, sodass er es herumdrehen und in die Scheide schieben konnte. Dabei spürte er, dass seine Kampfgegnerin ihn anstarrte, doch er hielt seinen Blick fest mit dem seines Drachenfreundes verschränkt, der ihm Kraft gab. Gleichzeitig griff er mit der Linken nach der Schnalle des verbliebenen Beinriemens.

Simon lag schwer atmend auf dem Boden und blickte zu Igor auf. Seine Angst vermochte er nicht zu verbergen. Das Blut pulsierte zäh durch seinen Körper, schien ihn von innen heraus sprengen zu wollen. Jeder Herzschlag bereitete ihm Schmerzen, doch all das verlor an Bedeutung, während ein Sonnenstrahl sich in der Klinge seines Gegners fing. Igor stand breitbeinig über ihm, starrte grimmig auf ihn herab. Offenbar wollte er seinen Triumph einen Moment lang auskosten.

»Ich habe dich gewarnt«, verkündete er und holte mit seinem Schwert aus. Simon konnte nur reglos zusehen. Der Todesstoß würde ihn nicht nur in die Leere des Abgrunds, sondern auch in das endgültige Nichts katapultieren. Er hatte versagt.

Igor hielt das Schwert nun hoch über seinem Kopf, seine Lippen verzerrten sich zu einem grimmigen Lächeln. Sein Arm schoss nach vorn – da erbebte plötzlich der Brückenbogen und ein Schatten warf sich gegen ihn. Die Sonne spiegelte sich im Metall der Waffe und blendete Simon. Er presste kurz die Lider zusammen, und als er sie wieder hob und der flimmernde Schleier aus seinem Sichtfeld wich, konnte er nur ungläubig die Augen aufreißen.

Es war der Silberdrache, der wie ein Blitz vom Himmel geschossen und donnernd neben ihm gelandet war. Der Junge auf seinem Rücken hatte den Schwung offenbar genutzt, um abzuspringen und sich mit voller Wucht gegen Igor zu werfen.

Dieser taumelte noch einen Moment lang an der Kante und blickte den Jungen fassungslos an. Aller Zorn war aus seinem Gesicht gewichen, er schien vollkommen überrumpelt zu sein. »Wie konntest du nur?«, stieß er hervor. »Deinem eigenen Vater so in den Rücken zu fallen!« Im nächsten Augenblick verlor er endgültig das Gleichgewicht und stürzte über den Rand der Brücke.

Der Junge trat langsam an den Rand des Steins und sah zu, wie sein Vater fiel. Seine Miene war versteinert, doch schließlich brach etwas darin. Er stolperte in die Mitte der Brücke, wo der Silberdrache stand und ihm entgegenblickte, dann knickten seine Beine ein und er schlug zitternd die Hände vor das Gesicht.

Mehr bekam Simon von der Situation nicht mehr mit. Im nächsten Moment sah er Maya auf sich zu schießen. Maro war ihr erst noch dicht auf den Fersen, doch sie stürzte bedeutend schneller auf die Brücke zu. Wie ein Schemen kam sie heran, kam hart auf dem Boden auf und rannte das letzte Stück auf ihn zu. Erleichterung und Besorgnis zugleich spiegelten sich in ihrem Blick, als sie mit den Zähnen sein Wams packte und ihn von der Kante fortzog. Erst danach beugte sie sich über ihn und schmiegte die Schnauze an seine Wange.

»*Simon, ist alles in Ordnung? Sag doch was!*«

»Gerade noch einmal gutgegangen«, flüsterte er. Er griff nach ihren Halszacken, ließ sich von ihr auf die Beine ziehen und machte ein paar unsichere Schritte. Im Angesicht des Todes hatte er die Erschöpfung nicht länger zurückdrängen können, sodass er sich nun an seine Seelengefährtin stützen musste, um nicht ebenfalls von der Brücke zu stürzen.

Plötzlich war auch Katharina neben ihm, bedeckte sein Gesicht mit Küssen und legte ihm einen Arm über den Rücken, um ihn aufrecht zu halten. »Simon, allen Göttern sei Dank!«, schluchzte sie. Jana schloss sich der Umarmung an und krallte ihre Hände so fest in die Arme ihres Bruders, dass der aufstöhnte.

»Lasst ihn zu Atem kommen!«, meinte Maya und schob sie beiseite, damit er sich an sie lehnen und verschnaufen konnte. Sie bog den Hals, um sein Gesicht mit ihrer Zungenspitze berühren zu können, dann hob sie den Kopf wieder. Simon atmete noch einmal tief durch, als könne er sich damit vor allem wappnen, ehe er ihrem Blick folgte.

Den Gefährten gegenüber stand der Silberdrache, doch seine Kampfhaltung war verflogen. Er stand halb vor seinem noch immer von Zitteranfällen geschüttelten Reiter, wie um ihn zu schützen. Sein Blick wanderte über die kleine Gruppe, blieb an Simon selbst und seiner Seelengefährtin hängen. Schließlich senkte er den Kopf und stupste den neben ihm knienden Jungen sanft an. »Alexis, es musste sein«, sprach er leise. »Deine Entscheidung war richtig.«

Langsam hob der Junge den Kopf und blickte den Silbernen an, Trauer leuchtete in seinen Augen. Er schluckte sichtlich, dann nickte er. Mehrmals atmete er tief durch, dann rappelte er sich auf und lief auf den Feuerdrachen zu, der ein Stück entfernt gelandet war und alles wachsam beobachtete. »Komm zu mir, Meteor«, rief er zittrig. Simon blickte ihm verständnislos hinterher. Was hatte er vor?

Der Drache knurrte wütend und senkte den Kopf. »Treib es nicht zu weit, Alexis!«, dröhnte seine Stimme dem Näherkommenden entgegen.

»Ich will dir nur helfen!« Alexis verharrte nur kurz, um geräuschvoll auszuatmen. »Du hast gerade das erste Mal seit Jahren wieder gesprochen, ist es nicht so?« Er überwand die letzten Meter, die ihn von dem Feuerdrachen trennten, und griff nach dessen Geschirr. Eine Schnalle nach der anderen löste er, entfernte das Gebiss und zog schließlich das komplette Gebilde auf den steinernen Boden der Brücke. Mit einer schnellen Bewegung schleuderte er die Riemen und Ketten in den Abgrund und sprang zeitgleich einen Schritt zurück, um einem eventuellen Angriff auszuweichen. Simon konnte nur fassungslos zusehen.

»Was mein Vater tat, war nicht richtig. Er hat dich gezwungen, ihm zu gehorchen. Doch nun ist er nicht länger dein Herr, die Macht, die dich hielt, müsste gebrochen sein. Du bist frei, also flieg und kehre zurück in dein ungezügeltes Leben, über das du selbst bestimmen kannst.«

Der rotgeschuppte Drache hob den Kopf und starrte sein Gegenüber aus zusammengekniffenen Augen an. »Du hast Recht, was die Worte über Igor angeht«, grollte er. »Glaub nicht, dass du mich hättest beherrschen können.« Ruckartig breitete er seine riesigen Schwingen aus, sprang ab und rauschte mit flappenden Flügelschlägen davon. Mit atemberaubender Geschwindigkeit entfernte er sich von der Festung und war schnell nur noch als großer, roter Schemen in der Ferne auszumachen.

Alexis wandte sich unterdessen langsam um, kehrte zu dem Silberdrachen zurück, der ihn mit undurchdringlichem Blick beobachtete, und stellte sich vor ihn. Simon sah, wie es in den Augen des Jungen zu schimmern begann und er sichtlich schlucken musste.

»Aron, für dich gilt dasselbe wie für Meteor, obwohl es doch immer ganz anders war. Mein Vater war nicht dein Herr, dennoch hat er dich gequält, um dich gefügig zu machen. Über Monate hast du das ertragen, auch wenn wir beide wussten, dass seine Taten falsch waren.«

Mit fahrigen Bewegungen löste er auch das zweite Geschirr und beförderte es in die Tiefe. Er räusperte sich und musste sich danach sichtbar überwinden, weiterzusprechen. »Auch du wurdest viel zu lange unterdrückt, aber nun ist der Zeitpunkt für dich gekommen, in deine Heimat zurückzukehren. Du … du bist frei.«

Als der Silberdrache die Flügel ausbreitete, wandte der Junge den Kopf ab. Simon konnte sehen, dass er die Augen fest geschlossen hatte, die Lippen aufeinanderpresste und seine Hände zu Fäusten geballt hatte.

Der silberne Drache allerdings machte keinerlei Anstalten, loszufliegen, stattdessen blickte er wissend auf seinen Reiter hinab. Er wartete einen Augenblick, dann beugte er sich vor und stieß sanft gegen Alexis' Schulter. Der Junge hob den Kopf.

»Alexis, ich wusste vom ersten Tag an, dass du nicht wie dein Vater bist. Ich habe es in deinem Zögern erkannt, in deinem Blick, und das weißt du auch. Du hast immer gewusst, dass Igors Taten falsch waren, und letztendlich beschlossen, dich von ihm loszusagen. Und selbst, wenn du das nicht getan hättest: Alexis, ich würde dich niemals verlassen.«

Alexis starrte den Silberdrachen mit geweiteten Augen an. »Aron«, stammelte er ungläubig, »du … du willst wirklich …?«

Der Silberne schnaubte und blinzelte dem Jungen sanft zu. »Aber natürlich, ich bleibe bei dir.«

TEIL 3

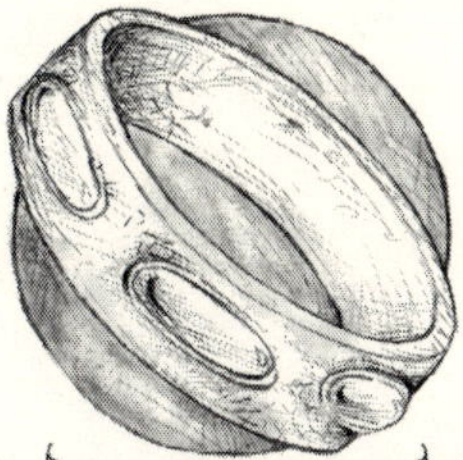

ENTSCHEIDUNG

Simon wusste nicht, was er denken sollte. »*Was geht hier vor sich?*«, fragte er Maya lautlos. »*Meinst du, sie spielen uns das nur vor?*«

»*Nein.*« Seine Seelengefährtin zögerte nicht lange. »*Sieh sie dir an, das könnten sie niemals so intensiv darstellen – schon gar nicht, wenn dieser Aron in Wahrheit einfach nur unterworfen wäre. Da muss irgendetwas Anderes laufen, von dem wir nichts wissen. Offenbar ist dieser Junge ganz und gar nicht wie sein Vater.*«

»*Das auf keinen Fall …*«, murmelte Simon nachdenklich und schüttelte leicht den Kopf. Die beiden waren noch vor wenigen Minuten seine erbitterten Gegner gewesen – aber was war jetzt?

Alexis schien endlich zu begreifen, was die an ihn gerichteten Worte bedeuteten. Sein Gesichtsausdruck wandelte sich, aus Fassungslosigkeit wurde Überraschung, dann begannen seine Augen zu strahlen. Stürmisch schlang er die Arme um Arons Hals. Der Drache presste im Gegenzug den Kopf an den Rücken des Jungen, zog ihn dadurch näher an sich und brummelte leise. Einige Momente verharrte er so, dann löste er sich sanft aus der Umarmung. »Alexis, ich glaube, wir sollten erst einmal etwas holen«, meinte er leise.

Simon schien es, als würde der Jugendliche sich erst jetzt wieder daran erinnern, dass seine vorherigen Gegner noch immer in einiger Entfernung standen und ihn beobachteten. »Natürlich«, murmelte er und wandte sich um. Unsicherheit leuchtete aus seinen Augen und er zog den Kopf minimal zwischen die Schultern. »Es tut mir leid. Ihr seid wegen der Klaue gekommen, ich weiß. Ich werde sie holen.« Er machte mehrere langsame Schritte rückwärts, ehe er sich zögerlich umdrehte. Dann rannte er los, dem Brückenbogen folgend in Richtung der Festung.

Der Silberdrache blickte ihm nach und schnaubte, bevor er herumfuhr. »Das soll doch wohl ein Scherz sein!«, rief er dem Davoneilenden nach, drückte sich ab und breitete flappend die Schwingen aus. Nur wenige Flügelschläge, dann hatte er den Jungen eingeholt, griff ihn sich und stieg dann mit ihm höher, der Öffnung in einem der Türme entgegen, aus der sie vor Beginn des Kampfes gekommen waren.

»Was haltet ihr davon?«, fragte Simon leise, während er den beiden nachstarrte. Unwillkürlich musste er bei dem Anblick daran denken, wie Maya ihm zum ersten Mal begegnet war und ihn ebenfalls mit sich in die Luft genommen hatte. Allerdings hatte sie ihn vor mehreren Angreifern gerettet, während der Kampf dieses Mal schon vorbei war.

»Ich weiß nicht recht«, entgegnete Katharina. »Es ergibt jetzt alles einen Sinn, aber die Gründe dahinter verstehe ich noch immer nicht. Ich hatte die ganze Zeit das Gefühl, als würden die beiden Maro und mich nur hinhalten. Und als du dann … da unten lagst, da haben sie unsere Ablenkung nicht ausgenutzt. Stattdessen hat er mich davor bewahrt, von Maros Rücken zu stürzen.«

Simon wandte ihr erschrocken den Kopf zu. »Du wärst fast gefallen?«, fragte er alarmiert.

»Ich habe nur noch auf dich geachtet«, murmelte sie und drückte ihn erneut an sich. »Aber dann hat dieser Alexis mich am Arm festgehalten, bis ich wieder sicher saß.«

»Das klingt, als sollten wir erst einmal abwarten, ob sie wirklich wiederkommen und uns etwas zu sagen haben«, meinte Maya nachdenklich. »Ich denke nicht, dass sie fortgeflogen sind, um sich neu zu bewaffnen, also lasst uns sehen, was passiert.«

»Naja, im Prinzip doch«, erwiderte Maro, ohne seine Meinung zu dem Thema zum Ausdruck zu bringen. »Wenn sie sich an das halten, was der Bursche gesagt hat, werden sie mit einer Waffe zurückkehren.«

Die Gefährten rückten näher zusammen. Simon zog Katharina dicht an sich und gab ihr einen langgezogenen Kuss auf die Wange. Sie schmiegte sich kurz an ihn, dann richtete sie sich wieder auf und heftete den Blick auf die Turmöffnung.

Es dauerte nur wenige Minuten, ehe Aron wieder erschien, sich ohne Umschweife abstieß und mit ausgebreiteten Flügeln dem Brückenbogen entgegensegelte. Der Junge saß nun auf seinem Rücken. Im Näherkommen erkannte Simon, dass er sich zwar etwas verkrampft festhielt, jedoch einen regelrecht seligen Gesichtsausdruck trug.

Der Silberdrache landete in einiger Entfernung und ließ seinen Reiter absteigen, dann kamen die beiden gemeinsam näher. Alexis fingerte an seinem Gürtel herum, wo ein Gegenstand mit mehreren Lederkordeln festgebunden war. Die lange, gebogene Form ließ kaum einen Zweifel daran, worum es sich handelte. »Ja«, bestätigte er im nächsten Moment, als er die Blicke der Gefährten sah, »das ist sie. Die *Klaue des Morero*.« Er hob das Artefakt ein wenig höher, sodass es besser zu sehen war.

Simon riss die Augen auf und hielt kurz die Luft an. Der Drache, dem die Klaue ihren Namen verdankte, musste riesig gewesen sein, so lang wie seine einzelne Kralle war. Ihre Oberfläche war verwaschen grau, und dort, wo der Ansatz zum Fleisch gewesen wäre, war sie mit schwarzem Samt umwickelt. Ein etwa zwei Finger breiter Streifen desselben Stoffs wand sich dreimal um die Klaue, bis er auf der Oberseite kurz vor der Spitze endete. Zahlreiche kleine, rote Steine zierten diesen schwarzen Wirbel, länglich und so geschliffen, dass acht Ecken entstanden. Eine große Ausgabe eines solchen Steins prangte dort, wo der Samtstreifen aufhörte, und reichte bis fast an die Spitze des Artefakts heran. Simon hatte noch nie so einen gewaltigen Edelstein gesehen. Er fragte sich, ob das ein Rubin war. Von diesem blutroten Stein hatte er im Tagebuch seines Urahnen gelesen, als er eigentlich auf der Suche nach Hinweisen über Drachen gewesen war.

Im nächsten Moment konzentrierte er sich wieder auf das Hier und Jetzt. Vor sich sah er den Gegenstand, der Auslöser für die Reise gewesen war, die seine Freunde und er auf sich genommen hatten. Die Klaue des Morero war den Geschichten nach eines der gefährlichsten und mächtigsten Machtartefakte, die es in ganz Sarmela und auch den umliegenden Ländern gab. Und es war Alexis, der sie hielt und ihnen die Krallenspitze entgegenrichtete. Alexis, gegen den sie Minuten zuvor noch gekämpft hatten.

Der Jugendliche schien die wachsamen Blicke zu erkennen. »Ich habe die Klaue nicht geholt, um euch in ihren Bann zu ziehen, das müsst ihr mir glauben!«, stellte er sofort klar. »Ich wüsste nicht einmal, wie sie zu benutzen wäre, und ich will es auch überhaupt nicht wissen.« Sein Blick wirkte beinahe flehend, während er Simon die mystische Waffe entgegenstreckte. Dieser zögerte kurz, ehe er zugriff. Als seine Finger sich um die glatte Oberfläche des Artefakts und den Stoff schlossen, meinte er einen Druck zu spüren, wie Luft, die zusammengepresst wurde und an die Oberfläche wollte. Ansonsten jedoch geschah nichts, weshalb er es wagte, von dem Gegenstand wieder aufzublicken.

»Danke. Und … ich muss mich auch wegen vorhin bei dir bedanken. Du hast mein Leben gerettet. Und das meiner Freundin auch, wie ich gehört habe.« Zaghaft lächelte er den fremden Jungen an, der nur nickte und den Blick dabei abwandte. Sicher musste er an seinen Vater denken, den er dafür in die Tiefe gestürzt hatte. Simon hatte Igors Ausruf, in dem er den Jungen als seinen Sohn bezeichnete, noch deutlich im Ohr.

Jana zupfte ihren Bruder am Ärmel. »Simon, was ist mit Mary, Lily und Juri?«, raunte sie ihm zu. »Sie warten auf uns!«

Simon überlegte kurz, ehe er sich an Maya wandte. »Jana hat recht, die drei werden sich Sorgen machen. Wir sollten sie abholen.«

Seine Seelengefährtin blickte Alexis und den fremden Drachen prüfend an, dann neigte sie den Kopf. »In Ordnung. Wir fliegen zu zweit zu ihnen und kehren hierher zurück. Es gibt noch einiges zu klären.«

»Beeilt euch«, meinte Katharina und wies mit einer Hand zum anderen Ende der Brücke, wo sich einige Bäume in den kargen Boden krallten. Das winzige Wäldchen war etwa fünfzig Meter von der Kante entfernt, sodass keine unmittelbare Gefahr bestand. »Wir werden dort auf euch warten.« Alexis nickte langsam, nachdem er einen Blick mit seinem Drachen ausgetauscht hatte.

Simon warf seiner Freundin einen letzten Blick zu, dann schwang er sich auf Mayas Rücken. Die Klaue hielt er fest mit der rechten Hand gepackt. Er hielt es für sicherer, sie nicht zurückzulassen, sondern in einer der Taschen zu verstauen, die nur ein Stück entfernt von dem Versteck der Jungdrachen deponiert waren. Während die anderen sich in Bewegung setzten und auf das Ende der Brücke zusteuerten, breitete die blaugrau geschuppte Drachin die Flügel aus und erhob sich in die Luft.

Weit war der Weg nicht, doch Simon musste eine Frage loswerden. *»Wir werden die Kleinen doch verteidigen können, falls diese beiden einen weiteren Kampf provozieren wollen, oder?«*

Maya summte beruhigend in seinem Kopf. *»Keine Sorge, das werden wir. Aber ich glaube eigentlich nicht, dass das nötig sein wird.«*

»Ich auch nicht, aber ich wollte es einfach sicherheitshalber wissen. Ich weiß einfach nicht, was ich von diesem Alexis halten soll. Er hat gegen uns gekämpft, aber auch erst Katharina und dann mir das Leben gerettet und uns die Klaue freiwillig überlassen. Warum tut er das?«

»Ich denke, das wird er uns noch erzählen. Nun lass uns erst einmal an die Kleinen denken.« Maya ließ sich tiefer sinken und landete in der Nähe des Spalts, den sie am Morgen als Versteck ausgesucht hatten. Sie blickte sich wachsam um, dann neigte sie den Kopf und lockte die Jungdrachen mit sanfter Stimme. »Mary, Lily, Juri! Wir sind es, Simon und Maya. Ihr könnt herauskommen, es ist nun sicher.«

Einige Sekunden lang regte sich nichts, dann kratzten winzige Krallen auf Stein und Marys orangeroter Kopf erschien in der Öffnung. Freudig quiekend sprang sie ins Freie und den beiden entgegen. Während Lily und Juri einen Augenblick später ebenfalls aus dem Versteck in der Spalte krochen, hob Simon ihre Schwester bereits hoch, ein Grinsen auf dem Gesicht.

»Ihr habt es geschafft!«, rief das kleine Drachenweibchen aus und schmiegte sich an ihn, doch dann trübten die bernsteinfarbenen Augen sich vor Sorge. »Aber wo sind die anderen?«

»Keine Sorge, es geht ihnen gut«, beruhigte Simon sie. »Sie sind noch am Kampfplatz. Wisst ihr, Igor hatte nicht nur seinen Drachen bei sich, sondern auch seinen Sohn und dessen Drachen. Und Letztere haben sich zum Schluss offenbar auf unsere Seite gestellt, deshalb werden wir gleich noch einmal mit ihnen sprechen müssen.« Er setzte das Drachenjunge auf Mayas Rücken ab, platzierte Lily dahinter und befestigte auch die Reisetaschen auf den kräftigen Schultern seiner Seelengefährtin. Zuletzt kletterte er mit Juri im Arm selbst hinauf. Als die drei kleinen Wesen sich an ihn kuschelten und er das Gefühl hatte, sie alle drei im Griff zu haben und sich selbst mit Hilfe seiner Beine ausreichend festhalten zu können, gab er Maya ein Zeichen. Vorsichtig und ein wenig angestrengt wegen des großen Gewichts erhob sie sich wieder in die Luft.

Während sie mit langsamen Flügelschlägen zurück zu Igors Festung steuerte, reckten die Drachenbabys die Köpfe und beobachteten, wie die Landschaft unter ihnen vorüberzog. Mary schien so weit gehen zu wollen, einfach abzuspringen und selbst mit den Flügeln zu schlagen, doch Simon hielt sie gerade noch rechtzeitig fest. Zum Glück war die Strecke nur kurz, sodass Maya ihre vier Mitreisenden unbeschadet zu der kleinen Baumgruppe brachte.

Als die große Drachin neben Jana, Katharina und Maro landete, rutschten ihre drei Zöglinge von ihrem Rücken, nur um sich sofort hinter ihrer Ziehmutter zu verstecken. Misstrauisch spähten sie hinter ihr hervor und beobachteten den fremden Jungen und den gewaltigen Silberdrachen.

Alexis hatte bei ihrem Anblick die Augen aufgerissen. Das Blut wich ihm aus dem Gesicht. »Ihr habt Drachenjunge bei euch?«, stammelte er geschockt. »Aber … was wäre mit ihnen passiert, wenn mein Vater … wenn ihr unterlegen wärt?« Seine Stimme endete in einem gepressten Piepsen. Erschüttert biss er sich auf die Lippen und ballte die Hände zu Fäusten.

Simon blickte ihn einige Sekunden lang einfach nur an, ehe er das Wort ergriff. »Ich glaube, es wird Zeit, dass wir uns unterhalten.« Alexis nickte stumm.

Die Gefährten ließen sich beieinander zu Boden sinken, aber Simon sah genau, dass Maya und Maro die Muskeln angespannt hielten. Im Ernstfall würden sie in der Lage sein, blitzschnell aufzuspringen.

Auch der Silberdrache sank ihnen gegenüber zu Boden. Alexis schien erst zu zögern, hockte sich dann aber neben ihn.

»Also«, sagte Simon gedehnt und blickte den Jungen abwartend an. »Erzähl uns alles.«

Der Gefragte seufzte kurz, ehe er langsam zu sprechen begann. »Ihr habt es sicher schon mitbekommen, mein Name ist Alexis und das ist Aron. Ich bin fünfzehn Jahre alt und Igor ist … *war* mein Vater.« Er musste schlucken, ehe er fortfahren konnte. »Seit ich denken kann, war er auf Macht fixiert. Er hat alles getan, um seinen Einfluss auszuweiten. Vor einigen Jahren ist es ihm gelungen, mit Hilfe dunkler Rituale Raubkatzen seinen Willen aufzuzwingen. Er wollte sie einsetzen, um umliegende Dörfer anzugreifen, aber sie waren schwer zu befehligen und richteten sich auch gegen seine eigenen Männer. Deshalb verwarf er den Plan wieder. Er versuchte es stattdessen mit Menschen, hatte jedoch keinen Erfolg. Vor einer Weile stieß er dann jedoch auf ein altes Buch, das von einem direkten Vorfahren sechzehn Generationen vor unserer Zeit stammte. Er schrieb von der Klaue des Morero, die er einst besaß und deren Kräfte genau dem entsprachen, was mein Vater suchte.«

»Gregor«, stellte Maya fest. Alexis warf ihr einen überraschten Blick zu, ehe er sich wieder sammelte und weitererzählte.

»Genau. Ich wurde von Anfang an dahin erzogen, meinen Vater zu unterstützen und ihm als rechte Hand zu dienen. Das hatte bei uns über Generationen hinweg Tradition, auch wenn die meisten meiner Vorfahren meines Wissens nur Einfluss auf einige Dörfer ausübten und deren Bewohner für sich arbeiten ließen. Ich wurde

Vieles gelehrt und gezwungen, die dunkle Geschichte Gregors zu lernen. Als ich älter wurde, musste ich selbst Männer für Überfälle auf mehrere Dörfer auswählen. Ich … ich hatte keine Wahl, aber es kostete einige Dorfbewohner das Leben und brachte viel Leid über alle anderen.«

Alexis senkte kurz den Kopf und schloss die Augen. Erst nach einigen Sekunden fuhr er fort. »Mein Vater meinte, ich sei zu weich und müsse endlich lernen, was Härte und Gewalt seien, deshalb bräuchte ich meinen eigenen Drachen für groß angelegte Angriffe.

Offenbar hatte er seine Spähtrupps schon einige Zeit vorher ausgeschickt, jedenfalls brachen wir recht schnell zu einem entlegenen Teil des Gebirges auf, wo seine Männer Aron überfielen und einfingen.

Mein Vater hatte mir zuvor gezeigt, wie ich einen Drachen an mich binden kann. Anschließend ließ er uns allein, da bei dieser Zeremonie niemand anwesend sein darf.«

Wieder unterbrach sich Alexis und schluckte mehrfach. Der Silberdrache stieß ihm sanft gegen die Schulter und brummte leise. Dadurch offenbar bestärkt, konnte der Jugendliche sich nach einer Weile wieder fangen und weiterreden.

»Ich begann mit der Formel. Wort für Wort kettete ich Aron stärker an mich, mit jedem Satz wand er sich mehr. Bevor ich das allerletzte Wort aussprach, musste ich abbrechen. Ich konnte ihm das einfach nicht antun.

Aron war von dieser Tat überrascht, doch er ließ sich nichts anmerken. Er täuschte vor, ich hätte ihn auch so schon gebannt. Ich war entsetzt, musste ihm aber das Geschirr anlegen, ihn in die Luft zwingen und zu meinem Vater fliegen. Er musste unter mir gehorchen, um die vermeintliche Unterwerfung zu vervollständigen.« Der Junge schüttelte mit gesenktem Blick den Kopf.

»Ich spürte genau, dass er Angst hatte, und erst recht, wie entsetzt er über das war, was er mir angetan hatte – oder mir angetan zu haben glaubte.« Arons Stimme war milde. »Ich tat so, als würde ich mich mit letzter Kraft wehren. Igor war zufrieden mit ihm, oder zumindest so etwas in der Art. Er zeigte es auf seine Weise – ruppig, böse und voller Hass. Mir war klar, dass ich das Spiel noch eine ganze Weile würde spielen müssen, um die Hintergründe zu verstehen und zu verhindern, dass so etwas noch einmal geschehen kann. Deshalb dachte ich mir, dass es nichts schaden könnte, mehr über Alexis und seinen Charakter zu erfahren.« Der Silberdrache schnaubte nahezu amüsiert. »Wie groß war sein Schrecken, als er erkennen musste, dass ich alles nur vorgetäuscht hatte. Er hatte Angst, ich würde mich an ihm rächen. Aber nach und nach lernten wir, miteinander auszukommen und die Täuschung gemeinsam aufrecht zu erhalten. Und irgendwann fassten wir auch Vertrauen zueinander.

Aber ich schweife ab, Alexis soll weitererzählen.«

Der Genannte überlegte kurz und fuhr sich mit der Zunge über die Lippen. »Wir mussten täglich trainieren und oft auch gegen meinen Vater und Meteor antreten. Es war hart, und nicht selten erlitt Aron schlimme Wunden, weil Meteors Hass auf Igor ihn böse gemacht hat. Wir waren nie gut genug und ich musste mir immer wieder anhören, dass ich nicht hart genug sei. Oft wurde ich auch dafür bestraft.

Außerdem mussten Aron und ich immer wieder losziehen, um zu jagen oder Angriffe zu verüben, wobei ich die Männer meines Vaters führte, die viele weitere Dörfer komplett dem Erdboden gleichmachten. In der Zwischenzeit schickte er selbst seine anderen, zahlreichen Angriffstruppen durch das ganze Land, bis in die entferntesten Winkel, um Angst zu verbreiten und Tod zu bringen.

Außerdem schickte er viele Suchtrupps aus, bis er sich mit Meteor selbst auf den Weg machte und nach einer knappen Woche mit der Klaue des Morero zurückkam. Seitdem wurde er noch boshafter und stand bereits kurz davor, das Geheimnis zu lüften, wie man ihre Kräfte benutzt, als ihr ihn endgültig ablenktet und schließlich hier auftauchtet. Naja, und den Rest der Geschichte kennt ihr ja.«
Alexis wagte es, den Blick wieder zu heben, und schaute Simon an. »Ich … ich konnte einfach nicht zulassen, dass er noch mehr Menschen umbringt. Deshalb habe ich letztendlich auf Aron gehört

und mich gegen ihn gestellt, obwohl er mein Vater war. Ich habe lange gebraucht, um mich von ihm loszusagen, aber nun, wo ich es geschafft habe, weiß ich, dass es das einzig Richtige war.

Aber ich weiß auch, was ich unter seinem Einfluss alles getan habe, und bin bereit, die Konsequenzen dafür zu tragen. Egal, was ihr mit mir vorhabt, ich werde mich nicht wehren, unter einer Bedingung: Lasst Aron in Ruhe, er kann nichts dafür!« Sein Blick wurde wieder flehend. Als Simon aufstand und ihn genau betrachtete, veränderte sich sein Gesichtsausdruck erneut: Er bekam Angst. So tapfer er auch aufzutreten versuchte, in Wahrheit fürchtete er sich.

Simon aber sagte lediglich: »Wir werden über das, was du uns erzählt hast, nachdenken und beraten, was wir mit dir und Aron machen.« Er winkte den anderen, ihm zu folgen, und zog sich ein gutes Stück von Alexis und Aron zurück, die ihm aufmerksam nachsahen.

Als die Gefährten weit genug entfernt waren, um hoffentlich nicht mehr verstanden zu werden, stellten sie sich zusammen. Simon, Katharina und Jana hielten dabei jeweils eines der Drachenbabys auf dem Arm – sicher war sicher.

Katharina neigte nachdenklich den Kopf. »Seine Geschichte klingt, als ob sie wahr wäre«, meinte sie mit gesenkter Stimme. »Ich glaube nicht, dass er so viele Emotionen in die Worte hätte legen können, hätte er sie erfunden.« Maya nickte zustimmend und spähte zu dem blonden Jungen.

Auch Simons Blick huschte in diese Richtung. In seinem Kopf wirbelten die Gedanken durcheinander, er überlegte noch immer, was er nun von Alexis halten sollte.

»*Natürlich ist er Igors Sohn und sein Leben lang zur Gewalt erzogen worden*«, meldete Maya sich lautlos zu Wort und richtete den Blick ihrer grünen Augen auf ihn. »*Aber er hat auch dein Leben gerettet und sich offenbar Zeit seines Lebens gegen das gesperrt, zu dem er gemacht werden sollte.*«

»*Schon*«, antwortete Simon. »*Einerseits hat er so viel Schlimmes getan, so viele Menschen sind laut seiner eigenen Worte durch seinen Befehl oder seine eigene Hand verletzt oder getötet worden. Aber andererseits hat er anscheinend schon so harte Strafen erfahren müssen, hatte keine Wahl. Und letztendlich hat er sich doch noch umentschieden. Ja, er hat mir das Leben gerettet und sich gegen seinen Vater gestellt, aber hat er auch wirklich eingesehen, dass Igor durch und durch böse war und warum?*«

Die letzte Frage wiederholte er laut und sprach damit offenbar aus, was sie alle beschäftigte. »Was machen wir jetzt mit den beiden?«, stellte er die entscheidende Frage direkt hinterher. »Wir können ihn nicht einfach zurücklassen. Wenn er doch düstere Absichten hegt, könnte er uns verfolgen oder den Platz seines Vaters einnehmen. Dann wären wir schuld, wenn weitere Dörfer leiden müssen.«

Juri, der die ganze Zeit über in seinen Armen verharrt und gelauscht hatte, wand sich plötzlich, um mehr Bewegungsfreiheit zu erhalten und offenbar die Aufmerksamkeit aller auf sich zu ziehen. »Was wäre denn, wenn er erst einmal mit uns kommt?«, piepste er. »Ich meine, wie unter Bewachung. Dann könnt ihr ihn im Auge behalten und ihn nach einer Weile besser einschätzen. Außerdem kann er uns nicht überraschend irgendwo auflauern oder hier in der Umgebung weiteren Terror verbreiten.«

Die Gefährten starrten das kleine Drachenmännchen an. Simon schüttelte fassungslos den Kopf. »Das klingt logisch«, stammelte er, »aber wie kommst du auf so eine Idee?« Er konnte nicht fassen, wie erschreckend klug dieses so junge Wesen bereits war.

»Es ist wirklich ein guter Plan«, meinte Maya und blies Juri sanft ihren warmen Atem entgegen. »Gut gemacht.«

»Das ist die beste Lösung«, pflichtete Maro bei. »So machen wir es.« Simon, Katharina und Jana nickten ebenfalls, während Mary und Lily mit unverhohlenem Stolz zu ihrem Bruder blickten.

Gemeinsam kehrte die kleine Gruppe zum vorübergehenden Lagerplatz zurück. Die beiden dort Wartenden blickten ihnen erwartungsvoll entgegen. »Wir haben eine Entscheidung getroffen«, verkündete Simon. »Wir können euch nicht ziehen lassen, das Risiko ist zu groß. Ihr könntet weiteren Menschen schaden oder uns attackieren.«

Unruhe zeigte sich in Arons Blick. Er erhob sich und trat sichtlich alarmiert einen Schritt vor, sodass er direkt neben Alexis stand. »Und was wollt ihr machen, um das zu vermeiden?«, fragte er mit tiefer Stimme. Der Junge neben ihm verspannte sich und rappelte sich ebenfalls auf.

»Du willst uns überzeugen, dass du die Seiten gewechselt hast. Nun gut, dazu sollst du die Möglichkeit bekommen. Vor uns liegt eine lange Heimreise, auf der du uns begleiten wirst, damit wir dich im Auge behalten können. Wenn wir sicher sind, dass du keine Bedrohung mehr darstellst, ziehen wir alleine weiter.«

Einige Sekunden lang blickte Alexis Simon mit großen Augen und offenem Mund an, dann atmete er hörbar auf. »Danke, dass ihr mir diese Chance gebt«, stammelte er leise.

»Dass ihr *uns* diese Chance gebt«, korrigierte Aron. »Ich schlage vor, wir holen Vorräte aus dem Schloss. Aber wir sollten uns beeilen. Igors Gefolgsmänner werden bald misstrauisch werden.«

»Ich habe ihnen erzählt, ich würde euch zu täuschen versuchen«, erklärte Alexis unbehaglich. »Aber einige von ihnen werden mit Sicherheit gesehen haben, dass ich … sie werden bald merken, dass sie diejenigen sind, die getäuscht wurden.«

»Dann beeilt euch«, sagte Maya ruhig. »In dieser kargen Gegend könnten Vorräte uns vielleicht einige Tage mühsamer Jagd ersparen, bis wir wieder mehr Beute finden. Aber seht zu, dass ihr nicht zu lange braucht. Es wird Zeit, dass wir hier verschwinden.«

Bei Sonnenuntergang suchten die Reisenden sich ein Versteck. Weit waren sie nicht gekommen, es hatte zu lange gedauert, die eilig herbeigeschafften Vorräte auf die wenigen Taschen und Rucksäcke zu verteilen, die nach Minervas Feuertod verblieben waren. Alexis hatte die Festung zu überstürzt verlassen müssen, um eigene Taschen mitzubringen.

Während die Gefährten sich so schnell wie möglich abreisefertig gemacht hatten, waren die ersten Späher in den Ausgucken und schließlich auch am Tor der Feste erschienen. Als die Drachen sich schließlich in die Luft erhoben hatten, Aron in ihrer Mitte, waren die ersten Hörner ertönt, um Alarm an alle Truppen in der Umgebung zu geben.

Nun aber hatten sie hoffentlich genügend Abstand zwischen sich und eventuelle Verfolger gebracht, um zumindest über Nacht sicher zu sein. Danach würde es nicht mehr lange dauern, Igors Schergen endgültig abzuhängen. Zumindest hoffte Simon das.

Maya und Maro lagen an einem kleinen Lagerfeuer, Simon neben seiner Drachin, Katharina und Jana neben Maro. Lily hatte sich eng an die Zwölfjährige gekuschelt, Juri lag auf Maros Rücken und Mary hockte bei Simon und Maya, von wo aus sie gebannt in die Flammen starrte. Auf der gegenüberliegenden Seite des kleinen Lagerfeuers hatte sich Aron niedergelassen, Alexis neben sich. Sie alle aßen von den Vorräten, die eine willkommene Ablenkung zum kargen Mahl der letzten Tage boten. Für die Drachen gab es knusprig angebratene Hirschkeulen, für ihre menschlichen Begleiter geröstete Äpfel, Fleischstreifen und sogar ein paar Nüsse.

Jana blickte schon eine ganze Weile über das Feuer hinweg, wie Simon aus dem Augenwinkel bemerkte. Ihm war nicht klar, warum sie so auffällig hinüberstarrte. Im nächsten Moment jedoch schien sie es selbst nicht mehr auszuhalten. »Aron, darf ich dich etwas fragen?«, meinte sie ungewöhnlich zögerlich.

»Natürlich, frag ruhig«, entgegnete der Drache und legte den Kopf leicht schief.

»Also, du …«, druckste Jana herum, »du bist doch ein Silberdrache, also speist du silbernes Feuer, richtig? Wenn … wenn du damit zum Beispiel unser Lagerfeuer angezündet hättest … würden die Flammen dann silbern brennen?«

Aron und Alexis blinzelten mehrmals, dann lachten sie beide lauthals los. Verwirrt sah das Mädchen sie an.

»Dieselbe Frage hat Alexis mir auch gestellt«, erklärte Aron amüsiert. »Das war eines der ersten Dinge, die er wissen wollte, nachdem wir uns angefreundet hatten. Und du klangst gerade fast genauso wie er damals.« Er schnaubte belustigt, dann fing er sich wieder. »Aber um deine Frage zu beantworten: Nein, das Feuer würde nicht silbern bleiben. Die Flammen, die ich speie, sind sehr, sehr heiß, daher die silberblaue Farbe. Aber sobald ich den Strahl unterbreche, können sie diese Temperatur nicht mehr halten. Nach kurzer Zeit wird aus einer silbernen erst eine komplett bläuliche, dann eine normal gefärbte Flamme. Aber einige Sekunden lang bleibt sie silbern. Wenn du das einmal sehen willst, zeige ich es dir. Aber nicht mehr heute, in Ordnung?«

»Ja, sehr gerne! Danke, Aron!«, rief Jana freudig aus. Im nächsten Moment musste sie ein Gähnen unterdrücken. Lachend zog Simon sie zu sich.

»Okay, Jana, aber nun ist es Zeit, sich schlafen zu legen. Wir haben einen harten Tag hinter uns, und außerdem müssen wir morgen ausgeruht sein. Immerhin geht es dann los, wir machen uns auf den Heimweg!« Lächelnd wuschelte er ihr durch die Haare. Seine kleine Schwester strahlte noch mehr.

»Oh ja, dann sehen wir Mama und Lisa wieder! Und Sabrina auch! Aber ...« Unsicher hielt sie inne. »Was machen wir mit der Klaue? Wir können sie doch schlecht mitnehmen, oder?«

Simon riss die Augen auf und sah seine eigenen Gedanken in Katharinas Gesicht gespiegelt. Daran hatte noch keiner von ihnen gedacht! Sie hatten sich immer nur darauf ausgerichtet, die Klaue zu finden und vor Igor zu schützen, aber nicht bedacht, was danach mit ihr geschehen sollte. Jana hatte recht – wenn sie das Artefakt mit nach Taran brachten, würden sie dort alle Menschen gefährden. Es war durchaus möglich, dass einige von Igors Männern sich zu einem neuen Trupp zusammenschlossen oder andere machtgierige Wandernde versuchen würden, die Klaue zu stehlen.

»Regt euch nicht auf«, unterbrach Maya seinen wilden Gedankengang. »Maro und ich haben schon lange eine Idee, wo wir die Klaue abliefern können. Aron, hast du schon einmal etwas von der *Burg der Antike* gehört?«

Der Silberdrache nickte. »Natürlich habe ich das«, bestätigte er. »Das ist gut, dort wird sie sicher sein. Nicht einmal Igor mit seiner dunklen Magie hätte dort eindringen können, wenn die Geschichten stimmen.«

Simon, Katharina, Jana und Alexis blickten die Drachen gleichermaßen verwirrt an. Auch die Augen der Drachenbabys leuchteten vor Neugier. »Maya, was ist die *Burg der Antike*?«, sprach Simon die in der Luft hängende Frage aus.

»Wie der Name schon sagt, handelt es sich dabei um eine Burg«, begann seine Seelengefährtin bereitwillig zu erklären. »Sie ist schon sehr alt, niemand weiß genau, wann sie erbaut wurde. Allerdings gibt es Geschichten, nach denen sie bereits über drei Jahrtausende existieren soll, wenn nicht sogar länger. Es soll riesige Hallen und Kammern geben, und die gesamte Anlage dient nur einem einzigen Zweck: mächtige Waffen, die die Menschheit bedrohen könnten, zu verwahren. Wann immer in alten Zeiten tyrannische Herrscher oder machtsüchtige Rebellen besiegt und ihrer Artefakte beraubt wurden, wurden Letztere in die Burg der Antike gebracht. Kein einziges Stück, das dort in Verwahrung gegeben wurde, soll jemals entwendet worden oder erneut in falsche Hände geraten sein. Und es sollen eine ganze Menge Artefakte sein, die dort in Sicherheit gebracht wurden, teils früher sehr bekannte und gefürchtete.

Was aber das Unglaublichste ist: Die Burg wird von einer Gruppe von Frauen und Mädchen geschützt. Sie sind Geweihte und sollen Magie beherrschen. Eine Armee könnte diese Burg nicht stürmen, solange die sogenannten *Wächterinnen der Macht* dort sind und Wache halten. Es gibt keinen besseren Ort, an den wir die Klaue bringen könnten.«

Die Jugendlichen hatten aufmerksam zugehört. Nun nickte Katharina nachdenklich. »Das klingt wirklich ideal. Wir müssen sicherstellen, dass niemand an die Klaue herankommen kann.« Sie warf Alexis einen Seitenblick zu, wandte sich aber schnell wieder ab. »Aber das klingt alles so mystisch. Gibt es diese Burg denn wirklich? Und wo befindet sie sich?«

Diesmal ergriff Maro das Wort. »Es gibt sie, keine Sorge. Ich bin einmal einem Drachen begegnet, der sie gesehen hat. Und seinen Beschreibungen nach müssten wir sie finden, wenn wir uns auf dem Rückweg südöstlich halten. Das Waldgebiet um die Burg der Antike herum ist leicht zu erkennen, und anschließend müssen wir uns nur wieder ein Stück westlich halten, wobei wir die Steinwüste sogar umrunden dürften.«

»Und dann sind wir bald zu Hause?«, fragte Jana erneut mit glänzenden Augen. »Wir sind schon so lange weg!«

»Ich vermisse Mutter und Sabrina«, meinte Katharina sehnsüchtig. Simon drückte sie an sich und lächelte verständnisvoll. Auch er vermisste seine Familie.

»Je ausgeruhter wir morgen sind, desto länger und weiter können wir fliegen und desto eher werden wir auch wieder zu Hause sein. Deshalb sollten wir uns nun wirklich hinlegen und schlafen.«

»Gut gesprochen«, lobte Maya scherzend. »Ihr müsst euch beim Fliegen im Gegensatz zu uns ja auch so sehr anstrengen!«

Ebenfalls schäkernd konterte Katharina: »Als ob es für euch anstrengend wäre! Jetzt, wo wir nicht mehr unter Zeitdruck stehen, müsst ihr auch nicht mehr an eure äußersten Grenzen gehen. Auch, wenn wir sicher alle bald wieder zu Hause sein wollen, können wir die Reise nun ein wenig mehr genießen. Wir haben es immerhin geschafft! Nun müssen wir einige Dinge aufholen, die in letzter Zeit zu kurz gekommen sind.« Nach ihren letzten Worten erwiderte sie Simons Umarmung und gab ihm einen langen, zärtlichen Kuss.

Er sah aus dem Augenwinkel mehrere vielsagende Blicke auf sich gerichtet und musste grinsen, als er sich schließlich eher widerwillig von Katharina löste. Auch seine Freundin schien amüsiert. Sie zwinkerte ihm noch einmal verschmitzt zu, ehe sie mit Jana unter Maros einladenden Schwingen verschwand.

Simon legte sich zu Maya und wartete, bis die drei Drachenjungen sich an ihn gekuschelt hatten, dann atmete er möglichst langsam und gleichmäßig und schloss die Augen. In Wahrheit schlief er jedoch nicht sofort ein, sondern sprach noch lautlos mit seiner Seelengefährtin.

»*Wir müssen auf Alexis und Aron achtgeben. Ich glaube zwar nicht, dass sie uns jetzt noch anfallen würden, dann hätten sie uns niemals die Klaue überlassen. Aber trotzdem …*«

»*Sicher ist sicher*«, bestätigte Maya. »*Wir haben sie ja nicht umsonst aufgefordert, uns eine Weile zu begleiten. Deshalb haben Maro und ich auch so offen über die Burg der Antike geredet, wir wollten ihre Reaktion beobachten. Was wir über die Sicherheit dort gesagt haben, stimmt aber. Und mach dir keine Sorgen. Maro ist noch wach, er wird die erste Wache halten und ich werde ihn irgendwann ablösen. Ich glaube zwar, dass Aron etwas merkt, aber unser Verhalten ist wenig überraschend und nur verständlich.*«

Simon kuschelte sich enger an seine Drachenfreundin. Beruhigt durch ihre Worte, wünschte er ihr eine gute Nacht und gab sich vertrauensvoll dem Schlaf hin, den er nach dem ausgestandenen Tag auch dringend nötig hatte.

Die Sonne war noch nicht aufgegangen, als Simon durch mehrfaches Anstupsen von Maya geweckt wurde. Die Drachin wartete ab, bis er die Augen öffnete, dann erhob sie sich und weckte dadurch auch Mary. Die kleine Drachin, die sich irgendwann in der Nacht auf Simons Bauch eingerollt hatte, piekste ihn mit ihren winzigen Krallen, ehe sie sich auf ihre beiden schlaftrunkenen Geschwister stürzte.

Simon stand auf und schaute auf die andere Seite der heruntergebrannten Feuerstelle. Alexis und Aron rührten sich noch nicht, daher ging er zu den beiden hinüber. In seinem Rücken spürte er beruhigend den wachsamen Blick seiner Seelengefährtin.

Er hatte sich bis auf wenige Schritte genähert, als der Silberdrache die Augen aufschlug, den Kopf hob und ihm ruhig und aufmerksam entgegenblickte. Simon blieb kurz stehen, aber als Aron nichts tat, brachte er die letzten Schritte hinter sich, hockte sich neben Alexis und berührte dessen Schulter. »Wach auf«, sagte er leise. Trotzdem wurde sein Gegenüber sofort munter.

Es dauerte nicht einmal zwei Sekunden, bis Alexis sich an die Geschehnisse des Vortages erinnerte, das konnte man seinen Augen ansehen. Er atmete tief durch, ehe er reagierte. »Guten Morgen«, meinte er dann leise. Anschließend wandte er sich zögernd dem Silberdrachen zu. »Aron, ich … die Nacht … endlich bist du nicht mehr gefangen, sondern kannst wieder deine völlig eigenen Entscheidungen treffen. Das freut mich sehr.«

»Gewöhn dich lieber dran«, entgegnete der Silberne amüsiert. »So leicht wirst du mich nämlich nicht wieder los!« Alexis umarmte ihn, offensichtlich noch immer überwältigt. Erst dann stand er auf und half dabei, für alle etwas zum Frühstücken bereitzulegen.

Einige Minuten später senkte sich Schweigen über die Gruppe, als alle ihren Hunger stillten. Juri saß halb auf Katharinas Schoß, während das Mädchen ihm grinsend seinen Fleischanteil über den Kopf hielt, sodass er sich strecken musste, um heranzukommen. Lily rannte übermütig hinüber, sprang ab und schnappte ebenfalls nach dem Fleisch. Dabei stieß sie mit ihrem Bruder zusammen, und schon kugelten die beiden Drachenjungen im Gras. Die Jugendlichen mussten alle miteinander prusten, und auch die erwachsenen Drachen schnaubten amüsiert. Einen Moment lang war es wieder still, dann brach Gelächter aus. Alexis lachte sogar so laut, dass er Seitenstechen zu bekommen schien. Insgeheim dachte Simon, dass es dem Jungen nur guttun konnte, ein wenig abgelenkt und aufgeheitert zu werden.

Das Verstauen der Taschen verlief problemlos. Alexis half eifrig mit, was den Gefährten nicht entging. Auch Aron war hilfsbereit und ließ sich bereitwillig mehrere Taschen mit Vorräten aufladen.

Als alles fertig war, breiteten die drei Altdrachen nacheinander ihre Flügel aus, spannten ihre Muskeln an und sprangen ab. Fließend schlugen sie mit den Flügeln und gewannen schnell an Höhe.

Als die drei Drachenjungen mit Maya das erste Mal geflogen waren, waren sie dem Erdboden deutlich näher gewesen. Nun quietschten sie umso mehr vor Vergnügen, zappelten herum und testeten ihre Flügel aus, sodass Simon, Katharina und Jana Probleme hatten, die drei Geschwister festzuhalten. Erst nach einer ganzen Weile ließen sie sich beruhigen und beschränkten sich darauf, mit großen Augen zuzuschauen, wie der Boden weit unter ihnen vorbeizog.

LETZTER WIDERSTAND

Alarmiert hob Aron den Kopf.

Es hatte acht Tage gedauert, das Gebirge zu verlassen, doch am vergangenen Abend war es Grasland gewesen, auf dem die Drachen gelandet waren, kein Gestein. Der weiche Untergrund hatte die ganze Truppe innerhalb weniger Minuten in tiefen Schlaf gelockt, doch nun war der Silberdrache hochgeschreckt. Bis zur Morgendämmerung waren es noch einige Stunden, Wolken verbargen den Mond und die vielen Sterne, die zuvor noch wie ein Meer aus Funken den Himmel bedeckt hatten.

Mit seinen scharfen Augen konnte er auch in dieser Dunkelheit noch Umrisse ausmachen, und dank seiner Rasse war sein Gehör besonders stark ausgeprägt. Deshalb hatte das leise Rascheln ihn auch geweckt. Angestrengt spähte und lauschte er in die Nacht, dann prüfte er die Luft. Was er entdeckte, ließ ihn erschrocken zusammenzucken. Nur mit Mühe konnte er sich das Knurren verkneifen, das aus seiner Kehle drängen wollte.

Seine Bewegung hatte ausgereicht, um Alexis zu wecken. Bevor dieser einen einzigen Laut ausstoßen oder gar eine Frage stellen konnte, zischte der Silberdrache kaum hörbar. Die Warnung genügte, der Jugendliche schloss den Mund sofort wieder.

Auch Maya und Maro hoben nun die Köpfe. Ein Blick auf ihn, dann lauschten auch sie in die Stille der Nacht, bevor sie sich besorgt daran machten, Simon, Katharina und Jana leise zu wecken.

»Keinen Ton!«, erklang einen Augenblick später Simons Wispern, das den drei Drachenbabys gelten musste. Aron erschienen selbst diese zwei Worte bereits zu laut. Eng an den Boden gepresst kroch er zu den anderen hinüber, Alexis an seiner Seite.

»Was ist hier los?«, flüsterte Katharina verwirrt, nachdem sie alle beieinander kauerten.

»Da kommt jemand«, erklärte Aron, so leise er konnte. »Ich kenne die Vorgehensweise und den Geruch. Es muss einer von Igors Trupps sein.« Alle Blicke richteten sich erschrocken auf ihn, außerdem spürte er, wie Alexis sich verkrampfte.

»Sie werden bald nah genug sein, um uns hören zu können«, wisperte Maya. »Dann wissen sie, dass wir wach sind.«

»Was machen wir jetzt? Wegfliegen?« Obwohl Jana flüsterte, hörte man ihr ihre Unsicherheit an. »Wie sollen wir gegen sie kämpfen, wenn wir sie nicht sehen können?«

»Wir Drachen sehen zumindest Umrisse«, beruhigte Aron sie mit gesenkter Stimme.

»Wir sollten dafür sorgen, dass sie keinen Schaden mehr anrichten«, murmelte Alexis beinahe zu laut, dann senkte er die Stimme wieder, als er sich vorbeugte und seine Idee erklärte.

Langsam schlichen sie näher, dem Hügel entgegen, auf dem sie zu Beginn der Nacht die beiden feindlichen Drachen mit ihren Reitern hatten landen sehen. Das Abwarten hatte sie unruhig gemacht, doch nun war es soweit und sie schlichen näher und näher.

Längst hatten sie gehört, dass ihr Herr tot war, dass diese Jugendlichen ihn ermordet hatten, und es erschreckte sie, dass der junge Herr Alexis und sein Drache bei ihnen waren. Die Fremden mussten einen Weg gefunden haben, den Silberdrachen daran zu hindern, seine todbringende Flamme zu speien. Aber sie würden

Alexis befreien, auch wenn die anderen beiden Drachen gegen sie standen. Er war ihr neuer Herr, er hatte Macht, die Regeln würden sich nicht ändern: Im Notfall würden sie für ihren Herrn sterben, ansonsten würde er sie sowieso töten. Sie hatten die Wahl, zu gehorchen – dann lebten sie mit etwas Glück eine Weile – oder zu sterben. Und sich in einem so wichtigen Kampf besonders hervorzutun, konnte mit Sicherheit einen gewaltigen Vorteil bieten und ihnen das Wohlwollen ihres neuen Herrn sichern.

Leise näherten sie sich noch ein Stück. Mittlerweile hatten sie den Rand des kleinen Hügels erreicht, von oben drang immer noch kein verdächtiges Geräusch herab. Ihre einzige Chance war es, die Feinde zu überraschen, ansonsten würden sie gegen die Drachen nicht lange bestehen können. Jetzt hatten sie sich die Hälfte des Hügels hochgearbeitet. Es war soweit.

Vorsichtig erhoben sie sich und traten, die Schwerter gezückt, vollends auf den Hügel. Wütend schreiend sprangen sie dorthin, wo die feindlichen Drachen sich niedergelegt hatten, und fanden – nichts! Sie waren weg, alle, der Hügel war leer. Verwirrt sahen sie sich um, da ertönte ein Schrei etwa fünfzig Meter links von ihnen.

»Männer, hier bin ich, sie wollen fliehen! Fasst sie!« Das war die Stimme ihres jungen Herrn Alexis! Brüllend wandten sie sich um und rannten in die Richtung, aus der der Hilferuf gekommen war. Ihre Seelen waren erfüllt von Wut, Kälte, Bitternis und Hass.

Zu spät merkten sie, dass sie in eine Falle gerannt waren.

Aron kauerte hinter dem Hügel, gerade so weit entfernt, dass die Angreifer ihn nicht ausmachen konnten. Als der Ruf von Alexis ertönte, rannten die Männer in seine Richtung. Der Silberdrache spannte die Muskeln an, sammelte sich und wartete. Fünf Sekunden, zehn, fünfzehn.

›*Jetzt.*‹

Mit einem gewaltigen Satz schnellte er aus seiner Deckung hervor. Ein Brüllen verkündete sein Erscheinen, das er abrupt abbrach, um den Männern ihr Ende zu bringen. Er entfesselte die Kraft, die in seinem Inneren brodelte, und schleuderte ihnen im Sprung eine riesige, silberne Flamme entgegen. In ihrem Schein sah er, wie Igors ehemalige Gefolgsleute erschrocken herumfuhren und die Augen aufrissen, dann hatte die Flamme sie bereits erreicht. Sie hatten keine Chance.

Als er auf dem Boden aufkam, atmete Aron erleichtert auf. Er hatte Alexis nicht sehen können, also waren er und Maya rechtzeitig weggekommen. Es war alles genau nach Plan verlaufen: Die Drachin und Alexis hatten gewartet, bis die Männer oben auf dem Hügel standen und bemerkten, dass sie verschwunden waren, dann hatte Alexis seinen vermeintlichen Hilferuf ausgestoßen. Sofort danach hatte Maya sich lautlos vom Boden abgestoßen und ihn mit sich in die Luft getragen. So schnell sie konnte, ohne sich zu verraten, war sie außer Reichweite geflogen und hatte etwas an Höhe gewonnen, sodass sie vor der Silberflamme sicher waren, mit der Aron das Leben der Männer beendete.

Jetzt blickte der Silberdrache angestrengt in die Luft und entdeckte tatsächlich die Umrisse der Drachin, die auf ihn zugeflogen kam. Flügelschlagend setzte sie mit den Hinterbeinen auf dem Boden auf und ließ Alexis los, bevor sie auch die Vorderbeine aufsetzte. Der Junge drehte sich kurz um. »Danke, Maya!«, sagte er, dann rannte er die wenigen Schritte zu Aron und fiel ihm um den Hals. »Du hast es geschafft! Sie sind besiegt und niemand von uns ist verletzt!«

Mit einem amüsierten Schnaufen stieß der Drache ihn von sich. »Hast du etwa an mir gezweifelt? Na warte!« Mit geöffnetem Maul ließ er den Kopf vorschnellen, schnappte nach dem Hemd des Jungen und zog ihn dann an sich. Alexis schnappte kurz nach Luft, dann drückte er lachend die Hände gegen Arons Kopf.

»Hey, ich konnte kaum Hemden zum Wechseln einpacken, also mach es nicht kaputt!« Er machte sich endgültig frei und sprang auf den Rücken des Drachen. Aron wartete nur darauf, dann fuhr er herum. Zusammen mit Maya rannte er über die nächtliche Ebene, den restlichen Gruppenmitgliedern entgegen.

Maro hatte sich mit Simon, Katharina, Jana und den Drachenbabys weiter in die Ebene zurückgezogen, um den Plan nicht versehentlich aufzudecken oder in einen Kampf verwickelt zu werden. Nun aber trottete er ihnen entgegen. Simon lief neben ihm her, dann wurde er schneller, rannte an allen vorbei und schwang sich auf Mayas Rücken. Von dort aus umarmte er sie. »Du bist die Beste, Maya!«

Inzwischen war auch Maro bei der Gruppe angelangt. Aron streckte den Kopf vor und spähte auf den Rücken seines Artgenossen, um sich zu vergewissern, dass die Drachenbabys wohlauf waren. Zum Glück blinzelten die drei ihn nur staunend an. Jana jedoch zuckte fast unmerklich vor ihm zurück, ihre Augen waren groß und eine Spur von Furcht leuchtete darin.

Aron entging ihre Reaktion nicht. »Jana, es gibt keinen Grund dazu«, meinte er leise und beruhigend. »Hätte ich euch wehtun wollen, hätte ich mich euch nicht angeschlossen und euch heute Nacht auch nicht gewarnt.«

Sie zögerte noch kurz, doch dann hob sie die Hand und strich ihm über die Schuppen am Halsansatz. »Du hast ja recht, es tut mir leid. Ohne dich und Alexis würde Simon nicht mehr leben, und wir vielleicht auch nicht. Aber … du weißt ja vermutlich von der Drachin und dem Mädchen, die uns begleitet haben, Minerva und Sophie. Sie sind durch Igors Männer gestorben. Als der tödliche Pfeil Sophie traf, hat Minerva …«

»Ich weiß«, unterbrach er sie sanft. Er hatte die Geschichte gehört.

»Der Flammenstrahl war gewaltig«, flüsterte Jana, »aber deine Silberflamme gerade … das war noch beängstigender.«

Der Silberdrache blies ihr sanft seinen Atem ins Gesicht, dann ließ ein leises Geräusch ihn den Kopf wenden. Alexis saß vornübergebeugt da, die Stirn gegen die geballte rechte Faust gepresst.

»Ich hätte früher handeln müssen«, wisperte er heiser. »Hätte ich ihn doch nur eher aufgehalten oder mich wenigstens geweigert, selbst Angriffe zu verüben! Wie viele Menschen hätte ich vor dem Tod bewahrt …« Er fuhr sich über das Gesicht, ein Zittern überlief seinen Körper.

Aron schüttelte bestürzt den Kopf. »Alexis, hör auf. Du hast dein Möglichstes getan, dich gegen ihn zu wehren, ohne dich ihm offen zu widersetzen. Das wäre vermutlich dein eigenes Todesurteil gewesen!« Seine Stimme wurde sanfter. »Als du die Möglichkeit dazu hattest, hast du das Richtige getan und dich von ihm losgesagt. Maya und ihre Freunde waren die Einzigen, die eine realistische Chance gegen Igor hatten. Und wäre Simon gestorben – denkst du ernsthaft, die anderen hätten weiterkämpfen können? Viele Menschen sind gestorben, ohne dass du etwas gesagt oder getan hast, ja. Aber auch so musstest du schon genug Qualen erleiden, weil du sie nicht selbst umbringen wolltest. Und wäre Simon gestorben, wäre die komplette Menschheit zur Versklavung verurteilt gewesen. Das hast du verhindert!«

»Danke, Aron.« Alexis atmete tief durch. »Vielleicht hast du recht.« Er schüttelte sich, als wolle er die grausigen Erinnerungen so loswerden, dann wandte er sich den anderen zu, die die Szene stumm verfolgt hatten. »Was meint ihr, sollen wir uns noch ein wenig schlafen legen?«

»Ich denke, wir drei haben uns genug ausgeruht«, meine Maya, dann zwinkerte sie vielsagend. »Außerdem bin ich mir ziemlich sicher, dass ihr nach dieser Aufregung sowieso nicht wieder zur Ruhe kommen würdet, unsere Kleinen hier sowieso nicht.« Sie warf ihren Ziehkindern ein Drachengrinsen zu. »Also lasst uns doch kurz etwas essen und dann gleich aufbrechen. Ihr könnt euch ja auch unterwegs noch ausruhen, wenn die Müdigkeit zurückkehren sollte.«

Simon musterte sie prüfend. »Bist du sicher, dass ihr das schafft? Die letzten Wochen waren hart, ihr solltet euch nicht überanstrengen.«

Aron entfuhr ein amüsiertes Schnauben, doch diesmal war es an Maro, zu antworten. Mit einem Satz landete er direkt vor Simon und baute sich über dem Jungen auf. Im Scherz knurrte er ihn an. »Traust du uns etwa nicht zu, dass wir unsere Kräfte einzuteilen wissen?« Lachend drängte der Drache ihn zurück. Simon musste weiter und weiter zurückweichen, aber plötzlich war Maya hinter ihm. Schelmisch knurrte sie ihren Artgenossen an, und Aron konnte ihre Augen selbst im schwachen Licht funkeln sehen.

Simon verharrte noch einen Moment, dann sprang er wie auf ein geheimes Zeichen hin auf den Rücken seiner Drachengefährtin. Katharina saß noch immer auf Maros Rücken, während Jana mit den Drachenjungen abgestiegen war. Die Blicke, die die beiden Jugendlichen sich im schummrigen Zwielicht zuwarfen, ähnelten denen ihrer Drachen.

Aron spürte, wie Alexis sich leicht anspannte, daher wandte er den Kopf und blickte ihn beruhigend an. »Das hat mit einem Kampf nichts zu tun«, wisperte er leise. »Es zeigt sogar, wie sehr sie einander vertrauen, nicht verletzt zu werden. Sieh einfach zu.« Alexis blickte ihn zögernd an, dann nickte er und ein leises Lächeln stahl sich auf seine Lippen. Sich von seinem Vater losgelöst zu haben tat ihm sichtbar gut.

Simon wusste, dass Maya jeden Moment auf Maro losspringen und das spielerische Kräftemessen erst richtig beginnen würde, doch einer plötzlichen Eingebung folgend, unterbrach er ihr Grollen mit lauter Stimme. »Wartet noch einen Augenblick!« Als die beiden Drachen sich entspannten und ihn verwundert ansahen, winkte er Aron mit Alexis auf seinem Rücken heran. Sein Blick galt dem Jugendlichen, und als er den Ausdruck in dessen Augen sah, war er sich sicher, das Richtige zu tun.

»*Ich ahne, was du vorhast*«, summte Maya in seinem Kopf. »*Nur zu, ich denke, er hat sich genug bewiesen.*«

Simon nickte, auch wenn niemand außer ihm die Worte hatte hören können. »Alexis, als wir an der Festung losflogen, haben wir dir gesagt, dass wir uns überzeugen wollen, ob du wirklich auf unsere Seite gewechselt hast. Ich war mir sicher, dass es einige Zeit dauern würde, bis du dazu genug Gelegenheiten gehabt und uns vielleicht sogar überzeugt hättest, aber die Möglichkeit kam doch eher als erwartet. Meiner Meinung nach – und ich bin mir sicher, das ist die Meinung aller – hast du heute Nacht bewiesen, dass du auf der guten Seite stehst.«

Er sah, wie die Augen seines Gegenübers sich weiteten, und lächelte. Ja, das konnte einfach nicht gespielt sein. Alexis hatte es sich wirklich verdient. »Als wir dir die Bedingung gestellt haben, haben wir dir gesagt, dass du deinen eigenen Weg gehen kannst, wenn du dich bewiesen hast. Das hast du nun getan. Ich habe mit den anderen nichts abgesprochen, aber ich lasse dir hiermit die Wahl: Du kannst mit Aron deiner Wege gehen. Oder du begleitest uns weiterhin und hilfst mit, die Klaue sicher zur Burg der Antike zu bringen. Brauchst du Zeit zum Nachdenken?«

»Danke«, antwortete Alexis, ohne auch nur eine Sekunde zu zögern. »Ich muss nicht überlegen, was mich selbst betrifft. Aber ich bin nicht allein.« Er wandte sich dem Silberdrachen zu. »Aron, ich möchte erst deine Meinung hören. Wie würdest du entscheiden?«

Der Drache sah ihn mit weichem Blick an. »Alexis, ich bin, wo du bist, und das wird auch so bleiben. Egal, wie du dich entscheidest, ich werde damit zufrieden sein, und wenn nicht, werde ich das sagen.«

»Danke«, meinte der Junge erneut, diesmal jedoch lächelnd. Dann wandte er sich den Gefährten zu, die ihn gespannt ansahen. »Wir haben in der kurzen Zeit, die wir uns kennen, schon sehr viel erlebt. Um Simon vor dem unschuldigen Tod zu retten, habe ich meinen eigenen Vater in den Abgrund gestürzt. Jedes Mal, wenn ich ihn ansehe, werde ich mich daran erinnern.

Als wir mit euch aufgebrochen sind, habe ich darauf gewartet, mit Aron eigene Wege gehen zu können. Aber um ehrlich zu sein … würden wir jetzt gehen, würde mir etwas fehlen: die Gesellschaft mit euch.

Ihr seid trotz meiner Taten so gut zu Aron und mir gewesen. Deshalb würde ich mich euch, wenn ihr alle einverstanden seid, gerne endgültig anschließen.«

Einen kurzen Moment herrschte Stille. Das Wort *endgültig* hatte selbst Simon unerwartet getroffen. Er blickte in die Runde, sah seine Überraschung gespiegelt, doch in keinem Augenpaar entdeckte er Widerwillen. Deshalb nickte er langsam. »Dann kann ich nur noch sagen: Willkommen in unserer Gemeinschaft!« Leises Gemurmel unterstich seinen Gruß.

Einige Sekunden verharrten alle regungslos, dann breitete sich ein Lächeln auf Alexis' Zügen aus.

Fast schon gemächlich schossen die Bäume als verschwommene, dunkelgrüne Masse unter ihnen vorüber, während die Drachen über den Wald flogen. Es war warm, aber nicht stickig. Die Gefährten waren bester Laune und unterhielten sich lachend. Gerade rief Lily leidenschaftlich aus: »Glaubt mir, noch ein paar Mal üben und dann kann ich fliegen – und dann werde ich die schnellste Drachin der Welt!« Übermütig richtete sie sich auf und schlug mit den Flügeln, sodass Simon Mühe hatte, sie festzuhalten.

»Wenn du weiter so herumzappelst, wirst du diesen Tag nicht mehr erleben, du Brocken!«, ächzte er lachend.

Seitdem Alexis sich den Freunden endgültig angeschlossen hatte, waren fast drei Wochen vergangen. Damit waren Lily und ihre beiden Geschwister nun ungefähr einen Monat alt. In dieser Zeit waren sie ordentlich gewachsen. Waren sie beim Schlüpfen gerade einmal so groß wie Katzen gewesen, so befanden sie sich mittlerweile auf Augenhöhe mit größeren Hunden. Ihre Körpergröße hatte sich mehr als verdoppelt.

Als Maro und Aron am Vortag mit den Kleinen gespielt hatten, hatte Maya Simon erzählt, dass die drei prächtig gediehen. Der enorme Wachstumsschub in den ersten Lebenswochen war normal und sie waren verspielt und munter.

Allen voran hatte sich Mary entwickelt: Während ihre Geschwister für ihr Alter normal groß waren, überragte sie die beiden um fast eine Handbreit, wirkte dabei aber keineswegs grob oder massig. Ihr schlanker Körperbau, die wohlgeformten Gliedmaßen und ihr schon jetzt eleganter und sicherer Gang ließen erahnen, dass aus ihr einmal eine außerordentlich schöne und ausdauernde Drachin werden würde. Dennoch musste man gerade auf sie besonders achtgeben, da sie im Gegensatz zu dem eher ruhigen Juri sehr impulsiv war. Auch Lily war oft aufgedreht, ließ sich aber viel schneller wieder beruhigen.

Als die junge, orangefarbene Drachin wieder einmal während einer Pause durch den Lagerplatz raste und vor Lebensfreude geradezu pulsierte, hatte Aron lachend festgestellt: »Bei ihrer Art und der Energie möchte selbst ich sie später nicht als Feindin haben, erst recht nicht, falls sie dann Feuer spucken kann!«

Wer von den drei Jungdrachen später wie ihre Mutter die Fähigkeit haben würde, Feuer zu speien, war noch unklar. Es mussten nicht alle drei diese Fähigkeit geerbt haben, vielleicht würde auch keines der Kleinen jemals eine Flamme erzeugen können. Maro hielt es aber bei Lily für sehr wahrscheinlich, da sie auch vom Körperbau her ihrer Mutter sehr ähnlich sah. Die Selbstsicherheit hatte sie jedenfalls von ihr geerbt.

Inzwischen hatte die Kleine sich wieder beruhigt und ihre Flugversuche eingestellt. Dafür reckte Mary von Maros Rücken aus den Kopf, bevor sie ihre Ziehmutter ansah. »Wann machen wir die nächste Pause? Oh bitte, können wir dann weiterüben?«, bettelte sie und blickte dabei so komisch drein, dass die Drachin lachen musste.

»Also schön, von mir aus schon. Und ich würde sagen, wir legen die nächste Pause demnächst ein. Wenn es noch wärmer wird, ist es sowieso sinnvoller, sich im Schatten der Bäume auszuruhen.«

»Da vorne ist eine kleine Lichtung«, rief Aron in diesem Moment. »Lasst uns dort landen, dann sind die Kleinen zufrieden und wir haben einen guten Lagerplatz.«

Die anderen stimmten zu, also gingen die Altdrachen in den Sinkflug über, glitten dicht über die Baumwipfel hinweg und setzten weich auf dem Boden der sonnenbeschienenen Lichtung auf.

Ungeduldig sprangen die drei Drachenjungen ab, rannten einige Meter voraus, blieben dann stehen und drehten sich um. »Maya?« Mary blickte die Drachin, die der Muttterersatz der drei geworden war, fragend an.

Diese nickte. »Natürlich helfe ich euch.« Sie ging hinter ihnen her zum Rand der Lichtung, wo ein großer Stein aus dem Boden ragte und auf einer Länge von fast zwei Metern nur einige Handbreit anstieg. Diese natürliche Rampe war ideal für einen Teil der Übung.

Langsam breitete Maya ihre Flügel aus und hob sie so weit, dass beide Flügelspitzen etwas nach oben zeigten. Dann nickte sie Mary, Lily und Juri zu, woraufhin die Drachenjungen es ihr nachtaten und sie dann weiter aufmerksam ansahen. Als Nächstes bewegte die große Drachin ihre Flügel so, wie sie es auch beim Fliegen tat, nur viel langsamer. Wieder ahmten die Kleinen es ihr nach. So ging das eine Weile, bis Maya sagte: »Gut, jetzt macht ihr es richtig. Nun könnt ihr eure ersten Versuche machen.«

Freudig drängten die Kleinen vor und warteten, wer es zuerst versuchen durfte. Maya wählte Lily aus und nickte ihr zu. Das kleine Drachenmädchen atmete einmal tief ein und aus, dann rannte sie los. Anfangs hatte sie Probleme, gleichzeitig Beine und Flügel richtig zu koordinieren, aber nach einigen Metern gelang es. Flügelschlagend erreichte sie den Stein, lief ihn hinauf, sprang ab – und landete zwei Sekunden später auf dem dahinterliegenden Boden. Ein wenig sah es aus, als wäre sie nur gestolpert. Erstaunt blieb sie stehen und schaute sich um.

Amüsiert rief Maya sie zu sich zurück. »Das war schon gut, Lily. Sei nicht traurig, es wird noch etwas dauern, bis ihr euch länger in der Luft halten könnt. Jetzt du, Juri!«

Gehorsam setzte Juri sich in Bewegung und stellte sich, wie Lily zuvor, ein Stück entfernt auf. Die Flügel bewegend und den Blick fest auf den Stein geheftet, rannte auch er los, allerdings langsamer als seine Schwester. Erst als seine Klauen den Stein berührten, wurde er etwas schneller und sprang kraftvoll ab. Seine Taktik hatte bereits mehr Erfolg als die von Lily: Er fiel nicht sofort zurück auf den Boden. Als er jedoch merkte, dass er abwärts sank, flatterte er hektisch mit den Flügeln, wodurch er nur noch schneller im weichen Gras landete. Das Drachenjunge nieste, schüttelte sich kurz und lief dann zurück zu Maya, die auch ihn lobte.

»Gut gemacht! Lily, merk dir, was sich bei Juris Anlauf von deinem unterschieden hat, dann gelingt der nächste Versuch bestimmt noch besser. Und irgendwann müsst ihr dann gar keinen Anlauf mehr nehmen, sondern euch nur vom Boden abdrücken.

Aber erst einmal müsst ihr euch überhaupt in der Luft halten können. Mary, du bist dran!«

Langsam trat Mary vor und stellte sich in Richtung des Steines auf. Dabei war sie von diesem weiter entfernt als ihre Geschwister zuvor. Bevor sie startete, öffnete und schloss sie ihre Flügel einige Male, dann rannte sie los. Allerdings ließ sie ihre zierlichen Schwingen beim Laufen angelegt, obwohl sie das nicht machen sollte. Maya kniff leicht die Augen zusammen, während sie ihre Ziehtochter beobachtete.

Auch wenn die junge Drachin noch so klein und unerfahren war, sah man schon jetzt die geschmeidige Bewegung ihrer Muskeln. Das Tempo noch einmal erhöhend, erreichte sie den Stein, spannte ihre Hinterbeine an und gelangte mit nur zwei Sätzen an das andere Ende. Dann setzte sie ihre hinteren Klauen zwischen den vorderen auf, sprang kraftvoll ab und breitete im selben Moment blitzschnell ihre Flügel aus, wodurch sie sich geradezu in die Luft katapultierte. Kräftig, aber nicht zu schnell schlug sie mit den Schwingen und schaffte es durch ihren Schwung, erst etwa zwei Meter weiter wieder den Boden zu berühren. Sofort drehte sie sich um und rannte zurück zu Maya und ihren beiden Geschwistern.

»Sehr gut!«, rief Maya ihr entgegen. »Aber für Drachen, die das Fliegen gerade erst lernen, kann es sehr riskant sein, die Flügel erst beim Absprung auszubreiten. Wenn du dabei in eine Luftströmung gerätst, stürzt du schneller ab, als du *Flügel* sagen kannst. Also halt dich in Zukunft an meine Anweisungen, verstanden?« Sie warf der kleinen, orangegeschuppten Drachin einen ernsten Blick zu, konnte sich ein Schmunzeln aber nicht verkneifen. »Versuch doch auch einmal Juris Variante und übe deine, wenn du etwas älter bist. Also gut«, fuhr sie dann an alle drei gewandt fort, »lasst uns weitermachen. Lily, du fängst wieder an!«

Maya ließ die Kleinen noch eine halbe Stunde weiterüben, bevor sie sie bremste, weil es zu warm wurde. Widerstrebend folgten die drei ihr unter die Bäume, wo die anderen saßen. Sie hatten die ganze Zeit über zugesehen und lobten die Drachenjungen ebenfalls für ihre Fortschritte.

Die Gefährten aßen und tranken etwas, um sich zu stärken. Anschließend wandte Katharina sich an Maro: »Wie weit ist es noch?«

Der Drache überlegte kurz, dann antwortete er: »Ich denke, morgen Mittag sind wir da.«

»Hoffentlich halten uns diese Wächterinnen nicht für Feinde!«, rief Lily aus.

»Aber nein, meine Kleine, das werden sie nicht«, beruhigte Maya sie sanft. »Wir werden dafür sorgen, dass wir so wenig bedrohlich wie möglich wirken. Es wird alles gutgehen, mach dir keine Sorgen.« Das Drachenmädchen blickte sie unsicher an, gab sich mit der Antwort aber zufrieden. Juri und Mary ließen sich neben ihr ins Gras fallen, denn auch sie waren erschöpft von der ungewohnten Übung.

Am Nachmittag, als die Temperaturen wieder angenehmer waren, flogen die Freunde weiter. Es dauerte nicht lange, da war die Lichtung hinter ihnen verschwunden und weit und breit waren erneut nur Bäume und der Himmel zu sehen. Maro jedoch entdeckte gerade in diesem Bild etwas und machte seine Kameraden auf eine breite Schneise im Wald aufmerksam. Sie lag noch in einiger Entfernung, war aber gut dadurch zu erkennen, dass die Blätter der dort stehenden Bäume von noch dunklerem Grün waren als die der anderen.

»Dieser Wald heißt nicht grundlos Dunkelwald«, erklärte er. »Aber diese Baumschneise dort vorne ist das Zeichen, dass wir richtig sind.«

Maya erinnerte sich. »Die Geschichten über die Burg der Antike besagen, dass sie innerhalb eines weitläufigen Baumkreises liegt, dessen Laub dunkler ist als das der restlichen Bäume«, erklärte sie. »Es sollen die einzigen Kastanien im Dunkelwald sein, mächtige Bäume, uralt. Keiner weiß, wie sie so gewaltig wachsen konnten, und kein einziger noch so kleiner Kastaniensprössling wächst außerhalb dieses Rings.

Ich denke, Maro hat mit seiner Schätzung recht. Morgen Mittag werden wir die Burg der Antike erreichen.«

Maya hatte richtig vermutet: Am späten Vormittag des nächsten Tages, als die Kameraden erst einige Stunden in der Luft und die dunklen Blätter des Baumrings noch nicht lange am Horizont verschwunden waren, rief Aron den anderen zu: »Da ist sie!« Alle folgten seinem Blick und sahen nun auch, noch in weiter Ferne, eine helle Linie, in der sie eine riesige Lichtung erkannten, auf der bereits jetzt über den Baumwipfeln erkennbar ein Bauwerk aufragte: Sie hatten die Burg der Antike gefunden.

Als sie ihrem Ziel näherkamen, hielten die Jugendlichen den Blick staunend auf ihr Ziel gerichtet. Simon hatte ein ansehnliches Gebäude erwartet, aber diese Burg war einfach gewaltig!

»Und was machen wir, wenn wir da sind?«, wandte Katharina sich an Maya. »Du meintest, wir sollen nicht bedrohlich wirken, aber wie soll das gehen mit euch drei ausgewachsenen Drachen? Aron ist ja sogar ein Silberdrache!«

»Das schaffen wir schon«, antwortete Maya zuversichtlich. »Wenn möglich, sollten wir nicht direkt auf den Eingang zufliegen, sondern erst einmal etwas entfernt landen und uns dann zu Fuß nähern, das wirkt nicht so schnell wie ein Angriff. Wenn wir am Tor angekommen sind, sehen wir weiter. Wir wissen ja nicht, was dann passieren wird.«

»Und wenn die Wächterinnen doch denken, dass wir angreifen wollen und eine Gegenattacke starten? Was, wenn wir sie nicht überzeugen können?«

»Dann werden wir uns vorerst zurückziehen. Ihre Verteidigung, vielleicht mithilfe einer Waffe, muss sehr stark sein, wenn nicht einmal Armeen die Burg stürmen konnten. Ich will nicht persönlich herausfinden, wie stark.« Obwohl sie dem Mädchen zuzwinkerte, sah man ihr doch an, dass sie es ernst meinte.

»*Du bist dir deiner Sache längst nicht so sicher, wie du es zu sein vorgibst*«, stellte Simon fest. »*Was ist, wenn wir der Waffe nicht entgehen können, wenn Flucht unmöglich ist?*«

»*Dann haben wir ein gewaltiges Problem*«, antwortete Maya. »*Aber haben wir denn eine Wahl? Wenn etwas schiefgeht, sind wir verloren. Aber was wäre, wenn wir direkt nach Hause fliegen und die*

Klaue mitnehmen würden? Was würde wohl passieren, wenn uns die wenigen restlichen Männer Igors folgen oder andere zwielichtige Gesellen auf uns aufmerksam werden? Sie würden uns nach Taran folgen und dort ein Gemetzel anrichten. Selbst, wenn wir da wären, würden mit Sicherheit unschuldige Menschen sterben. Ich könnte für so etwas niemals die Verantwortung übernehmen.«

Simon seufzte. »*Du hast Recht. Es sind schon genug Menschen wegen Igor und dieser verfluchten Klaue allein in Taran getötet oder verletzt und genug Häuser zerstört worden. Wenn wir eine Wiederholung verhindern können, egal wie, müssen wir das unbedingt tun, koste es, was es wolle.*«

Die Drachin drehte ihren Kopf kurz nach hinten und blickte Simon liebevoll an. »*Was auch passiert, wir bleiben zusammen und stehen es auch zusammen durch. Und falls wir sterben müssen, um die anderen zu retten, tun wir es gemeinsam! Ich bin immer für dich da, ich werde dich niemals verlassen.*«

Simon musste lächeln und eine Welle von Zuneigung erfasste ihn. »*Ich dich auch nicht, niemals, eher gefriert die Sonne!*« Weil er Lily halten musste, konnte er sich nicht vorbeugen, aber er presste seine Beine etwas fester an die Flanken seiner Drachin, um seine Bemerkung zu unterstreichen und sich ihr gleichzeitig noch etwas näher zu fühlen.

Während dieses Gesprächs waren sie der Burg der Antike bereits deutlich näher gekommen. Eine weitere Stunde verging, dann war das Ziel ihrer Reise nur noch wenige Hundert Meter entfernt. Wie Maya es zuvor gesagt hatte, drehten die Drachen nach rechts ab und flogen ein Stück über die Bäume hinweg, bis sie eine Lücke im Laubdach fanden, durch die sie abtauchen und auf dem kühlen Waldboden landen konnten. Unsicher sprangen Mary, Lily und Juri ab und blickten zu Maya auf.

»Ihr lauft hinter uns«, wies diese sie an. »Falls irgendetwas passieren sollte, müssen wir anderen uns frei bewegen können, ohne aufpassen zu müssen, dass wir euch nicht treffen oder ihr herunterfallt. Wenn wir fliehen müssen, springt ihr auf.« Brav stellten die drei Drachenbabys sich hinter ihren großen Artgenossen auf.

Bevor Maya loslaufen konnte, schwang Jana ein Bein über ihren Rücken und sprang auf den Boden. »Ich laufe auch, ansonsten behindern Simon und ich uns nur gegenseitig. Und falls wir wirklich fliehen müssen, kann ich den drei Kleinen von unten hochhelfen.« Entschlossen stellte sie sich schräg hinter Maya. Die nickte und gab dann das Zeichen zum Aufbruch. Langsam setzte sich der kleine Trupp in Bewegung und lief zwischen den weit auseinander stehenden Stämmen hindurch durch den Wald.

Es vergingen nur wenige Minuten, dann erreichten die Freunde den Rand der Lichtung. Kurz zögerten sie, dann traten sie hinaus ins Sonnenlicht und liefen weiter auf das große Tor auf der ihnen zugewandten Seite des gewaltigen Bauwerks zu. Als sie sich diesem bis auf etwa zwanzig Meter genähert hatten, blieben sie stehen. Gespannt sahen sie sich an, aber nichts geschah.

»Und was -«, hob Jana verunsichert an, als die Doppelflügel des Tors mit einem Mal langsam auseinanderschwangen. Gespannt richteten alle ihre Blicke auf das Geschehen.

Eine Gruppe von Frauen und Drachen trat heraus. Hinter ihnen schwangen die Torflügel wie von Geisterhand wieder zu. *»Das müssen die Wächterinnen sein«*, meinte Simon zu Maya. Obwohl nur sie ihn in Gedanken hören konnte, war seine Stimme gesenkt.

»Anscheinend«, antwortete Maya, ebenfalls leiser als gewöhnlich. *»Aber von den Drachen wurde nie etwas erzählt. Es müssen Wächterdrachen sein. Ich frage mich trotzdem, wie eine so kleine Gruppe, selbst mit Drachen, die Burg über die Jahrtausende verteidigen konnte. Sie müssen wirklich über starke Magie verfügen.«*

Die Wächterinnen und die Wächterdrachen hatten sich inzwischen einige Meter entfernt in einem Halbkreis aufgestellt. Die Frauen blickten die Gefährten kalt an, hoben ihre Hände und hielten sie versetzt zueinander, als hätten sie einen Ball in der Hand. Eine von ihnen, die bereits sehr alt zu sein schien, aber dennoch Kraft und Autorität ausstrahlte, trat ein Stück vor und rief abweisend: »Was wollt ihr hier? Ihr denkt doch nicht ernsthaft, dass ihr die Burg der Antike stürmen oder euch einschleichen und etwas entwenden könntet?«

»Einen Moment bitte, wir haben doch überhaupt nichts getan und führen auch nichts Böses im Schilde!«, versuchte Maro sich und seine Freunde zu verteidigen, aber die Frau ließ ihn nicht weitersprechen.

»Ach ja? Und von der Gruppe, die vorhin auf der anderen Seite der Burg randaliert hat, wisst ihr wohl nichts, oder? Ihr seid nur unschuldige Reisende, die eine Unterkunft für eine Nacht suchen, oder wie?« Während die Alte wetterte, glaubte Simon, zwischen den Schnauzen der Drachen ein blaues Licht zu sehen, als wären sie irgendwie verbunden. Verwundert rieb er sich über die Augen. Das Leuchten war verschwunden.

»Aber eines sage ich euch.« Die Stimme der Frau nahm einen drohenden Klang an. »Das war euer letzter Fehler!« Sie drehte ihre Hände ein Stück, als würde sie je ein Rad anfassen und bewegen wollen. Die anderen Frauen taten es ihr nach. Grünliche Lichtkugeln erschienen zwischen ihren Händen und wuchsen an.

Erschrocken machten Maya, Maro und Aron einen Schritt rückwärts. »Bitte, darf ich erklären, was wir hier wirklich wollen?«, versuchte Maro erneut, die Situation zu entspannen, fand aber wieder kein Gehör. Die Frauen zogen ihre Hände und somit auch die Lichtkugeln zu sich heran und wollten sie offensichtlich schleudern.

Gerade spürte Simon, wie Maya unter ihm ihre Muskeln anspannte, da trat einer der bei den Frauen stehenden Drachen vor. »Stopp! Sie sagen die Wahrheit!«

Überrascht blickte Simon ihn an. Auch die Alte zögerte – und mit ihr alle anderen – und ließ die Kugel ein Stück sinken. Eine Drachin trat neben ihren Artgenossen und stimmte ihm zu: »Kalir hat Recht, sie kommen in friedlicher Absicht.«

Die Frauen hielten endgültig inne und sahen ihre vermutliche Führerin an. Die blickte den beiden Drachen, die sie unterbrochen hatten, aufmerksam in die Augen, dann erlosch das Licht zwischen ihren Händen. Als sie sich den Gefährten wieder zuwandte, war die Härte aus ihrer Miene verschwunden.

»Entschuldigt bitte. In letzter Zeit versuchen immer wieder kleinere Gruppen von Jugendlichen, hier einzudringen. Ich glaube nicht, dass sie wirklich etwas stehlen wollen, höchstens etwas Essbares, aber man kann ja nie wissen. Kommt mit hinein, dort ist es sicherer. Dann könnt ihr uns erzählen, warum ihr uns aufgesucht habt.«

Erstaunt und unschlüssig blickte Simon seine Freunde an. Er wusste den plötzlichen Stimmungsumschwung der Wächterinnen nicht zu deuten. Die Frauen hatten jegliche Abwehrhaltung abgelegt und verschwanden nacheinander wieder im Inneren der Burg, gemeinsam mit den Drachen. Lediglich die Alte und die beiden Drachen, die den Angriff verhindert hatten, blieben stehen und warteten.

Schließlich fasste Maya sich ein Herz. »*Welche Wahl bleibt uns denn? Und außerdem hat sie ja Recht*«, hörte Simon ihre Stimme in seinen Gedanken, bevor sie sich mit einem Ruck in Bewegung setzte. Die anderen Gefährten folgten nach, und gemeinsam traten sie durch die Torflügel in das Innere der Burg.

DIE BURG DER ANTIKE

Zögernd folgten die Gefährten den Wächterinnen und Wächterdrachen durch einen langen, breiten Gang, der hinter dem Tor begann. Schließlich gelangten sie in einen kleinen Saal. Sonnenstrahlen, die durch einige Fenster weit oben in der Außenwand fielen, tauchten ihn in helles Licht.

Sobald sich die Tore hinter ihnen geschlossen hatten, hatten die Frauen wieder ruhig und entspannt gewirkt. Dennoch war Simon unsicher, wie er sich ihnen gegenüber verhalten sollte. Erst als die Wächterinnen Anstalten machten, in einen weiteren Gang weiterzugehen, gab er sich einen Ruck. »Moment bitte«, rief er zögerlich. Als die Frauen und Drachen sich zu ihm herumdrehten, rutschte er ein wenig unsicher auf Mayas Rücken hin und her, griff aber doch zu der Tasche, in der die Klaue des Morero verstaut war. Er hob das Artefakt, das noch in schützenden Stoff eingeschlagen war, heraus und begann es zu entpacken. »Wir sind zu euch gekommen, um -«, hob er an, doch er kam nicht weiter.

»Nicht!«, zischte ein Drachenweibchen. Die Augen aller hatten sich sichtlich geweitet. Simon hielt verunsichert inne, und die Älteste bedeutete ihm nachdrücklich, das Stoffpaket wieder einzustecken. Dann drehte sie sich herum und setzte sich wieder an die Spitze der Gruppe, um sie nun doch in den nächsten Gang zu führen.

»*Was war denn das?!*«, wandte Simon sich verdattert an Maya, als auch sie sich wieder in Bewegung setzte.

»*Ich habe keine Ahnung*«, erwiderte sie nach einem kurzen Moment. »*Aber sie werden uns ihre Beweggründe hoffentlich noch erklären. Bis dahin können wir ihnen wohl einfach nur folgen.*«

»*Mir kommt es hier vor wie in einem Irrgarten*«, setzte er hinzu und schauderte ein wenig, als ein neuer Gang den ihren kreuzte und sie ein weiteres Mal abbogen. »*Ich glaube, ich habe die Orientierung verloren. Wie sieht es bei dir aus?*«

»*Ich bin mir nicht ganz sicher*«, gestand Maya zögerlich. »*Ich bin die Weite des Himmels gewohnt, kein Gebäude, in dem so viele Drachen Platz finden können. Aber im Ernstfall würden wir hier wieder herausfinden, da bin ich ganz sicher. Lass uns trotzdem erst einmal abwarten, was passiert.*«

Simon war nicht wohl bei dieser Vorstellung, immerhin hatten die Wächterinnen sie gerade noch für Eindringlinge gehalten und bedroht. Konnte es nicht zu einem weiteren Missverständnis kommen? Dennoch sah er ein, dass Maya Recht hatte. Sie waren hergekommen, um mit den Wächterinnen zu sprechen und ihnen die Klaue des Morero zu übergeben. Wenn sie ihnen ein so mächtiges Artefakt anvertrauen wollten, mussten sie sich auch überwinden und ihnen ihre eigene Sicherheit anvertrauen.

Einige Minuten vergingen, dann schwangen die Flügel eines großen Holztors vor ihnen auf. Schlagartig flutete helles Licht den Gang und blendete Simon. Als seine Augen sich an die Helligkeit gewöhnt hatten, blickte er sich überwältigt um.

Sie befanden sich in einer riesigen Halle, deren Decke mehr als zehn Meter über ihnen liegen musste und die sicher drei Dutzend Meter breit und doppelt so lang war. So groß war die Burg selbst bei ihren beeindruckenden Ausmaßen nicht, also dachte Simon bei sich, dass dieser Raum teils unter der Erde liegen musste. Das erklärte auch, weshalb die Fenster oder vielmehr Lichtschlitze wieder nur die oberen Bereiche der Wand durchbrachen.

Aber das war nicht das Auffälligste: Durch die ganze Länge des Saals führte ein breiter Gang, von dem etliche kleinere abzweigten, vorbei an unzählbar vielen Sockeln, Tischen und kleinen Podesten, auf denen die verschiedensten Objekte lagen. An der Wand hingen sechs oder sieben Regalreihen übereinander, die sich einmal um den gesamten Raum wanden und unter denen stegartige Gebilde entlangliefen, sodass man keine Leitern verwenden musste, um an sie heranzureichen.

Wie im ganzen Saal lagen auch in den Regalen zahlreiche kleinere und größere Gegenstände aufgereiht. Sie sahen alle verschieden aus, dennoch hatten sie eines gemeinsam: Sie strahlten Macht aus. Ihre Aura erfüllte den ganzen Raum.

»Das ist die *Halle des Friedens*«, erzählte die Älteste ihnen. »Hier verwahren wir alle Machtobjekte, die uns gebracht werden.«

Simon blickte sich ehrfürchtig um. Maya schien ebenfalls beeindruckt, denn sie reckte den Kopf vor und prüfte die Luft. Nach einem Moment machte sie einen vorsichtigen Schritt vorwärts, dann einen weiteren. Die Gänge boten ihr mehr als genug Platz. Hinter ihr schritten auch Maro und Aron näher, nur Jana blieb ausnahmsweise einmal mit den Drachenbabys zurück.

Es dauerte einen Moment, bis Simon sich vom Anblick der vielen Gegenstände losreißen konnte, dann jedoch merkte er, dass mehrere Wächterinnen und Drachen ihn beobachteten. Er klopfte mit einer Ferse an Mayas Flanke, um ihr ein Zeichen zu geben.

Die Älteste räusperte sich. »So, es ist wohl an der Zeit, dass wir uns einander vorstellen. Mein Name ist Chorora und ich bin die *Erste Wächterin*. Zusammen mit meinen Genossinnen und den Drachen beschützen wir die Burg und wachen über alle hier verwahrten Artefakte. Das ist unsere Aufgabe, seit es die Burg der Antike gibt.«

»Moment mal …«, hakte Jana verstört nach. »Die Burg gibt es doch bestimmt schon seit mindestens einigen hundert Jahren? Wie könnt ihr …?« Während sie verunsichert abbrach, lachten die Frauen leise und gutmütig.

»Aber nein, wir sind nicht seit Beginn der Burg die Wächterinnen«, erklärte Chorora lächelnd. »Wir haben von den vorherigen Wächterinnen gelernt und sind dann in ihren Kreis aufgenommen worden. Auch haben unsere Drachen immer wieder junge Artgenossen von ihren Rundflügen mitgebracht, denen sie von ihrer Aufgabe erzählt und sie dafür begeistert haben.

In der ganzen langen Geschichte der Wächterinnen und Wächterdrachen gab es niemanden, der unfreiwillig eingetreten ist oder nicht wusste, was ihn erwartet: eine lange, harte Ausbildung, viel Frust und Schwächeverlust bei den Magieübungen. Aber es lohnt sich und wir sind hier alle eine Gemeinschaft, wir helfen einander.« Jana nickte und blickte neugierig die anderen Wächterinnen und die Wächterdrachen an. »Wir waren von der Vorstellung abgekommen«, fuhr die Erste Wächterin fort, als sie den Blick des Mädchens sah, und winkte mit der Hand eine Drachin nach vorn.

Es war die Drachin, die den Angriff auf die Kameraden verhindert hatte. Ihre Schuppen glänzten bläulich-grau, ähnlich wie Mayas, waren allerdings heller als die der Drachendame, beinahe türkis. Sie schillerten bei bestimmten Bewegungen und unterstrichen damit das aufgeweckte Glitzern in den Augen der Wächterdrachin.

»*Flussdrache*«, erklärte Maya Simon in Gedanken. Dann richteten beide ihre Aufmerksamkeit auf die Erste Wächterin, die nun mit der Vorstellung fortfuhr.

»Das ist Katynka. Sie ist zwar noch sehr jung, hat aber schon jetzt gute Chancen, die nächste *Erste Wächterdrachin* zu werden.«

Freundlich und offen nickte die junge Drachin den Freunden zu und blickte dann Simon an. »Ich spüre die negative Energie des Gegenstandes, den du uns vorhin zeigen wolltest. Wir sollten uns das gleich einmal ansehen.« Mit diesen Worten trat sie ein Stück zurück, sodass sie neben Chorora stand, dann winkte sie mit einem Kopfnicken nacheinander weitere Drachen und Wächterinnen nach vorne.

Als Nächstes trat eine weitere Drachin vor, die etwas kleiner als Katynka war, ihr aber erstaunlich ähnlich sah. Auch sie war ein Flussdrache, besonders aber fielen die feinen, dunkelblauen Linien auf, die ihren Hals zierten. Diese Zeichnung war auch am Schwanz sichtbar, der schließlich in die allen Drachen eigene, verknöcherte Schwanzspitze überlief, die mattsilbern schillerte.

»Das ist Shiani«, stellte Katynka ihre Artgenossin vor. »Sie ist meine beste Freundin.« Auch Shiani nickte den Gefährten zu, in ihrem Blick war Neugier zu sehen. Doch sie hielt sich zurück und machte den beiden Wächterinnen Platz, die herbeitraten.

Wieder war es Katynka, die sie bekannt machte. »Das sind Druja und Athroa. Sie sind dafür zuständig, die negative – teils sogar wahrhaft böse – Energie in allen Objekten zu bannen. Wir Wächter können die negative Energie alle spüren, wenn sie nahe genug ist, aber von den meisten erfordert dies etwas Übung. Für einige von uns jedoch war das Spüren negativer Energie von Anfang an so selbstverständlich und allgegenwärtig wie Atmen, sie können es nicht einfach abschalten. Dazu gehöre auch ich. Auf Dauer würde ungebannte, negative Energie mich und die anderen unter uns, die diese Fähigkeit haben, innerlich zermürben und vernichten. Deshalb ist Drujas und Athroas Können für uns so wichtig. Es darf nicht verloren gehen, deshalb sind wir sehr froh, dass die beiden das Wissen darum momentan an eine der Unsrigen weitergeben.«

Mit der Schwanzspitze winkte die Flussdrachin ein Mädchen heran, das etwa in Janas Alter sein mochte. »Menérra ist seit zwei Monaten in der Ausbildung und macht bereits gute Fortschritte. Wenn sie weiter so schnell lernt, wird sie in einigen Monaten eine vollwertige Wächterin und Bannerin sein.« Menérra lächelte schüchtern, bevor sie zusammen mit Druja und Athroa zurück zu den anderen ging.

Nun fehlten nur noch zwei Drachen: Ein Männchen und ein Weibchen, deren Ähnlichkeit noch auffälliger war als bei Katynka und Shiani und deutlich machte, dass sie nicht nur derselben Drachenart angehörten, sondern auch verwandt sein mussten. Sie waren noch sehr jung und nicht voll ausgewachsen, aber an ihrer bräunlichen Farbe erkannte man sie deutlich als Erddrachen.

»Unsere zwei jüngsten Mitglieder heißen Narakin und Nafari. Eine Gruppe Männer, die uns angreifen wollte, stieß auf dem Weg hierher auf sie und tötete ihre Mutter. Die beiden kämpften um ihr Leben, als wir sie fanden, die Männer drohten auch sie zu überwältigen. Wir schritten ein und retteten sie. Anschließend waren sie total verängstigt und wussten nicht, was sie ohne ihre Mutter tun sollten. Eine unserer Drachinnen, Bróma – ihr habt sie noch nicht kennengelernt, sie ist momentan nicht da – kümmerte sich um sie und brachte ihnen all das bei, was ihre Mutter ihnen nicht mehr hatte zeigen können. Als die beiden schließlich alt genug waren, für sich selbst zu sorgen, beschlossen sie, trotzdem bei uns zu bleiben und sich uns anzuschließen.

So, nun kennt ihr alle Anwesenden, Bróma ist wie gesagt nicht da, ebenso zwei Wächterinnen, Odeena und Meri. Aber nun zu euch!« Fragend blickte sie die Freunde an, die anderen Wächterdrachen und die Wächterinnen ebenso.

Simon hatte schon jetzt einen Großteil der Namen, die er gerade gehört hatte, wieder vergessen. Er blickte seine Freunde an und hob die Augenbrauen, und als Katharina nickte, dass sie die Vorstellung zu übernehmen bereit war, war er ihr dafür dankbar. So konnte er versuchen, sich doch einige der Namen noch einzuprägen, ehe sie ihm endgültig entfielen.

»Mein Name ist Katharina und das hier ist Maro«, ergriff seine Freundin das Wort. »Ich bin mit ihm verpflichtet.« Sie deutete nacheinander auf die anderen. »Simon und Maya sind ebenfalls verpflichtet, hinter den beiden steht Simons Schwester Jana. Auf meiner anderen Seite stehen Alexis und Aron. Und unsere Drachenjungen …« Sie winkte die Kleinen aufmunternd heran. »… unsere Drachenjungen heißen Mary, Lily und Juri. Ihre Mutter war eine Gefährtin von uns. Sie starb, um ihre Kleinen und mich zu retten.« Bei dem Gedanken an Minervas Tod bewölkte ein Schatten das Gesicht des Mädchens, der aber schnell wieder verschwand.

Chorora blickte die Freunde interessiert an. »Mir scheint, ihr habt eine aufregende Zeit hinter euch. Vielleicht erzählt ihr uns ja etwas davon, aber Katynka hat recht: Wir sollten erst einmal sehen, was ihr uns mitgebracht habt.«

Simon nickte zustimmend, bevor er in seine Tasche griff, das Stoffpaket herauszog und es auszuwickeln begann. Die Wächterinnen und die Wächterdrachen sahen aufmerksam zu, aber als die Klaue schließlich zum Vorschein kam und Simon sie hochhielt, zuckte eine der Frauen zurück. Simon meinte sich zu erinnern, dass ihr Name Druja war. Sie blickte kurz mit geweiteten Augen zu ihren Genossinnen hinüber und hauchte dann: »Die Klaue des Morero.«

Entgeisterung zeigte sich auch in den Zügen der anderen. In ihren Augen lag zudem ein Ausdruck, den Simon nicht zu deuten wusste.

»*Sie wirken … überrascht*«, stellte Maya fest. »*Als hätten sie nicht mit so etwas gerechnet, obwohl sie wussten, dass wir ihnen ein Machtobjekt bringen würden.*«

Nach einigen Sekunden verstand Simon, was sie meinte. Tatsächlich war in den Blicken der Wächterberufenen auch Verblüffung zu entdecken. »*Du hast Recht*«, antwortete er seiner Seelengefährtin lautlos. »*Und da ist noch etwas anderes … Bewunderung?!*« Irritiert blickte er zu ihr hinüber.

»*Irgendetwas in der Art. Aber wieso? Die Burg der Antike ist doch dazu da, Machtobjekte abzugeben, warum reagieren sie bei der Klaue jetzt so?*« Simon wusste nicht, was er antworten sollte.

Katynka schien ihre Verwirrung zu bemerken. »Verzeiht unsere Reaktion«, entschuldigte sie sich, »aber wir hätten niemals damit gerechnet, dass uns jemand die Klaue des Morero bringt. Vor vielen Jahren kam ein Mann zu uns, um uns einen anderen Machtgegenstand zu übergeben. Er berichtete uns, dass er auch die Klaue des Morero hatte mitbringen wollen, aber gescheitert sei. Er war mit einer Gruppe zusammenarbeitender Kämpfer aufgebrochen – und als Einziger zurückgekehrt. Er erzählte uns von Rebor und dass ihn niemand überwinden könnte. Und nun kommt ihr hier an und habt genau das getan! Da ist es wohl verständlich, dass wir überrascht sind.«

Nun begriff Simon, warum alle so fassungslos waren, und er nickte verständnisvoll. Seine Gefährten taten dasselbe, wie ihm ein schneller Rundumblick zeigte.

»Wir können euch die Geschichte erzählen, wenn ihr sie hören wollt und etwas Zeit habt«, schlug Maro unterdessen vor.

Zustimmend nickten die Frauen und die Drachen und Chorora meinte: »Wir werden euch gerne zuhören. Aber zunächst sollt ihr einen Platz zum Schlafen bekommen, immerhin ist es bereits

Abend. Bleibt doch ein oder zwei Nächte hier, Gäste sind uns immer willkommen. Erst recht, wenn sie uns ein weiteres Machtobjekt überreichen.«

Freudig verzog Simon die Lippen zu einem Lächeln. Sie alle hatten seit Langem nicht mehr in einem überdachten Nachtlager geschlafen, und auch die Drachen freuten sich offenbar über die Aussicht, eine Nacht lang auf jeden Fall sicher zu sein. »Danke, das ist wirklich sehr nett«, nahm er das Angebot daher im Namen aller an.

»Wie gesagt, wir haben gerne Gäste«, bekräftigte Chorora. »Katynka, zeige ihnen doch bitte, wo sie sich ausruhen können.« Die Drachin nickte zustimmend und bedeutete ihnen, ihr zu folgen. Jana trat näher und kletterte wieder hinter Simon auf Mayas Rücken. Die drei Drachenjungen jedoch schienen weiterhin selbst laufen zu wollen.

Katynka führte sie zurück in die Vorhalle, von da aus bog sie ab in einen breiten Seitenweg, durch den sich die Drachen, wie vermutlich überall in der Burg, frei und problemlos bewegen konnten. Der Gang, dem sie folgten, hatte kaum Abzweigungen und verlief in einem leichten Bogen. Schließlich gelangten sie an eine Weggabelung. Katynka wandte sich nach rechts und lief noch einige Meter weiter, dann blieb sie vor einer großen Tür stehen. »Da wären wir.« Mit einer Klaue schob sie den Riegel hoch, der eine Klinke ersetzte, und drückte die Tür dann auf. Dahinter kam eine geräumige Kammer zum Vorschein. Als die Freunde der Drachin hinein folgten, bemerkte Simon glücklich, dass sie groß genug für sie alle war – auch für die Drachen. Sowohl die Wände als auch der Boden waren mit Holz verkleidet, an den Seiten ragten Pfeiler bis zur Decke. In einer Ecke lagen etliche Decken sauber zusammengelegt übereinander.

»Es gibt gleich Essen. Braucht ihr sonst noch etwas?«, erkundigte ihre Führerin sich, was alle verneinten. Diese Unterkunft bot alles, was sie brauchten: Die Jugendlichen konnten weich liegen und waren mit ihren Drachen zusammen, darüber hinaus mussten sie keine überraschenden Störungen fürchten.

»Sehr schön«, stellte Katynka zufrieden fest, »dann kommt mit.«

Sie liefen zurück in die Vorhalle und bogen in einen weiteren Gang ein, der nach kurzer Zeit in einen großen Speisesaal überging. Hier stand eine lange Tischreihe, außerdem gab es einige kleine, wannenartige Gebilde, in denen bereits Fleischbrocken für die Drachen bereitlagen. Lächelnd nickte Katynka ihren Artgenossen und den drei Drachenjungen zu. »Bedient euch, es ist mehr als genug da.« Maya, Maro und Aron ließen ihre Freunde absteigen und folgten dann der Flussdrachin, die sich zu ihrer Freundin Shiani gesellte und aus einer Schale in der Nähe zu fressen begann. Aron und Maro suchten sich jeder eine freie Schale, Maya aber wählte zwei dicht beieinanderliegende aus und ließ sich vor einer nieder, während Mary, Lily und Juri sich auf die andere stürzten, dicht genug an ihrer Ziehmutter, um sich voller Selbstvertrauen umzublicken.

Simon, Katharina, Jana und Alexis setzten sich zu den Wächterinnen an den Tisch und nahmen sich von dem Essen, das diese ihnen reichten: frisches Brot, saftiges Fleisch und Kartoffeln mit Kräutersoße, dazu gab es Saft aus Waldbeeren. Die Freunde langten kräftig zu. Anschließend halfen sie, den Tisch mit abzudecken und die leergefressenen Wannen aufgestapelt in eine Ecke zu stellen.

»Heute werden Athroa und Menérra das Abwaschen übernehmen. Kommt mit in den oberen Stock, sie werden gleich nachkommen«, erklärte ihnen Chorora. Die Wächterinnen setzten sich jeweils auf einen der Drachen, die sich daraufhin in die Luft erhoben und in gemächlichen Kreisen der Saaldecke zustrebten. Lediglich einer von ihnen, Kalir, blieb zurück, um auf Athroa und Menérra zu warten.

Neugierig stiegen auch die Jugendlichen mit den Drachenjungen auf und Maya, Maro und Aron folgten ihren Artgenossen in die Höhe. Einige Meter unter der hohen Decke wurde eine Öffnung sichtbar, die vom Boden aus nicht erkennbar gewesen war. Die Wächterdrachen flogen, gefolgt von ihren Gästen, hindurch und gelangten in einen dämmrigen Tunnel, der aber breit genug war, um selbst ungewöhnlich große Drachen hindurchfliegen zu lassen, ohne dass ihre Flügel eingeengt wurden.

Der Tunnel führte in Form einer Spirale schräg aufwärts. Als sie nach einigen Minuten hinter einer Kurve helles Licht erwartete, beschleunigten die Wächterdrachen und schossen durch die Öffnung des Tunnels. Als auch die Kameraden sie passierten, kam Simon aus dem Staunen nicht mehr heraus: Sie befanden sich in einer riesigen Kuppel. Er war sich absolut sicher, dass diese von außen nicht sichtbar gewesen war. Da hatte sich nur Gemäuer befunden, und auch das bei weitem nicht so hoch, wie dieses Gebilde sein musste. Hier drinnen jedoch flutete helles Sonnenlicht herein!

Überall wuchsen Pflanzen und Bäume, zwei kleine Wasserläufe liefen zusammen und bildeten nahe der Öffnung einen Teich, irgendwo hinter den Bäumen verdeckt tönte ein Rauschen wie von einem Wasserfall. Einzelne Vögel ließen ihre Lieder erklingen.

Die Drachen landeten auf dem weichen Gras und ließen ihre Reiter absteigen. »Wir haben den Wächterdrachen hier ein kleines Stück Natur erschaffen, damit sie jederzeit frei sein können«, erklärte Chorora. »Die Burg verlassen können sie nicht immer, nicht einmal für einen kleinen Ausflug, denn es müssen jederzeit genügend Wächter anwesend sein - höchstens drei dürfen gleichzeitig hinaus. Wenn das der Fall ist, wie zum Beispiel in diesem Augenblick, können die Drachen sich hierher zurückziehen. Das ersetzt den wirklichen Aufenthalt in Wäldern und auf weiten Wiesen eine Weile, bis wieder genug andere Wächter in der Burg sind, sodass sie losfliegen können.

Auch wir Wächterinnen kommen aus diesem Grund manchmal hierher, aber meistens sind wir hier oben, um es uns gemeinsam mit den Drachen gemütlich zu machen und einander Dinge zu erzählen. Hier ist der beste Ort, um eure Geschichte zu hören.«

Als habe er nur auf dieses Stichwort gewartet, flog Kalir aus der Öffnung in die Kuppel, landete und setzte Athroa und Menérra ab. Die Wächterdrachen machten es sich im weichen Gras bequem, und die Wächterinnen taten es ihnen gleich. Chorora machte eine auffordernde und einladende Handbewegung in Richtung der Freunde, woraufhin diese sich ihnen gegenüber ebenfalls niederließen.

Nun berichteten die Freunde abwechselnd, was sie erlebt hatten.

Sie ließen kein Detail aus, berichteten einfach alles, an das sie sich erinnerten.

Schließlich beendete Maro den Reisebericht mit dem Zeitpunkt, an dem die Freunde geschlossen aus dem Wald auf die Lichtung vor der Burg der Antike traten. Die gesamte Aufzählung ihrer Erlebnisse hatte mehrere Stunden gedauert, mittlerweile waren über ihnen die ersten Sterne zu sehen.

Die ganze Zeit über hatten die Wächterinnen und ihre Drachen aufmerksam und staunend zugehört. Als sie von der Zerstörung Grens, der Ermordung Sophies und der Opferung Minervas gehört hatten, waren sie entsetzt gewesen.

Als die Freunde sie nach Beendigung ihres Berichts abwartend ansahen, ergriff Nafari das Wort. »Ihr habt eine wirklich aufregende Reise hinter euch. Ich habe ziemlich schnell aufgehört, die zahllosen Abenteuer mitzuzählen, die ihr erlebt habt. Allerdings habt ihr auch Schicksalsschläge erleiden müssen. Menschen und Drachen, die so etwas aushalten, haben ein sehr starkes Wesen und eine reine Seele. Trotzdem wünsche ich euch, dass die wirklich gefährlichen Abenteuer nun vorbei sind und ihr wieder nach Hause zurückkehren könnt.« Dankend nickten die Freunde ihr zu und lenkten ihre Aufmerksamkeit dann auf Nafaris Bruder Narakin, der offensichtlich ebenfalls sprechen wollte.

»Ich schließe mich Nafari an, eure Reise war wirklich sehr aufregend und es war spannend, euch zuzuhören. Jetzt sollten wir eigentlich ein wenig von dem erzählen, was bei uns passiert, aber über eure Erzählung ist es spät geworden. Lasst uns das auf morgen verschieben und uns jetzt zur Ruhe legen.« Zustimmend nickten sowohl die Freunde als auch die Wächterinnen und Wächterdrachen. Langsam stiegen alle wieder auf die Drachen und ließen sich zurück in den Speisesaal und von dort aus in die Vorhalle bringen. Hier zerstreuten sich die Wächterinnen und verschwanden in verschiedene Richtungen, um ihre Ruheräume aufzusuchen, die Drachen aber flogen zurück in den dritten Stock. Wenn sie gebraucht würden, waren sie nur durch lautes Rufen oder das Benutzen einer endlos erscheinenden Treppe zu erreichen.

Katynka war die Einzige, die noch blieb. Sie rief Shiani hinterher, einen schönen Platz für sie beide auszusuchen, bevor sie die Kameraden ein weiteres Mal an diesem Tag zu ihrem Zimmer begleitete. Als sie sicher war, dass die Gäste zufrieden waren, verabschiedete sie sich mit einem »Gute Nacht!« und verschwand, um sich zu ihrer besten Freundin zu begeben. Die Gefährten breiteten die bereitliegenden Decken aus und machten es sich für die Nacht bequem.

»Die Wächterinnen sind wirklich sehr freundlich«, bemerkte Simon. »Ich hätte gedacht, dass sie sich freuen würden, die Klaue zu bekommen, aber dass wir gleich mehrere Nächte bleiben dürfen, wenn wir wollen, das habe ich nicht erwartet.«

»Und sie verstehen sich wirklich auf Gastfreundschaft!«, stimmte Katharina ihm zu. »Trotzdem denke ich, dass wir wirklich nur noch höchstens eine weitere Nacht bleiben sollten. Bis nach Hause ist es noch weit und ich kann es kaum erwarten, alle wiederzusehen!«

Zustimmend nickten die anderen, bevor Alexis sich gähnend an Aron drückte. »Also ich werde jetzt schlafen!«, verkündete er überflüssigerweise, und die anderen folgten seinem Beispiel. Katharina kroch zu Simon und küsste ihn noch ein letztes Mal lange und innig, bevor auch sie sich zu Maro begab und unter seinem Flügel verschwand. Simon blickte ihr verliebt nach, dann kuschelten Jana und er sich an Maya und stöhnten auf, als Lily ungestüm versuchte, sich zwischen die beiden zu drängeln. Juri legte sich vorsichtig in ihre Nähe, bedrängte sie aber nicht, Mary schlüpfte flink unter Maros Flügel und machte es sich bei Katharina bequem. Schließlich hatten auch die drei Drachenjungen alle eine gute Schlafposition gefunden, sodass Ruhe einkehrte und die Freunde einer nach dem anderen einschlummerten.

Am nächsten Morgen waren die Freunde erst einige Minuten wach, als ein leises Pochen an der Tür ihre Aufmerksamkeit erregte. »Seid ihr wach?«, ertönte gedämpft Katynkas Stimme durch das Holz.

»Sind wir, komm ruhig herein«, antwortete Maya freundlich. Der Riegel wurde bewegt, dann öffnete die Tür sich und die junge Drachin trat hindurch, gefolgt von Shiani. Freundlich wünschten die beiden Flussdrachinnen einen guten Morgen, bevor sie verkündeten, dass das Frühstück bereit sei.

Sofort standen die Freunde auf und folgten den beiden Wächterdrachinnen in den Speisesaal, wo ihnen der köstliche Duft gebratenen Fleisches entgegenschlug. Überrascht blickten sie in die Schüsseln auf dem Tisch und die Futterwannen. Lachend erklärte Shiani: »Ja, ihr seht richtig, es gibt auch frischen Speck! Kalir hat dafür drei Wildschweine von einem frühmorgendlichen Ausflug mitgebracht und wir haben sie sorgfältig zerteilt und gebraten.« Sie wandte sich an Simon, Katharina, Jana und Alexis. »Für euch gibt es außerdem frisches Brot, Eier, Milch und Käse. Greift nur zu, es ist mehr als genug da!« Das ließen sich die Freunde nicht zweimal sagen.

Nach dem Frühstück halfen sie wieder, das Geschirr und die Wannen wegzustellen, außerdem schlug Alexis vor, beim Abspülen zu helfen. Sein Angebot wurde dankend angenommen. Katynka trat zu den restlichen Kameraden und lud sie ein, das zweite Stockwerk zu besichtigen, in dem die Machtgeräte gelagert wurden, die zu groß und zu schwer für den Handgebrauch waren und die ein einzelner Mensch nicht tragen konnte. Simon spürte ein Kribbeln in der Magengegend, von dem er nicht sagen konnte, ob es sich um gespannte Erwartung oder doch leise Sorge handelte. Dennoch stimmte er zu, nachdem er einen Blick in die Runde geworden hatte.

Die Gefährten warteten noch, bis Alexis fertig war, dann folgten sie Katynka, Chorora und Narakin über eine gewundene Treppe bis zu einem großen Tor, das die beiden Drachen aufschoben. Dahinter erwartete sie eine Halle, die ebenso riesig und eindrucksvoll war wie die der kleineren Machtobjekte, und die von außen betrachtet niemals innerhalb der Burgmauern Platz finden konnte. Von außen schien man längst nicht alles sehen zu können, als wäre ein Großteil des ohnehin schon weitläufigen Gemäuers auf magische Weise verborgen.

Überall standen hier Maschinen und Gerätschaften, die für böse Taten eingesetzt worden waren, Chorora erklärte ihnen sogar einige genauer. Schließlich gelangten sie an eine Apparatur, die sehr alt aussah. Zwei kleine, hölzerne Säulen, in die kunstvolle Verzierungen eingeritzt waren, trugen einen metallenen Rahmen, der mit leicht durchhängendem Stoff bespannt war, sodass eine Art Trage entstand. In die Matte waren breite, matt schimmernde Bronzestreifen eingewoben, die alle am oberen Ende verbunden waren und sich zusammendrehten, sodass ein dickes, geflochtenes Kabel von dort aus weiterlief zu einer Halterung, die einem hohen, schlanken Tisch ähnelte. Doch dort, wo die Tischplatte hätte sein sollen, befand sich nur ein dünner Metallring, in den ein blau und silbern glänzender Stein eingelassen war. Das Bronzekabel schien an seinem Ende mit diesem Stein zu verschmelzen.

»Dies ist das Mondkristall-Orakel. Seine Energien sind nicht wirklich böse, können aber für böse Zwecke eingesetzt werden, deshalb wurde es hierher gebracht. Wer sie benutzt, kann in Form eines Rätsels einen kurzen Blick in die Zukunft werfen. Dabei besteht für den Nutzer keine Gefahr, im Gegenteil: Löst er das Rätsel, kann er die Zukunft sogar verändern, wenn er das will.

Mit der Klaue des Morero habt ihr uns ein sehr gefährliches und schon verloren geglaubtes Machtobjekt überbracht. Zum Dank erlauben wir euch, das Mondkristall-Orakel einmal zu benutzen, wenn ihr das wollt. Vielleicht habt ihr Glück und schafft es, das Rätsel zu lösen, aber es ist meistens schwer zu deuten. Was sagt ihr dazu?«

Überrascht und ungläubig blickten die Kameraden sich an. Dieses Angebot durften sie nicht ausschlagen, vielleicht würde es die Wächterin und die beiden Drachen kränken.

Langsam stieg Simon ab und ging auf das Orakel zu. »Wir danken euch für diese großartige Möglichkeit. Ich werde es ausprobieren«, meinte er an Chorora gewandt. »Was muss ich tun?«

»Leg dich einfach auf die Trage und lege deine Hände mit den Handflächen nach unten auf diese Verbreiterungen in den Bronzestreifen. Dann schließ deine Augen und entspann dich, ich werde den Stein aktivieren.«

Simon tat, wie ihm geheißen, legte sich auf die Trage und brachte seine Hände in die richtige Position. Anschließend versuchte er durchzuatmen. »*Ob das wohl gut geht?*«, fragte er Maya lautlos.

»*Keine Sorge, Simon*«, beruhigte diese ihn. »*Sobald etwas falsch läuft, zerlege ich das Teil persönlich in seine Einzelteile und hole dich da runter!*«

Endlich konnte er sich ein wenig beruhigen und die Augen schließen. Er hörte, wie die Erste Wächterin zu der Halterung trat, dann geschah irgendetwas. Selbst durch die geschlossenen Lider nahm er den Lichtblitz wahr, dann schien sich eine stetig heller werdende Lichtquelle knapp außerhalb seiner Reichweite zu befinden, sodass er nur die Veränderung des Lichts erahnen konnte. Er meinte ein leises Summen zu hören, dann jagte ein Schlag durch seinen Körper. Die bronzefarbenen Bänder unter seinen Händen begannen zu vibrieren und ließen seine Haut kribbeln. Das Licht um ihn herum wurde heller, nahm einen goldenen Ton an und durchdrang seine geschlossenen Lider. Er wollte die Augen aufreißen, spürte zugleich jedoch, wie er sich von seinem Körper löste und in eine Art tiefen Schlaf glitt.

Verwirrt schlug Simon die Augen auf. Er stand auf weichem Gras an einem Waldrand, die nächsten Bäume ragten nur wenige Meter hinter ihm in den Himmel. Als er sich einmal langsam um sich selbst drehte, sah er Eichen und Buchen, goldene und graubraune Stämme mit leuchtendem Laub, das sich bereits bunt färbte.

Gerade fragte er sich, was er hier zu suchen hatte, als auf der Grünfläche vor ihm ein Pferd erschien und seine Aufmerksamkeit auf sich zog. Der dunkelbraune Hengst schwebte mit eleganten Trabschritten parallel zum Waldrand dahin. Fast sah es so aus, als würde er tanzen. Die Muskeln arbeiteten sichtbar unter dem glänzenden Fell und formten fließende, formvollendete Bewegungen. Simon war wie gebannt vom Anblick des schönen Tieres.

Doch urplötzlich fiel ein Schatten über die Lichtung und tauchte sie in Grau. Der Hengst fuhr auf der Hinterhand herum und galoppierte auf Simon zu. Seine Ohren waren angelegt, er rollte mit den Augen und peitschte wütend mit dem Schweif. Simon wollte schreien und wegrennen, doch er konnte beides nicht. Es war, als würde sein Körper seinen Befehlen nicht länger folgen. Erstarrt und stumm stand er da und blickte dem Pferd entgegen, das ihn in wenigen Sekunden rammen und niedertrampeln würde.

Der dunkelbraune Hengst erhöhte noch einmal die Geschwindigkeit, er war keine zwei Dutzend Meter mehr entfernt. Ruckartig breitete er seine Flügel aus. Simon stutzte: Etwas war falsch an diesem Bild!

Das Tier schien regelrecht zu explodieren. Aus den Flügeln wurden Schwingen, aus den Vorderhufen Krallen, aus dem Schweif ein langer Schwanz, aus dem Fell Schuppen. Blutrote, hasserfüllte Augen starrten Simon an, als der riesige, schwarze Drache mit weit geöffnetem Maul brüllend auf ihn zu raste.

Dann wurde alles dunkel.

»Simon, Simon!«

Verschwommen drangen die Rufe an sein Ohr. Mühsam versuchte er, sich zu bewegen, doch seine Glieder fühlten sich zerschlagen und schwach an. Schließlich gelang es ihm, immerhin die Augen zu öffnen. Er musste mehrmals blinzeln, ehe die verschwommenen Schemen sich zu einem klaren Bild schärften. Über ihn gebeugt sah er die Köpfe von Katharina, Maya, Jana und der Ersten Wächterin, weiter hinten auch die beiden Wächterdrachen, Maro, Alexis, Aron und, auf Maros Rücken, Mary.

»Simon, geht es dir gut?« Die Stimme, die ihn aus der Dunkelheit geholt hatte, gehörte Katharina. Simon öffnete den Mund, um zu antworten, aber seine Stimme gehorchte ihm nicht.

»Sag doch was!« Auch Jana klang panisch. Noch einmal bemühte er sich, doch wieder gelang es nicht. Nicht einmal ein Krächzen löste sich aus seiner Kehle. Verzweiflung drohte ihn zu überschwemmen. Was sollte er jetzt machen? Da fiel ihm eine letzte Möglichkeit ein.

»*Maya?*«, rief er die Drachin in Gedanken. Hier gehorchte ihm seine Stimme, auch wenn sie so erschöpft klang, wie er sich fühlte.

»*Ja, Simon, ich höre dich!*«, erklang besorgt Antwort. »*Was ist passiert?*«

»*Ich kann nicht normal sprechen, sag Katharina, dass sie nicht so schreien soll!*«

Die Drachin folgte seiner Bitte und drängte die anderen beiseite. »Seid still, es geht ihm einigermaßen, wenn ihr nicht so laut seid!«

»Woher willst du das wissen?« Katharina fauchte nahezu und versuchte sogar, Maya mit einer Hand beiseite zu schieben, um sich wieder über Simon beugen zu können. Sie musste mit den Nerven wirklich am Ende sein.

»Weil wir in Gedanken kommunizieren können«, lautete die Antwort der Drachin. Überrascht wandten sich ihr sämtliche Gesichter zu, doch sie beachtete es nicht. Stattdessen beugte sie sich zu Simon herunter, der sich langsam aufzurichten versuchte. Sanft schob sie ihre Nase unter seinen Rücken und drückte ihn vorsichtig hoch.

Taumelnd und keuchend erhob er sich und stütze sich an ihren Hals, als sie ihn einige Schritte beiseite führte. Leicht keuchend rutschte er an ihrer Seite zu Boden und versuchte erneut zu sprechen – diesmal klappte es. »Es geht schon wieder, nur kurz Luft holen …« Er atmete einige Male tief durch, bis er wieder nahezu normal atmen und sprechen konnte. Dann erzählte er den anderen stockend, was er gesehen hatte. Chorora hörte besonders aufmerksam zu und schüttelte immer wieder nachdenklich den Kopf. Als er alles berichtet hatte, sah er sie an und fragte: »Was bedeutet das alles?«

Schweigen folgte. Die Erste Wächterin blickte eine ganze Weile zu Boden, während sie in Grübeleien versunken zu sein schien. Schließlich nahm sie wieder Blickkontakt auf und antwortete: »Ich weiß es nicht. Die Visionen sind, wie schon gesagt, meist sehr schwer zu verstehen, aber das hier ist wirklich besonders kompliziert. Ich kann nur vermuten, was es bedeuten könnte. Also, das Pferd sticht durch drei besondere Merkmale hervor: dunkelbraunes Fell, Männlichkeit und Eleganz. Das könnte entweder für eine glorreiche Zukunft stehen oder aber für Positives im Allgemeinen, also Glück, vielleicht auch die Rückkehr in euer Heimatdorf. Dass er dich plötzlich angreift, ist wahrscheinlich eine Drohung. Der Hengst bekam erst Flügel und verwandelte sich dann in einen

Drachen, sagtest du. Schwarze Drachen stehen meistens für Böses und Dunkles. Ich persönlich würde daraus eine eindeutige Warnung lesen, auf eurer weiteren Reise nicht allzu unbeschwert zu sein, sondern auch wachsam zu bleiben: Dir oder euch steht eine dunkle Zeit bevor.«

Beunruhigt sahen die Freunde sich an, aber Chorora machte schnell eine beschwichtigende Handbewegung. »Vielleicht irre ich mich auch, es wäre wirklich ein großer Zufall, wenn ich auf Anhieb richtig läge. Es kann auch bedeuten, dass das Vertrauen zwischen Maya und dir auf eine Probe gestellt wird oder etwas total anderes, das niemand ahnt! Ich will nur sagen, dass ein wenig Vorsicht nie schaden kann.« Beruhigt atmete Simon auf.

Katynka zerriss die gespannte Atmosphäre endgültig, indem sie die Schnauze langsam in Simons Richtung streckte, ohne ihn jedoch zu berühren. »Die Vision hat dich erschöpft, du solltest etwas essen. Für dich mögen vielleicht nur wenige Minuten vergangen sein, aber du warst doch eine ganze Weile in Trance. Etwas Obst sollte deine Lebenskräfte zurückbringen.«

Katynka behielt Recht. Den ganzen Tag über vertilgte Simon Äpfel, Birnen oder frisches Kräuterbrot, wann immer die Müdigkeit zurückzukehren begann. Stundenlang lauerte sie hinter seinen Schläfen, als wolle sie sich nicht abschütteln lassen, sondern ihn in einem unvorsichtigen Augenblick zurück in die Schwärze reißen. Auf die weiteren Räume, die sie sich zeigen ließen, konnte er sich kaum konzentrieren, und er war froh, als der Abend kam und erneut ein reichhaltiges Mahl aufgetischt wurde. Er hoffte, nun endlich die letzten Fetzen der Erschöpfung hinter sich lassen zu können.

Während er sich über die Kartoffeln hermachte, die auf seinem Teller in einer hellen Sauce lagen, beobachtete er seine Schwester, die ihm schräg gegenüber saß und angestrengt über etwas nachzudenken schien. Sie vergaß darüber sogar, den Bissen Fleisch zu kauen, den sie gerade im Mund hatte. Neugierig und neckend stieß er sie an. »Hey, Schwesterchen, ich kenne dieses Gesicht doch. Als du in Taran auf die Idee kamst, uns zu folgen, hast du genauso geguckt. Was heckst du aus?«

»Gar nichts«, antwortete sie hastig und blickte ihn geradezu erschrocken an. »Ich habe nur nachgedacht, das ist alles!« Sie aß weiter und tat so, als ob tatsächlich nichts wäre und sie sich stattdessen für den Aufbau des Speisesaals interessieren würde. Es war offensichtlich, dass sie das nur spielte, aber Simon zuckte nur mit den Achseln und ließ die Sache auf sich beruhen. Vermutlich hatte sie nur von der Rückkehr nach Hause geträumt oder sich wieder mal irgendeinen Streich ausgedacht, den er noch früh genug zu Gesicht kriegen würde.

Nach dem Abendessen jedoch sah er, wie Lily Jana beiseite stupste. Auch in ihren Augen funkelte Neugier. Sie sprach leise, und das Einzige, was Simon hörte, waren einige wenige Worte seiner Schwester: »Also gut, hör zu …« Anschließend huschten die beiden in den Gang, der zurück zu ihrer Schlafkammer führte, und waren verschwunden. Simon schüttelte verwundert den Kopf. Hoffentlich stiftete Jana das junge Drachenweibchen zu keinem Unsinn an.

Am Morgen des nächsten Tages waren die Freunde damit beschäftigt, zu packen. So freundlich die Wächterinnen und Drachen auch waren, sie wollten endlich nach Hause. Also würden sie so bald wie möglich aufbrechen, um noch mindestens die Hälfte des Tages zum Weiterflug nutzen zu können.

Jana war immer noch nicht bei der Sache, stattdessen blickte sie ständig verstohlen zu den anderen hinüber. Simon dachte, dass sie nun jeden Moment mit ihren Gedanken herausplatzen würde, aber sie schwieg weiterhin. Erst, als die Gefährten schließlich in der Vorhalle standen, ihnen gegenüber die Wächterinnen und die Wächterdrachen, hielt sie es nicht mehr aus. »Simon?«, meinte sie zögerlich. Sie schien unsicher und wich seinem Blick aus, als hätte sie etwas ausgefressen und es ihm schon viel zu lange verschwiegen. Als er sich ihr zuwandte, geriet sie ins Stocken. »Ich … ich muss dir … ich muss euch etwas sagen.«

Erwartungsvoll und verwirrt blickte Simon sie an. Als er bemerkte, wie Lily ihr aufmunternd zunickte, zog er verwundert die Augenbrauen zusammen. Gespannt sah er seine Schwester an, die seinem Blick weiterhin nur flüchtig begegnete.

»Also … es hat mir hier sehr gut gefallen. In der Burg der Antike, meine ich. Auch die Aufgabe der Wächterinnen und Wächterdrachen erscheint mir sinnvoll und gut. Ich … ich weiß nicht, was ihr dazu sagen werdet …« Sie warf Chorora und ihren Genossinnen einen Seitenblick zu, ehe sie sich wieder ihrem Bruder zuwandte. Dann strafften sich ihre Schultern und sie seufzte kurz, bevor es aus ihr herausbrach. »Also, um es einfach zu sagen … ich möchte hierbleiben.«

Stille setzte ein. Simon starrte seine Schwester ungläubig an. Er wusste nicht, wie er reagieren sollte. Ihre letzten Worte erklangen wieder und wieder in seinem Kopf. Doch zu einer Antwort kam er auch gar nicht.

Lily sammelte sich kurz, dann trat sie neben das Mädchen und fügte hinzu: »Jana hat es mir gestern erzählt und … ich will bei ihr bleiben, also ebenfalls hier.«

Erst jetzt hatte sich Simon weit genug erholt, um die Reaktionen der anderen wahrzunehmen. Katharina und Juri wirkten ähnlich geschockt wie er, die Altdrachen, Mary und Alexis einfach nur überrascht.

Das Wissen, mit seinen Gefühlen nicht allein zu sein, ließ Simon endlich seine Stimme wiederfinden. Ein wenig hilflos blickte er seine Schwester an. »Jana … ich weiß gar nicht, was ich sagen soll.« Am liebsten hätte er geschrien, dass sie doch zu ihnen gehörte – zu den Gefährten ebenso wie zu seiner Mutter, seiner zweiten Schwester Lisa und ihm. Nach Taran. Als er jedoch den Ausdruck in ihren Augen sah, verschluckte er diese Worte. »Ist … ist es das, was dich wirklich glücklich macht? Du wirst dann Mama, Lisa, Sabrina und ganz Taran sehr lange nicht sehen, vielleicht sogar nie wieder.«

Jana schluckte, blickte ihn aber zum ersten Mal seit ihrer Ankündigung fest an. »Ich bin mir ganz sicher. Vielleicht könntest du mich ja mal besuchen, mit Mama und Lisa … und Sabrina …« Ihre Stimme verlor sich ein wenig, doch dann schien ihr etwas einzufallen. Unsicher wandte sie sich Chorora zu. »Was sagt ihr überhaupt dazu? Dürfen Lily und ich bleiben und in die Lehre gehen?«

Die Alte lächelte. »Natürlich dürft ihr das. Wir freuen uns über so netten Zuwachs.« Übermütig sprang Lily in die Luft und gegen Jana – und schmiss die Freundin damit fast um. Reflexartig konnte diese sich gerade noch an Simon festhalten. Doch der Freudenausbruch dauerte nur kurz, dann kehrte die drückende Stimmung zurück.

»Was soll ich denn ohne dich machen?«, rief Simon verzweifelt aus. »Ich werde nicht wissen, wie es dir geht, ob du gesund bist oder krank, ob du fröhlich bist oder traurig!«

»Simon, bitte! Es ist das, was ich mir wirklich wünsche. Lily und ich haben hier unsere Zukunft gefunden, unser Schicksal! Außerdem können wir hier verhindern, dass so etwas wie mit Igor noch einmal passiert! Wir können wirklich etwas bewirken.«

Er biss sich auf die Lippe, während Kummer ihn fortzuschwemmen drohte. »Ich werde dich nicht davon abhalten, das kann ich überhaupt nicht. Außerdem wäre es nicht gerecht dir gegenüber. Du scheinst dir deiner Sache ja sicher zu sein, deine Argumente beweisen, wie gut du dir die ganze Sache überlegt hast. Aber wann immer etwas sein sollte, ob du nun Heimweh hast oder sonstige Probleme, werde ich für dich da sein.«

Dankend fiel Jana ihm um den Hals. Chorora trat zu ihnen. »Vielleicht ist es besser und einfacher für euch, den Abschied kurz und schmerzlos zu machen«, meinte sie mit tröstender Stimme. »Und natürlich seid ihr hier jederzeit willkommen.« Die Freunde blickten sie an und nickten, alle miteinander.

Eine halbe Stunde später standen alle draußen vor dem Tor. Von den Wächterinnen und Drachen der Burg hatten sich bereits alle verabschiedet, jetzt kamen Jana und Lily an die Reihe. Während Mary und Juri sich traurig ein letztes Mal an ihre Schwester pressten, umarmte Jana nacheinander Alexis und Aron, wobei der Silberdrache ihr zuflüsterte: »Wir werden dich vermissen, aber du wirst uns wiedersehen, verlass dich drauf!« Jana nickte stumm. Sprechen konnte sie nicht, in ihren Augen standen Tränen.

Nachdem die beiden Verabschiedungsgruppen getauscht hatten, waren Katharina und Maro an der Reihe: Nacheinander drückten sie die beiden Gefährtinnen fest an sich und murmelten ein paar letzte Worte, bevor auch sie sich trennten.

Maya trat vor und stupste Jana sanft an, bevor sie ihren Kopf über die Schulter des Mädchens legte und es zu sich heranzog. Jetzt konnte Jana die Tränen nicht mehr unterdrücken. »Maya, du wirst mir so fehlen!«

»Du mir auch, Jana! Werde glücklich!« Langsam trat die große Drachin ein Stück zurück, bevor sie auf Lily zuging, ihr Ziehkind unter einem Trauerlaut fest anstieß – und von den Beinen riss. Auch das junge Drachenmädchen schaute tieftraurig drein: Da sie ihre Mutter Minerva nie kennengelernt, Maya deren Rolle aber übernommen hatte, war die Bindung zu der Drachin sehr stark, und umso mehr musste der selbst gewählte Abschied jetzt schmerzen.

Unterdessen trat Simon zu seiner Schwester und blickte sie kummervoll an, bevor die beiden sich in die Arme fielen. Auch über sein Gesicht liefen Tränen. Es bedurfte keiner Worte zwischen den beiden, lediglich den Namen des anderen flüsterten sie einander kurz zu. Die Sekunden zogen sich in die Länge, während die beiden sich nur widerstrebend voneinander lösten und Simon sich auf Mayas Rücken schwang. »Es wird wohl Zeit …«, sagte er hilflos.

»Ja«, quetschte Jana hervor. »Bis irgendwann einmal. Grüßt Mama von mir, und Lisa, Sabrina, … einfach alle! Ich werde euch ganz stark vermissen!«

Die drei Drachen blickten voller Schmerz und Trauer auf das Mädchen und die kleine Drachin, die sie gleich würden zurücklassen müssen. Schweren Herzens gingen sie ein paar Schritte rückwärts, bevor sie zeitgleich einen leisen, klagenden Ton von sich gaben, die Flügel ausbreiteten und mit Schwung und einer halben

Drehung in die Luft schossen. Rasch gewannen sie an Höhe, sahen sich zwischendurch jedoch immer wieder um. Auch Simons Blick war ununterbrochen nach hinten gerichtet.

Jana winkte ihnen noch ein letztes Mal zu und Lily breitete ihre Flügel aus, dann waren sie nicht mehr zu sehen. Selbst die höchsten sichtbaren Mauern der Burg der Antike wurden bald von den Bäumen verborgen, als wollten diese einen sauberen Schnitt vollziehen. Traurig drehte Simon sich wieder nach vorn.

»*Sie werden mir fehlen*«, meinte Maya in Gedanken leise. »*Ohne die beiden wird nichts wie zuvor sein. Unsere Gruppe ist zu klein, es ist ungewohnt.*«

»*Es ist wohl das Beste so … Jana und Lily wollten bleiben, und nur so können sie glücklich werden. Und es war nicht das letzte Mal, dass wir sie gesehen haben.*«

Maya antwortete nicht mehr. Es gab nichts mehr zu sagen, aber sie leistete Simon stummen Beistand in seinem Abschiedsschmerz. Er drückte die Handflächen an ihre warme, geschuppte Haut, doch unwillkürlich musste er schon wieder ein klein wenig lächeln. Jana hatte sich entwickelt, und sie hatte den Ort gefunden, an dem sie sich würde entfalten können.

Während er sich mit diesem Gedanken tröstete, erwachte tief in seinem Inneren bereits wieder die Unruhe der Reise und ließ ihn den Blick zum fernen Horizont richten.

Es ging nach Hause.

DANKSAGUNG

Zu behaupten, dass diese Geschichte einen langen und steinigen Weg hinter sich hätte, wäre die Untertreibung des Jahrhunderts. Mindestens.

Tatsächlich begann das Abenteuer von Simon, Maya und ihren Freunden bereits 2008, genauer gesagt, als ich auf die Idee kam, meinen ersten Roman zu schreiben. Und wer meinen Weg schon etwas begleitet, wird wissen, dass „Die Klaue des Morero" im März des Jahres 2013 schon einmal als mein Debütroman erschien.

Leider läuft im Leben nicht immer alles so reibungslos, wie man das gern hätte. Und so gab es immer wieder neue Probleme, die die Veröffentlichung des Folgebands herauszögerten. In der Zwischenzeit hatte ich mich stilistisch deutlich weiterentwickelt (ich sage gern, dass ich nicht beurteilen kann, ob ich gut schreibe, wohl aber, dass ich sehr viel besser schreibe als vor einigen Jahren). Auch war Band 2 ein gutes Stück länger als Band 1, und so tat ich etwas Ungewöhnliches: Obwohl „Die Klaue des Morero" bereits erschienen war, überarbeitete ich das Manuskript nochmals, nahm stilistische Änderungen vor und fügte Szenen hinzu, die der Geschichte mehr Tiefe geben sollten. Dass ich so an Kritikpunkten der Erstversion arbeiten konnte, war ein seltenes Privileg. Ich bin sehr gespannt, wie diese Neuerung ankommen wird, denn ich finde, dass sie die Geschichte enorm verbessert hat.

Letztendlich wechselte die Trilogie dann noch den Verlag, sodass sie nun ein wunderbares Zuhause beim Amrun Verlag gefunden hat. An dieser Stelle möchte ich meinem Verleger Jürgen Eglseer tausendfach dafür danken, was er aus meiner Trilogie gemacht hat und noch zu machen gedenkt. Und dafür, dass er immer für seine Autoren da ist. Ich erinnere mich an einen Zwischenfall während des Lektorats, durch den mehrere Szenen recht kurz vor der Abgabefrist verlorengingen und ich am Rande eines Nervenzusammenbruchs stand. Am Wochenende. Kurz vor Mitternacht. Trotzdem war Jürgen sofort für mich da. Er hörte sich das ganze Dilemma an und entwarf anschließend innerhalb weniger Stunden einen Schlachtplan. Lieber Jürgen, du bist ein Geschenk für die Buchwelt. Bitte mach weiter so.

Wo ich das Thema schon angeschnitten habe: Erst die Diskussionen zwischen Autor und Lektor, das Feilschen um ganze Szenen oder auch einzelne Sätze, erst diese letzte Überarbeitung gibt einer Geschichte ihren letzten Schliff. Die neue Fassung von „Die Klaue des Morero" hat sich meine Lektorin Martina Sprenger zur Brust genommen, und sie war rigoros, wenn es darum ging, Längen zu streichen und dafür wichtige Szenen weiter auszubauen. Vielen Dank für deine Arbeit und die Nachtschichten zum Ende hin, Martina.

Aber auch wenn eine Geschichte geschrieben und „leserfein" gemacht worden ist, fehlt noch etwas Essenzielles: das Design. Und ich bin unendlich glücklich, dass ich das Cover und die Innengrafiken für die neue Version von „Die Klaue des Morero" behalten durfte. Gezaubert hat hierfür meine wundervolle Coverdesignerin Clara Vath. Sie hat es geschafft, all meine komplizierten und teils maximal chaotisch vorgetragenen Ideen und Wünsche zu begreifen und in diese wundervollen Motive umzuwandeln. Liebe Clara, ich freue mich so sehr, dass wir diese Trilogie gemeinsam beenden können!

Aber ich schulde nicht nur denen Dank, die unmittelbar an der Entstehung dieses Buches beteiligt waren. Da gibt es noch so viele weitere Menschen, dass ich sie gar nicht alle nennen kann! Einige besonders wichtige möchte ich dennoch nicht unerwähnt lassen.

Das Schreiben und Überarbeiten einer Geschichte hat Höhen und Tiefen. Jemanden zu finden, der die erfreulichen Abschnitte mit dir teilen mag, ist oft nicht schwer. Nein, das wahre Geschenk ist, wenn du liebe Seelen triffst, die auch in Momenten des Frusts oder Motivationstiefs an deiner Seite bleiben. Ich habe solch wunderbare Menschen gefunden – und noch dazu sind sie nicht nur Teil meines Schreibabenteuers, sondern auch meines ganzen Lebens. Und das mit so viel Wärme, Witz und Verständnis, dass ich es manchmal gar nicht fassen kann. Vielen lieben Dank, Sabrina Železný, Carsten Steenbergen und Fabienne Siegmund.

Last but not least gibt es zwei große Standbeine in meinem Autorenleben. Eines davon sind die vielen Kollegen, mit denen ich mich persönlich und virtuell austausche. Gerade die „Familientreffen" auf Messen und Conventions möchte ich um nichts in der Welt missen. Noch dazu habe ich in den vergangenen Jahren so viele Ratschläge bekommen, dass ich im Leben nicht so viel werde zurückgeben können. Liebe Alle, die ihr gemeint seid: Diese Zeilen sind für euch. Ihr seid klasse.

Doch egal, wie viel Herzblut ich in diesen Roman gesteckt habe: Es gibt noch eine Gruppe ganz besonderer Menschen, ohne die all das hier nicht möglich gewesen wäre: euch! Ja, ihr seid gemeint, genau ihr, die ihr dieses Buch gerade in den Händen haltet und diese Zeilen lest! Wie lang ihr auf diese Neuveröffentlichung und die Fortsetzung zu warten bereit wart, mit welch grenzenloser Treue ihr alle Verzögerungen und Ungewissheiten ertragen habt, das ist mehr, als ich mir jemals zu wünschen gewagt hätte. Dieses Buch und seine Nachfolger sind mein Dank an euch, in der Hoffnung, euch auch nur ansatzweise das zurückgeben zu können, was ihr mir geschenkt habt. Danke.

JANIKA

DIE AUTORIN

Janika Hoffmann, geboren 1995, lebt als Phantastik-Autorin und Journalistin in Hamburg. Mit dem Schreiben begann sie 2008, nachdem es ihr nicht mehr genügte, sich phantastische Welten und Geschichten nur auszudenken. Sie wollte ihre Ideen auch mit anderen Menschen teilen. So begann sie kurzentschlossen, ihr erstes Manuskript zu verfassen. Mittlerweile ist das Schreiben aus ihrem Leben nicht mehr wegzudenken.

Wenn sie nicht gerade auf einer Convention oder Lesung ist, zieht es sie vor allem in die weite Welt, da sie unter chronischem Fernweh leidet. Außerdem ist sie sehr tierlieb und ein Serienjunkie.

Ihre Bücher handeln von phantastischen Wesen, Magie und Freundschaft.

HAT DIR DIESER ROMAN GEFALLEN?

Lieber Leser,

in meine Geschichten fließen nicht nur Tinte und Druckerschwärze, sondern auch Herzblut mit ein. Es ist mir wichtig, dass das Endergebnis überzeugt, Spaß beim Lesen bereitet und für eine Weile in eine fremde Welt entführt. Daher freue ich mich immer, wenn ich Rückmeldung zu meinen Geschichten erhalte!

Du darfst dieses Buch gerne Freunden empfehlen, es auf Verkaufsportalen, Buchplattformen oder der Verlagsseite bewerten, eine Rezension schreiben, im Internet darüber berichten oder was dir sonst Schönes einfällt.

Rückmeldungen, Fragen und sonstiges nehme ich auch gerne per Mail unter **autorin@janikahoffmann.de** entgegen.

Du willst etwas über weitere Bücher von mir oder meinen Alltag als Autorin erfahren? Sehr gern! Schau doch mal auf Facebook unter **www.facebook.com/JanikaHoffmannFantasy** oder auf meiner Website **www.janikahoffmann.de** vorbei!

Vielen Dank für dein Interesse!

JANIKA HOFFMANN

JANIKA HOFFMANN
DRACHEN
KRALLE
Das Feuer der
Macht
Amrûn

DRACHENKRALLE

BAND 2
DAS FEUER DER MACHT

DAS ABENTEUER GEHT WEITER!

Aus Mary ist eine starke, wenn auch übermütige Jungdrachin geworden. Auf dem Heimweg nach Taran rettet sie einer Fremden das Leben und nimmt sie kurzerhand in die Gruppe um Simon und Maya auf. Alana jedoch ist verängstigt und will ihnen kein Vertrauen schenken.

Noch dazu erreicht die Gefährten die Botschaft, dass sich düstere Mächte zusammenbrauen. Eine Prophezeiung kündet von drei Auserwählten, die die Gefahr abwenden sollen.

Erneut werden die Freunde auf eine harte Probe gestellt. Und diesmal wollen schwarze Magie und das Schicksal selbst sie auseinanderreißen …

ISBN 978-3-95869-557-3
Ab Herbst 2017 im Buchhandel erhältlich

Amrûn Verlag
www.amrun-verlag.de